KB060101

Crossing the River

내 삶을 구한
일곱 번의 만남

Crossing the River

캐럴 스미스 지음

허선영 옮김

문학동네

크리스토퍼와 크리스토퍼를 사랑했던 사람들에게
이 책을 바칩니다.

차례

일러두기

1. 본문의 각주는 모두 옮긴이 주다.
2. 본문 중 고딕체는 원서에서 이탤릭체로 강조한 부분이다.
3. 인명, 지명 등 외래어는 국립국어원 외래어표기법을 따랐으나 일반적으로 통용되는 표기가
   있을 경우 이를 참조했다.

"'진짜'는 네가 어떻게 만들어졌는지 따위가 아니야. 그건 한 아이가 아주 오랫동안 너를 가지고 놀기만 하는 게 아니라 너를 정말로 사랑할 때 일어나는 일이야. 그러면 넌 진짜가 돼"라고 가죽 말이 말했다.

"그건 아파?"라고 토끼가 물었다.

"가끔은." 늘 진실만을 말하는 가죽 말이 대답했다. "하지만 네가 진짜가 되면 상처받는 것 따위는 신경도 안 쓸 거야."

_마저리 윌리엄스, 『벨벳 토끼 인형』

이 책은 트라우마와 슬픔에 관한 책이다. 하지만 사랑과 삶, 끈기와 즐거움에 관한 책이기도 하다. 삶의 목적을 다시 설정하고 발견하는 과정에 관한 책이며, 사용할 필요가 생길 때까지 당신이 가진 줄도 몰랐던 내면의 힘을 발견하는 일에 관한 책이다.

우리는 모두 견딜 수 없는 어떤 일이 닥칠까봐 두려워한다. 내게는 외동아들이 일곱 살 때 맞은 죽음이 그랬다. 그 아이는 생애 최고의 해를 만들어가다가 갑작스럽게 죽음을 맞았다. 신장 이식 수술을 성공적으로 받고 나서 우리 아들은 건강한 어린 시절을 다시 시작했다. 그러나 그 꿈은, 조부모님 댁에서 그 아이가 심정지로 쓰러질 때 아무런 경고도 없이 끝나버렸다. 아이가 죽을 때 곁에 없었다는 사실이 오늘날까지 뇌리를 떠나지 않는다. 아들이 죽은 후, 잠에서 깰 때마다 완전히 바뀌어버린 세상을 깨닫고 충격에 휩싸였다. 슬픔이라는 어마어마하고 혹독한 풍경 속에서 길을 찾으려 애썼지만 지도를 읽을 수 없었다.

마찬가지로, 신종 코로나바이러스로 인한 팬데믹 상황은 우리 중 많은 사람을 익숙지 않은 영역으로 몰아넣는다. 사랑하는 사람의 죽음을 코로나 때문에 곁에서 지키지 못한다는 사실에 우리는 가슴 아파했다. 그런 생각을 하면 아직도 무너져버린다.

팬데믹 초기에 느끼는 감정들은, 그러니까 시간이 흐릿해지는 방식, 결과를 바꿀 수도 있는 일말의 소식을 강박적으로 찾는 일, 통제권이 우리 손아귀를 벗어나버렸다는 가슴 철렁한 깨달음, 혼란스러움, 숨을 쉬기 위한 매일의 고군분투, 이 모든 것은 슬픔이라는 감정과 완벽하게 맞아떨어진다.

우리가 무엇을 잃었는지 아직 모른다는, 우리가 그걸 얼마나 그리워할지 예전엔 미처 몰랐다는 패닉 상태도 팬데믹과 똑같다. 끔찍한 일이 아직 벌어지지는 않았으나 곧 다가오리라는 예감(누군가는 이를 '슬픔 전의 슬픔'이라고 불렀다)도 마찬가지다. 하나의 트라우마가 마음의 방에서 울려퍼져 또다른 트라우마를 불러일으키는 슬픔 후의 슬픔도 있다.

사람들은 당신에게 희망을 줄 수 없고, 처방전대로 약을 짓듯 필요한 만큼 희망을 조제해줄 수도 없다. 하지만 희망이 학습될 수 있다고 믿는다. 다른 사람의 경험을 통해 배울 수 있다고 생각한다. 그러려면 우리가 이야기를 공유해야 한다. 아들이 죽었을 때, 내게는 희망이 필요했다. 각자 힘든 상황에 직면했던 다른 이들의 이야기를 기사로 전하면서 나는 희망을 발견했다. 이 책은 생존과 변화의 이야기이자, 예기치 못한 방식으로 삶이 바뀐 충격적인 상황에 직면했던 사람들의 이야기다.

상실을 겪은 후 어떻게 살아가야 할지를 그들의 이야기에서 배웠다. 많은 이가 팬데믹 위기의 긴 끝자락에서 상상할 수 없는 상실을 겪는다. 이 책 속의 이야기가 내게 그러했듯, 여러분에게도 많은 용기와 통찰력을 전하기를 바란다.

2020년 5월
캐럴 스미스

텅 빈 자리

간호사가 우리 아들 크리스토퍼의 학교에 소식을 알리러 간 날, 나는 함께 가지 않았다. 대신 아들의 침대에 태아처럼 웅크리고 누워서 시트에 얼굴을 파묻고 있었다. 크레용과 반창고, 진흙과 야구공 가죽이 남긴 희미한 냄새가 나를 계속 숨쉬게 했다. 눈을 질끈 감았다. 아들의 뷰마스터* 장난감에 들어간 필름처럼 이미지가 딸깍거리며 스쳤다.

치료용 말을 탄 크리스토퍼. 말 위에서 팔을 앞으로 쭉 뻗고 머리는 뒤로 젖힌 채 웃으며 자기만의 '묘기'를 자랑하는 크리스토퍼.

일곱 살짜리 나름의 보물인 돌과 조개껍데기를 침대 아래 숨겨두는 크리스토퍼.

---

* 동그란 원형 필름이 들어가 있어서 버튼을 누르면 사진이 바뀌는 장난감.

침대에서 내 옆에 바짝 붙어 앉아 함께 수어로 책을 읽는 크리스토퍼.

"다시, 이야기." 그는 한쪽 손가락 끝을 다른 쪽 손바닥에 두드린 다음, 태피 사탕을 당겨 늘리듯 양손을 멀어지게 했다. 무서운 취침 시간을 피하려는 전략임을 알았기에 나는 웃으면서 다시 처음으로 돌아가곤 했다.

집 근처의 캘리포니아주 패서디나에서 열린 로즈볼 벼룩시장을 돌아다니다가, 어느 일요일 아침 일찍 이 침대를 발견했다. 우리 둘 다 빛바랜 안장과 박차 그림으로 장식된 빈티지한 소나무 침대 프레임을 보고 홀딱 반해버렸다. 가끔 아들은 혜성이 그려진 푸른 파자마를 입고 머리에는 빨간 카우보이모자를 쓴 채 잠들었다. 침대는 아들의 애마이자 우주선이었다. 이제는 내가 슬픔에 잠겨버릴 것 같은 두려움에 떨며 그 침대에 매달려 있다.

그날은 겨울방학이 끝나 개학하는 날이었고, 태양이 회색 막에 가린 듯 흐린 날이었다. 약 24킬로미터 떨어진 버뱅크의 조지 워싱턴 초등학교에서는 크리스토퍼의 단짝 친구의 엄마이자 내 친구이기도 한 캐시가 1학년 아이들 앞에 서 있었다. 소아과 간호사인 그녀는 암 병동에서 어린아이들을 다뤄왔다. 캐시의 함박웃음과 따뜻하고 차분한 목소리는 내게 위안을 주었다.

캐시가 수어로 말하는 모습을 상상했다. 그녀도 청각장애아의 엄마이기도 하거니와 그 학교의 많은 아이가 크리스토퍼처럼 청각장애를 가졌기 때문이다. 크리스토퍼가 네 살 때, 시애틀에서 일하던 신문사를 떠나 패서디나로 이사한 건 말과 수어를 병행하여 가르치는 전통을 가진 이 학교에 아들을 보내기 위해서이기도 했다. 학급에서 청각장애가 없는 아이들은 수어를 배웠다. 청각장애가 있는 아이들은 입술을 읽는 법과 목소리를 사용하는 법을 배웠다. 아이들은 유년기의 매끄러운 언어를 함께 만들어냈다. 나는 나중에 캐시에게 그다음에 무슨 일이 벌어졌는지 알려달라고 부탁했다.

한 무리의 어른들이 교실 주변을 서성거리자 파란색과 빨간색으로 이루어진 교복을 입은 아이들은 초조해했다. 놀이와 공부를 하는 공간에 너무 많은 어른이 보이자 아이들이 의아해한 것이 분명했다. 교장 선생님도, 캐시가 일한 병원에서 나온 심리치료사도 캐시와 함께 거기 있었고, 많은 학생이 한 해 전 다녔던 유치원의 원장님과 아이들의 선생님 두 분도 계셨다. 선생님들은 울어서 눈이 빨갰다. 교실 가운데에는 크리스토퍼의 작은 나무 책상이 텅 빈 채 놓여 있었다.

아이들과는 초면인 심리치료사가 동화 속에 나오는 누더기 앤디 인형을 들어올렸다. 캐시는 반 아이들에게 그 인형에서 무엇이 보이느냐고 물었다. 아이들은 실로 만든 빨간 머리칼, 삼각형 모양의 코, 수병 모자와 수놓아진 하트 모양을 이야기했다. 심리치료사가 인형을 보이지 않게 감췄다.

"누더기 앤디는 더이상 여기 없지만, 너희들은 그 인형을 여전히 기억하지?"라고 캐시가 물었다.

그 게임에 아이들은 신났다. 아이들은 누더기 앤디와 누더기 앤의 다양한 모험담을 기억나는 대로 소리쳤다. 그러자 캐시 말로는 그게 누군지 기억이 안 나지만 어른 중 한 명이 소식을 전하러 앞으로 나섰다. "매우 슬픈 일이 일어났단다." 아이들은 조용해졌다. "크리스토퍼가 병이 나서 이젠 학교로 돌아오지 못할 거야. 의사들도 도와줄 수가 없었어. 크리스토퍼는 죽었단다."

크리스토퍼는 죽었다. 내 밑에 놓인 침대가 마구 흔들리는 것 같았다. 토하지 않으려고 무릎을 가슴 쪽으로 바짝 끌어안았다. 그 말을 완전히 이해할 수가 없었다. 그러려고 할 때마다, 바닥에 쏟아진 아이들의 알파벳 퍼즐처럼 해독할 수 없는 글자로 산산조각났다.

이 말을 들을까봐 7년 동안이나 두려워했다. 크리스토퍼는 자궁 안에서부터 작은 발달장애를 갖고 태어났는데, 그것이 요로를 막아 결국 신장이 손상되었다. 겉보기에는 사소한 이 오류가 일종의 나비효과를 일으켜 나중에는 피할 수 없는 의학적 후유증이 폭포처럼 쏟아졌다.

그러나 크리스토퍼는 살아남았다. 모든 역경을 딛고, 의학적 위기를 넘기고 또 넘겼다. 지금까지는. 이때까지는. 크리스토퍼가 아빠와 함께 조부모님 댁에 가 있던 크리스마스 연휴에 예기치 못하게 복부 폐색이 찾아와 아이의 삶을 앗아가기 전까지는. 나는 중요한 딱 한 가지 일을 실패했다는 생각에 스스로를 용서할 수 없었다. 나는 살아남았다. 크리스토퍼는 그러지 못했다.

게다가 아이 곁에 없어서 작별인사도 건네지 못했다.

나는 주체할 수 없는 슬픔에 잠겨, 집을 거의 벗어나지 못했다. 크리스토퍼의 반 친구들에게 소식을 전하겠다고 캐시가 나서준 덕에 불가능한 일을 떠맡지 않을 수 있었다. 그녀는 아이들에게 계속 크리스토퍼 얘기를 해도 괜찮다고 말했다. 캐시는 그해 핼러윈 때 크리스토퍼가 입었던 〈라이온 킹〉 의상을, 그 아이의 눈이 얼마나 메이플시럽 같은 황금빛 갈색이었는지를, 그 아이가 얼마나 기차를 좋아했는지를 말했다. 캐시는 반 친구들에게 크리스토퍼와의 추억을 써달라고 부탁했다.

몇 주 후, 줄이 그어진 종이에 비뚤배뚤한 블록체로 인쇄된 아이들의 짧은 기억을 받았다. 거기에는 하트 모양과 별 모양, 손이 너무 큰 막대 모양 인간처럼 생긴 아이들의 모습이 그려져 있었다.

"크리스토퍼는 제 단짝 친구였어요. 우리는 함께 테더볼 게임*을 했어요"라고 한 아이가 썼다.

"제가 무릎을 다쳤을 때, 크리스토퍼가 반창고를 줬어요"라고 다른 아이가 썼다.

어떤 문장은 청각장애아만 사용할 법한 특이한 문법으로 쓰여 있었다. "크리스 천국 가다." 거기에는 크리스토퍼가 밝고 푸른 하늘의 오른쪽 구석을 맴도는 그림도 있었다.

이런 사소한 이야기를 편안하게 꺼내는 아이들이 부러웠다. 이야기를 할 언어도, 단어도 더는 내게 남아 있지 않았다. 가장 간단한 문장조차 더는 말이 되지 않았다. 크리스토퍼는 내 아들이다. 크리스토퍼는 내 아들이었다. 둘 중 어느 것도 사실로 만들 수 없었다. 아들을

---

* 기둥에 공을 매달아 라켓으로 치고 받는 게임.

잃은 공허함은 별과 별 사이의 어둠만큼 형언할 수 없었다.

비통함에 관해서는 사전도 별로 도움을 주지 못한다. 끝없이 깊은 우물이나 응답받지 못한 기도를 일컫는 단어도, '고아'나 '과부'처럼 자식을 잃은 부모를 칭하는 영어 단어도 없다. 산스크리트어로 빌로마vilomah는 '자연의 섭리를 거스르는'이라는 뜻이다. 포르투갈어로 사우다드saudade는, 다시는 돌아오지 않을 사람을 향한 깊은 갈망을 묘사하는 단어지만 그 의미를 그대로 옮길 만한 영어 단어는 없다. 스페인어로 마드루가다madrugada는 자정과 새벽 사이의 형언할 수 없는 어둠을 뜻하는 단어다. 하지만 이중 어떤 명사로 나를 설명할 수 있을까?

크리스토퍼가 죽은 후 몇 주, 몇 달 동안 사람들이 발 벗고 나를 도와줬다. 신문사의 옛 동료는 내가 차마 쓰지 못한 크리스토퍼의 부고를 써주었다. 다른 친구들은 내게 가족과 가까운 시애틀로 이사하라고 조언해줬다. 하지만 그러려면 아들 방을 정리해야 했는데 차마 아이의 물건을 버릴 엄두가 나지 않았다. 크리스토퍼가 어릴 때 보통은 내가 볼일을 보러 나갈 때 혹은 출근 준비를 할 때 가끔 내 시계가 없어지고는 했다. 아들이 학교 운동장에서 발견한 보물을 몰래 감춰두는 많은 비밀 상자 중 하나에서 나중에야 그 시계를 발견했다. 심리학자들은 이를 분리불안 증상을 달래주는 '애착 물건'이라고 불렀을 것이다.

이제는 내게 애착 물건이 필요했다. 하지만 크리스토퍼를 되찾는 마법을 부려줄 단 하나의 부적이 무엇일까? 나는 모든 것에, 그러니까 태엽으로 움직이는 공룡 인형과 무지개링 장난감, 아들의 배트맨 반창고, 파란 천식 흡입기를 넣어서 벨트에 차고 다니던 빨간 작은 주머니, 아들이 좋아했던 뷰마스터에 매달렸다.

아들의 짐을 정리하는 대신, 아들이 방학에 자기 아빠(내 전남편)를 만나러 갈 때처럼 방을 청소했다. 말라버린 마커를 버리고, 작아서 못 입게 된 옷, 더는 가지고 놀지 않는 장난감을 재활용하려고 상자에 담았다. 미술용품을 깔끔히 정리했고, 아들이 스크랩북을 만들 때 쓰고 버린, 일곱 살짜리 아이의 삶처럼 단명한 것들을 모았다. 크리스토퍼의 옷을 개어 아들의 옷장에 넣어두고, 달력을 넘겼으며, 숙제를 쌓아놓았다. 퍼즐을 적당한 상자에 분류해 담고, 아이가 자라면서 손대지 않던 물건을 가지고 놀면서 시간을 보냈다. 아이의 성장과정을 기억하는 나만의 의식이었다.

나중에 보니 아들의 방은 깔끔히 정돈되어 안락해 보였다. 그런 방을 보니 더 괴로웠다. 아들이 집으로 달려들어올 때 소용돌이치는 행복한 에너지와, 그후에 곧 어질러진 방이 간절히 그리웠다. 아들이 매일 밤 만든 '캠핑장'이 그리웠다. 아들의 침대에서 보내는 안락한 생활보다 바닥에서 자는 모험이 더 좋았다. 아들이 쌓아놓은 옷 무더기, 좁은 방안을 이리저리 지나가도록 끝없이 재배치한 장난감 기차선로가 그리웠다. 방의 변함없는 풍경이 나를 비웃으며 아들의 부재를 상기시켰다.

이것은 슬픔의 역설이다. 처음에는 이사한다는 생각을 견딜 수가 없더니, 나중에는 머물겠다고는 생각조차 할 수 없었다.

첫번째 만남

어린 시절이라는 선물

세스

1장
삶이 뒤바뀐 순간

매일 아침 집에서 차를 몰고 시애틀 포스트인텔리전서 신문사로 출근하려면 옛 에버그린 포인트 부교를 건너야 했다. 그 당시에는 세계에서 가장 길었던 그 부교는 다리 상판이 워싱턴호 수면 바로 위에 놓여서 강풍이라도 불면 다리가 폐쇄되어버렸다. 신문사 사람들은 농담 반 진담 반 그 다리가 껌과 신발끈으로 묶여 있다고들 했다.

종종 차가 밀리면 다리 중간쯤에서 정체가 생겼다. 맑은 날, 꼼짝없이 다리에 갇혀서 눈 앞에 펼쳐진 풍경을 보노라면 가히 장관이었다. 남쪽으로는 레이니어산이 솟아 있고, 서쪽으로는 아침 햇살이 올림픽산맥 봉우리를 비추었다. 그 사이에 자리한 내가 물위에 있었다. 차 안에서 누에처럼 웅크리고 있으면 밤새 나를 불안에 떨게 하고 아침까지 유령처럼 따라다니던 꿈의 잔상을 떨쳐낼 수 있었다. 미칠 듯 불안해져 온몸을 땀으로 흥건히 젖게 하는, 크리스토퍼가 사실은 죽지 않았다거나 학교에 아이를 데리러 가는 걸 깜빡했다거나, 아이가 외투도 입지 않은 채 눈폭풍 속에서 길을 잃었다거나, 아이 아빠가 애를 데려갔는데 어디로 갔는지 모른다거나 하는 그런 꿈들 말이다.

나는 예전 삶이 남긴 작은 흔적을 지니고 다녔다. 크리스토퍼가 제일 좋아했던 배트맨 반창고 몇 개와, 한쪽 귀퉁이가 접힌 아들의 도서관 카드를 지갑에 넣고 다녔다. 우리가 함께 밤하늘을 보며 별을 세던 때를 생각하며 작은 별 모양의 금목걸이를 걸고 다녔다. 다리를 다 건널 때쯤이면 나는 프로답게 가면을 장착하고, 하루를 버텨내는 데 필요한 가드를 올렸다.

6년 전 신문사를 떠나며 언론계에서 영원히 멀어질까봐 두려웠다. 그땐 별안간 혼자 일하고 싶어져서 항공우주와 기술 분야를 취재하던 안정적인 신문사 일을 그만두고는 뭐든 닥치는 대로 하는 프리랜서 생활을 했다. 다시 시애틀 포스트인텔리전서로 돌아와 샐러리맨이 되었건만, 그 일을 정말로 원하는지 확신이 들지 않았다.

나는 원래 이십대 중반부터 시애틀 포스트인텔리전서에서 일했다. 대학원을 졸업하고 곧바로 몇 년간 교외에 자리한 작은 일간지 회사에서 힘들게 일한 끝에 처음으로 대형 신문사에 들어간 터라 너무 신이 났었다. 당시에는 시애틀 시내의 6번 대로와 월가가 만나는 지점에 시애틀 포스트인텔리전서 본사가 위치했고, 본사 지붕에는 13톤짜리 푸른 지구본이 빙빙 돌아가고 있었다. '모든 뉴스는 시애틀 포스트인텔리전서에 있다It's in the PI'라는 커다란 빨간 네온사인이 적도를 중심으로 뽐내듯 회전했다. 지구본에는 노란색 네온사인으로 테두리를 두른 독수리가 앉아 있었다. 땅딸막하고 튼튼하게 지어진 본사 건물 자체는 희망에 찬 1940년대 모더니즘 양식을 띠었다. 신문사 건물이 블록 하나를 통째로 차지했는데, 인쇄기가 돌아가면 건물 전체가 흔들리기도 했다. 매일 직장에 도착해서는 마치 로이스 레인*처럼 내 앞에 가능성으로 가득한 세상이 펼쳐져 있어 무엇이든 정복할 수 있다는 듯 그 지구본을 올려다보았다.

내가 로스앤젤레스로 이사가기 몇 년 전, 시애틀 포스트인텔리전서 신문사는 시애틀 해안가의 매끈한 건물로 사무실을 옮겼다. 새로운 뉴스룸은 오래된 영화 세트장 같은 분위기는 덜했지만, 어질러진 보험사 사무실 같았다. 신문사 사주인 허스트는 어느 날 밤, 옛 건물 지붕에 있던 지구본을 플라스틱으로 만든 부활절 계란인 양 반으로 쪼개서 엄청나게 넓은 평상형 트럭에 싣고 새 건물로 옮겼다. 그렇게 새 건물 꼭대기에 툭 하고 지구본이 놓이자 시대착오적이면서도 어색해 보였다.

크리스토퍼가 세상을 떠난 지 2년이 지나 뉴스룸으로 돌아온 나의 기분도 그러했다. 구석구석에서 예전의 자아를 마주쳤다. 처음으로 동료에게 임신 소식을 속삭였을 때 동료가 환호하며 나를 꼭 껴안아주던 계단에서, 출산 예정일을 2주 앞두고 크리스토퍼가 살아서 태어나지 못할 수도 있다는 소식을 듣고 몰래 숨어서 흐느끼던 화장실에서, 크리스토퍼가 신생아 집중치료실에 몇 달간 입원했을 때 목

---

* 〈슈퍼맨〉의 기자 동료이자 애인.

소리가 걸걸한 소비자 칼럼니스트가 내게 배달음식을 차려주던 책상에서.

뉴스룸은 그야말로 기억의 미로였다. 매일 아침, 커피머신 옆에 놓인 직원 게시판을 확인하려면, 내가 사직하고 로스앤젤레스로 이사했을 때 내게 행운을 빌어준 편집장의 통유리 사무실을 지나야만 했다. 편집장은 그때 "가족을 돌보는 게 다른 어떤 일보다 중요하지"라고 말했다. 이제는 직장에 돌아왔지만, 전혀 즐겁지가 않았다. 가장 중요한 일에 실패했으니 말이다.

퇴근 후에는 매일 밤, 하루종일 피곤에 지친 몸을 이끌고 서재로 들어갔다. 히터 옆 바닥에 털썩 주저앉아 벽에 등을 기대고는, 감정을 퍼붓듯 일기를 써내려갔다. 마치 형체 없는 야수가 내 멱살을 쥔 듯 숨도 제대로 못 쉬면서 글을 썼다. 은유가 종이를 가득 채웠다. 이 표현할 길 없는 슬픔에, 이 날것의 격렬한 상실감에 이름을 붙이려는 내 나름의 시도였다. 지구본을 올려다보며 이런 일 말고는 무엇이든 상상할 수 있었던 그 젊은 여자에게 대체 무슨 일이 일어난 걸까?

과거로 돌아가서 그녀가 되고 싶었다. 인생을 되돌려 젊은 날, 태어날 아기를 돌볼 생각에 들떠서 낡은 집을 수리하며 가족으로 채워질 미래를 계획하던 그때로 돌아가고 싶었다. 매년 온 가족을 위해 추수감사절 저녁을 요리하던, 여름날 저녁이면 친구들을 바비큐 파티에 초대하고 그들의 생일에 밀가루가 들어가지 않은 초콜릿 토르테 케이크를 만들어주던, 벨트 여덟 개짜리 베틀로 아기 담요를 짜며 밤을 지새우던 사람으로 돌아가고 싶었다. 크리스토퍼가 죽지 않도록, 그래서 옆방에 내가 고개를 내밀고서 아들에게 숙제를 끝내라고 말하도록, 아니면 아이 침대에 뛰어들어 책을 읽어줄 수 있도록 대본을 다시 쓰고 싶었다. 내 삶은 이런저런 회상에 잠겨 결국 목놓아 울다 지쳐 바닥에서 잠들 때까지 매일 반복되었다. 긴긴 마드루가다가 끝나버리기를 바라던 날들이 있었다. 그때는 출근길에 다리가 가라앉는대도 상관없었다.

재입사했을 때, 내 자리는 경제부에 있었는데, 전에 일했던 사무실과 마찬가지로 뒤쪽 구석이었다. 그곳은 뉴스룸의 중심부서에서 벗어난 위치라는 장점이 있었다. 한참이 지나서야 자그마한 내 자리에 숨어서, 추억에 발부리 걸려 넘어지는 상황을 극복할 수 있었다.

어떤 기자들 자리에서는 퓨젓사운드만 풍경이 전면에 펼쳐져 겨울날 강렬한 석양이 마감을 방해하기도 했다. 내 책상은 반대쪽인 남쪽을 향해서, 시애틀 항구를 따라 나란히 달리는 철로가 내려다보였다. 화물열차가 하루에 몇 번씩 덜컹거리며 지나갔다. 나는 아무 생각 없이 덜컹거리며 지나가는 열차량 수를 세고 있었다. 크리스토퍼와 함께 기차를 볼 때마다 즐겨 하던 일이었다.

하지만 대개는 일을 할 수 있도록 크리스토퍼 생각을 하지 않으려 애썼다. 책상에는 아들 사진을 두지 않았다. 다른 부모들이 자녀 이야기를 할 때도 크리스토퍼 얘기를 꺼내지 않았다. 그런데도 아들은 내 대화에 그림자처럼 따라붙었다. 무의식적으로 손으로 아들 이름의 수어인 'C'자 모양을 만들어 가슴 위에서 돌려댔다. (뜨거워, 그만

해, 행복해, 부탁이야, 고마워, 미안해 같은) 크리스토퍼에게 반복해서 쓰던 수어도 무심코 튀어나왔다. 가끔은 아들의 이름인 C를 손으로 만들고는 목으로 가져갔다가 가슴까지 떨어뜨렸다. 배고픔hunger이라는 수어이자 갈망을 뜻하는 단어 사우다드이기도 했다. 맥락과 관계없는 얘기이긴 하지만, 사람들은 대부분 내 수어를 알아차리지 못했다. 내가 말할 때 동작을 많이 사용한다고만 여겼을 것이다.

신문사에 돌아온 지 1년도 되지 않았을 때, 의학 기자인 톰 폴슨이 안식년 휴가를 떠나자 사회부장인 캐시 베스트가 내게 사회부로 옮겨서 의학 분야를 담당해달라고 부탁했다. 그때는 경제 분야를 벗어날 수 있어서 반가웠다. 미국 경제계의 권모술수에는 별 관심이 없었기 때문이다. 젊은 시절에는 전국을 떠들썩하게 만든 경제계 사기꾼을 다룬 기사를 써서 『포브스』에 나오기도 했다. 임신해서 배가 불룩한 내 사진이 기사와 함께 실렸다. 나는 갓 만든 '아기 추억' 상자에 그 사진을 넣으며, 우리 아기가 처음으로 공동 필자로 이름을 올린 셈이라고 농담했다. 그후 재조합 DNA 기술의 초기 개발에 대해서 그리고 적혈구 생성을 촉진하는 호르몬인 에리스로포이에틴과 인간성장호르몬을 비롯해 주입 가능한 생약의 출현에 대해서 보도하기도 했다. 에리스로포이에틴과 인간성장호르몬은 신부전이 생긴 크리스토퍼에게 결국 투여했던 약물이다. 하지만 그때는 경제 분야 기사에 예전처럼 흥분되지 않았다. 이미 내 인생을 너무 많이 사로잡은 의학 분야를 취재하는 편이 더 나을지도 몰랐다. 딱 한 가지 문제가 있었다. 그러려면 사무실 구석에 위치한 나만의 은신처를 떠나야 했다.

시애틀 포스트인텔리전서의 사회부 편집실은 탁 트인 넓은 공간이었는데, 선임 편집장을 위해 통유리로 구성된 사무실이 줄지어 있었다. 사회부 부편집장들은 방 한가운데 연단 위에 놓인 책상 앞에 앉았는데, 거기서는 모두가 한눈에 들어왔다. 그래서 뉴스가 터졌을 때, 그들은 지시 사항을 소리쳐 알리거나 사람들을 빨리 밖으로 내보낼 수 있었다. 기자들은 방 곳곳에 몇 명씩 콩깍지 모양으로 무리지어 앉았다. 편집장들이 매일 아침 모여 그날 신문에 어떤 기사를 내보낼지, 어떤 기사를 1면에 올릴지 결정하던 거대한 회의 테이블인 '불펜' 바로 오른쪽 콩깍지가 내 자리였다. 뉴스룸은 일종의 역동적인 음악 같았다. 전화벨소리, 타닥거리며 전신을 내뱉는 텔레타이프 기계 소리 사이로 간간이 다급한 사람들의 낮은 말소리가 윙윙거렸다. 그 윙윙거림이 우리의 전기였고, 뉴스룸은 그 전기로 돌아갔다.

직장에서 나는 매일 아침, 기사에 쓸 만한 이야기를 찾아 여기저기 전화를 돌리고 산처럼 쌓인 서류를 샅샅이 뒤졌다. 신문에서 어떤 사고 기사를 읽으면 그 이야기의 나머지 부분이 궁금해 사고에 관한 사소한 실마리를 찾기도 했다. 생존자들이 궁금해서 부고 기사를 검색해보기도 했고, 직장 동료나 정보원에게서 인생이 뒤바뀐 상황을 견디는 이들의 이야기를 들었다. 이렇게 삶이 뒤바뀐 순간을 찾는 데 사로잡혔다. 그 이전과 이후로 시간이 갈라진 순간들. 어쩔 수가 없었다. 우리가 통제할 수도 없고 다가오는 것을 미처 보지도 못한 순간들, 여기에 내 관심이 쏠렸다.

어느 4월의 오후, 점심을 먹으러 나가려다가 국립보건원NIH에서 나온 발표 자료를 우연히 보게 되었다. 나는 다시 자리에 앉았다. 아이들을 신체적으로 평균보다 몇 배 빠르게 노화시켜, 보통 열세 살 이전에 조기 사망에 이르게 하는 희귀병인 선천성 조로증의 원인이 되는 유전적 돌연변이를 과학자들이 발견했다는 소식이었다. 심장이 쿵 하고 내려앉았다. 크리스토퍼가 죽은 지 8년이 넘어가는 시점이라서, 그때쯤에는 보통 일상적인 업무와 내 과거사를 분리할 수 있었다. 하지만 이번 뉴스는 익숙한 상처를 칼로 베어 드러낸 것 같았다.

그 발표 자료를 서류 더미 아래쪽에 밀어넣고 못 본 척했다. 하지만 너무 늦었다. 이미 갑작스레 홍수처럼 밀려든 기억이 다른 생각을 침수시키려고 위협했다. 주먹을 쥔 것처럼 폐가 쪼그라들었다. 자리에서 일어나 불펜 뒤에 죽 늘어선 창가로 가서 엘리엇만의 물을 바라보며 숨쉬는 법을 기억하려 애썼다.

소나기가 바람에 날리며 상쾌하게 물을 튀겼고, 빗방울 사이로 태양이 살짝 보였다. 연파란색 상자를 높이 쌓아올린 위풍당당한 컨테이너선이 엘리엇만의 저쪽 끝에서 항구를 향해 미끄러지듯 들어왔다. 오렌지색 화물 크레인 한 무리가 파도에 쓸려 온 먹이를 기다리는 거대한 금속 바닷새처럼 엘리엇만에 서 있었다. 천천히 호흡이 돌아오자 자리로 돌아가 다른 뉴스 속보가 없는지, 내게 붙은 유령이 아니라 달리 정신을 돌릴 만한 게 없는지 전신을 샅샅이 뒤졌다.

여러 시간이 지나고 아니 어쩌면 몇 분밖에 안 지났는지도 모르지만, 아무리 잊으려 애써도 선천성 조로증 이야기에 강하게 끌렸다. 다시 서류 더미에서 그 언론 자료를 뒤졌다.

다시 기사를 읽으면서는 다른 방식으로, 즉 프로답게 거리를 두고 그 이야기에 접근했다. 그 발표는 그때까지만 해도 불가능했던 조로증의 이해에 과학자들이 한 발 가까이 다가갔음을 암시했다. 의사들이 효과적인 치료법을 개발할 수도 있고, 심지어 치유할 수도 있다는 뜻이었다.

기사에 내포된 과학적 함의가 호기심을 불러일으켰다. 그 이야기를 곧바로 편집장에게 말해야 했다. 하지만 글을 읽으면서 줄곧 성인이 되기 전에 자신의 아이가 죽을 것임을 아는 환자 가족들이 떠올랐다. 자녀가 고등학교를 졸업하는 모습을, 어린 시절의 꿈을 실현하는 모습을, 결혼해 가정을 꾸리는 모습을 보지 못할 가족들. 그들은 자녀들의 몹시 조마조마한 첫 운전면허 시험과 서툰 첫사랑을 보지 못할 것이다. 그들이 어떻게 그걸 견뎌내는지 상상도 할 수 없었다. 나조차도 내가 어떻게 견뎌내는지 몰랐으니까. 그래서 내가 할 수 있는 유일한 일에, 그러니까 조사에 몰두했다.

무작위로 발병하고 유전되지 않는 조로증은 1886년 처음 발견됐는데, 그후 연구원들은 당혹스러웠다. 문서로 남겨진 사례가 백여 건밖에 되지 않아서 연구과정에 어려움이 매우 컸다. 과학자들이 막 발견한 사실은 이러했다. 어떤 유전자 돌연변이가 세포핵의 골격에서 발견되는 주요 단백질에 결함을 일으키는데, 이 때문에 세포가 더 빨리 파괴된다. 연구원들은 이 유전자를 발견하면서 가능성 있는 치료를 어디에 집중할지 파악하게 되었고, 심지어 불치병이라고 여겨온

병을 고칠 수 있을지도 몰랐다. 나는 전신을 쭉 훑어보다가 그 연구가 일반적으로 노화과정에 어떤 시사점을 제공하느냐로 이미 전국의 언론사가 웅성거리고 있음을 알았다.

기사로 소개할 가족만 찾아낸다면 1면을 장식할 가능성이 있는 기삿거리였다. 대중에 영향을 미칠 만한 주요 유전학적 발견은, 특히 의학 연구원이 많은 시애틀에서는 늘 열렬한 관심의 대상이었다. 뉴스룸에서는 1면 기사가 돈이나 다름없었다. 이 기사를 추적하지 않는 일은 바보 같은 행동일 것이다. 하지만 만약 추적한다면 그게 내게 무슨 의미일지 계속 생각했다. 아들을 잃으리라는 사실을 아는 엄마를 대면해야만 한다.

내 삶은 이름을 붙일 수 없는, 바닥이 보이지 않는 우물의 끝에 이미 불안정하게 서 있었다. 넘어지지 않으려면, 크리스토퍼를 잃은 고통으로 죽을 것 같아 구원을 간청했던 초기로 돌아가지 않으려면 모든 에너지를 쥐어짜야만 했다. 낮 동안은 일도 바쁘고 마감 시간도 있어서 우물의 가장자리를 벗어날 수 있었다. 하지만 밤에는 정신이 나를 배반했다.

악몽 속에서 크리스토퍼를 잃고 또 잃었다. 이런 밤의 악몽 속에서 아들은 항상 제일 좋아하는 빨간색과 청록색의 캠프셔츠를 입고 머리에는 거북이처럼 헬멧을 쓴 채, 작고 파란 세발자전거를 타고 바로 앞에 놓인 절벽을 향해 페달을 돌렸다. 나는 아들의 얼굴을 볼 수가 없었다. 아무리 빨리 달려도, 아무리 멈추라고 소리쳐도, 아들은 듣지 못했다. 아들이 어둠 속으로 떨어지기 전에 한 번도 그를 붙잡지 못했다.

그후 여러 달 동안, 머릿속에서 그 악몽을 지우려고 애썼지만, 악몽은 나를 놓아주지 않았다. 그것은 폭풍 속에서 점점 팽팽해지는 보라인*처럼 나를 끌어당겼다. 악몽을 완전히 끊어버리겠다고 결심하고 마침내 국립보건원과 조로증연구재단에 전화를 걸어 환아 가족에 대한 실마리를 찾기로 했다. 당시 전 세계에 선천성 조로증을 겪는 아이는 마흔 명도 되지 않았고, 그중 미국에 사는 아이는 일곱 명뿐이었다. 내 기사를 실현하게 할 만큼 가까이 사는 조로증 환자를 찾을 확률은 극히 낮았다. 그렇지만 컴퓨터 화면에 뜬 명단을 손가락으로 짚어 내려가면서 맥박이 요동쳤다. 손가락이 한 줄에 멈췄을 때, 엘리베이터가 추락하듯 심장이 철렁 내려앉으며 멎는 것 같았다. 의사 선생님이 심장잡음과는 전혀 관련이 없다고 몇 번이고 나를 안심시킨 증상이었다. 미국에 거주하는 조로증 환자 일곱 명 중 한 명의 집이 워싱턴주 달링턴에 있었다.

달링턴은 시애틀에서 북쪽으로 한 시간 반 정도 떨어진 노스캐스케이드에 있는 산골 마을이었다. 강으로 경계를 이룬 그 마을은 한때 강에서 강으로 화물을 운반하는 수송로 역할을 했다. 이제 마을 사람들은 물고기를 잡거나 주변 숲에서 벌목을 했다. 그날 내가 파악하기로, 달링턴에는 세스 쿡이라는 열 살짜리 소년도 살고 있었다. 그의 건강이나 질환에 관한 정보는 없었다. 그저 그 아이가 자기 미래를

---

* 가로돛의 양끝을 팽팽하게 당기는 밧줄.

좌우할 무작위적인 돌연변이를 타고난 불행한 아이 무리에 속한다
는 냉혹한 사실만 알고 있었다.

전화기 옆에 늘 놓아두는 노란색 리갈패드에 세부 사항을 적어 내
려가면서 손이 떨렸다. 그건 아무런 의미도 없다고 스스로를 타일렀
다. 굳이 전화할 필요는 없었다. 전화번호를 적은 패드를 찢어서 그것
이 나를 노려보지 않도록 뒤집어놓았다.

하지만 그날 밤, 잠이 오지 않았다. 기억이 한꺼번에 몰려왔다. 티
볼을 처음 치고 기뻐서 소리지르던 크리스토퍼. 책을 읽어달라며 내
품속을 파고들던 크리스토퍼. 병원에서 의식을 잃고 모니터에 속박
되어 있던 크리스토퍼. 나는 아이 곁에 없어서 작별인사도 건네지 못했다.
그런 생각을 묻어버리려 애썼지만 소용없었다.

자리에서 일어나 어두워진 거실을 서성거리며, 그 모든 색깔을 검
정과 회색으로 바꿔버린 긴 그림자를 밟고 올라섰다. 세스는 어떻게
살아갈지, 자기가 죽으리라는 걸 뼛속 깊이 아는 아이에게는 세상이
어떻게 보일지 궁금했다. 크리스토퍼가 어떻게 생각했을지 이해하기
위해서 말이다.

다음날 아침, 담당 편집장 로라 코피에게 선천성 조로증을 겪는
남자아이에 관한 기사를 다큐멘터리 형식으로 써보면 어떨지 얘기
했다. 다른 사람보다 더 빨리 노화하는 소년에게서, 죽음에 맞서는
방법에 관해 우리 모두가 뭔가를 배울 수 있으리라 주장했다. 나는
세스를 1년 동안 따라다니겠다고 제안했다. 그 정도면 세스를 제대

로 알기에 충분한 시간이었다.

빨간 머리칼의 로라는 호탕하게 잘 웃는 사람이었다. 열정적이고 마음씨가 고운 로라는 인간미 넘치는 기사와 동물 이야기를 좋아했다. 로라가 보내온 이메일은 항상 수많은 느낌표로 도배되어 있었다. 로라는 즉시 세스 이야기의 취재를 승인했다. 그 기사 때문에 내 담당 분야의 일상적인 기사들, 그러니까 헌혈 캠페인과 독감 환자 수, 병원의 합병 및 연구 결과 등의 취재를 소홀히 하지 않는다면 괜찮다고 동의했다.

모든 편집장이 크리스토퍼의 일을 아는 건 아니었지만, 사회부 편집장 리타 히바드는 크리스토퍼를 알았다. 내가 신문사에 입사했을 때부터 우리는 알고 지냈다. 리타가 임신해 베이비샤워를 할 때 크리스토퍼를 데려가기도 했고, 둘 다 아들 키우는 엄마로서 유대감이 깊었다. 크리스토퍼가 죽은 후 내가 신문사에 돌아왔을 때, 나를 경제부에서 빼내 의학 분야의 취재를 맡기자고 제안한 사람도 그녀였다. 내가 어떤 기삿거리를 골랐는지 들은 리타가 엄숙한 표정으로 나를 따로 불러냈다. 리타는 통유리로 된 자기 사무실에서 내 계획을 들었다. 리타는 까다로운 기사를 피하는 사람은 아니었다. 젊은 시절에는 워싱턴주 스포캔시를 공포에 떨게 한 '사우스힐 강간범'의 가학적인 공격을 보도한 적도 있었다. 리타는 나보다 먼저 의학 기자로 일했고, 인간의 고통을 이야기로 다루는 제 역할을 다했다. 그녀는 다루기 힘든 기사라도 과감히 결단을 내린다는 평판 덕에 시애틀 포스트인텔리전서에서 편집장 자리까지 올라갔다. 리타는 내가 이 이야기를 추적할 만하지 않다고 생각하는 듯했다. 몇 분이 지나서야 그녀가 기사가 아니라 내 걱정을 한다는 걸 깨달았다.

"네가 무슨 일을 하고 있는지 생각해봐." 그녀의 푸른 눈에 눈물이 그렁그렁했다. 우리 둘 다 무슨 생각을 하는지 입 밖으로 꺼내지는 않았다. 크리스토퍼에 관해, 언론인으로서 호기심 외에 내가 이 이야기를 왜 추적하는지에 관해서 말이다.

하지만 내게는 선택지가 달리 없었다. 그 이야기에 대한 생각이 머릿속을 떠나지 않았다. 세스가 어떻게 생겼을지, 목소리는 어떨지, 계속 그 아이를 상상했다. 그 아이는 크리스토퍼처럼 쾌활할까 아니면 자신이 불치병에 걸렸다는 걸 알아서 그 무게에 짓눌려 침울해할까. 크리스토퍼가 자신의 죽음을 두려워했는지 나는 알 수 없었다. 아마 그걸 알아낼 두번째 기회가 찾아온 게 아닐까 싶었다.

2장
삶의 속도

처음으로 세스를 만나러 달링턴으로 차를 몰고 가던 날 아침, 세스의 엄마 패티가 알려준 길을 확인하고 또 확인했다. 신문사에서 출발해 400미터쯤 가다가 노트와 질문지를 뉴스룸에 두고 온 걸 깨달았다. 차를 돌려 그걸 챙겨서 서둘러 출발하면서 이게 리타의 말이 맞는다는 징조일지 모른다고 생각했다. 어쩌면 이건 나쁜 아이디어일지도 모른다.

세스의 부모인 패티와 카일은 머뭇거리며 내 취재에 한 가지 단서를 붙였다. 그들은 취재가 세스 의견에 달려 있다고 했다. 그 말은 곧 열 살짜리 아이에게 허락을 구하러 달링턴까지 가야 한다는 뜻이었다.

크리스토퍼가 죽은 이후로 나는 아이들 주변에서는 시간을 거의 보내지 않았다. 어린 조카들의 얼굴에서 아들의 모습이 너무 많이 보일 때마다 쾌활해지려 애써 노력하면서 조카들 옆에서도 어색해했다. 크리스토퍼가 죽었을 때보다 겨우 몇 살 많은 남자아이와 얘기를 나누러 가서는 그 일이 내 속을 후벼파지 않는 척을 해야 했다.

달링턴은 삼백 가구도 안 되는 작은 마을이었다. 마을 중심가에는 슈퍼마켓 하나, 카페 하나, 은행 하나가 있었다. 학교도 한 곳 있었는데 거기서 유치원생부터 12학년까지 가르쳤다. 그러나 세스네 집을 찾다가 길을 잃는 바람에 마을 안에서 멈춰 길을 물어야만 했다. 카페 종업원이 세스네 가족을 알았다. 내가 묻자마자, 그녀는 마을에서 숲으로 이어지는 도로를 가리켰다.

세스네 집은 자갈로 된 긴 진입로를 들어가 마을이 내려다보이는 언덕의 나무 사이에 숨어 있었다. 카일은 화이트호스산을 배경으로 빈터에 집을 지었다. 내 차의 타이어 소리에 놀란 사슴 한 마리가 뛰어올랐다. 주차를 하고, 노트를 움켜쥔 손이 떨렸다. 어느 순간 나도 모르게 문을 두드렸다.

무엇을 예상하는지 안다고 생각했건만, 나무 문이 열리고 세스를 내려다보았을 때, 숨이 턱 막히는 것을 참아야만 했다. 열 살인데도 그 아이는 걸음마를 뗀 아기 정도의 몸을 한 여든 살 노인 같았다. 머리는 벗겨지고 주름이 많았다. 아이의 정맥 혈관이 피부에 비쳤고, 푸른 눈은 흐릿했다. 키는 내 허리 높이를 간신히 넘는 정도였다. 심장이 몇 번 요동치고서야 평정심을 회복했다.

"네가 세스구나." 목이 메어 잠긴 목소리가 가늘게 터져나왔다. 세스와 크리스토퍼의 겉모습은 매우 달랐지만, 세스의 얼굴에는 크리스토퍼를 연상시키는 무언가가 있었다. 섬광처럼 짧은 순간이었지만,

세스의 얼굴에서 세상을 알고 싶은 열렬한 호기심이 엿보였다.

세스는 정중하게 고개를 끄덕이고는 뼈만 앙상한 손을 내밀었다. 그 손을 잡고 조심조심 흔들었다. 그가 미소를 지으며 작은 거실에 놓인 소파로 나를 안내했다. 세스는 쿠션 가장자리에 걸터앉아 노트 이면의 나를 평가했다. 세스의 아빠 카일이 어느 겨울날 식량 거리로 사냥한 곰 가죽이 벽에 걸려 있었다. 그 곰이 조금 위협적으로 느껴졌다.

"가끔 곰이 앞마당까지 들어와요." 내 시선을 따라가던 세스가 말했다. 아이의 목소리는 헬륨 가스를 들이마신 것처럼 가는 쇳소리가 났다.

그때 굉장히 무서웠겠다고 말하려다가 멈췄다. 세스가 이미 직면한 상황이 얼마나 무서운지를 고려하면 적절한 반응이 아닌 것 같았다. 침을 삼키고는 곰이 멋있다고 애매하게 대꾸했다. 그럴듯하게 들려야 할 텐데 싶었다.

세스가 소파에서 갑자기 내려왔다. "제 방 보러 가실래요?"

우리 부모님이 집에 오실 때마다 제일 먼저 자기 방으로 끌고 들어가던 크리스토퍼의 모습이 머릿속을 휙 스쳤다. 패티를 힐끗 쳐다보자 그녀가 허락한다는 듯 고개를 끄덕였다. 자리에서 일어나자 속이 울렁거렸다.

세스는 백화점 내 사진관에서 찍은 자기 성장사진이 쭉 걸린 복도를 따라 나를 데리고 갔다. 그 사진을 보니 크리스토퍼에게 장난감과 공을 들고 포즈를 취하게 해서 찍었던, 친척들에게 지갑에 넣고 다니라고 나누어준 사진이 생각났다. 세스의 갤러리에는 시간의 흐름이 담긴 듯하다는 점만 달랐다. 맨 처음 찍은 사진에서 세스는 머리칼이 비단 같은 금발이었고 푸른 눈은 통통한 뺨 위에서 반짝거렸다. 그다음 이어지는 사진들은 1년 간격으로 찍혔지만, 사진마다 10년은 더 늙어 보였다.

세스는 내 시선을 알아채고 어깨를 으쓱했다. "저는 다른 사람보다 더 빨리 나이를 먹어요. 개들이 그러는 것처럼요."

바로 그때, 크고 검은 거미가 복도를 따라오더니 내 다리로 뛰어올랐다. 나는 놀라서 거의 펄쩍 뛰었다.

세스가 활짝 웃으며 말했다. "걱정 마세요." 그가 손에 숨기고 있던, 거미 장난감을 작동시킨 버튼을 보여주었다.

긴장한 상황에서도 웃음이 터졌다. 웃음소리에 정말로 깜짝 놀랐다. 시애틀에 돌아온 이후로는 아이들을 마주치지 않도록 일정을 신중히 조정했다. 주말에는 가족들이 떼지어 다니는 우드랜드파크 동물원이나 쉴즈홀 해변을 피했다. 인터내셔널 분수의 물보라에 아이들이 몰려드는 시애틀센터도 가지 않았다. 마치 '아이들의 시애틀'이라는 또다른 쾌활한 시애틀이 존재하고, 내가 그곳을 스스로 차단한 것처럼 그랬다. 아이 주변에서 자연스럽게 웃어본 게 몇 년 만인 듯했다. 아마도 정말 그랬을 것이다.

우리가 무슨 이야기를 했는지, 열 살짜리 관점에서 뭔가 민망한 얘기는 안 했는지 기억은 나지 않지만, 인터뷰가 끝나자 세스가 나를 문까지 배웅해줬다. 세스는 활짝 웃으며 "다음에 봬요"라고 말했다.

잠시 멍하니 있다가 그 말을 알아듣고 미소로 답했다. 어찌된 일인지, 시종일관 서툴렀던 나는 세스의 시험을 통과했다. 나 자신의 시험에서도 마찬가지였다.

돌아오는 길은 마냥 신이 났다. 세스를 더 잘 알고 싶었고, 편집장에게는 그 이야기에 신문사의 시간을 투자할 만하다고 장담할 수 있겠다는 자신이 생겼다. 세스가 사는 작은 동네를 둘러싼 숲을 통과해서, 스틸라과미시강의 북쪽 갈래와 나란히 난 옛 고속도로를 따라 구불구불한 길을 운전했다. 이따금 숲이 넓게 이어지던 풍경이 캐스케이드산맥이 솟아오른 울창하면서도 험준한 풍경으로 바뀌기도 했다. 벌목꾼과 어부, 예술가와 은둔자로 이루어진 자급자족하는 작은 마을에 그 풍경이 어떤 영향력을 미치는지 느낄 수 있었다. 그곳은 시애틀의 교통체증과 소란과 동떨어진 세계였다.

하지만 남쪽으로 향하는 I-5 고속도로로 접어들어 숲이 아웃렛 매장과 원주민이 운영하는 카지노로 바뀌자 흥분도 시들해졌다. 세스와 그의 가족에게 앞으로 무슨 일이 일어날지를 생각했다. 후회의 메트로놈이 다시 시작됐다. 크리스토퍼와는 한 번도 하지 않았던 대화, 나중에 하자 미루다가 결국 시간이 없어 못 했던 캔디랜드 보드게임, 우리가 보지 못한 다저스 야구 경기, 날리지 못한 연, 가지 못한 캠핑 여행. 시간을 내지 못해 놓친 모든 일이 후회됐다.

마침내 사무실에 도착하자 무거운 돌덩이가 가슴에 떨어진 것 같아 그만 주저앉고 싶었다. 결국 그 기사는 쓰지 못할 것 같았다.

"어떻게 됐어?" 로라가 물었다.

나는 너무 피곤해서 사실을 말할 수가 없었다. 그 대신 집으로 돌아가 기진맥진한 채 침대로 기어들어갔다. 제발 악몽을 꾸지 않게 해달라고 빌면서.

세스를 만난 후 처음 몇 달간 내 용기는 변덕스러웠다. 리듬을 예측할 수 없는 추처럼, 바닥까지 떨어졌다가 되돌아오고는 했다. 다시 세스를 찾아가겠다고 마음먹을 때마다, 더 긴박해 보이는 다른 일을 찾아냈다. 그건 뉴스 업계의 좋은 점이었다. 취잿거리는 늘 있게 마련이니까.

나는 한 젊은 여성의 끔찍한 사건을 취재하는 데 뛰어들었다. 평범한 수술을 받다가 마취과의사가 호흡기를 너무 빨리 떼는 바람에 혼수 상태에 빠진 여성이었다. 마취과의사는 이미 다른 주에서 해고된 사람이었는데, 환자를 치료하는 데 사용해야 할 마취제를 훔쳐서 자신이 사용했음을 나중에 인정했다고 한다. 어떻게 주 의료위원회가 그런 정보를 비밀에 부쳐서, 약물중독인 의사가 아무런 꼬리표도 달지 않고 다른 주로 옮겨간 건지 추적했다. 그 기사에 대부분의 관심을 쏟았지만, 가끔 나도 모르게 세스가 궁금했다.

첫번째 만남을 가지고 몇 달이 지나 마침내 결의를 되찾았을 때, 세스를 다시 방문할 계획을 짰다. 세스가 유치원생에게 글을 읽어주기로 했다며 패티가 같이 가자고 제안했다. 매년 신입생들을 위해 진행하는 행사라고 했다.

신경이 다시 쇠약해질 때를 대비해 나 자신에게 충분한 시간을 준 다음, 11월에 세차게 내리는 비를 뚫고 출발했다. 달링턴까지 가다가 차를 돌릴 수 없는 알링턴에 이르러서야 갓길에 멈춰 섰다. 주유소 한구석에 차를 세우고는 차 안에서 마음을 다잡으며 인터뷰 질문을 점검했다. 이번에는 패티에게 질문해야 했다. 어떻게 세스의 병을 발견했는지, 그게 그들의 인생을 어떻게 바꿨는지 물어야 했다. 그녀가 그 순간을 떠올리기 얼마나 힘들어할지 걱정이 됐다. 어쩌면 내가 얼마나 듣기 힘들지를 걱정했는지도 모른다.

세스네 집에 도착할 무렵에는 극도의 불안감에 빠져 있었다. 패티는 마치 내가 며칠 만에 다시 온 것처럼 나를 따뜻하게 맞아주었다. 나는 헐떡이지 않고 말을 하기 위해 패티가 준 물 한 잔을 벌컥벌컥 마시며 목을 축였다. 그러고는 시간을 벌기 위해 주위를 돌아보았다. 부엌 창턱에 도자기로 만든 천사들이 한 줄로 나란히 놓여 있었다. 패티는 벽에 "사랑은 오래 참고, 사랑은 온유하며……"라는 성경 구절이 담긴 액자를 걸어두었다. 세스가 가장 최근에 본 받아쓰기 시험지도 냉장고에 붙어 있었다. '위기crises, 칼knives, 피아노pianos, 파도waves, 소원wishes, 군대armies, 영웅heroes, 토마토tomatoes, 카누canoes.' 세스는 백 점을 맞았고, 상으로 5달러를 받았다.

패티는 연갈색에 금발로 하이라이트를 준 머리카락을 어깨까지 늘어뜨렸다. 얼굴에는 주름 하나 없었고 잘 웃었다. 세스가 등교 준비를 하는 동안, 패티는 아무 문제도 없다는 듯 주방에서 땅콩버터 샌드위치를 만들었다. 그녀가 미소 지을 때마다, 날카로운 고통이 코르크 마개를 돌리듯 내 가슴에 파고들었다. 세스의 미래는 이미 정해져 있었다. 그는 아직 아이일 때 죽을 것이다. 어떻게 그녀는 미소 지을 수 있는 걸까? 어떻게 그녀의 뼈가 그녀를 지탱하는 걸까? 표정을 드러내지 않도록 노트만 내려다보다가, 머릿속이 소용돌이치며 생각이 깊어지기 전에 재빨리 패티에게 어떻게 세스의 병을 발견하게 됐는지 듣고 싶다고 부탁했다. 그녀는 고개를 끄덕이고 입을 열었다.

세스가 3개월밖에 안 됐을 때, 패티는 처음으로 자기 외동아들이 뭔가 다르다고 생각했다. 아기를 들어올렸을 때, 아기의 젖살이 이미 흐물흐물해졌다고 느꼈다. 그녀는 '초보 부모의 신경과민 탓이겠지'라고 생각했지만, 아무래도 아닌 것 같았다. 그녀와 카일은 세스를 소아과에 데려갔지만, 의사들은 뭐라 설명하지 못했다. 그들은 애써 걱정을 떨쳐내려 했다. 반년쯤 지나자 세스의 피부는 더 얇아지고 혈관이 드러나 보였다. 패닉의 첫번째 씨앗이 뿌리를 내렸다.

"세스는 표준 성장 그래프에서 많이 동떨어져 있었어요." 패티가 말했다. 하루가 다르게 성장하는 다른 아이와 비교해서 세스는 많이 뒤처졌다. 한 살이 되자, 세스는 완전히 민머리가 되었다. "저희는 계속해서 더 많은 검사를 받았어요." 하지만 어떤 검사도 무엇이 잘못됐는지를 설명하지 못했다.

의사들이 결코 내게 대답해줄 수 없었던 모든 질문이 머릿속을 내달렸다. 그들은 크리스토퍼의 신장을 결정적으로 손상시킨 선천적 장애가 왜 일어났는지, 아들이 왜 발작을 일으켰는지, 왜 청각장애아가 되었는지 답하지 못했다. 우리가 아들 없이 어떻게 살아남을 수 있을지도 그들은 말하지 못했다. 패티는 알 수 없었겠지만, 그녀가 느꼈을 무력감이 이해됐다.

세스가 18개월이 됐을 때, 패티와 카일은 세스의 사진과 의료 기록을 뉴욕의 어느 아동 발달 질환 전문의에게 보냈다. 몇 주 후, 패티는 그 의사에게서 답신을 받았다.

편지를 열었을 때, 그녀는 거실에 혼자 있었다. 검은 잉크로 또렷하게 인쇄된 '선천성 조로증'이라는 단어를 보고 그녀는 펄쩍 뛰었다. 그녀는 그게 무슨 뜻인지 알았다. 그 진단은 단순하고도 반박할 수 없는 현실을 의미했다. 조로증인 아이는 보통 십대 초반에 노화로 죽었다. 스물한 살이라는 문턱을 넘긴 아이는 거의 없었다. 당시 패티는 겨우 스물한 살이었다.

충격은 다가오는 불행에 대비하는 우리 몸의 최선의 방어기제다.

패티는 편지를 손에 들고 카일이 일하는 목재소로 차를 몰았다. 부부는 그 편지를 읽고 또 읽으며 거기에 없는 단어를, 이 무시무시한 예언이 사실이 아님을 말해주는 단어를 찾았다. 하지만 불안은 사그라지지 않았다. 패티는 잘 우는 사람이 아니었다. 그건 자존심 문제였다. 그녀의 아버지는 군인이었고, 그녀는 자기 엄마를 '강인한 멕시코 여인'이라고 표현했다. 패티는 어릴 적 많이 뛰어다니면서 놀았고, 자신을 꽤 강인한 사람이라고 여겼다. 그러나 그 편지를 받은 날 밤 그녀는 울었다. 그게 그해 계속된 눈물의 시작이었다.

패티는 다른 방에 있는 세스가 듣지 못하게끔 목소리를 낮췄다. "저는 생각했죠. '어떻게 해야 되지? 이걸 어떻게 대처해야 하지?'"

그녀의 말을 듣자 크리스토퍼가 살아서 태어나지 못할 수도 있음을 알았을 때의 끔찍한 기분이 되살아나서 뱃속이 뒤틀렸다. 나는 노트를 내려다보면서 울지 않으려고 이를 악물었다.

조로증은 치료제도, 치료법도 없는 병이라 의사는 그저 세스네 가족을 선샤인파운데이션이라는 재단을 통해 다른 환아 가족과 연결해줄 뿐이었다. 전직 필라델피아 경찰관이 중병을 앓는 아이들의 소원을 들어주기 위해 시작한 그 재단은 조로증 아이들의 연례 모임을 후원했다. 카일은 여행을 좋아하지 않았지만, 그의 가족에게는 이 모임이 필요했다. 달링턴에서 카일과 패티는 자기네 아이가 하루하루 허약해지는 동안, 옷 사이즈를 계속 바꿔야 할 만큼 잡초처럼 쑥쑥 자라는 아이들에, 운동장에서 점점 더 대담한 기술을 시도하는 그런 '보통의' 아이들에 둘러싸여 지냈다. 그해 여름, 그들은 첫번째 모임에 참여하고자 플로리다로 떠났다. 이번만큼은 세스는 남과 다른 아이가 아니었다.

자기처럼 작고 주름이 쪼글쪼글한 아이로 가득한 모임에 간 세스의 모습을 상상했다. 적어도 그 아이들은 동정의 눈빛으로 바라보거나 빤히 쳐다보지 않고 여느 아이들처럼 평범한 일을 할 것이다. 나도 크리스토퍼가 다른 청각장애아로 가득한 방에서 자기 이름을 적는 모습을 처음 봤을 때 너무 행복했다. 크리스토퍼만 청각장애아인 게 아니라는 사실을 알자 너무나 안심이 되었다.

그러나 다음 순간, 그런 이미지가 슬그머니 사라졌다. 패티와 카일이 선샤인파운데이션 행사에서 처음 만난 아이 중 하나가 여섯 살에 죽었다. 세스는 그때 겨우 세 살이었다. 세스는 이게 무슨 뜻인지 잘 몰랐지만, 패티는 이해했다. 그녀는 그전까지만 해도 이해하지 못한 것을 그때 본능적으로 받아들였다. 아들과 함께할 시간이 줄어들고 있다는 사실을 말이다. 세스와 더 많은 시간을 보내고자 패티는 카일의 지지를 받으며 스테이션(달링턴에 있는 주유소 겸 상점) 일을 그만두었다. 카일은 둘 중 한 명은 가능한 한 세스와 많은 시간을 보내도록 목재소에서 계속 2교대로 '새벽부터 밤까지' 일했다.

숲에 있을 때 가장 편안하다고 나긋나긋하게 말하는 카일은 아들을 데려갈 수 있는 곳이라면 어디든 데리고 갔다. 강에 가서 긴 주말을 보내기도 하고, 아들에게 나무꾼의 기술을 가르치기도 했다. 부모는 둘 다 시간이 충분치 않다는 걸 알았다. 패티는 두려움을 무시하려고 애썼지만, 두려움은 결국 스멀스멀 기어들었다. "저는 만신창이가 돼서 계속 울기만 했어요. 카일이 다 받아주었죠. 남편은 최선을 다해 저를 위로했어요. 제가 이겨낼 수 있도록 남편이 많이 도와줬어요."

패티네 주방 식탁에 앉아 그 이야기를 듣다보니 크리스토퍼가 태어나고서 나도 아들이 죽을까봐 무서웠다고 불쑥 털어놓고 싶었다. 밤이면 여전히 아들의 죽음을 막을 시간이 있었기를 꿈꾼다고 말하고 싶었다. 그런 얘기를 시작하려는 찰나, 세스가 한기를 막으려고 머리에 회색 후드티 모자를 덮어쓰면서 자기 방에서 나왔다. 그는 엄마에게 책가방이 어디 있느냐고 묻고는 나에게 미소를 지었다.

가슴속에서 무언가가 단단하게 조여왔다. 처음 만나고 몇 달이 지났을 뿐인데 세스의 얼굴이 훨씬 쪼그라든 것 같았다. 쑥 들어간 작은 턱에 비해 덩치 큰 아이만한 치아가 너무 커 보였다. 세스는 짐을 다 싼 후 이를 닦으러 갔다. 그 뒤를 느릿느릿 따라갔다. 처음으로 세스가 살짝 다리를 전다는 것을 알아차렸다. 손가락 관절염 때문에 그는 치약 뚜껑을 여는 걸 힘들어했다. 불쑥 끼어들어 그를 돕고 싶었지만 그냥 뒤에 가만히 있었다. 그는 내 아들이 아니고, 나에게 도움을 청하지도 않았다. 그를 지켜보는 게 내 일이라고 스스로를 상기시켜야만 했다. 마침내 세스는 치약 뚜껑을 비틀어 열고 온 힘을 다해 수도꼭지를 돌렸다. 화장실 불빛에 그의 보라색 정맥이 드러났다.

"가요! 지각하고 싶지 않아요." 그러면서 그는 문밖으로 향했다. 세스가 어깨에 축 늘어진 코트를 걸친 채 자기 몸집만큼 큰 책가방을 질질 끌었다. 나는 그저 따라가는 수밖에 없었다.

교실 밖에서 나는 머뭇거렸다. 신경이 고압전선처럼 윙윙거렸다. 유치원생 주변에 간 것은 크리스토퍼가 죽은 이후로 처음이었다. 이미 패티네 주방에서 거의 울 뻔했다. 이미 그녀에게 내 삶을 너무 많이 말할 뻔했다. 어떻게 이 일에 대처해야 할지 몰랐다. 하지만 돌아서기에는 너무 늦어버린 상황이었다.

세스는 한쪽 팔에 그림책을 끼고 다리를 절뚝거리며 내 앞에서 걸어갔다. 야구 모자에 그의 민머리가 가려졌다. 유치원생들이 빙 둘러앉은 가운데 세스가 자리를 잡을 때까지 패티와 나는 교실 한구석에 서 있었다. 그는 자그마한 의자를 껑충 올라탔는데, 관절염 때문에 테니스공만큼 부풀어오른 무릎 아래로 깡마른 정강이가 달랑거렸다.

교실 안 유치원생들은 미식축구 경기의 수비수 라인배커처럼 세스를 둘러쌌다. 그러나 세스는 당황하지 않는 것 같았다. 그는 쭈글쭈글한 손가락으로 책을 펼쳤다.

"나는 입이 큰 개구리고, 파리를 먹어." 세스가 책을 읽기 시작했다. 반투명한 피부 아래에서 세스의 턱이 눈에 띄게 움직였다. 이야기가 전개되자, 꼼지락대는 다섯 살짜리 아이들이 동물을 가리키며 '꺄악' 하고 소리를 질렀다. 세스는 마지막 페이지까지 내내 극적인 효과를 주려고 팝업 그림을 흔들면서 관중을 위해 책을 읽었다.

세스가 책을 덮고 기다렸다. "질문 있니?"

나는 숨을 죽였다. 내 뱃속이 책 속에 나온 개구리처럼 뛰어오르는 것 같았다. 아이들은 의외로 잔인할 수 있다. 신부전 때문에 크리스토퍼의 성장이 방해받았고 신장 이식 후에는 스테로이드를 복용하면서 아들의 몸이 부어올랐다. 새로운 교실에 크리스토퍼를 데려다줄 때마다, 아이들이 뒤에서 아들의 달덩이 같은 얼굴을 놀리거나 다른 아이처럼 말을 못한다는 이유로 아들을 조롱할까봐 걱정했다.

열 명이 손을 들었다. 내 몸은 준비 태세를 갖추고 잔뜩 긴장했다.

"난 악어가 좋아요." 한 아이가 말했다.

"난 세스가 책 읽어주는 게 좋아요." 다른 아이가 말했다. "나는 좋아요"라는 말이 둥글게 모여 앉은 아이들 입에서 합창처럼 터져나왔다. 묻고 싶지만 꺼내지 못한 말이 묶인 풍선처럼 허공을 맴돌았다. 원 밖의 자기 자리에서 조용히 지켜보던 패티가 결국 손을 들었다.

"나는 모든 동물이 서로 달라서 좋아." 아이들이 몸을 돌려 패티를 보았다. "세스가 너희들과 같아 보이니?"

나는 온몸이 굳었다. 내 펜은 노트 위에 구멍을 내고 있었다.

"세스는 피 파이프가 보여요." 한 작은 소년이 말했다.

노트 위 구멍이 더 넓어졌다.

패티의 목소리는 침착했다. "맞아. 그건 세스가 병에 걸렸기 때문이야."

"어쩌다 병에 걸렸어요?" 다른 아이가 물었다.

"태어날 때부터 그랬단다." 그게 세상에서 가장 자연스러운 일인 듯 그녀는 대답했다. "그건 세스를 자라지 않게 만드는 매우 특별한 병이야."

고개를 들어보니 아이들은 이 모든 게 완벽하게 이해가 된다는 듯 고개를 끄덕였다.

"너희는 각자 어떻게 다르지?" 패티가 물었다.

"저는 중국에서 태어났어요." 작은 소녀가 재잘거리듯 대답했다.

"저는 안경을 썼어요." 한 소년이 말했다.

"저도요!" 다른 아이가 대답했다.

"세스는 우리보다 더 오래 지구에 있었어요." 한 여자아이가 끼어들어 세스를 가리켰다. "세스가 유치원에 다닐 때, 저는 태어나지도 않았어요." 십여 개의 작은 입이 쩍 벌어지며 순간 침묵이 찾아왔다. 나이는 상대적이다. 다섯 살 아이에게 10년은 아주 긴 시간처럼 보이기 마련이다.

나는 소리 내 웃지 않으려고 재빨리 손으로 입을 가렸다. 심장의 방망이질이 저절로 멈췄고, 입이 다물어지지 않았다. 노트를 덮었다. 그날 아침 처음으로 몸에 긴장이 풀렸다.

3장
운명의 롤러코스터

다음에 세스를 방문했을 때는 아침식사 시간이었다. 세스는 부엌 식탁에서 어린 사촌 둘에게 주인 노릇을 하고 있었다. 세스의 사촌동생인 다섯 살 먹은 트리스탄과 한 살짜리 지든은 시골에서 자란 아이들답게 뺨이 발그레하고 몸집이 튼튼했다. 키가 90센티미터를 간신히 넘는 세스는 식탁에 손이 닿게 해주는 어린이용 보조의자에 앉아 사촌동생들을 즐겁게 해주고 있었다.

"이것 좀 열어주실래요?" 세스가 젤리 비타민 병을 내밀었다.

그날은 손 쓰는 일을 하는 게 아니라 세스와 함께 5학년 정규 수업에 함께 갈 예정이었지만, 세스 주위에서 수동적인 관찰자가 되기란 불가능하다는 걸 빨리 배워가던 차였다.

"어떤 걸 먼저 먹을까?" 그는 유아용 아스피린과 비타민 C를 가리키며 트리스탄에게 물었다. 그러고는 대답을 기다리지 않고 둘 다 한

꺼번에 입에 집어넣었다. 그런 다음 식탁에서 미끄러져 내려와 학교 준비물을 챙기러 방으로 향했다.

세스의 침실로 따라 들어가서 책을 가방에 넣으려 안간힘을 쓰는 모습, 더 뻣뻣한 다리를 뒤로 내밀며 다리를 구부리는 모습을 기록했다. 필기에 몰두하느라 트리스탄이 우리를 따라 방에 들어온 것을 알아차리지 못했다.

"지든이 새끼 고양이를 못살게 굴어." 트리스탄이 말했다.

세스는 껑충 일어나서 오래 괴롭힘당하고 있던 고양이 펌프킨을 찾으러 갔다. "어이, 친구. 그만하면 됐어." 세스가 지든에게 말했다. 지든은 통통한 젖살로 세스를 납작하게 만들 수도 있을 것만 같았다. 지든은 다시 고양이 꼬리에 손을 뻗었지만, 세스는 고양이가 도망칠 때까지 지든의 주의를 끌었다. 나는 빙그레 웃었다. 몸집은 작았지만, 세스가 대장인 것만은 확실했다.

열 살이라는 나이는 어린이 시기는 지났지만 그렇다고 아직 십대는 아닌 애매한 시기다. 세스네 5학년 교실에 가보니 반짝이는 아이새도로 치장하고, 골반바지 위로 사춘기의 통통한 뱃살이 삐져나온 여자아이들이 있었다. 남자아이들은 야구 모자를 거꾸로 쓰고는 구부정하게 몸을 낮춘 채 의자에 앉아 서로 욕을 해대면서 반항적인 태도를 연습했다. 나는 교실 뒷자리에 앉아 크리스토퍼라면 그 나이에 어땠을지 상상해보았다. 내 몇 줄 앞에 앉은 세스는 책상 위로 몸을 구부리고 있었다. 그의 발이 바닥 위 허공에서 달랑거렸다. 야구 모자의 챙은 얼굴보다 컸고, 목은 성인 남자의 손목보다 간신히 굵은 정도였다.

세스의 선생님인 게링은 반 아이들이 오전 수업인 수학 시간에 집중하게끔 열심히 노력했다. 희끗희끗한 곱슬머리의 게링 선생님은 교실 뒤쪽에서 장난치며 노는 학생들 때문에 약간 화가 나 보였다. 가끔 고개를 돌려 떠드는 아이를 노려보면서 그만 떠들라고 주의를 주었다. 선생님이 쪽지시험을 보겠다고 위협하자, 앓는 소리가 한바탕 교실에 가득했다. 꼼지락거리는 에너지가 로켓 연료처럼 교실에 쌓이자 마침내 선생님이 모두 자리에서 일어나 팔 벌려 제자리 뛰기를 하라고 시켰다.

세스는 반 친구들과 마찬가지로 제자리 뛰기 자세를 취했다. 다른 아이들이 뛰자, 아이들의 몸이 공기를 가르는 게 느껴졌다. 누구라도 세스와 부딪히면, 세스가 튕겨나가 큰대자로 뻗을 것 같았다. 세스가 다음에는 어떻게 할지 궁금하기도 하고 걱정도 돼 의자에서 몸을 앞으로 기울이며 앉았다. 세스의 맞은편 벽에 붙어 있는 문제 해결법을 담은 포스터가 눈에 들어왔다. '계획을 정해라. 선택을 점검해라. 전략을 골라라.' 세스는 의자 뒤에 매달린 채 마지막 카운트까지 위아래로 깡충거렸다. 그런 다음 의자에 털썩 주저앉더니 별일 아니라는 듯 수학 수업을 들었다.

하지만 12킬로그램의 몸무게와 친구들 허리 높이의 키라는 신체 조건 때문에 세스는 학교에서 명확한 현실을 제대로 인식하게 됐다. 그날만 해도 세스는 물을 마시기 위해 식수대 아래로 의자를 여러 번

끌고 가야 했다. 그는 매일 점심을 함께 먹는 사촌 에밀리에게 사과주스 뚜껑을 열어달라고 부탁했다. "내 캔 따개." 세스는 에밀리를 그렇게 불렀고, 둘은 함께 낄낄거렸다. 다른 아이들이 체육 시간에 운동하는 동안, 세스는 대빗자루를 놓고 팔굽혀펴기를 했다. "제 몸은 일흔 살 정도지만 제가 뭘 할 수 있는지 좀 보세요!"

쉬는 시간에 세스는 컴퓨터실로 향했다. "멋진 거 보여드릴까요?" 그러더니 가상 개구리 해부를 하겠다며 컴퓨터 앞에 자리를 잡고 앉았다. 개구리 신체 부위에 이름을 붙이는 세스의 모습을 어깨 너머로 보았다. 세스는 그러고는 다른 프로그램으로 전환해서 '올빼미 똥' 분해하는 법을 보여주었다. "이게 똥 안에 있던 거예요." 그러면서 컴퓨터 마우스로 똥에서 뼈를 골라낸 다음 그걸 다시 조립해 가상의 쥐를 만들었다.

15분 후 나머지 반 아이들이 타자 연습을 하겠다며 컴퓨터실로 몰려와 우리를 방해했다. 내가 단둘이 보낸 우리의 시간을 즐긴 것만큼 세스가 다른 아이들과 함께하는 시간을 무엇보다 좋아한다는 것을 알 수 있었다. 세스는 몸을 꼿꼿이 세우고 좁은 가슴을 한껏 부풀려 한 치는 더 자란 듯 보였다.

"하이파이브 하자." 한 여자아이가 지나가면서 세스와 손을 맞부딪쳤다. 가운데 가르마를 탄 긴 머리의 여자아이였는데 브리트니 스피어스처럼 입술이 도톰해지며 여성미를 갖추기 시작하는 시기였다. 컴퓨터실은 떠들썩한 농담과 키보드를 탁탁거리는 소리로 가득했다.

책상까지 닿기에는 의자가 너무 낮았기 때문에 세스는 서서 타자를 쳐야 했다. 손이 크지 않아서 키보드를 가로질러 손가락이 닿지는 않았지만, 독수리 타법으로 하나씩 쪼듯이 키보드를 눌러 타자를 쳤다. "잉크, 브링크, 드링크, 정크."

약간 으스대며 걷는 모습과 웃는 모습 같은 세스의 버릇을 보다보니 크리스토퍼 생각이 너무 많이 났다. 크리스토퍼와 세스는 좋은 친구가 되었겠다는 확신이 들면서, 둘이 함께 나쁜 짓을 꾸미거나 장난을 치고 게임을 만드는 모습이 연상되었다. 오랜 시간이 지났지만 그제야 처음으로 조금도 움츠러들지 않으면서 크리스토퍼 생각을 하게 되었다. 오히려 그런 생각에 미소 지었다.

선생님이 안 볼 때면 세스는 컴퓨터 속 이미지를 조작하고 확대하며 장난을 쳤다. "사물을 커지게 만드는 게 좋아요"라고 그가 속삭였다.

미소가 서서히 사라졌다. 세스는 너무 쾌활하고 남의 시선을 전혀 의식하지 않는 듯했지만, 그런다고 해서 자기 상황을 모르는 것은 아니었다.

방과후 세스는 자기 집을 둘러싼 관목이 우거진 목초지와 맞닿은 숲을 내게 보여주고 싶어했다. 세스는 우리가 걸어가면서 번갈아 찰돌멩이 하나를 발견했다. 마침내 세스와 조용한 시간을 보내게 돼 기뻤다. 조로증에 걸린 것을 어떻게 생각하는지, 그게 자기 미래에 있어서 어떤 의미인지 세스가 이해하는지 궁금했다. 반 친구들에게 둘러싸여 있을 때는 하지 못한 그런 대화를 나누고 싶었다. 하지만 그래서 더욱 긴장되었다.

우리는 돌멩이를 주고받으며 계속 걸었다. 세스에게 죽음을 생각해봤느냐고 묻는 건 잘못된 행위 같았다. 세스가 자기 친구들보다 먼저 죽으리라는 사실을 모른다면, 한 번도 그 사실을 검색해보지 않았다면 어쩌지? 그렇다면 그의 부모와 아직 나누지 못한 대화를 재촉하고 싶지 않았다. 세스에게 어려운 질문을 건네려 할 때마다, 보이지 않는 손이 내 멱살을 쥐고 그 말을 억누르는 것 같았다. 기자로서의 모든 본능이 일시에 무너져내렸다. 나는 손을 올려 12월의 희미한 햇살을 가리며 화이트호스산을 올려다봤다. 어깨에 눈이 내려앉은 산은 저멀리 보초병처럼 서 있었다. 아래 골짜기에 사는 사람들의 삶이 잠시 아름답게 스쳐지나가는 나비처럼 너울대는 동안, 그 산은 수 세기 동안 그들을 내려다보았으리라. 그런 생각을 하니 진정이 됐다.

"보세요!" 세스가 발아래에서 황급히 도망치는 무언가를 가리켰다. 그는 어깨를 으쓱했다. "도마뱀은 너무 빨라요. 저한테 절대 안 잡힌다니까요."

크리스토퍼가 다섯 살쯤이었을 때, 어느 날 문을 열어보니 방갈로 앞 현관에 길 잃은 고양이가 있었다. 나는 그 녀석을 들어올려서 크리스토퍼가 그 부드러운 털을 쓰다듬을 수 있게 해줬다. "새끼 고양이, 내 것." 그가 '내 것'을 강조하려고 가슴을 탁 치며 수어를 했다. 고양이를 쓰다듬는 아들의 표정은 황홀해 보였다. 하지만 고양이를 내려놓자마자, 그 녀석은 세스의 도마뱀처럼 쏜살같이 밖으로 달아나버렸다. 크리스토퍼의 얼굴이 충격으로 일그러지다가 이내 울음이 터졌고 크리스토퍼는 몸을 들썩이며 흐느꼈다. 나는 아들을 달래주고자 안아올리려 했지만, 아들은 내 가슴 쪽으로 팔을 쭉 뻗어 나를 밀쳐냈다. 아들의 슬픔은 마치 그동안의 상실감이 쌓이고 쌓여 터진 듯 순수하여 위로할 수 없는 그런 정도였다. 내가 줄 수 없었던 모든 것을 생각하니 지금도 가슴이 아팠다.

고통을 따돌릴 방법이 필요했다. "조로증이 네게 어떤 영향을 줬니?" 다시 생각해볼 겨를도 없이 불쑥 질문이 튀어나왔다. 심장이 내달렸다. 나는 숨죽인 채 우리 아래 땅바닥을, 꽃받침이 별 모양인 팀블베리를, 뒤늦게 핀 들장미의 열매를, 내 무릎께를 스치는 솜털 같은 쇠뜨기를 보았다.

세스는 대답하기 전에 돌멩이를 몇 번 걷어찼다. 그러고는 "저는 관절염 때문에 신발끈을 묶을 수가 없어요. 그리고 심장을 위해 아스피린을 먹어야 해요. 그게 다예요"라고 답했다.

더 많은 답을 찾으려 세스의 얼굴을 살폈지만, 그는 이미 다른 생각으로 넘어갔다.

"저는요, 개를 키울 거예요." 세스가 비밀이라는 듯 내게 속삭였다.

웃음이 터지자 가슴에 갇힌 숨이 마침내 밖으로 빠져나왔다. "부모님도 아시니?"

세스는 고개를 끄덕이고는 낄낄거리더니 자기 인생에 일어나고 있는 다른 중요한 일들을 말해주면서 작고 뻣뻣한 다리로 으스대며 걸었다. 그는 새로운 전자제품을 사려고 돈을 모으고 있었다. 차고 세일에서 중고 물품을 판 수익금으로 이미 엑스박스를 구입했는데,

돈을 다 모을 때까지 매일 밤 세고 또 세었던 거금 220달러를 거기에 쏟아부었다고 했다. 피해야 할 과제도 있다고 했는데, 특히 가장 싫어하는 과목인 수학 숙제가 그렇다고 했다.

나는 거의 세스를 번쩍 들어서 꼭 껴안아줄 뻔했다. 슬퍼하던 크리스토퍼에 대한 기억이 겨울날 보얀 안개처럼 사라져버렸다. 크리스토퍼는 고양이를 쓰다듬고 싶었기 때문에 그처럼 서럽게 울었을 것이다. 자기만의 고양이를 갖고 싶었으니까. 자기가 삶에서 가질 수 없었던 모든 것 그러니까 건강, 청력, 확실한 미래, 내가 아들에게 바랐던 것들 때문이 아니라. 안도감에 그만 주저앉고 싶었다.

삶이라는 롤러코스터를 아픈 아이와 함께 탄 지가 너무 오래돼 모든 오르막에는 항상 곤두박질치는 내리막이 존재한다는 걸 잊고 있었다.

직장에서 업무의 많은 부분은 담당 분야를 취재하는 힘들고 지루한 작업이었다. 지역 기사란에 짧은 칼럼을 쓰기 위해 작은 아이템을 작성하고, 그날 지면을 채울 기삿거리를 찾아 여기저기 기웃거렸다. 우리는 이를 '야수에게 먹이 주기'라고 불렀다. 나는 교대로 주말 근무를 했고, 아침이면 밤사이 시애틀에 어떤 재앙이 닥쳤는지 알아내려고 경찰서에 전화를 걸었다. 가끔 기사에 대해 불평하거나, 현관 앞에 신문이 도착하지 않았다거나 자기가 제일 좋아하는 만화를 신문사에서 삭제했다는 독자의 항의 전화를 받았다. 정중하게 응대하려면 가끔 노력이 필요했다. 하지만 세스 생각을 점점 자주 하게 되면서, 나도 모르게 평소보다 더 친절하고, 인내심이 많아지는 것을 느꼈다. 심지어는 미소를 짓기까지 했다.

또다른 의학 기자인 톰은 그때쯤에는 안식년 휴가에서 돌아와 콩깍지에서 내 맞은편 자리에 앉아 있었다. 어느 날, 톰이 힘든 마감날을 위해 서랍에 채워둔 간식 창고에서 네모난 초콜릿을 꺼내 나눠주면서 말했다. "기분이 좋으시군요. 그럼 안 돼요." 톰은 매일 하와이안 셔츠를 입고 야구 모자를 쓰고서 출근했지만 '괴팍한 노르웨이인'이라고 자부했다. 그가 괴팍하다고 자칭하는 건 뉴스룸에서 늘 주고받는 농담 때문에 하는 말이었다. 내 기분이 왜 좋아졌는지 궁금해한다는 걸 알았지만, 그에게 사실을 말할 수는 없었다. 나 자신에게조차 설명할 수 없는 일이었다. 초콜릿을 받았지만, 그가 묻지 않은 질문은 회피했다.

몇 주 후, 전화를 받자 수화기 너머에서 패티의 목소리가 들렸다. "캐럴?" 그녀의 목소리는 차분했지만, 뭔가가 달랐다. 세스가 추적관찰을 위해 밤새 병원에 입원해 있다며 내가 알고 싶어할 거 같아서 전화했다고 말했다. 듣는 귀가 많은 뉴스룸에서 사적인 통화라는 인상을 풍기기 위해 본능적으로 손으로 얼굴을 가렸다. 패티와 카일은 무슨 일이 일어나고 있는지 몰랐다. 그녀가 차분하게 이야기를 이어가더는 다른 정보를 얻지 못했다.

전화를 끊고 책상에 서서 서류 더미 하나를 두드렸다. 머릿속에서 9년 전, 크리스토퍼가 아빠와 함께 할머니, 할아버지를 보러 가던 날 아침이 떠올랐다. 크리스토퍼의 의학적 시련 중 최악의 고비는 마침내 넘긴 것 같았고, 나는 앞으로 펼쳐질 모든 가능성을 곱씹고 있었다. 그때 전화가 울렸다. 제정신이 아닌 듯한 아이 할머니의 목소리와 망연자실한 아이 아빠의 목소리가 들렸다. 그들은 내가 이해할 수 없는 말을, 수년이 지난 지금까지도 여전히 이해하기 불가능할 것 같던 말을 했다.

막연히 세스가 죽을 수도 있음을 이해했지만, 지금은 그런 상황이 아니었다. 크리스토퍼에게 약 먹이는 것을 깜빡한 듯, 뭔가 중요한 일을 까먹은 듯한 패닉 상태에 빠졌다. 나는 방심했다. 세스의 태연함에 속았다. 그 아이가 죽어가는 소년이라는 사실을 잊고 있었다.

단단히 조여온 숨이 터져나왔다. 패티가 지나치게 걱정스러운 얘기는 하지 않았다고, 확실히 세스가 죽는다거나 하는 그런 식으로 말하지는 않았다고 스스로를 달랬다. 하지만 내 몸은 이런 생각을 신경쓰지 않았고 이미 아드레날린과 코르티솔이 밀려들었다. 크리스토퍼가 병원에 갈 때마다 집에 돌아올 수 있을지 확신할 수 없을 때마다 그랬던 것처럼.

외투도 입지 않은 채 추위 속으로 달려나가 퍼붓는 비를 맞았다. 손을 무릎에 대고 몸을 앞으로 구부린 채 크게 숨을 들이쉬었다. 저 위 빌딩 꼭대기에 자리잡은 푸른 지구본이 천천히 돌았다. 그것을 올려다보았다. 이건 아니잖아요. 차가운 비가 얼굴을 때리자 현재로 돌아와 계획을 짤 정도로 정신이 들었다. 뉴스룸으로 돌아가서 열쇠와 코트를 움켜쥐고는 병원으로 향했다.

시애틀아동병원은 이 도시에서 가장 오래된 동네인 로럴허스트

북서쪽 모퉁이에 있는 긴 진입로를 따라 올라가면 나오는 꼭대기에 자리했다. 크리스토퍼도 아기였을 때 이 병원 중환자실을 들락날락 했다. 아이들을 염두에 두고 디자인된 병원이라 병동에는 다양한 동물 이름이 붙어 있고, 대기실에는 구슬 장난감이 가득했다. 선으로 된 미로에 구슬을 통과시켜 다른 구슬을 살짝 치는 장난감은 참을성 없는 아이들과 불안한 부모 모두의 마음을 누그러뜨리는 오락거리였다. 하지만 병원 응급실 입구는 크리스토퍼를 데려갔던 다른 응급실과 똑같았다. 그 문턱을 넘으면 우리의 치료와 운명을, 특히 우리의 미래를 좌우할 권리를 넘겨줘야만 한다. 어떤 대답도 확실하지 않은 곳, 당신이 삶에서 그날, 그달, 그해 무엇을 계획했든 간에 그 순간에는 탁자 위의 내기와 마찬가지였다.

문을 통과하자마자 풍겨오는 살균 소독제인 히비클렌 냄새와 알코올 솜 냄새를 맡으니 신생아 집중치료실에서의 그날이 곧바로 떠올랐다. 다 씻고 가운까지 입고서야 마침내 크리스토퍼를 처음으로 품에 안을 수 있었다. 가슴에 닿은 아들의 따뜻한 체온을 느끼며 그순간에 머물고 싶었지만, 내 발밑의 로비 바닥이 기울어졌다. 마치 바닥을 기울여 공을 이동시키는 틸트볼 게임에 내가 올라선 것처럼 크리스토퍼라는 작은 판지에 올라서서 미로 곳곳에 난 작은 구멍에 금방이라도 빠질 것만 같았다.

세스의 병실에 도착했을 때, 나는 떨고 있었다. 세스의 몸은 모니터에 연결되어 있었고, 정맥주사 튜브는 위쪽에 걸린 수액 주머니로 구불구불하게 이어져 있었다. 그의 머리에 튀어나온 푸른 정맥은 새

하얀 병실 침대 시트와 극명히 대비됐다. 축 늘어진 '쾌유를 빌어!' 풍선이 침대 모서리에 떠 있었다. 내가 들어서자 세스는 잠깐 눈을 뜨고는 희미하게 미소 지었다. 세스가 전에 내게 건네던 것처럼 바보 같은 열 살짜리 농담을 듣고 싶었다. "단어를 많이 아는 공룡dinosaur을 뭐라고 부르게요? 유의어사전thesaurus이요!" 하지만 오늘은 농담을 들을 수 없었다. 세스는 이미 반수면 상태로 다시 빠져들었고, 바퀴 달린 침대에 놓인 그의 몸은 가망이 없어 보였다.

몸을 속박하는 병원 장비 때문에 세스와 비슷하게 왜소해진 크리스토퍼의 모습을 수도 없이 보았다. 손을 뻗어서 세스의 손을 만지고 이마를 쓰다듬으며 크리스토퍼에게 그랬던 것처럼 세스를 달래주고 싶었지만, 대신 기도하듯 세스의 손을 움켜잡았다.

예전에 내가 병원에서 내 공황 상태로부터 크리스토퍼를 보호하기 위해 그랬듯이 패티는 침착했다. 예전에 내 목소리가 그랬던 것처럼 패티의 목소리는 쾌활했다. 내 목소리가 겁먹은 것처럼 들리지만 않으면, 전혀 두려워할 게 없을 터이기 때문이다. 크리스토퍼가 죽던 날 내 가슴에 내려앉아 숨쉬기조차 힘들게 만들었던 그 엄청난 무게가 가슴을 짓눌렀다.

도착한 지 몇 분밖에 안 됐지만, 세스의 병실에서 물러 나왔다. "두 분 다 지치셨을 거예요. 좀 쉬시게 그만 갈게요." 패티에게 그렇게 말하고는 대답을 기다리지 않고 차로 도망쳤다.

주차장에 도착해 운전대에 이마를 갖다 댔다. 패티는 내게 전화해줬는데, 나는 그들을 위로해주거나 기분을 바꿔주지도 못하고 저버렸다. 나는 세스를 저버린 것이다. 또다른 실패가 나를 할퀴었다. 내 안에서 겨울잠을 자던 고통이 그 일을 생각할 때마다, 머리를 쳐들고 나를 으스러뜨리겠다며 위협했다. 크리스토퍼가 나를 가장 필요로 할 때 나는 곁에 없었다. 가장 용서할 수 없는 방식으로 아들을 실망시킨 셈이다. 그리고 여기에서, 끝없는 역사의 고리에서 나는 실패를 반복하고 있었다.

결국 세스는 죽지 않았다. 이번에는 만회할 기회가 있었다.

몇 주 후, 세스의 다음 진료 예약 날, 마음을 단단히 먹고 노트를 들고 자동차에서 내려, 나를 기다리던 패티와 세스를 만났다. 지난번과 같은 실수는 반복하고 싶지 않았다. 세스와 패티의 신뢰를 회복해야 했다. 나에 대한 신뢰도 회복해야 했다.

"어서 오세요." 나를 알아본 세스가 말했다. 그는 엘리베이터로 가는 길을 가리켰다. 전에 가본 적 없는 병원 구역으로 세스와 패티가 나를 안내해 그 뒤를 따랐다. 마음이 놓였다. 발부리에 걸려 나를 넘어뜨릴 추억이 더 적은 공간일 테니까.

엘리베이터에서 내리면서 본능적으로 의사들이 부모를 데리고 가 남들이 없는 데서 나쁜 소식을 전하는 대기실의 작은 문을 찾았다. 크리스토퍼가 입원한 대부분의 병원에는 그런 방이 있었다. 의사들이 자기네 쪽으로 고갯짓해서 나를 부르면 가슴이 철렁 내려앉았다. 두려움에 등이 뻣뻣하게 굳어서는 자기 아이의 소식을 기다리는 불안한 타인들의 못 본 척하는 시선을 지나쳐 걸어갔다.

놀랍게도 여기는 그런 방이 없는 것 같았다. 아니면 있다 해도 숨겨져 있든가. 이 로비를 성큼성큼 걷는 의사들은 수술복을 입고 있지도 않았고, 걱정스러운 표정도 아니었다. 오히려 여기 의사들은 평상복 위에 흰 가운을 걸친 바쁜 직장인처럼 보였다. 의자에 털썩 주저앉아 기다릴 준비를 했다. 세스와 패티는 무슨 생각을 하고 있을까, 의사가 뭐라고 말할까 걱정할까 궁금했다. 나는 늘 기다리기가 싫었다. 좋든 나쁘든 직면할 상황을 당장 알고 싶었다. 그건 아마 착각이었겠지만, 더 빨리 알수록 다가올 일에 더 잘 대비할 수 있다고 생각했다.

세스는 종이비행기를 접느라 바빴다. 그와 패티는 짧은 거리를 떨어져 앉아 서로에게 비행기를 날렸다.

"하나, 둘, 셋." 세스는 패티와 동시에 비행기를 날리도록 카운트다운을 시작했다. 대부분이 목표물을 빗맞았다. 세스는 자기 비행기를 찾아오려고 바닥을 종종걸음으로 가로질렀다. 부풀어오른 관절 때문에 비행기를 집을 때마다 한쪽 다리를 뒤로 빼 어색한 인사를 하는 것처럼 보였다. "제자리에." 세스는 한 번 더 시도했다. "준비, 땅!" 그는 비행기를 날렸다. 숨죽인 사이, 비행 궤도가 교차하더니 세스와 패티의 비행기가 중간 지점에서 만났다.

"좋았어!" 세스가 양팔을 들어올려 승리의 V자를 만들었다.

"좋았어." 나는 혼잣말로 속삭였다. 로비의 창문 벽을 구성하는, 별과 행성이 그려진 스테인드글라스 벽화를 뚫고 늦은 오후의 햇살이 새어 들어왔다. 햇살이 바닥으로 쏟아져 유리창 색이 더 빛나 보였다. 등으로 쏟아지는 우주의 빛을 받으며 세스와 패티가 노는 모습을 보니 내 마음을 짓누르던 무거운 무언가가 들어올려졌다.

그날 의사들이 뭐라고 했는지는 기억나지 않지만, 그 고요한 장면만은 남아 있다. 노트에 쓴 메모를 컴퓨터 파일에 기록하고, 기사를 써내려가면서 장면들을 원고로 작성하다보니 마냥 행복했다. 삶을 위해 손을 뻗을 때와 언어를 이해할 때 늘 웃던 크리스토퍼를 생각했다. "빠른 배." 우리가 부모님 댁에 놀러간 어느 날, 할아버지의 수상스키용 모터보트를 쳐다보던 크리스토퍼가 수어로 말했다. 아버지는 크리스토퍼를 들어올려 배에 태우고 부두에서 천천히 출발했다. 부피가 큰 오렌지색 구명조끼에 파묻혀 몸이 거의 보이지 않는 크리스토퍼가 손을 앞으로 내밀었다. "더 빨리"라는 수어였다.

그날 세스와 함께하면서 아이들은 어른과 다르게 행복을 판단한다는 사실을 다시금 상기할 수 있었다. 아이들이 몰두하는 문제는 우리의 문제와는 다르다.

아이처럼 몰두할 수 있는 세상에서 세스와 머물고 싶다는 나의 바람만큼이나, 세스에게 시간이 없다는 게 분명했다.

겨울이 끝날 때쯤, 세스의 심장과 눈에 문제가 생길 조짐이 보였다. 관절염은 악화되었고, 심각한 뇌졸중이 발병할 위험에 처해 있었다. 달링턴에 있는 소아과의사가 그에게 전문가를 소개해줘 패티는 몹시 추운 어느 겨울날 아침, 차를 몰고 산골 마을에서 내려와 세스를 노인과 진료에 처음으로 데려갔다. 나는 병원에서 그들을 만났다.

진료실에서 세스를 탁자 위에 올려야만 했다. 뼈만 앙상한 팔은 빨간 셔츠 밖으로 나와 있고, 주름진 피부가 팔을 따라 섬세하게 접혀 있었다. 그는 거의 자기 몸통 길이만한 물병에 든 물을 홀짝홀짝 마시면서 눈만 커다랗게 보이는 창백한 얼굴로 주위를 돌아보았다. 거기에는 볼 것이 별로 없었다. 초록색 산소통이 벽에 기대어 있었다. 노인 환자들에게 주의를 주는 표지판이 보였다. "단추를 눌러 호출하세요. 넘어지지 마시고요."

초음파 전문가가 탐지기에 매끄러운 젤을 부었다. "슬라임 받을 준비됐나요?" 그녀가 물었다. 어린이용 케이블티브이 채널인 니켈로디언을 많이 보는 어린아이를 키우는 것이 틀림없어 보였다. 세스는 대답하지 않았다.

전문가는 탐지기를 세스의 머리와 목에 대고 움직이면서 뇌로 가는 혈류를 확인했는데, 뇌졸중 위험을 나타내는 척도였다. 회색 고랑과 골짜기가 화면에서 급등하더니 흔들렸다. 세스는 활기를 되찾았다. "멋지다!" 그는 엑스박스 게임 속 세상과 꽤 유사해 보이는 화면을 유심히 살폈다.

세스의 맥박 소리가 전자드럼 소리처럼 증폭되어 방안을 가득 채웠다. "여기가 뇌 한가운데 있는 뇌각이야. 머릿속에서 이렇게 시끄러운 소리가 들리는지 몰랐지?" 전문가가 물었다.

세스는 곧바로 대꾸했다. "수학 시간이 시작될 때마다 그 소리가 들렸어요." 우리가 모두 웃음을 터트리자, 정적이던 방안의 공기가 갑자기 활기를 띠었다.

초음파가 끝나고 다른 병동에 위치한 뇌졸중 클리닉에 다음 검진을 받으러 갔다. 세스는 장거리 이동을 위해 패티가 가져온 휴대용 유모차에 탔다. 진료소에 도착하자 세스는 벌떡 일어나더니 유모차를 주차했다. "내 탈것이야." 그는 그것이 할리 데이비드슨 오토바이라도 되는 양 자랑스럽게 말했다. 우리는 주로 노인들이 보는 주간지 『프라임 타임스』 여러 권이 놓인 탁자 옆에 앉았다. 세스가 그걸 알아챘더라도, 그 책이 무엇을 암시하는지 애써 무시했을 것이다.

검사실에서 간호사가 세스의 혈압을 재려고 했지만, 혈압계 커프가 너무 컸다. 당황한 간호사는 계속 시도하다가 결국 안내 데스크에 전화를 걸어 뼈만 앙상한 그의 팔에 딱 맞을 유아용 커프를 요청했다. 그녀는 세스를 어떻게 이해해야 할지 몰라서 어색해 보였다. "넌 몇 살이니? 여섯 살?" 기다리는 동안 그녀가 유난히 밝게 물었다.

나는 숨을 참으며 그녀가 그만 말했으면 좋겠다고 빌었다. 그녀가 바라보는 방식으로 세스가 자신을 인식하지 않았으면 했다.

세스는 뼈만 남은 어깨를 날개뼈가 거의 닿을 만큼 딱 벌리고 몸을 똑바로 세웠다. "열 살이요." 반항기가 묻어나는 목소리로 세스가 대답했다.

"그럴 리가. 훨씬 어려 보이는데?"

세스는 허리를 더 펴고 앉아 간호사의 눈을 쳐다보며 말했다. "열 살이라고요."

관점이 바뀌는 걸 느꼈다. 내 신경이 바람 빠지는 소리를 내며 고요해졌다. 나는 나이를 얻는 것이 아니라 앞으로 잃어버릴 상실의 햇수로만 인식했다. 크리스토퍼는 절대 열 살이 되지 않을 것이다. 절대 엑스박스를 갖지 못한다. 절대 열여섯이 되지 못한다. 절대 운전면허증을 딸 수 없다. 절대 결혼할 수 없다. 절대 자기 자식을 가질 수 없다. 가끔은 그 '절대'란 단어 때문에 거의 질식할 지경이었다.

하지만 크리스토퍼는 그걸 몰랐다. 그 아이는 세스처럼 자기 나이를 자랑스러워했다. 크리스토퍼는 새로운 사람을 만날 때마다, 자기 이름의 수어인 C자를 만들어 가슴 위에서 원을 그리고는 자기 나이를 덧붙였다. "크리스, 여섯 살." 그는 어느 날, 시애틀로 돌아가는 비행기 안에서 옆자리에 앉은 사람에게 자기를 소개했다. 아들은 몸을 돌려 나를 가리켰다. "엄마." 그는 손가락을 쭉 벌리고 엄지손가락을 턱밑에 두드리며 수어를 했다. 그러더니 내 나이까지 덧붙였다.

어떤 비밀도 안전하지 않았다.

한 해 한 해를 성취로 여기는 이러한 태도가 죽음에 대한 세스의 관점이었을지도 모른다. 눈을 감고 세스의 삶을 통해 크리스토퍼의 삶을 상상해보았다. 세스는 내 나이까지 이르지 못할 것은 물론이고 그런다고는 상상조차 못해봤을 것이다.

그런 관점으로 보니 과거가 매우 달라 보였다.

4장
인생의 초점

5월에는 세스와 같이 지내려고 그 집에 놀러갔다. 세스와 함께하면 크리스토퍼와 다시 가까워지는 기분이었다. 편집장들에게는 '취재'를 좀 해야 한다고 둘러대면서, 방문하는 날을 손꼽아 기다렸다.

"오래 걸리지 않을 거예요." 로라에게 그렇게 말은 했지만 한 번 방문하면 거의 하루종일 있다가 온다는 것을 그녀가 까먹길 바랐다.

달링턴으로 운전해서 갈 때마다, 조수석에 앉는 크리스토퍼를 상상했다. 아들이 제일 좋아하는 빨간색 학교 맨투맨 티셔츠를 입고, 지나가는 풍경을 수어로 말하면서 즐거운 듯 갈색 눈을 반짝이는 크리스토퍼의 모습을 반쯤 기대하며 힐끗 옆을 보았다.

아주 오랫동안, 그저 하루를 살아내고자 기억의 밝기 조절 스위치를 줄여놨다. 하지만 그때 차 안에서 크리스토퍼가 다시 살아 있는 것처럼 느껴졌다. 손을 뻗어 아들의 이마에서 모랫빛 머리칼을 빗겨

주고, 도시의 경계를 넘어서자마자 보이는 소와 말에게 녀석이 내지르는 함성이 들릴 것만 같았다. 나는 운전하면서 지나치는 도로 표지판을 보면서 손가락으로 철자 만드는 법을 연습했다. 정체되는 로스앤젤레스 고속도로를 아들과 함께 여러 해 동안 서행하며 생긴 습관이었다. 나는 아들의 이름, 서명처럼 익숙한 글자들의 모양을 손으로 만들었다. 그리고 제한된 어휘로 아들이라면 어떻게 사물을 표현했을지 생각했다. 그는 페리를 '자동차 보트', 민들레를 '바람 꽃', 분수를 '물 춤춘다'라고 표현했다.

세스네 집으로 이어지는 좁고 구불구불한 도로에 접어들 때까지 머릿속으로는 우리 삶을 함께 여기저기 배회했다. 차가 자갈 진입로에 들어서 돌 부딪히는 소리가 들리자 세스가 나를 자기 방으로 데려가고 싶어서 안달하며 현관까지 나왔다.

소년의 침실은 그 자신이 만든 우주라 할 수 있다. 야광 조명이 달려 있고 문에는 사이키델릭팝 포스터를 붙인 세스의 방은 어린 사촌들로 구성된 팬클럽의 중앙 본부 역할도 했다. 사촌들은 레이싱카처럼 생긴 그의 침대에 털썩 주저앉아 송진에 싸인 전갈, 플로리다에서 온 표백된 악어 두개골, '미니 통나무 트랙터'처럼 생긴 아빠의 미식축구 트로피 같은 세스의 다양한 보물을 감탄하며 바라봤다.

5월의 그날, 세스는 문까지 달려나와서는 깜짝 놀랄 만한 소식이 있다고 말했다. 세스가 나를 자기 방까지 직접 이끌고 갔다. "보세요." 그가 문을 소리내어 열자, 찻잔만한 작은 강아지 한 마리가 그의 테니스화 위를 기어다녔다. 세스는 강아지를 번쩍 들어서 꼼지락거리는 작은 덩어리를 내 손에 올려놓으며 "랫테리어 믹스견이래요"라고 자랑스럽게 말했다.

"얘는 이름이 뭐야?" 강아지에게 뽀뽀를 받는 와중에 펜을 찾아 뒤적거리며 물었다. 그리고 세스의 침대 가장자리에 앉아서 노트를 꺼냈다.

"헐크라고 지을까 했어요. 아니면 골리앗이나. 하지만 불릿이라고 정했어요." 세스의 몸 위로 올라간 강아지는 그와 한바탕 레슬링을 하다가 세스 무릎에 놓인 야구 모자를 파고들어 잠이 들었다. 나는 펜을 내려놓았다. 둘을 보고 있노라니 오래간만에 일종의 만족감이 밀려들었다.

그때 전화벨이 울렸다. 세스가 주방에 있는 엄마가 듣지 못하게 송화구 부분을 손으로 감싸고 전화를 받았다.

"일곱 권 전부 다?" 그가 전화기에 대고 속삭였다. "전부 사, 내가 나중에 돈 줄게."

"그건 무슨 얘기니?" 전화를 끊은 세스에게 물었다.

그는 몸을 내 쪽으로 기울이더니 비밀을 털어놓았다. "『나니아 연대기』 전집이요." 세스는 그 시리즈를 어머니날 선물로 엄마에게 줄 계획이었다. 세스가 여섯 살 때 엄마가 그 책을 처음 읽어줬단다. 환상적인 여행담에 세스는 특별히 관심을 쏟았다. 『나니아 연대기』 중에서 세스는 마지막 권 『마지막 전투』를 가장 좋아했다.

그 줄거리를 기억하려고 머리를 쥐어짰다. 그가 온전히 몰입할 수 있는 장대한 전투와 엄청난 모험에 관심을 둔다는 사실은 알고 있었다. 하지만 그 책은 무슨 내용이었지?

그날 저녁 집에 돌아와서 어린 시절 제일 좋아했던 책을 모아둔 책장에서 그 책을 꺼냈다. 마지막 페이지를 펴서 읽어나갔다. 그러자 자신의 등장인물들이 다른 세계에서 새로운 삶을 시작할 수 있도록 어떻게 C. S. 루이스가 한 여정의 끝까지 그들을 이끌었는지, 세스가 말한 '위대한 이야기'의 시작이 무엇인지가 기억났다.

나는 몸을 가누려고 책장에 손을 짚었다. 그것이 무엇을 의미하는지는 명약관화했다. 세스의 부모는 그의 죽음을 대비했고 세스도 틀림없이 그것을 알았다.

휘청거리듯 침실로 가서 침대 위에 태아 같은 자세로 몸을 웅크리고는 내 옆에서 자던 크리스토퍼의 따뜻한 체온을 기억하며 내 몸을 감싸 안았다. 숨이 막힐 듯 헐떡이며 갈비뼈가 아플 때까지 흐느꼈다. 탈진해서 더이상 눈물이 나오지 않을 때까지. 나는 아이 곁에 없어서 작별인사도 건네지 못했다. 그 말이 머릿속에서 너덜너덜한 선로를 끝없이 맴돌았다.

마침내 책을 책장에 갖다놓으려고 서재로 돌아갈 때쯤 날이 어두워졌다. 또다른 책이 눈에 들어왔다. 『나니아 연대기』 근처에 꽂힌 『어린 왕자』를 꺼냈다. 크리스토퍼가 죽은 후 종종 위안삼아 그 책을 읽었다. 잠이 오지 않는 밤이면 밖으로 나가 별을 바라보며 어린 왕자가 남긴 말들을 생각하곤 했다.

내가 그 별 중 하나에 살고 있을 거야. 내가 그 별 중 하나에서 웃고 있을 거야. 그래서 네가 밤하늘을 바라볼 때면 모든 별이 다 웃고 있는 것처럼 보일 거야⋯⋯

쌀쌀한 봄밤을 느끼러 밖으로 나가서 반사적으로 크리스토퍼와 내가 항상 그랬듯이 고개를 들어 북두칠성을 찾았다. 목에 건 별 목걸이를 만지며 아들이 죽은 후 반 친구들이 보내준 그림들을 떠올렸다. 하트와 별, 막대 모양처럼 생긴 아이들이 그려진, 그 오른쪽 상단에 크리스토퍼가 맴돌고 있는 그림을 생각했다.

나는 하늘에서 오른쪽 구석을 찾아보았다.

달링턴은 소크강과 스틸라과미시강 사이에 포근히 안겨 있다. 어느 봄날 오후, 세스와 그의 부모는 소크강가에서 가장 좋아하는 지점에 배를 띄웠다. 낚시 탐험은 그 가족의 삶에서 큰 부분을 차지했으므로, 세스는 자기가 물고기를 어떻게 잡는지 보여주고 싶어했다.

카일은 경사로에서 보트를 미끄러뜨려 물에 띄웠다. 그는 이 강에서 연어, 새끼 연어, 킹피시를 사계절 내내 낚았다. 그는 무엇보다도 아들이 무지개송어를 잡기를, 줄을 잘 당겨 그 무거운 은색 물고기를 물 밖으로 들어올리는 손맛을 보기를 바랐다. "무지개송어는 다른 물고기보다 훨씬 잘 싸운단다." 카일은 배를 저어나가며 노스캐롤라이나 출신답게 살짝 느린 말투로 말했다.

카일은 세스보다 작았을 때부터 평생 낚시를 해왔다. 가족의 이야기에 따르면 그는 난생처음 잡은 물고기에 너무 집착해서 침대까지 가져갔는데 그 바람에 물고기 옆면이 그의 손자국 때문에 움푹 파일 정도였다고 한다. 그 이야기를 듣고는 웃었지만, 카일의 한 면을, 그가 무언가를 사랑할 때 얼마나 열심히 빠지는지를 보여주는 일화이기도 했다.

카일이 물살을 거슬러 노를 저을 때, 세스와 패티와 함께 앞쪽에 앉았다. 그의 노는 메트로놈처럼 일정한 박자로 이어졌다. 은색 몸통의 오리나무가 강 위로 활 모양을 그리고 있었고, 강둑에는 지난 장마철에 흘러온 홍수의 잔해물이 높이 쌓여 있었다. 멀리서 비오리떼가 쏜살같이 날아올랐다. 패티는 이 강에서 만족스러워 보였다. 가족들이 그녀와 가까이 붙어 있고, 세스는 무릎 위에서 편안히 자고 있었다. 여전히 그들에게 크리스토퍼 이야기를 꺼내지 않았다. 말을 꺼내기에 적당한 타이밍은 결코 없을 것 같았다. 언젠가는 우리가 가질 공통점에 관해서 커튼을 거칠게 당기듯 밝히지 않아도 될 때가 언제인지 도저히 알 수가 없었다.

카일은 물고기가 숨어 있을 법한 틈새를 노렸지만 운이 따르지 않았다. "동풍이 불 때는 낚시가 잘 안 되는 법이야"라고 카일이 말했다. 그건 세스에게는 중요하지 않아 보였다. 물고기가 잡히지 않자 우리는 강 하류를 따라 더 내려가면서, 시간을 때우려고 영화 퀴즈 게임을 했다. 그러다가 세스의 '개 해골 섬' 얘기로 대화가 흘러갔다. 세스가 어느 해 제일 좋아하는 캠핑장에서 개 해골을 발견해서 묻어줬는데 그후 그 섬을 그렇게 불렀다고 했다. 그리고 마침내 물고기를 잡으면 어떻게 할지 이야기했다. "넌 그걸 놔줘야 해. 잡았다가 다시 놔주는 거야." 카일이 세스에게 말했다.

달리 의미가 있는 건지 읽어내려고 카일의 얼굴을 자세히 살펴보았다.

세스와 함께하는 시간이 빠르게 끝나갔기에, 가능하면 세스와 많은 시간을 함께하려고 노력했다. 세스의 삶을 기록중인 사진기자 댄 들롱과 함께 플로리다에서 열리는 조로증 아이들의 연례 모임에 가고 싶다고 상사를 설득했다.

탈수 상태의 몸을 질질 끌고 우리는 거의 여섯 시간 비행한 끝에 올랜도에 위치한 르네상스 에어포트 호텔에 도착했다. 주변에 그렇게나 수많은 아이가 있는 상황을 어떻게 감당해야 할지 잘 몰랐다. 무엇을 예상해야 하는지도 잘 몰랐다. 세스는 그냥 세스였다. 세스와 함께하는 시간은 편해졌지만, 그 방에 들어가면 십대 중반을 넘기지 못할 아이들이 가득하다고 생각하자, 또 그들의 부모를 대면해야 한다고 생각하자 마음이 뒤흔들렸다.

패티와 카일의 용기 덕분에 취재과정에서 많은 부분을 헤쳐나갈 수 있었다. 그들이 무너지지 않았으니, 나도 그럴 수 없었다. 그러나 다른 부모들도 그러리라고 보장할 수는 없었다. 특히 처음으로 조로증의 예후를 받아들일 부모들은 말이다. 로비에 들어서면서 조로증 증세가 더 악화된 아이들을 접할 새로운 부모들의 모습을 상상하며 잔뜩 긴장했다. 더 나쁜 상황은, 올해는 어떤 아이가 오지 못했는지 부모들이 알아차릴 때다. 그때 갑자기, 내 앞에 세스가 나타났다. 새벽 세시부터 기다렸다는 세스는 말 그대로 흥분해서 몸을 떨고 있었다. 그가 나를 호텔 안으로 안내했는데, 무슨 일이 벌어지는 건지 알아채기도 전에 세스가 수줍게 나를 껴안았다.

그 포옹에 깜짝 놀랐다. 보통 세스는 정중하게 악수를 건넸기 때문이다. 그가 내민 손을 맞잡아 악수만 해도 충분히 만족했다. 어쨌든 그게 취재 대상과의 거리를 유지하는 기자로서의 원칙이었다. 그러나 이번에는 세스가 나를 안아주자 나도 그렇게 해주었다. 그 감정을 마음에 새기기도 전에, 세스가 돌아서더니 모여 있던 소규모의 부모들과 아이들에게 크게 선언했다. "제 기자가 여기 있어요!"

자부심으로 얼굴이 상기되었다. 자기 기자라니. 세스가 나를 주변에 소개하자 미소를 멈출 수가 없었다.

예전에 크리스토퍼가 학교에 다닐 때는 다른 아이들, 그러니까 아들의 학교 친구들과 반 친구들의 애정을 당연시했다. 한 아이의 세계에서 일부가 된다는 것은 많은 다른 아이에게로 그리고 그들의 사랑으로 가는 문을 열어주었다. 세스가 그 문을 부수고 다시 열어준 셈이다.

세스는 축제에서 놀이기구를 타듯 회전문을 들락거리며 새로운 가족이 도착하면 인사를 했다. 아이들은 호주와 벨기에에서, 아르헨티나와 영국 등 전 세계에서 도착했다. 민머리에 뼈만 앙상한 팔다리, 주름진 피부를 가진 아이들이 세스 뒤에서 로비를 돌아다녔다. 마치 미니어처 주민들이 킬킬거리는 양로원을 보는 것 같았다. 모임에 벌써 세번째 참석한다는 여섯 살 난 덴마크 소년 예스퍼가 세스에게 다가가 세스의 이름표를 가리켰다. 그는 영어를 못 했고, 세스는 덴마크 어를 못 했다.

"세스!" 예스퍼가 이름표를 소리 나는 대로 읽었다. 그러고는 자기 를 가리키며 말했다. "예스퍼."

세스는 고개를 끄덕이더니 다른 사람의 이름과 신분을 일부러 잘 못 말하는 게임을 했다. "알리시아." 세스가 자기 아빠 카일을 가리키 며 말했다. 조로증 환자인 어린 소녀 알리시아는 근처에서 이 모습을 보다가 낄낄거리며 웃음을 터트렸다. 나는 이 모든 상황을 담아두려 고 미친듯이 노트에 휘갈겨썼다.

다음 며칠간 아이들은 짜인 일정에 맞춰 한 가지 활동에서 다음 활동으로 이리저리 튀듯이 움직였는데, 어른들은 기진맥진할 정도 였지만 아이들은 조금도 지친 기색을 보이지 않았다. 다양한 테마파 크를 방문했다가, 마음껏 먹을 수 있는 아이스크림선디 뷔페에도 가 고, 수영장에서 오랫동안 놀기도 했다. 아이들이 다칠 만한 상황을 이것저것 예측하면서 아이들을 계속 지켜보자니 예전의 익숙한 경 계 태세로 돌아가는 듯했다. 곧 극심한 피로가 엄습해왔다. 그만 쉬 고 싶었다.

후텁지근한 오후가 끝날 무렵, 그날 저녁 예정된 저녁 무도회에 참석하기 전에 낮잠을 자려고 방으로 향했다. 침대에 쓰러져 시원한 에어컨 바람과 고요함을 즐겼다. 깊이 숨을 내쉬며 달콤한 잠이 덮치 기를 기다렸지만, 뇌가 그걸 허락하지 않았다. 천장을 빤히 바라봤 다. 천장이 하얀 화면으로 변하더니 머릿속이 프로젝터처럼 움직였다. 크리스토퍼의 삶이 이런저런 영상으로 급변하는 홈비디오처럼 천장을 가로질러 펼쳐졌다. 그 이미지들은 위로가 되기는커녕 나를 괴롭혔다. 몸을 옆으로 돌려보았지만, 소용이 없었다. 크리스토퍼가 어릴 적, 잠 좀 자봤으면 하고 갈망한 모든 순간이 떠올라 죄책감이 비수처럼 가슴에 꽂혔다. 나는 편안해지려고 이불 속에서 발을 차고 몸을 비틀었다. 카일의 말이 다시 머릿속에 떠올랐다. "잡았다가 다시 놔주는 거야."

수년간 친구들과 상담사들은 내게 "놓아버려라"라고 말했다. 다음 단계로 넘어가라고 했다. 하지만 앞으로 나아간다는 건 크리스토퍼를 두고 가라는 의미였고, 그런 일은 그때도 앞으로도 상상조차 할 수 없었다. 나는 놓아버리고 싶지 않았다. 놓아버리는 것은 잊어버리는 것과 마찬가지이고, 잊어버리는 것은 크리스토퍼의 삶이 전혀 중요하지 않다는 뜻이라고 생각했다.

자리에서 일어나 터져나오는 눈물을 참으면서 마음을 진정시키려 샤워를 했다. 그런 다음 여전히 무거운 팔다리로 아래층으로 내려갔다. 이번 여행에 휴식은 없을 듯했다.

그날 저녁 늦게, 호텔측에서 일반 연회장을 무도회장으로 개조했다. '격식을 차린' 행사를 위해 옷을 차려입은 아이들은 댄스 플로어에서 어색하게 빙빙 돌았다. 부모들은 가장자리에 서서 편안하게 수다를 떨었다. 세스를 이리저리 찾다가, 구석에서 작은 여자아이 옆에 있는 세스를 알아보았다. 그 여자아이는 분홍색 드레스를 입고 드레스와 색을 맞춘 스카프를 민머리에 두르고 있었다. 그녀가 몸을 기울여 세스의 뺨에 키스했다. 세스의 눈이 휘둥그레졌는데, 굴욕감 때문인지 기쁨 때문인지는 알 수 없었다. 하지만 그뒤 둘은 반짝이는 조명 아래에서 중학생 수준의 느린 춤을 어색하게 추었다. 둘이 좌우로 움직이며 춤을 추자 둘 사이의 흥분을 알아보았고 그 흥분이 내게도 고스란히 전해졌다.

세스가 느꼈을 온갖 감정을 상상했다. 신경회로를 밝히는 그 수줍음과 긴장감, 흥분이 뒤섞인 감정은 수십 년이 지난 시점에도 우리가 저마다 이런 감정을 언제 처음 느꼈는지 그 순간을 정확하게 떠올리게 한다. 아이들끼리, 아이들과 부모가 함께 춤추는 모습을 보면서 겉보기에는 너무 빨리 지나가는 삶이 그 순간만큼은 매우 느리게 느껴졌다. 아이들의 입장에서 그 밤은 틀림없이 매우 길었을 것이다. 아마 그게 크리스토퍼가 삶을 받아들이는 방식이리라.

그날 밤 나는 꿈도 꾸지 않고 곤히 잠들었고, 아침에 호텔 커튼 사이로 새어드는 플로리다의 밝은 햇살을 느끼며 잠에서 깨었다. 마침내 작은 희망처럼 느껴지는 그런 햇살이었다.

어느새 마감이 다가와 있었다. 기사의 초안을 한 달 안에 써야 했다. 편집장들은 특별 섹션에 청신호를 켜줬는데 그건 내 기사가 2.5미터 이상의 잡지 기사 분량 정도가 될 수 있다는 의미로 신문사 기자에게는 드문 호사였다. 대개는 일간지를 채우는 25~50센티미터짜리 기사로 먹고사니 말이다. 대부분의 초안을 짰지만, 맨 처음부터 세스에게 묻고 싶었던 한 가지 질문을 던질 시간이 점점 줄고 있었다.

세스에게 죽음에 관해 묻고 싶어한다는 것을 패티는 알았고, 이미 괜찮다고 허락도 해줬다. 그들은 집에서 죽음을 일상적으로 반복해 말했다. 그들은 미래를 깊이 생각하지는 않았지만, 삶과 죽음에 관해, 사후 세계에 관해서는 얘기를 나누었다. 종교는 그 가족의 삶에 깊게 뿌리내리고 있었다. 세스가 진단받은 후 패티가 어둠을 뚫고 지나온 것도 결국 종교의 힘이었다. 종교 덕분에 그들은 세스의 사랑하는 할아버지의 죽음을, 모임에서 만났던 먼저 떠난 친구들이 주는 상실감을 견딜 수 있었다. 세스는 매주 방과후 성경 수업에 참석했다. 그는 부모와 함께 일요일마다 교회에 갔다. 매일 저녁, 가족은 기도를 드렸다. 하지만 세스에게 죽음에 대해 질문할 적당한 시간을 찾지 못했고, 그럴 엄두도 내지 못했다. 그럴 만한 기회가 더이상 많지 않다는 걸 알면서도 말이다.

다음 방문 때 세스에게 산책하러 가지 않겠느냐고 물었다. 무더운 7월이었고, 세스는 언덕 아래에 자리한 양어장에 무척 가고 싶어했다. 우리는 송어에게 먹이로 줄 벌레를 뭉친 미끼를 사려고 주머니에 10센트짜리 동전을 두둑이 채워 마을로 출발했다. 가는 길에 세스는 이웃집 말들이 밖으로 나갔는지 확인하려고 철조망 친 담장 너머를 들여다보았다. 그는 포장도로에 있는 도마뱀을 살피기 위해 멈췄다. "죽었어요." 세스가 말했다.

나는 노트를 꺼내려고 가방에 손을 뻗었다. 지금 얘기하지 않으면, 다시는 못 할 것 같았다. 겨드랑이에 땀이 배어났다. "죽음은 뭐라고 생각하니?" 아무렇지 않은 이야기처럼 들리게 애쓰며 물었다.

세스는 조용해졌다. 그의 대답을 기다리는 순간 심장이 쿵쾅거렸다. 나는 곧바로 질문한 것을 후회했다. 세스가 죽음을 악몽 같다고 말하면 어떻게 하지? 그가 죽음을 두려워하면 어쩌지? 세스가 두려워한다면, 아마 크리스토퍼도 그랬을 것이다. 그렇게 생각하니 참을 수가 없었다. 세스를 멈추게 하고 "대답하지 않아도 돼"라고 말해주고 싶었다. 하지만 그러지 않았다. 내 아들과는 한 번도 나누지 못한 대화를 세스와 해야만 했다.

죽음에 관해 크리스토퍼와 얘기를 나눠보려 한 적이 있었다. 아들이 유치원에 다닐 때였는데, 반에서 키우는 햄스터가 죽었다. 내가 학교로 데리러 갈 때, 아들은 톱밥으로 만든 둥지에 있는 햄스터를 즐겨 보여주었다. 햄스터가 죽었다고 아들에게 어떻게 말해야 할지 몰랐다. 학교에서는 아이들과 죽음에 관해 이렇게 논의하라고 가정통신문을 한 줄 한 줄 적어 집으로 보냈다.

- 함께 얘기 나눌 조용한 시간을 정하세요.
- 슬퍼해도 괜찮다고 말해주세요.
- 햄스터가 잠들었다거나 사라졌다고 말하지 마세요.
- 거짓말하지 마세요.

목록은 계속되었다. 하지만 아무 소용이 없었다. 수어 수업을 들었지만, 내 어휘력은 여전히 부족했다. 다섯 살 수준의 어휘나 공룡 이름은 유창하게 말했지만, 다른 표현은 잘 몰랐다. 하고픈 말을 어떻게 표현해야 하는지 몰랐다.

크리스토퍼에게 죽음이란 모든 생명체가 겪는 일이니 두려워하지 않아도 된다고, 너는 늘 우리 안에 있을 테고 네 안에는 우리가 있을 거라고 말해주고 싶었다. 우리가 죽어서 가는 천국은 우리 마음속에 있다고도 말해주고 싶었다. 하지만 그럴 수 없었다. 마치 어떤 단어도 쓰지 않으면서 달을 설명하려고 하는 상황 같았다.

마침내 세스가 침묵을 깼다. "천국에 있는 우리집에는 사람들을 위한 방이 많고, 반려동물을 위한 방도 있어요. 게다가 그곳에는 중력도 없어서 젤리 곰과 초콜릿 토끼를 사냥 다닐 수 있어요. 낚시를 한다면 하루에 세 마리는 틀림없이 잡을 수 있어요." 세스는 주먹에 미끼를 가득 쥐고서 선착장에 도착했다. 하늘에 흩뿌린 은처럼 빛나는 물위를 파란 잠자리가 스치듯 지나갔다. 세스는 양어장을 가로질러 미끼를 흩뿌렸다. 그가 던질 때마다 물고기가 펄떡거리며 그의 발 근처에 물을 튀겼다. 미끼를 다 던지고 나서 세스는 10센트짜리 동전을 물에 던지고 소원을 빌었다.

"무슨 소원을 빌었니?" 내가 물었다.

세스는 잠시 뜸을 들였다. "생일이 더 빨리 오면 좋겠다고요."

며칠 후, 세스가 나를 파티에 초대했다. 세스의 생일 파티는 달링턴의 세스네 집에서 도로 아래쪽에 자리잡은 세스네 할머니의 통나무집에서 토요일 오후에 열린다고 했다. 그의 사촌 트리스탄도 같은 날 생일이라서, 공동 생일 파티를 열어 관심을 나누어 받을 예정이었다. 내 기사는 거의 완성되었다. 즉 이번이 세스를 마지막으로 만나는 날이 될 수도 있었다. 그러니 생일 파티에 가야만 했다.

그러나 진입로에 들어서자 별안간 처음 세스를 만날 때 나를 괴롭히던 두려움이 밀려들어 거의 돌아설 뻔했다. 세스의 파티에 간다고 생각하자 크리스토퍼랑 함께하지 못한 모든 생일이 떠올랐다. 그가 죽은 후 함께하지 못한 생일이 벌써 열번째였으니, 살아 있을 때 함께한 생일보다 더 많았다. 세스와 시간을 보내면서 크리스토퍼와 함께하며 느낀 많은 감정이 되살아났다. 이번 생일 파티가 그 주문을 깰까봐, 내 안에서 봉합된 부분이 터져버릴까봐 두려웠다.

중간쯤 갔을 때 고속도로에서 벗어나 주유소에 차를 세우고, 텅 빈 노트를 옆자리에 둔 채 차 안에 앉아 있었다. 후렴구가 다시 시작되었다. 나는 아이 곁에 없어서 작별인사도 건네지 못했다.

이 일을 마친 뒤 세스를 다시 볼 수 있을까. 보통은 하나의 기사가 끝나면 다음 기사로 넘어갔다. 그게 기자들 일이었다. 지금 차를 돌린다면, 세스와 작별인사를 나눌 기회는 없을 것이다. 차에 다시 기어를 넣고 계속 운전했다.

세스는 나를 보자마자 소리쳤다. 글자 그대로 깡충깡충 뛰면서 나를 야외 벤치로 안내하더니 전채요리를 덜어먹을 종이접시를 주었다. "제가 이걸 직접 만들었어요." 그러면서 깔끔하게 끼운 치즈 꼬치가 담긴 쟁반을 들어올렸다. 아이들은 우리 주변을 돌아다녔고, 아이들의 목소리가 내는 소음이 오르락내리락했다. 세스는 나에게 치즈를 안겨주고는 하던 일로 다시 돌아갔다. 잔디밭에 세워진 스프링클러 사이로 장난감 차를 운전하기도 하고, 물풍선을 던지기도 하고, 선물 상자를 장식하기도 했다.

나는 되도록 다른 사람 눈에 잘 안 띄게 벤치에 웅크리고 앉아 아이들이 노는 모습을 보면서 눈물을 참으려 애썼다. 크리스토퍼가 공원에서 쉭 하고 미끄럼틀을 타고 내려오는 장면, 수영장에서 물을 튀기는 장면 같은 내 기억과 아이들의 함성과 외침이 곧 교차되었다. 작은 비행기처럼 생긴 자동차 조종석에 앉아 활주로 주변을 '운전'하면서 유쾌하게 손을 흔드는 아들을, 할아버지 무릎 위에 앉아 있는 아들을 마음의 눈으로 보았다. 크리스토퍼는 내 앞에서 뛰어다니는 이 아이들만큼이나 많이 즐거워했다. 그 기억이 나를 강하게 만들었다. 이것은 세스의 파티였지만, 크리스토퍼를 다시금 행운아로 바라보게 된 것은 세스가 내게 준 선물이었다.

연어와 맛좋은 샐러드로 저녁을 먹은 후, 사촌동생 트리스탄이 선물을 개봉하는 동안 인내심 있게 기다린 후 세스가 자기 선물 더미를 열었다. 카드에서 빠져나온 길 잃은 지폐가 흩날렸다. 그는 지폐를 깔끔하게 야구 모자에 집어넣고 재빨리 모자를 머리에 뒤집어썼다.

"내가 모자를 대신 들어줄까, 세스?" 사진기자 댄이 물었다.

"시도는 좋았어요." 세스가 대답했다.

세스가 갖고 싶어했던 시디플레이어, 커다란 물총, 용 그림이 담긴 야광 지그소퍼즐 등 선물이 하나하나 개봉될 때마다 "와!" 하고 탄성이 터져나왔다. 다른 사람들과 함께 "오!" "아!"를 외치다보니 나도 가족의 일원이 된 듯했다.

모기가 몰려들고 손님들이 집으로 향하자, 세스는 흰 플라스틱 의자에 앉아 자신이 받은 선물을 살폈다.

"저 대박 났어요. 이제 열한 살이네요."

이번에는 내 얼굴에 세스의 미소만큼 큰 미소가 번졌다.

몇 주 후 기사를 마무리했다. 편집장들에게 기사를 제출하자 크리스토퍼가 죽기 전부터 잊고 지낸 평온함을 느꼈다. 처음으로 크리스토퍼가 등장하는 행복한 꿈을 꾸기 시작했다. 꿈에서 가끔 아들은 더 나이든 모습으로 등장해 운전을 하거나 친구들과 농구를 했다. 가끔은 종소리 같은 달콤한 목소리로 내게 말을 걸었다. 가끔은 수어로 말했다. 그 꿈들은 세발자전거를 타던 아들이 절벽 끝을 향해 달려가 내게서 멀어지는 식으로 끝나지 않았다.

아들이 죽은 이후 처음으로, 매일 아침 깨어났을 때 편안하게 숨 쉴 수 있었다. 처음으로 매일 출근하기 위해 다리 위에서 용기를 끌어모을 필요가 없었다.

세스의 기사가 나간 후, 어떻게 세스의 삶이 자신들을 바꿨는지 수백 명의 사람에게서 전화와 편지를 받았다. 세스 가족에게 공유해주고자 그 이메일들을 출력해 직장 내 자리에서 읽었다. 어떤 메일은 나를 미소 짓게 했다. 어떤 것들은 나를 울렸다. 그 편지들을 보자 크리스토퍼가 죽은 후 받은 메모가 생각났다.

한 독자가 "세스는 제 마음을 부수기도 했지만 부서진 마음을 고치기도 했어요"라고 말했다. 무슨 말인지 정확히 이해가 됐다. 객관적 관찰자인 기자로서 나는 개입하지 않은 채 세스를 바라봐야만 했다. 하지만 세스는 내게 약간의 마법을 부렸다. 처음에는 장수하는 삶을 빼앗긴 아이라는 비극인 줄 알았으나 경이로운 삶으로 변모했다. 세스는 크리스토퍼의 삶도 그렇게 기억하도록 나를 도와주었다.

크리스토퍼를 잃고서 처음에는 아들의 어린 시절이 고통과 병으로 얼룩졌다는 생각에 사로잡혔다. 아들이 죽음을 두려워했을까봐, 아들이 나를 가장 필요로 한 순간 옆에 있어주지 못했다는 사실 때문에 괴로웠다. 죄책감과 수치심 때문에 아들의 삶을 있는 그대로 보지 못했다. 여러 역경에도 불구하고 여전히 사랑과 즐거움으로 가득했던 삶을 말이다.

세스를 열 살짜리처럼 살아가는 평범한 열 살짜리 아이로 인식하자 아이들은 아플 때조차도 죽음이 아닌 삶에 초점을 맞춘다는 사실을 알게 됐다. 얼마나 오래 사느냐가 아니라 삶에 초점을 맞추기 때문에 삶이 더 풍요로워진다는 사실도 깨달았다. 세스를 보면서 잘사는 삶이란 그 길이가 아니라 그 삶이 만들어내는 사랑으로 평가된다는 사실도 배웠다. 그런 척도로 본다면 크리스토퍼의 삶은 다른 이들의 삶만큼 사랑이 가득했다. 세스는 내게 속도를 늦추는 법을, 아이들은 순간순간의 기억으로 삶을 살아간다는 것을, 삶이란 그게 며칠이든, 몇 주든, 아니면 몇 년이든 간에 경험을 통해 길게 느낄 수 있다는 사실을 가르쳐줬다. 삶이 갑자기 끝나버린다고 여길 수 있다. 또는 삶을 완성된 것으로 여길 수도 있다. 두 가지는 분명 다르다.

그렇다고 그런 생각이 비통함을 없애주지는 않았다. 나는 여전히 그런 생각을 품고 어떻게 살아야 할지를 배워야 했다. 하지만 그렇게 생각하자 있는 그대로의 사실을 직시하게 됐다. 내가 아들을 그리워한다는 사실을, 내가 아들에게 부족한 엄마가 아니었다는 사실을 깨달았다. 남겨진 사람들은 사랑했던 사람과 보낼 시간을 잃어서, 그들과 함께 꾸었던 꿈을 잃어서, 상황이 다르게 돌아갔더라면 하고 후회하면서 애통해한다. 그 고통은 진짜다. 내 가슴에 뚫린 구멍도 진짜였다. 하지만 자신이 얼마나 사랑받았는지 크리스토퍼가 알았다는 사실을 깨닫자 위안이 됐다. 그후로는 크리스토퍼의 삶이라는 트라우마에 사로잡히지 않았다.

몇 년이 지나고, 뉴욕 타임스를 보다가 출산을 뜻하는 캄보디아어 칠롱 톤레chhlong tonle가 '강을 건너다'를 의미한다는 걸 알게 됐다.

그 문구에 깜짝 놀랐다. 신문을 내려놓았다가 다시 집어들고는 다시 읽었다. 바로 그거야 싶었다. 이 말이 그전의 내 삶을 묘사하는 방식을 알려주었다. 크리스토퍼를 잃는 일은 강을 거슬러 건너는 위험한 여정을 떠나는 일과 같았다. 하루하루가 익사하는 것만 같았다. 물살에 굴복해서, 밀려드는 급류 아래 고요함 속으로 빠져들어가 수면 아래에서 빛이 희미해지는 모습을 바라보고 싶던 때도 있었다.

그러나 세스의 사연과 같은 기사를 보도하는 일이 생명줄이 되어줬다. 나를 파도 위에 떠 있게 했고, 굴복하지 않게 지켜주었다. 내가 보도한 사람들은 강을 건너는 방법을 보여주었다.

두번째 만남

모성이라는 연금술
존과 빌리

5장
엄마라는 자격

"자녀가 있으세요?" 미용실에서 머리를 자르며 가수면 상태에 빠졌다가 그 질문을 듣고 깜짝 놀랐다. 검은 비닐 망토를 입고 불편하게 자세를 고쳐 앉자 잘려나간 축축한 머리칼이 우수수 바닥으로 떨어졌다.

그때 처음 만난 미용사였다. 은색 가위를 내 머리 위에서 잠시 멈추고 기대에 찬 듯한 얼굴로 그녀는 거울 속 내 눈을 빤히 바라봤다. 그녀 뒤로 포일로 머리를 장식하고 있거나 반구 모양의 기계에 머리를 감춘 채 일렬로 늘어선 의자에 앉아 있는 다양한 연령대의 여자들이 보였다. 여자들의 재잘거리는 목소리와 윙윙거리는 드라이어 소리가 방을 가득 채웠다. 대화의 파편이 내 쪽으로 흘러들어왔다. 대학 입시에 관한 정보, 유치원생 등원, 비디오 게임에 관한 문제 등등. 목이 갑자기 바짝 마르는 듯했다. 나는 주저함을 감추려고 기침을 했다.

"아니요." 침착한 표정을 지으며 대꾸했다.

미용사는 곧바로 가위질을 이어갔다.

"운이 좋으시네요." 그러더니 자기 십대 아들이 최근에 허락도 없이 남편 차를 몰고 나가서 이웃집 담장을 들이받았다고 말했다. "정말 가관이었다니까요." 그녀는 자세한 부분까지 설명하면서 빙그레 웃었다. 나도 같이 미소 지으려 했지만, 거울로 힐끗 보니 미소보다는 찡그린 표정에 가까웠다. 양쪽 뺨이 발그레해지고, 눈이 화끈거렸다. 눈을 감아버렸다. 그녀가 비닐 망토 아래 놓인 내 손을 못 봐서 다행이라고 생각했다. 눈물을 참으려고 손톱이 손바닥을 파고들 정도로 손을 쥐었기 때문이다.

누군가가 아이에 관해 물을 때마다, 뭐라고 대답해야 할지 난감했다. 늘 그 질문을 하는 사람이 진실을 알아야 하는지 잠시 고민하느라 뜸을 들였다. 자녀가 있다고 대답한대도 아들이 죽었다고 설명을 해야만 대화가 이어졌다. 그 말을 상대방이 알아들을 때쯤에는 사방에 어색한 침묵이 흘렀다. 그런 질문을 한 걸 후회하면서 그 순간을 되돌리려 애쓰는 사람들을 보았다. 그들은 "어머, 정말 죄송해요"라면서 대화를 끝내려고 변명했다. 그러면서 마치 내 불운이 전염될 수 있다는 듯 자기 아이들을 꼭 껴안았다. 빌로마Vilomah*. 나는 금기를 위반한 사람이었다.

---

* 아이를 잃은 부모를 일컫는 산스크리트어.

아이가 없다고 말하면, 그건 크리스토퍼의 삶을 부인하는 일 같았고, 아들을 두 번 죽이는 셈이었다. 일상생활이 지뢰밭이었다. 특히 아이들이 주위에 있을 때는 언제나 그 질문이 튀어나왔다. 파티에서나 마트에서나 우체국에서 줄을 서 있을 때처럼 언제든 말이다.

그 질문은 항상 입 밖으로 내지 않은 다른 질문으로 이어졌다. 거울 속 내 모습을 빤히 쳐다봤다. 내가 더이상 엄마가 아니라면 나는 누구지?

크리스토퍼를 임신하기 바로 전해, 당시 남편이었던 프랭크와 나는 친구들과 함께 빠듯한 예산으로 유럽 여행을 떠났다. 모험심 가득한 이십대였던 우리는 목적도 없이 큰 세상을 마음대로 돌아다녔다. 우리 중 누구도 직장 말고는 져야 할 책임도, 아이도 없었다.

프로방스에서의 어느 날 밤, 작은 카페에서 프랑스식 해산물 수프 부아베스를 곁들여 와인을 마셨는데 그때 맞은편에 앉은 한 가족의 모습이 눈에 들어왔다. 아이들 엄마는 허리까지 긴 생머리를 늘어뜨린 모습이었다. 검은 머리를 한 그녀의 네 아이가 재잘거리면서 엄마를 보고 활짝 웃었다. 당시 나와 몇 살 차이가 안 나 보였지만, 그녀의 태도는 어딘지 진지했다. 작은 아이들이 만들어내는 혼란 속에서도 그녀는 평온해 보였다. 그녀에게서 빛이 났다. 그녀는 작은 우주의 중심이었고 그녀 주위로 아이들이 궤도를 돌았다. 식사하는 내내 그 여자를 몰래 지켜보면서, 설명할 수 없는 부러움이 내 안에서 커져갔다. 아이들의 머리카락과 뺨을 쓰다듬고 싶었다. 그녀가 아이들의 세상인 것처럼 나도 누군가의 세상이 되고 싶었다. 일종의 문턱을 넘은 듯이 흥분해서 그 레스토랑을 나섰다. 살면서 아이를 원한 것은 그때가 처음이었다. '당연하지, 여자니까 당연히 애를 낳아야지'라는 방식으로 그런 것이 아니라 마음속 깊이, 본능적으로 정말로 아이를 원했다. 내 삶이 아이의 중심축이 되기를, 내 삶에도 목적이 있기를 바랐다.

엄마가 됐을 때 몸안의 모든 분자가 재배열되는 기분이었다. 물이 제자리에 고정되어 고체인 얼음이 되듯이 말이다. 내 몸을 이루는 원소는 같지만, 내 세계의 모든 것이 달라졌다.

엄마들은 어떻게 자기 자만심이 타격을 입는지를 놓고 농담을 한다. 애를 키우다보면 머리는 빗은 듯 만 듯 망가지고, 셔츠에는 토사물이 말라붙어 있으며, 피부에서는 시큼한 우유 냄새를 풍기면서 하루를 보낸다. 엄마라면 누구나 이전에는 미처 몰랐던, 자기 아이를 구하기 위해 달리는 차에서 몸을 던질 수 있는 맹렬함을 가졌음을 이해한다. 운동장에서나 교실에서 엄마들이 위협을 인지할 때 그러니까 다른 아이가 자녀를 무는 모습을 목격할 때나 자녀의 학습 방식을 '이해하지' 못하는 선생을 볼 때 엄마들은 그 맹렬함 때문에 가끔 흠칫 놀란다. 엄마들은 맹렬함을 조율해서 상황에 맞춰 적응하는 법을 배우지만, 맹렬함은 엄마들의 내면에 항상 도사리고 있다.

의료진이 주삿바늘로 아들을 찌를 때 내 맹렬함이 발현돼 그때마다 몇 번이나 더 찔러야 하느냐고 물었다. 낯선 사람이 아들에게 "무슨 문제가 있냐?"고 물을 때마다 그 맹렬함은 튀어나왔다. 크리스토퍼는 또래 아이들보다 작았고, 복용하던 약의 부작용으로 팔다리에 솜털 같은 검은 털이 나 있었기 때문이다. 휠체어를 타거나 위까지 연결된 영양공급 튜브와 보청기를 끼고 있거나 산소 탱크까지 다는 등 종종 의료 장치를 몸에 달고 지내기도 했다.

"아무 문제 없어요." 나는 그렇게 대답했다. 그러나 이제는 사람들이 아이가 있느냐고 물을 때면 점점 더 자주 없다고 답하고는 대화 주제를 바꿨다. 그들을 보호하고, 진실로부터 나를 보호하기 위해서 말이다.

집에서 크리스토퍼 사진을 모두 치워버렸고, 패서디나의 아들 방에서 가져온 물건은 대부분 집에서 수 킬로미터 떨어진 창고에 보관했다. 저녁마다 퇴근해서 집에 도착하면 진입로에 차를 세우고는 가만히 앉아 가끔은 한 시간 이상 라디오를 들었다. 집에 들어가기가 무서웠다. 뭐가 더 나쁜지 알 수 없었다. 텅 빈 집인지, 아들을 떠올리게 하는 물건이 없는 텅 빈 집인지.

영어로 마마mama, 프랑스어로 메레mère, 네덜란드어로 무더르 moeder, 스페인어로 마드레madre 등 많은 언어에서 '엄마'라는 단어의 발음이 비슷하게 들리는 것은 우연의 일치가 아니다. 언어학자들은 숨을 내쉬는 소리인 '아' 발음이 가장 내기 쉬운 소리라서 아기들이 이 소리부터 낸다고 말한다. '음' 소리는 아기들이 젖을 먹으려고 입술을 다물 때 난다. 우리의 첫번째 단어는 젖을 빨려는 욕구에서 나온다. 생존하기 위해서 말이다. 나는 엄마가 되지 못하는 삶에서 살아남지 못할까봐 두려웠다.

내 안의 맹렬함을 어디에 쏟아야 할지 몰랐다. 할 수 있는 것은 그저 일뿐이었다.

"안녕, 톰." 마주보는 우리 책상 사이 허공에 대고 노크를 해 그의 관심을 끌었다. 방금 하버뷰메디컬센터에서 일하는 지인 수전 그레그와 통화를 마친 참이었다. 그녀는 거기서 새로 개발된 형태의 인공 피부를 화상 환자에게 시범적으로 이식하는 수술을 진행한다고 알려줬다. 그들은 피부 대체물 덕분에 심각한 화상 환자가 고통스럽게 피부 이식을 받는 상황이 줄어들었으면 하고 바랐다. 피부 이식이라는 생각만으로도 비위가 상했다.

"어떻게 생각해요?" 톰에게 물었다. 취재 때문에 화상 병동에서 많은 시간을 보낸 그가 그 기사의 가능성을 어떻게 가늠할지 궁금했다. 야구 모자를 쓴 그는 실눈으로 나를 쳐다보면서 하버뷰메디컬센터의 '탱크실'에 관해 설명했다. 거기서는 강철로 된 욕조 안에서 간호사들이 화상 환자의 죽은 피부를 문질러 벗겨내는데, 치료와 이식을 하려면 반드시 거쳐야 하는 단계라고 했다. 그는 환자들의 몸이 너무 부어 있고 붕대를 감아서 꼭 미쉐린 타이어 광고에 나오는 '미쉐린 맨'처럼 보인다고 묘사했다. 내가 몸서리를 쳐도 그는 계속 설명했다. 몸서리치는 내 모습을 보며 즐기는 것 같기도 했다. 톰이 유혈이 낭자한 세부 사항까지 설명해주자 그렇게 끔찍하게 부상당한 환자 주위에 머무는 일은 감당할 수 없으리라 확신했다.

나는 그 이미지를 떨치려 자리에서 일어나 사무실 커피머신 옆에 놓인 미니 냉장고에 넣어둔 요구르트를 가지러 갔다. 그리고 커피가 끓기를 기다리는 다른 기자 두세 명과 수다를 떨었다. 출근복을 입고 커피를 마시며, 마감에 쫓기는 동료들을 동정하는 이런 작은 일상을 보내다보면 여느 사람과 다를 바 없이 느껴졌다. 겉모습만 보면 나는 영락없이 미혼에 아이가 없는 전문직 종사자였다. 잠시나마 직장밖에서의 내 삶이 주변 사람의 삶과 비슷하지 않다는 사실을 잊을 수 있었고, 가끔은 그렇게 믿었다. 가득찬 냉장고를 들여다보며 요구르트를 찾고 있을 때, 내 뒤에서 어떤 젊은 여자가 다른 기자에게 자기 아이와 의사소통할 때 어떻게 수어를 쓰는지 말하는 소리가 들렸다. 얼굴에 열기가 뻗쳐올랐다. 몸을 돌려 그쪽을 바라봤다.

"아기가 '더'라는 말을 이렇게 하더라니까." 그러면서 그녀는 자기 아기가 작은 주먹으로 허공에서 젖을 누르는 모습을 흉내냈다. 뺨이 발그레한 아기 사진을 책상 위에도 세워놓고 파티션 벽에도 핀으로 꽂아둔 다른 엄마들이 곧 커피포트 주변으로 모여들어 자기 아이가 어떻게 〈세서미 스트리트〉를 보며 수어를 배웠는지 이야기했다.

"수어를 하면 글을 더 빨리 읽는 데 도움이 된대." 그중 한 엄마가 말했다.

다른 이들이 고개를 끄덕였다.

걷잡을 수 없이 분노가 치밀어올랐다. 내 몸이 철사처럼 팽팽하게 조여 떨려왔다. 그들을 후려갈기고, 그들의 손에서 커피잔을 뺏어 박살내고 싶었다. 그 대신, 그들이 내 얼굴을 보기 전에 몸을 돌려 급히 빠져나왔다. 휘청거리면서 내가 찾을 수 있는 유일한 사적인 공간인 신문사 2층 수유실로 들어가서 문을 잠갔다. 어둠 속에서 소파에 누워 있는데, 방망이질치는 심장 소리가 귓전을 울렸다. 어떻게 감히 소리를 들을 수 있는 아기들에게, 수어가 필요도 없는 아기들한테 수어를 할수가 있지? 나는 내 아이에게 미소조차 지을 수 없는데? 크리스토퍼에게 손을 뻗고 싶어 견딜 수가 없었다. 품에 아이를 안을 수 있다면. 아이가 사랑한다며 "아, 어, 오"라고 속삭이는 소리를 한 번만 더 들을 수 있다면.

마침내 내 자리로 돌아왔을 때, 이토록 참담한 공허함 말고 뭔가 다른 감정을 느끼고 싶었다. 그래서 화상 이야기에 관해 적어둔 메모를 집어들고, 하버뷰메디컬센터의 수전에게 전화해서 피부 이식 수술을 참관하고 싶다고 말했다. 일주일 후 그녀가 그래도 좋다고 허락했다.

하버뷰메디컬센터는 시애틀의 '필힐' 꼭대기에서 도시를 굽어보고 있었다. 하버뷰는 가장 많이 아프고 가장 부상이 심한 환자들이 가는 병원이었다. 헬기가 옥상 착륙장을 밤낮으로 돌면서 화상 환자와 부상 환자를 멀리서 데려왔다. 시애틀의 영안실은 병원 지하실에 있었다.

나는 수술에 참관하려고 아침 일찍 병원에 도착해 병원에서 받은 수술복으로 갈아입었다. 머리카락을 푸른 종이 모자에 집어넣고, 발목까지 오는 종이 덧신을 신고 노란 마스크도 꼈다. 보통은 수술에 매혹되곤 했다. 우리 몸의 시계태엽 장치를 이해하는 과정 같아서였다. 그때까지 뇌수술과 심장 절개 수술을 봤고, 심지어 외과의사가 커다란 손으로 엄지손가락 없이 태어난 아기에게 작은 새 엄지손가락을 만들어주는 모습도 지켜봤다.

그러나 그날 아침, 화상 수술실에 들어갈 때는 뭔가 느낌이 좋지 않았다. 보통은 서늘하게 준비되는 수술실이 자궁 온도와 비슷하게 32도까지 올라가 있었다. 나는 긴소매 수술복 재킷을 벗고 헐렁한 상의만 입었다. 간호사 말로는 화상 환자는 피부가 손상돼 스스로 체온 조절을 못해서 그렇게 수술실 온도를 다른 때보다 높게 유지한다고 했다. 피부는 인체에서 가장 큰 기관으로, 감염을 막고 우리 몸이 체액을 유지하도록 돕는 복잡한 보호막이다. 피부가 없으면 결국 우리는 죽는다. 의사들은 화상 부위의 비율에 환자의 나이를 더해서 환자의 생존 확률을 계산한다. 그 숫자는 대략 환자의 사망 확률과도 일치했다. 전신의 50퍼센트 이상 화상을 입는다면, 피부 이식을 위해 채취할 피부도 충분하지 않은 게 현실이었다. 의사들은 피부 대체물로 그 계산법이 바뀌기를 바랐다.

그날 병원으로 가면서 환자가 마리아라는 꼬마라는 사실을 알았다. 마리아는 숨겨둔 사탕을 찾으려고 캐비닛에 손을 뻗었다가 실수로 콩이 끓고 있는 냄비를 뒤집어엎었다고 한다. 데일 정도로 뜨거운 물이 마리아의 머리 뒤쪽으로 쏟아져 어깨를 타고 흘러내려 아이의 등 대부분과 가슴, 목, 얼굴의 일부분까지 태웠다. 화상은 아이 몸을 30퍼센트 이상 뒤덮었다. 계산을 해봤다. 삼분의 일. 그것은 아이의 생존 확률이자 사망 확률이었다. 손이 떨려왔다.

다른 수술에서 나 자신을 속일 때 그랬듯 수술포 아래에 있는 환자에 집중하지 않는 방법을 시도했지만, 수술대에 올라간 어린 소녀를 보지 않기란 불가능했다. 땀을 흘리며 노트를 움켜쥐고, 수술에 단단히 대비했다. 외과의사 셋과 간호사 넷이 마리아를 둘러싸고 정해진 임무를 빠듯하게 수행하는 동안 나는 벽에 붙어 최대한 눈에 띄지 않으려 애썼다. 그들은 빨리 움직여야 했다. 화상외과 과장인 니콜 지브란 박사가 더마톰이라는 기구의 공압식 칼날을 흔들리지 않게 꼭 잡고 이식할 피부를 채취했다. 박사가 채취한 피부 이식편을 그물망 기계에 넣으면 기계가 피부에 좁고 길게 칼집을 내 그물망 스타킹처럼 늘렸다. 다음으로 의사들은 소 콜라겐과 상어 연골에서 추출한 탄수화물로 만든 피부 대체물인 인티그라Integra 한 겹을 화상으로 죽은 조직이 이미 제거된 부위 위에 올렸다. 피부 대체물은 한 번 파괴되면 재생될 수 없는 피부의 아래층인 진피의 하부구조를 모방했다. 그런 다음 의사들은 마리아의 몸에서 채취한 피부를 그 위로 펼쳤다. 이렇게 조합하면 더 얇은 피부 이식편을 사용하게 돼 환자 본인의 피부를 훨씬 덜 썼다. '끽' 하는 칼날 소리와 함께 공기가 진동하자 신경이 곤두서서 이를 악물었다. 뱃속이 요동치고 담즙이 올라와 목이 타는 듯했다. 나는 힘겹게 필기를 이어갔다.

네 시간 후, 피부 이식 수술이 끝나자 지브란 박사는 수술실 벽에 등을 기대고 계단처럼 생긴 의자에 주저앉아, 얼굴을 손에 묻고서 마리아의 사후 처치를 지시했다. 나는 마스크를 벗고 문밖으로 달려나가 공기를 들이마셨다. 다리는 후들거리고, 속은 뒤틀렸다. 수술실

라커룸에 딸린 화장실에 들어가서 구토를 참으려 고개를 떨구고 두 손으로 머리를 감싸쥐었다.

크리스토퍼의 모습이 머릿속에서 번개처럼 스쳤다. 크리스마스 직전 그가 곧 일곱 살이 되던 해였다. 우리는 밀랍 시트를 말아서 양초를 만들어 반짝이 가루 위에 그걸 굴렸다. 패서디나에서 빌린 방갈로의 후미진 주방에서 작업했는데, 며칠 후면 가족과 함께 크리스마스를 보내러 시애틀로 날아갈 예정이었다. 밀랍초 만들기는 어릴 적 내가 엄마와 하던 놀이였다. 그 전통을 크리스토퍼에게 물려주는 것이 양초만큼이나 우리 엄마에게는 깜짝 선물이 될 터였다. 크리스토퍼는 온 식탁에 재료를 늘어놓고 진행하는 공예품 만들기를 좋아해서 그때마다 정신없이 몰두했다. 아들은 직접 만든 양초를 통나무집처럼 쌓아올렸다. 그러더니 양초 하나에 불을 밝히고 싶어했다.

"성냥." 그는 검지손가락을 손바닥에 대고 치면서 수어를 했다. 나는 촛불을 켰다.

"후." 아들은 기분좋을 때마다 강조하는 의미에서 작게 함성을 질렀다.

"작은 불." 그는 손가락을 불꽃처럼 흔들면서 수어를 했다. 꽃가루와 꿀 냄새가 진하게 밴 방에서 작업을 이어가는 동안 불빛이 벌집 모양의 랜턴처럼 반짝였다. 우리의 손은 반짝거렸다. 내가 말리기도 전에, 아들은 촛불을 끄려고 불빛 쪽으로 손을 뻗었다. 녹은 왁스 몇 방울이 아들 손에 떨어졌다. 그는 깜짝 놀라서 비명을 지르고는 배신이라도 당한 듯 나를 바라보더니 울음을 터트렸다. 작은 왁스 부스러기를 떼어내고 아들의 손가락에 입을 맞췄다.

세상으로부터 아들을 보호하고 싶었다. 그럴 수 없다는 것을, 그래서는 안 된다는 것을 알면서도 말이다. 사소한 모욕부터 심각한 충격까지 상처에 대처하면서 아이들은 강한 어른으로 자란다. 그러나 온 힘을 다해 양초를 굴리는 아들의 모습을 보면서 두 팔로 아들을 감싸안아 영원히 안전하게 지켜주고 싶었다. 흐느낌을 힘겹게 삼키고는 그 기억에 눈을 꼭 감았다.

그 일이 있고서 2주 후 아들은 죽었다.

수술실 화장실의 도기 세면대에 몸을 숙이고 얼굴에 물을 끼얹은 후, 입에서 위산을 헹궈냈다. 그리고 마치 물속에서 그러듯 팔다리를 천천히 움직여서 옷을 입었다.

몇 분 후 마리아가 회복할 병동으로 수전이 나를 안내했다. 병실에서 붕대를 단단히 싸맨 환자들의 시선을 피했다. 하지만 모퉁이를 돌 때, 복도를 걸어나오던 한 환자가 내 앞에 불쑥 나타났다. 충돌을 피하려고 재빨리 옆걸음질쳤다. "죄송합니다." 나는 고개를 숙이며 중얼거렸다. 체형이 드러나지 않는 환자복을 입은 그들의 성별은 구별할 수 없었다. 눈과 입 부분만 뚫려 있고 나머지 얼굴은 꽉 조이는 베이지색 압박붕대로 감싸여 있었다. 나일론 스타킹이 도둑의 얼굴에서 개성을 지우는 것처럼, 그 가면이 사람들의 특징을 지웠다. 나도 모르게 몸을 떨었다.

한 간호사가 그 환자에게 미소를 지었다. "한 바퀴 돌고 계세요?" 환자는 고개를 끄덕이고는 가던 길을 갔다.

그후로 마리아를 확인하러 화상 병동에 갈 때마다, 으스스한 가면을 쓴 안면 화상 환자들에게 눈길이 갔다. 얼굴 피부는 섬세하고 흉터가 심하게 남기 때문에 안면 화상은 치료하기 가장 복잡하다. 심각한 안면 화상을 입고 입원한 환자들은 종종 엄청나게 바뀐 얼굴로 퇴원한다. 이상하게도 그들은 내 기분이 어떤지를 잘 보여주었다. 내면과 외면의 현실이 일치하지 않는 사람, 자기 자신조차 알아볼 수 없는 사람이라는 점에서 말이다. 내가 이제 엄마가 아니라면 나는 누굴까?

　나는 그들이, 수술 후 그들의 삶이 어떨지가 궁금했다.

6장
새로운 탄생

처음 화상 병동을 방문하고 몇 년 후, 외과의사들은 안면 이식 수술의 가능성을 진지하게 토론했다. 안면 이식 수술의 윤리성과 다른 이의 얼굴로 세상에 다시 등장하는 일이 어떤 영향을 미칠지가 커다란 논란을 촉발했다. 얼굴은 정체성을 인식하는 우리의 감각과 밀접하게 관련되므로 얼굴을 바꾼다는 생각은 신성불가침한 영역을 침범하는 일처럼 느껴졌다. 로라에게 얼굴과 정체성 사이의 관계를 살피는 내용으로 기사를 쓰면 어떻겠느냐고 얘기했다. 두 가지 이야기를 하고 싶었다. 일단 심각한 얼굴 부상을 입고 치료를 시작하는 환자의 관점에서 자기 얼굴이 바깥세상에서 다시는 예전처럼 보이지 않으리라는 사실을 알게 됐을 때 그가 어떤 과정을 겪는지 이해하고 싶었다. 하지만 이미 그 과정을 겪은 사람, 즉 새로운 얼굴과 새로운 정체성을 가지고 세상에 나와서 자기 삶을 사는 사람의 관점도 필요했다. 내가 따라다니게 허락해줄 두 명의 취재 대상을 찾으려면 취재가 복잡해지고 시간도 더 걸리겠지만, 이 방법이 안면 이식을 놓고 벌이는 토론과 안면 이식이라는 경험을 충분히 탐구할 최고의 방법인 듯했다. 로라는 흥미로워했다. 그녀에게 청신호를 받았을 때, 나는 어디로 가야 할지 알고 있었다.

하버뷰메디컬센터 8층의 성형외과 병동은 마리아와 그녀의 가족을 만났던 병동의 바로 위였다. 노트를 무릎에 올려놓고 앉아 존 스완슨이라는 남자를 기다렸다. 무엇을 예상해야 하는지 잘 몰랐다. 존은 8년 전 끔찍한 화상 사고를 겪었다고 한다. 그는 얼굴에 또다른 수술을 받을 예정이었고 거기에서 나를 만나는 걸 동의했다. 책과 영화에서 접한, 내 마음을 온통 뺏은 잊히지 않는 얼굴들을 무시하려 애쓰며 펜을 만지작거렸다. 이를테면, 〈오페라의 유령〉의 팬텀이나 〈나이트메어〉의 프레디 크루거, 〈잉글리쉬 페이션트〉의 알마시 말이다. 존이 걸어들어올 때, 그중 누구를 보게 될지 궁금했다.

존은 몇 분 후 병원 대기실로 급히 달려왔다. 청바지를 입고 단화를 신었으며, 갈색 머리칼은 짧게 자른 모습이었다. 허둥지둥 일어나다가 그만 노트를 바닥에 떨어뜨렸다.

"늦어서 미안해요." 그가 미안한 듯 미소 지으며 말했다. "병원 예약은 지금 저한테는 우선순위가 낮은 편이라서요." 그는 아버지와 함께 전세 보트 업체를 운영하면서, 알래스카 남동부 해협을 따라 낚시 투어와 야생동물 투어를 안내했다. 여름 관광철이 오기 전에 한창 보트 수리를 할 때라 부두에서 오는 길이라고 했다.

"보트가 어떤 종류인가요?" 나는 눈을 맞추되 빤히 쳐다보지 않으려 애쓰면서 말을 더듬거렸다. 존의 얼굴은 팽팽했고 가면을 쓴 것 같았다. 얼굴엔 주름이나 감정을 나타내는 선이 없었다. 눈썹도 없었다. 이식한 눈꺼풀은 좁고 긴 구멍처럼 보였고, 두툼한 입술은 완전히 닫히지 않았다.

내가 던진 질문은 알고 보니 마법의 질문이었다. 그는 긴장을 풀고 디스커버리호의 내력을 술술 설명했다. 그 배는 그와 아버지가 내부를 다 들어내고 수리한 고전적인 나무 요트라고 했다. 원래 1930년대에 유명 연예기획사를 운영한 윌리엄 모리스 주니어를 위해 만든 배인데, 마호가니로 된 개인 전용실에 당대 전문가들의 작품이 채워져 있었다고 했다. 하지만 제2차세계대전 당시 미 해군이 그 배를 징발해 회색으로 칠한 뒤 알래스카 해안을 위아래로 순찰할 때 사용하면서 그 화려한 시대는 끝이 났다. 전쟁이 끝나자, 디스커버리호는 결국 워싱턴의 가장 악명 높은 죄수들을 퓨젓만에 위치한 맥닐섬 연방교도소로 호송하는 데 쓰였다. 마침내 해양소년단이 디스커버리호를 구조하는 대목까지 설명했을 때, 간호사가 머리를 내밀더니 진료실로 들어오라고 손짓했다.

우리가 자리에서 일어나자 처음으로 옆에서 힐끗거리는 시선이 느껴졌다. 잡지를 읽는 척했던 사람들이 재빨리 아래를 내려다보거나 벽에 걸린 시계를 확인하듯이 우리 머리 위를 응시했다.

존은 내가 다른 사람의 시선을 의식하는 걸 알아챈 게 분명했다. "걱정하지 마세요. 전 익숙해요." 그가 말했다. "사람들이 저를 되돌아보면 늘 '저 사람들은 뭘 보는 거지?' 궁금해하다가 '어머, 저 사람은 다르게 생겼네' 한다는 걸 깨달아요." 그가 웃었다. "가끔은 대놓고 묻기도 해요." 그는 진료실 가운데 놓인 의자에 자리잡으면서 말을 이어갔다. "보통은 제가 술집에서 계산할 때, 벌써 몇 잔 걸친 사람들이 그러죠."

존은 그때 이미 수십 차례 수술한 뒤였다. 그는 대개는 자기 얼굴이 어떻게 생겼는지 신경쓰지 않았다. 입만 빼고는. 흉터 조직 때문에 입을 제대로 벌리거나 다물 수가 없어서 치과 진료를 받기 힘들었단다. 그래서 그날 병원을 찾은 거였다. 의사들은 시도해볼 방법이 줄어들고 있었다. 이번에는 새로운 성형외과의사를 불렀다.

조지프 그루스 박사가 존의 얼굴을 쿡쿡 찌르는 동안 존은 검진 의자에 등을 기대고 있었다. 박사는 존의 입가에 손가락을 걸고 그의 윗입술을 당기려 했다.

"여기서 해드릴 게 많지는 않아요." 그루스 박사가 말했다. 그는 존의 아랫입술에서 조직을 한 겹 떼어다가 임시로 윗입술에 붙여 그가 입을 다물 때 생기는 틈을 막자고 제안했다. 그는 두 부위를 그런 식으로 붙여서 이식한 피부 조직에 피가 돌 때까지 말 그대로 '입술을 붙인' 채로 몇 주 동안 지내야 할 것이다. 일단 이식된 피부가 살아남았다고 의사들이 확신하면, 그다음에 입술을 떼어낼 것이다.

"전망이 좋을 것 같네요." 존은 애매하게 말했다. 그의 표정을 읽을 수는 없었지만 그의 말투로 알 수 있었다. 그는 희망과 약속의 차이를 이해했다.

화상을 입은 날 밤, 시애틀 북쪽으로 30여 킬로미터 떨어진 퓨젓 만 해안가에 위치한 에드먼즈라는 도시에 살던 존은 임대한 주택의 차고에서 낡은 포드 쿠리어 트럭의 후드 아래를 손보고 있었다. 그는 스물둘이었고 손재주가 좋았다. 외모도 괜찮아서 어두운 머리칼과 눈이 〈슈퍼맨〉 시절의 크리스토퍼 리브를 연상시켰다. 날씨가 쌀쌀한 2월 밤이었고 존의 룸메이트 T.J.도 함께 있었는데, 그의 오토바이도 차고에 주차되어 있었다. 둘은 얘깃거리가 끊이지 않았다. 그도 그럴 것이 당시 둘은 일란성쌍둥이 자매를 사귀고 있었다.

그들 뒤에 매달려 있던 이동식 램프의 고리가 풀려 그게 뚜껑 열린 휘발유통으로 떨어질 때, 둘 다 알아채지 못했다. 그들은 양동이가 번쩍하며 화염에 휩싸일 때, '쉭' 하는 소리를 들었다. 존은 양동이를 잡으려 했지만, 손잡이가 그의 손에서 녹아버렸다. 불타는 양동이가 바닥에 부딪히자 불타는 가솔린이 강을 이뤄, 휘발유를 가득 채운 채 한쪽에 주차돼 있던 T.J.의 오토바이 쪽으로 불길을 내뿜으며 차고를 가로질러갔다.

T.J.는 물을 찾아 달렸지만, 너무 늦었다. 오토바이는 폭탄처럼 날아갔다. 존은 화염에 휩싸인 채 그를 향해 달려왔다.

"엎드려." T.J.는 존의 몸에 물을 끼얹으며 소리쳤다.

이상하게도 존은 처음에 아무것도 느끼지 못했다. 순간적으로 화상을 입자 피부가 깊게 손상돼 신경까지 태웠기 때문이다. 당장은 전혀 고통스럽지 않았다. 고통은 나중에야 왔다.

존은 살이 타는 냄새를 기억한다. 그는 화상을 입은 후에도 정원에서 쓰던 호스로 불을 끄려 했던 장면을 기억한다. 불길이 마침내 잡혔을 때, 존은 몸을 떨면서 자신을 빤히 보는 T.J.를 돌아보았다.

"내 얼굴에 뭐 문제가 생겼어?" 존이 물었다.

T.J.는 존의 얼굴이 재처럼 희다고 생각했다. 존의 손에 비하면 얼굴은 그렇게 나빠 보이지 않았다고 그는 나중에 말했다. 존이 엔진을 고칠 때 끼고 있던 라텍스 장갑이 그의 손에서 녹아 들러붙었다. 그러나 T.J.는 존에게 그렇게 말하지 않았다.

"네 눈썹이 그슬렸어"라고만 말했다.

그루스 박사는 존의 얼굴을 계속 검사했다. 아이러니는 분명했다. 수십 번 재건 수술을 진행해온 터라 존의 얼굴에서 예전 모습대로인 부분은 눈썹뿐이었다.

화상을 입으면 몸에서 진물이 흐른다. 혈관이 샌다. 체액이 세포 사이 공간으로 몰려들어 혈액량이 줄어들고, 혈압도 덩달아 떨어진다. 염증 반응이 극심한데, 망치를 잘못 내리쳐 엄지손가락에 맞았을 때와 비슷하다. 통증 부위가 온몸이라는 사실만 제외하면 말이다. 세포 조직은 부어오르고, 심부전과 신부전이 시작된다. 몸이 살아남으려고 너무 많은 연료를 소모해서 쉬지 않고 온종일 마라톤을 뛰는 것과 같다.

그런 부상을 입을 때 우리 몸이 어떻게 치유하는지를 배우고자 마리아를 수술할 때 만났던 외과의사 지브란 박사를 찾아갔다. 수술복을 입지 않아서 더 어려 보였지만, 치유과정을 내게 알려줄 때만큼은 매우 열정적이었다.

지브란 박사의 말에 따르면, 화상 환자들은 열량이 많이 필요한데 음식을 섭취하기가 어려워 기본적으로 굶어죽었다고 했다. 그들은 숨쉬거나 기침할 힘이 없을 때까지 쇠약해졌고 폐렴에 굴복했다. 현대 의학 기술이 발전하면서 그런 후유증은 극복했지만, 그들은 여전히 몸의 최악의 기질과 싸워야 했다.

나는 고개를 끄덕이며 필기를 이어갔다.

"몸은 스스로 회복하기 위해서 수축해요. 그게 우리 몸의 메커니즘이죠." 그녀가 말했다. 우리 몸은 열상처럼 빨리 피부를 닫아야 하는 부상을 치유하도록 진화했다. 야생동물이 우리의 살을 찢어발길 때, 상처 부위를 최대한 빨리 봉합하는 게 무엇보다 중요하다. 받아 적은 그녀의 말이 이해되자 종이 위에서 펜이 잠시 멈췄다.

야생동물이 우리의 살을 찢어발길 때.

내 시야가 터널처럼 변했다. 주변에서 어둠이 스멀스멀 기어들어왔다. 기억의 웜홀로 빠져들어가 크리스토퍼의 죽음을 알게 된 9년 전으로 돌아가는 걸 느낄 수 있었다. 갈기갈기 찢어발겨졌다. 그때 내 기분이 그러했다. 그뒤로 이어진 비현실적인 나날 동안 아들이 죽은 건 내가 뭔가를 했거나 하지 않아서라고 확신했다. 내가 아들을 죽였다. 참을 수 없는 극도의 고통이었다. 자지도 먹지도 숨쉴 수도 없었다. 어떤 야생동물이 나를 끌고 간다면, 그냥 내버려두었을 것이다.

지브란 박사의 말이 귀에 거의 들어오지 않았다. 그녀의 말소리가

"피부 이식" "수축" "흉터"라는 식으로 뒤섞이고 뚝뚝 끊겼다. 마치 멀리서 들리는 소리 같았다. 정신을 가다듬어 입술을 읽으려고 그녀의 얼굴을 보면서 집중하자 마침내 박사의 말이 다시 이해됐다.

그러나 아무리 진화되었더라도, 그녀의 말에 따르면 수축 메커니즘은 화상에 그리 도움이 되지 않았다. 양쪽을 잡아당기면 이식된 피부가 줄어들었다. 표정의 대부분이 드러나는 눈, 코, 입을 잇는 티존에서 더욱 그러했다. 이렇게 줄어든 이식된 피부 때문에 화상 환자의 얼굴은 핼러윈 가면처럼 보인다. 보이지 않는 손이 재빨리 뺨을 잡고 피부를 팽팽하게 당기는 것처럼 말이다. 수축이 심하면, 의사들이 이목구비의 기능을 복원하려 하므로 환자들은 결국 이식 수술을 반복해서 받아야만 한다. 아랫입술이 아래로 잡아당겨지면 음료를 머금을 수 없다. 눈꺼풀이 수축되면 눈물을 담고 있을 수 없다. 흉터는 문제를 악화시킨다. 인간의 몸은 동물의 왕국에서 독특한 방식으로 흉터를 남긴다. 특히 깊은 화상은 '비대성' 흉터로 이어질 수 있는데, 이는 타버린 피부를 비뚤어지고 녹은 듯 보이게 하는 인체의 과도한 상처 반응이다. 이는 스스로 치유될 수 없는 상처다. 그런 상처로 인한 손상은 초기의 화상이 진정된 후에도 오랫동안 누적된다. 연기만 나는 불이 계속해서 타오르는 것처럼 말이다.

'마치 슬픔 같네.' 그런 생각이 휙 스쳐지나갔다. 사람들은 시간이 지나면 괜찮아질 것이라고 좋은 뜻에서 장담했지만, 크리스토퍼의 죽음이 주는 고통은 해가 지날수록 더 악화되는 듯했다. 진료실에 앉아 있던 존이 다시 떠올랐다. 희망과 약속의 차이가 다시 생각났다.

지브란 박사의 말을 따라잡으려 했지만, 손이 뻣뻣해지고 잘 움직이지 않았다. 노트에 휘갈겨쓴 글씨를 내려다보고는, 마음을 진정시킬 시간을 벌려고 그녀에게 다시 대답해달라고 부탁했다.

인터뷰가 얼른 끝나기를 바랐다. 마침내 마무리되자 박사님에게 감사 인사를 하고 빨리 자리를 떴다. 차를 몰고 사무실로 돌아오는 길에, 제인 허슈필드의 「우리를 묶어주는 것에」라는 시가 계속 머릿속에 떠올랐다. 이 시에서 그녀는 사랑이 두 사람을 묶어주는 흉터와 같다고 했다. "어떤 것도 떼어버리거나 고칠 수 없는…… 검은 줄."

크리스토퍼가 태어날 때 내 몸에서 빠져나온 그 두껍고 끈적끈적한 줄, 한때는 우리의 심장이 함께 뛰었던 그 탯줄로 우리는 하나로 묶여 있었다. 이제는 어떤 것도 떼어버리거나 고칠 수 없는 그의 죽음이라는 검은 끈으로만 우리는 연결되었다.

나는 좀처럼 울지 않았다. 그러나 한번 울음이 터지면, 갑자기 엄청나게 쏟아졌다. 운전할 때, 눈물이 터져 마스카라가 온통 번져 눈에 가득했다. 마스카라 때문에 눈이 너무 따끔거려 앞이 거의 보이지 않았다. 사무실에서 1.6킬로미터쯤 떨어진 시애틀 해안가를 따라 쭉 뻗은 고가도로 아래에 차를 세웠다. 차들이 도로 상판의 이음매 위를 지날 때 쿵쾅거리는 소리가 관자놀이에서 나는 내 맥박 소리와 일치했다. 머릿속에서 말이 멈출 때까지, 쥐어짤 감정이 남지 않을 때까지 계속해서 뒤통수를 의자 등받이에 쿵쿵 찧었다. 그런 다음 마음을 추스르고 달그락거리는 소리와 웅성거리는 소음이 가득한 뉴스룸으로 돌아갔다. 내게 아들이 있었다는 사실을 아는 이가 거의 없는 곳으로 말이다.

상처를 당겨서 닫는 것도 슬픔에 효과가 없었다. 그러나 그러려고 노력했다. 아주 오랫동안 크리스토퍼의 죽음에 관한 대화를 피했고, 그것은 내가 더는 아들의 삶에 관해서 말하지 않는다는 뜻이기도 했다. 나는 상처가 없는 척했다.

가능하면 사람들을 피했다. 동료들이 같이 점심을 먹자고 하면 거절하고 대신 혼자서 수영하러 갔다. 신문사 위에 있는 퀸앤힐 꼭대기에 자리잡은 커뮤니티센터에 가서 수영복으로 갈아입고 물속으로 가라앉았다. 거기서는 전화벨소리도, 뉴스룸의 수다도 들리지 않았다. 팔이 화끈거릴 때까지 레인을 여러 바퀴 돌았다. 그리고 잠수를 해서 수영장 바닥에 등을 댄 채, 물을 통과해 흔들리는 불빛을 보았다. 숨을 쉬러 물 밖으로 나가야 하는 마지막 순간까지 숨을 참고 기다리며 그 아래 계속 머물고 싶었다.

어느 날은 수영을 마치고 옷을 갈아입으러 간 탈의실에서 어떤 여자들의 얘기를 듣게 됐다. 나는 몸을 돌려 그쪽을 쳐다봤다. "아기가 건강하기만 하면 남자애인지 여자애인지는 상관없어"라고 어떤 젊은 여자가 말했다. 그녀가 젖은 수영복을 벗자, 임신한 배가 형광등 불빛 아래 반짝였다. 그녀의 양옆에서 옷을 갈아입던 두 여자는 아기를 갈망하는 노골적인 눈빛을 감추려고도 하지 않았다. 그들은 임신한 여성에게 예정일과 의사에 관해 질문을 퍼붓더니, 산파와 무통분만의 장점에 관해 토론했다. 다른 쪽 구석에서 어린아이에게 옷을 입히고 있는 한 여자를 발견했다. 빨간 흉터가 남자아이의 몸통에 지퍼처럼 세로로 나 있었다. 아이의 한쪽 얼굴은 아래로 처져 있었다. 그녀가 아이에게 말할 때, 남자아이는 그녀의 얼굴을 열심히 탐색했다. 절대 그녀의 얼굴에서 눈을 떼지 않았다.

습관적으로 목에 건 작은 별 목걸이로 손이 향했다. 손가락에 닿는 목걸이의 뾰족한 끝을 느끼면서 크리스토퍼가 내 얼굴을 어떻게 봤는지 떠올렸다. 그는 늘 엄마 얼굴을 처음 보듯이 쳐다봤는데, 다른 누구도 내 얼굴을 그런 식으로는 볼 수 없을 것이다. 나는 서둘러 물기를 닦았다. 눈이 따가운 게 수영장의 소독약 때문인지 눈물 때문인지 알 수 없었다.

바로 그때 누군가가 화장품이 든 가방을 시멘트 바닥에 쏟는 바람에 병과 튜브가 사방으로 흩어졌다. 구석에 있던 여자들이 잠시 대화를 멈췄다가 자기 아기가 다운증후군이라는 걸 알게 된 지인 이야기를 시작했다.

"나라면 감당 못 할 것 같아." 오른쪽에 있던 여자가 말했다. "끔찍하잖아. 남편은 그 아이를 낳지 않길 원했는데, 여자는 어쨌든 아이를 지키더라고. 그후에 헤어졌대."

"나도 그건 감당 못 할 거야"라고 임신한 여자가 말했다.

'어떤 걸 말이지?' 나는 궁금했다. '당신이 기대했던 것과 다른 아기를 임신한 것? 아니면 아기를 낳기로 한 것?'

그들에게 달려가서 윽박지르고 싶었다. 그들에게 엉뚱한 걱정을 하는 거라고 소리치고 싶었다. 어떤 아기든, 어떤 장애를 가지고 태어나든 아기는 자기만의 사랑의 우물을 갖고 세상에 나온다고 말하고 싶었다. 그들을 가장 두렵게 한 것이 그들에게 상상할 수 없는 기쁨도 가져다준다고 말이다. 언젠가 그 아기를 되찾기 위해 돈이며 건강, 삶, 무엇이든 아낌없이 바칠 것이라고 소리지르고 싶었다.

마음이 심란해서 급하게 옷을 입다보니, 스타킹이 축축한 피부에 닿아 불편하게 틀어졌다. 어서 밖으로 나가고 싶어서 소지품을 챙겨 문으로 향했다. 서둘러 가다가 어린 남자아이와 함께 있던 여자와 눈이 마주쳤다. 그녀가 내게 미소를 지었다. 그 찰나의 순간, 그녀가 나를 알아본 모양이라고, 어쩌면 내 안에 있는 무언가를, 그녀와의 공통점을 알아봤을지도 모른다는 생각이 들었다. 알 수 없는 힘에 이끌려 잠시 망설이면서, '그녀도 이해하지 않을까' 하며 그녀에게 말을 걸어볼까 싶었지만, 곧 더 나은 결론을 내렸다. 대화 대신 미소로 답했다. 시원한 시애틀 공기를 들이마시자, 갑자기 자신감이 부풀어올랐다.

신문사에서 오래 일한 몇몇 기자는 내 사연을 알았다. 캘리포니아로 떠나기 전에 거기서 일했던 시절의 나를 기억하는 이들이 있었다. 메리 나이는 따뜻하고 재미있는 사람으로 매일 사무실로 쏟아져 들어오는 편지를 편집장에게 갖다줬다. 내가 임신해서 배가 점점 불러올 때 그녀는 나와 함께 수영을 했다. 세 딸의 엄마이기도 한 그녀는 예비 엄마인 내가 아기 문제로 초조해할 때마다 내게 조언을 해주었다. 신문사에 특집 기사를 전문적으로 기고하는 메리 린 라이크는 캘리포니아로 이사한 내게 장문의 격려 편지를 보내주었다. 그녀도 자기 몫의 고통을 겪고 있었다. 그녀는 고통 때문에 우리가 현명해진다고 말했다. 그때는 그녀의 말을 믿지 않았다. 고통은 내가 도망치려고 최선을 다하는 일이었으니까.

리타도 도움을 주었다. 그리고 과학 괴짜이자 동료인 톰은 내가 혼자서 너무 심각해지지 않도록 이끄는 걸 자기 일처럼 여겼다. 직장에서 이런 사람들에게 둘러싸여 있었다. 그들은 나에게 동기를 부여해주었고, 나를 바로잡아주었으며, 나를 웃게 했다. 톰은 늦은 오후 마감 시간이 가까워지면 꼬박꼬박 책상 너머로 초콜릿 몇 개를 건네주었다. 조언도 아끼지 않았다. 그에게 존에 관한 얘기를 접하기도 했다.

존을 만나고 몇 주 후, 그를 여러 번 수술한 로렌 인그레이브 박사를 찾아갔다. 자신의 시그니처 같은 나비넥타이를 맨 박사는 하버뷰 메디컬센터의 자기 사무실을 안내해주면서, 어리벙벙한 표정으로 그 모든 상황을 받아들이는 나를 지켜보았다. 사무실에는 도자기, 옥, 플라스틱, 종이 등 다양한 소재로 만든 작은 돼지 무리가 거의 모든 표면을 점령하고 있었다. 돼지 저금통 옆면에는 누군가가 '인그레이브의 연구 기금. 기부 환영'이라고 써놓았다. 그걸 살피자 그가 환자들, 병문안 온 사람들과 동료들에게 받은 것이라고 설명해줬다. 동물 중에서 돼지가 인간과 흉터가 가장 비슷하게 남아서 화상 치료법 개발에 도움이 된다고 한다.

"화상을 제대로 치료하려면 수축을 막고, 추한 흉터, 비정상적인 색소 침착을 멈춰주는 연고가 필요해요. 우리가 그 세 가지 연고를 만들 수 있다면 노벨상을 받을 겁니다."

그는 잠시 생각하더니 네번째 연고도 있으면 좋겠다고 덧붙였다. "마음의 상처도요. 거기에도 바를 연고가 있다면 좋겠어요. 외상후스트레스장애PTSD와 우울증, 죄책감 같은 상처에요. 하지만 어떻게 생각하면 연고는 소용이 없겠네요."

인그레이브 박사는 나를 어두운 회의실로 데려가서 슬라이드 프로젝터를 켰다. 그는 치료 진행 상황을 기록하려고 존의 첫 수술 때부터 매번 수술을 마치고 스냅사진을 찍었다. 이미지가 한 컷씩 화면에 떴다. 피부가 벗겨지고 뒤틀린 우울한 얼굴의 연속이었다. 프로젝터에서 짤깍 소리가 날 때마다 몸을 움찔했다. 사진마다 존은 미소짓지 않은 채 카메라를 정면으로 바라보았다. 인그레이브 박사는 수백 명의 얼굴을 고쳤지만, 존의 얼굴은 여전히 그를 괴롭혔다.

폭발 후 존이 처음 수술실에 도착했을 때, 그의 얼굴은 광범위한 3도 화상답게 빨갛고, 하얗고, 검은 반점으로 뒤덮여 있었다. 흰색 부위가 화상이 가장 심했다. 그의 눈꺼풀과 한쪽 귀는 타버리고 없었다. 인그레이브 박사와 그의 팀은 존의 몸 다른 부위에서 떼어낸 피부를 영구적으로 이식할 정도로 존의 얼굴이 회복될 때까지 시간을 벌기 위해 사체의 피부를 임시로 이식했다.

화상 수술의 목적은 생물학적으로 기능할 수 있으면서도 사회적으로 용인될 만한 얼굴로 재건하는 것이다. 이는 매우 까다로운 일이다. 재건 수술 의사는 얼굴 인식 반응이 얼마나 정확한지를 안다. 사람들은 누군가의 부서진 턱뼈나 이마뼈가 1밀리미터만 다르게 재배치되어도 금세 알아차린다. 그래서 유명인들이나 친구들이 얼굴을 '약간 손봤을' 때, 아무리 미묘한 성형 수술을 받아도 곧바로 알아본다.

부상에 대한 반응처럼, 여기에는 진화적인 이유가 있을 것이다. 우리는 생존을 위해, 친구와 적을 구분하기 위해 얼굴을 인식하도록 타고났다. 심지어 6개월에서 9개월 된 아기들도 낯선 사람의 얼굴을 구별할 수 있다.

존의 이식 수술에는 처음부터 문제가 있었다. 첫번째 문제는 사진에 찍히지 않았지만, 전신의 47퍼센트가 타는 바람에 의사들이 그의 남은 피부를 이식 수술에 거의 다 사용했다는 것이었다.

"존의 수술에서 완벽한 결과가 나오지 못하고, 완벽함을 거의 찾을 수 없는 이유는 끔찍한 흉터가 생겼기 때문입니다." 인그레이브 박사가 말했다. 슬라이드는 계속 딸깍거리며 넘어갔다. "그러다 저로서는 절대 이해 못할 일이 일어났어요." 그는 프로젝터를 멈췄다. "존이 중요한 사람과 아이를 데리고 나타난 거에요."

인그레이브 박사는 화상처럼 트라우마를 남길 만한 부상을 겪은 사람에게서 그와 정반대 상황을 더 자주 보아왔다. 전형적으로, 환자들은 삶의 범위를 거기서 닫아버리고 더 확장시키지 않았다.

내 경험상으로도 그러했다. 나는 시애틀의 옛친구들에게 거의 연락을 하지 않았다. 크리스토퍼가 태어난 후 그들은 대기실에 함께 앉아 나에게 음식을 먹였고, 자기 아이들에게 수어를 가르쳤다. 이제 그들에게 보내는 크리스마스카드를 슬며시 빼먹고 그들의 아이들 생일을 지나친다. 그들을 보지 않는 편이, 예전의 내 삶을 기억하지 않는 편이 더 쉬웠다. 그들은 내가 결코 직면할 수 없을 어려운 상황을 마주하면서 자기네 삶을 사느라 바빴다. 그들을 보면 내가 더이상 엄마가 아니라는 사실이 자꾸 떠올랐다. 새 친구를 사귀려고도 하지 않았다. 크리스토퍼 얘기를 꺼내면 대부분의 사람은 슬퍼하고 불편해했으므로 아들 얘기를 드러내지 않았다. 따라서 새 친구를 사귈 때마다 계속 거짓말을 한다고 느꼈다.

그러나 존은 그렇지 않았다. 그의 큰아들 마이클은 화상 사고가 일어나고 2년 후 태어났다. "이걸 보세요." 인그레이브 박사는 회의실 벽에 나타난 다음 사진을 보며 말했다. 외과의사로서 그는 자신의 결과에 100퍼센트 만족할 수 없었다. 그러나 고백하건대 이 사진을 보고서는 행복해졌다고 말했다. "화상 사고가 나고 2년 반 후예요. 우린 살짝 미소를 지었죠."

며칠 후, 시애틀에서 북쪽으로 몇 킬로미터쯤 떨어진 외곽 지역 린우드로 향했다. 그곳 쇼핑센터에서 존의 진료 예약에 같이 왔다는 여성을 만나기로 했다. 그녀의 이름은 제이미 쿠퍼였다. 그녀가 쌍둥이 자매와 존을 처음 만났을 때 그녀는 열여덟 살 모델 지망생이었다. 그녀는 존이 재미있고 똑똑하다고 생각했다. 존이 전화해주길 바랐다고 말했다.

존은 긴 갈색 웨이브 머리를 한 수줍은 소녀가 착하다고 생각했고, 자신과 어울리기에는 너무 순진한 것 같다고 여겼다. 그는 반년 동안 그녀에게 전화하지 않았다. 마침내 그가 전화를 걸자 그녀는 존을 바로 기억했다. "존에게는 특별한 뭔가가 있었어요. 유머감각도 좋고 사람들과도 잘 어울렸죠." 1년도 채 되지 않아, 그녀는 사랑에 빠졌다.

그녀가 화재 소식을 전화로 들었을 때는 둘의 관계가 막 진지해지는 즈음이었다. 그녀는 어떤 상황을 알게 될지도 모른 채 병원으로 달려갔다. 처음에 의사들은 병실로 못 들어가게 그녀를 가로막았다. 마침내 의사들이 그녀를 들여보냈을 때, 그녀는 놀라서 말문이 막혔다. 존의 막 이식한 눈꺼풀은 봉합되어 닫혀 있었다. 의사들은 그녀를 한쪽으로 불러서 존의 얼굴이 결코 예전 같지 않을 거라고 말했다. 게다가 한 손을 절단해야 할지도 모른다고 했다. 2년 동안 하루에 23시간을 마스크를 쓰고 지내야 한다고도 말했다.

그녀는 그날 밤 일기를 썼다. '당신이 나를 찾았다는 얘길 간호사에게 들었어요. 당신을 봤을 때 거의 울 뻔했죠. 하지만 난 강해져야 한다는 걸 알았어요.'

제이미는 근무중인 슈퍼마켓 앨버트슨에서 빠져나올 수 있을 때마다 매일 병원을 찾아갔다. 그녀는 존의 침대 옆에 앉아 조용히 그를 바라보았다. 뭐라고 말해야 좋을지 고심했다.

화상을 겪고 닷새 후, 그녀는 이렇게 썼다.

오후 다섯시쯤 병실로 들어갔어요. 당신은 서너 개의 다른 기계에 연결되고 온몸을 붕대로 감은 채 거기 조용히 누워 있었지요. 당신 아버지가 당신에게 말을 걸어보라 하셨어요. 그럴 수 없었어요.

그냥 눈물이 났죠. 아버님은 당신에게 사랑한다고, 이런 모습으로 당신을 보니 마음이 아프다고 말씀하셨어요. 저도 아버님께 마음 아프다고 말했어요. 아버님은 내 손을 잡아 당신 가슴에 올려놓고, 아버님 손을 내 손에 포갠 채 당신이 좋아할 거라고 하셨지요. 우리는 둘 다 울었어요. 그때 어머님께서 들어오셔서 15분 정도 계셨어요. 어머님은 아무 말 없이 그냥 당신 발만 잡으셨어요. 그러고는 나가셨죠. 난 남아서 당신 팔을 잡고 그냥 당신을 만졌어요. 그러고서 마침내 입을 뗐죠. "존, 나야, 제이미. 당신 지금 잘하고 있어."

그후로 제이미는 일터인 슈퍼마켓의 조리식품 코너와 병원을 매일 왔다갔다했다. 다른 남자들에게 데이트 신청을 받았지만 이를 거절했다. 그녀는 잠을 잘 수가 없었다. 친구들은 다른 활동으로 그녀의 기분을 전환해주려고 애썼다. 그녀는 존의 부상에서 딴 데로 정신을 돌리려고 심부름하러 다녔다. 그녀는 존의 시계와 벨트를 자기 침대 옆에 놓았다.

화상 사고가 나고 한 달이 조금 지난 3월 중순, 존의 아버지는 차마 말할 수 없었던 두려움을 일기로 남겼다. "지금 아들의 얼굴이 끔찍하다. 앞으로 어떤 미래가 펼쳐질지 모르겠다……"

2주가 지난 후, 제이미는 평소처럼 병원에 갔지만, 존의 병실은 비어 있었다. 그는 퇴원 소식을 그녀에게 알리지 않았다. 그냥 사라져버렸다. 충격을 받은 그녀는 계속해서 그에게 전화를 걸었지만 응답이 없었다. 몇 주 동안 연락이 끊긴 것 같았다.

마침내, 그녀는 막 이식한 눈꺼풀 피부가 감염될 위험이 있으니 그의 부모님 댁에서 회복하는 편이 더 낫겠다고 의사들이 권유했다는 말을 병원 관계자에게 들었다. 하지만 왜 그가 그녀를 차단한 건지는 설명되지 않았다.

그녀의 말을 듣던 존이 때마침 거실로 들어왔다. "저는 제이미에게 시간을 주고 싶었어요. 스스로 결정할 수 있게요. 제이미가 죄책감 때문에 옆에 머무는 상황은 원치 않았거든요."

처음에 존은 자신이 어떻게 보일지를 두려워했다. 그는 병동에서 사람들이 자신을 가리키며 "얼굴이 다 타버렸네"라고 속삭이는 걸 들었다. 괴물 같은 모습이 머리에 가득했다. 사고가 나고 몇 주가 지났지만 그는 여전히 거울 속 자신을 대면할 수 없었다. 그는 동정이 싫었다. 그중에서도 자기 연민이 가장 싫었다.

그러던 어느 날 아침, 화상을 입은 지 57일째 되는 날 그는 혼자서 욕실로 들어갔다. 손을 내려다보면서 세면대 수도꼭지를 틀었다. 그는 수년간 면도할 때의 습관대로 거울을 쓱 훑어보았다. 그를 노려보는 얼굴은 피부가 벗겨져 빨갰고, 새로 피부를 이식한 부위는 주름져 있었다. 이목구비가 완전히 달랐다. 하지만 그가 본 건 그게 아니었다.

"거울을 들여다봤어요. 그리고 저를 바라보는 제 모습을 봤죠."

7장
흉터에 담긴 이야기

존을 만날 때쯤, 병원측에 두번째 화상 환자를 소개해달라고 부탁해두었다. 최근에 화상을 입어서 그런 부분의 이야기를 해줄 만한 환자를 말이다. 때마침, 며칠 전에 알래스카에서 항공기로 한 환자가 이송되었다.

빌리를 만났을 때, 그는 너무 어린 열다섯 살 소년이었다. 그 또래 남자애들은 스케이트보드를 타고, 여자애들에게 잘 보이려 애쓰며 한창 놀러다녔다. 화상을 입기 전 빌리는 실제로 그렇게 시간을 보냈다고 했다. 그러나 내 앞에 있는 소년은 얼굴 전체를 압박붕대로 가린 채 눈구멍으로 나를 유심히 바라보았다.

"안녕." 나도 모르게 수어로 인사를 했다. 병원에 있는 남자아이라는 점이, 그 아이가 들을 수 있다는 걸 알면서도 수어를 하라고 내 본능을 자극했다. 빌리의 손은 압박장갑으로 덮여 있어서 악수할 수 없었다. 그는 솜털이 보송한 무스 슬리퍼를 신고 있었다. 카테터 주머니가 다리 옆에 달랑거렸다.

"안녕하세요." 그가 대답했다.

빌리의 말투는 부드럽고 공손했다. 나는 그가 물리치료 예약을 기다리면서 스노우월드라는 가상현실 게임에서 목표물에 눈뭉치를 조준해 던지는 모습을 지켜봤다. 병원에서 시범 사업중인 그 게임은 붕대를 교체할 때 환자들이 자기 상처에서 딴 데로 정신을 돌리게 하려고 고안되었다. 그는 해양생물학에 관심이 많다고 얘기했다. 빌리는 열다섯 살다운 모습으로 매력적이었다. 그는 "제가 여자들에게 최고의 남자라면 어쩔 수 없죠"라고 말하는 걸 좋아했다.

화상 사고 전에 빌리는 옆머리는 짧고 윗머리는 긴 멋진 헤어스타일을 한 솜털이 난 귀여운 소년이었다. 그는 학교에서 여학생들에게 인기가 많았고, 고향 케치칸의 라디오방송국에서 노는 것을 좋아했다. 케치칸은 자칭 '세계 연어의 수도'라고 홍보하는 알래스카 남동쪽에 위치한 어촌이었다. 빌리는 마음먹고 노력하면 공부를 잘했지만, 숙제하는 걸 좋아하지는 않았다.

"방과후에는 제 시간을 보내야 하잖아요, 그죠?" 그는 내가 자기 말에 동조하는지를 가늠하며 나를 보았다. 내 생각대로, 물론 학생은 숙제부터 해야 한다고 말할 뻔했지만, 이내 대답을 피하려고 입술을 깨물었다. 취재할 때 이런 부분이 까다로웠다. 사람들이 뭐라고 하든 간에 내가 느끼는 바를 적어도 그 순간에는 밝히면 안 됐다. 가끔은, 특히 나이 어린 사람과 있을 때는 그러기가 힘들었다. 본능적으로 그들을 보호하려 했고, 심지어 그들로부터도 나를 보호하려 했으니까.

화재가 있던 날 밤, 빌리는 부모님과 말다툼을 했다. 새해 첫날 바로 다음날이라 아직 겨울방학중이었다. 빌리는 쉬는 동안 학교 공부를 따라잡아야 했다. 그는 부모님과 유쾌한 저녁식사 시간을 보낸 다음 친구들과 라디오방송국에 가서 놀 계획이었다. 그는 아직 해야 할 숙제가 남아 있었다. 엄마는 빌리에게 숙제를 마치고 나가라고 말했다.

"그래서 엄청 화가 났어요." 그가 말했다.

숙제를 놓고 벌인 언쟁은 큰 싸움이 아니었다. 여느 때 같은 잔소리일 뿐이었다. 밤 열시쯤, 빌리는 밖에서 들어왔다. 그의 몸에서 휘발유 냄새가 지독하게 풍겼다.

"제가 찾던 걸 찾았네요." 그는 엄마에게 말했다. 그는 성냥을 들고 있었다.

충격을 받으면 그 순간이 길다고 착각하게 된다.

말릴 새도 없이 현실이 분명해진 그 순간, 빌리의 엄마가 느꼈을 두려움을 상상해보았다. 자기 아이를 위해로부터 안전하게 지킬 수 있다고 믿었던 모든 착각이 어떻게 성냥을 한 번 그은 걸로 사라질 수 있는지 생각했다. 빌리 엄마를 생각하니 마음이 아팠다. 나 자신 때문에도 마음이 아팠다. 지갑 안에 넣어둔 크리스토퍼의 반창고를 떠올리면서 우리의 보호가 얼마나 허술한지를 생각했다.

아마 몇 초간 불탔을 것이다. 영원이라 할 만큼 긴 시간이었다. 제정신이 아닌 부모는 아들을 바닥 깔개에 굴리면서 불꽃을 두드려

껐다.

"내 얼굴이 추해질까요?" 구급차가 도착하기 직전 빌리는 엄마에게 물었다. "콧수염은 기를 수 있을까요?"

사고 일주일쯤 후 빌리를 만났을 때 그는 현실을 충분히 인식하고 있었다. 그는 의도적으로 그런 게 아니었음을 내가 알아주기를 바랐다.

"그러니까, 보통은 그렇게 안 했을 거예요. 그땐 제대로 생각을 못 했어요."

나도 그렇게 생각했다. 과학자들에 따르면 청소년의 뇌는, 특히 남자아이들의 뇌는 어른처럼 판단하고 계산할 능력이 부족하다. 그래서 십대들의 행동이 영원히 어른들을 성가시게 한다.

하지만 그렇다고 사실이 달라지지는 않았다. 빌리에게 다 잘될 거라고 장담할 수 있기를 바랐지만 그럴 수 없었다. 쓸모없다는 생각과 불행에 휩싸여 병원을 떠났다.

2월에 다시 수술 참관을 위해 수술복을 갖춰 입었다. 이번에는 빌리의 수술이었다. 외과의사들은 이식할 대부분의 피부를 빌리의 머리에서 채취할 계획이었다. 그게 얼굴 피부와 가장 비슷해서였다. 화상이 심해 힘줄과 뼈의 일부까지 타버린 그의 손에는 허벅지에서 채취한 피부를 이식할 계획이었다. 다시 한번, 나는 마음을 다잡았다.

수술실 음향 시스템을 통해 바이올린 연주가 흘러나왔다. 눈앞에 놓인 복잡한 수술과 잘 어울리는 듯한 음악이었다. 인그레이브 박사는 빌리 몸의 여러 수술 부위를 동시에 다루면서 다른 외과의사 두 명과 간호사 세 명의 행동을 지휘했다. 그들은 벌어진 상처 부위에서 출혈과 열 손실을 최소화하고자 신속하게 수술했다. 그러면서도 그 작업은 급히 서두를 수 없는 일이기도 했다.

인그레이브 박사는 푸른 수술복 모자 아래로 튀어나온 금테 안경으로 수술 부위를 유심히 들여다보았다. "우리한테 기회는 한 번뿐이야." 빌리의 얼굴에 쓰일 피부를 채취하는 의사에게 박사가 말했다. 피부 채취기의 익숙한 '끼익' 소리가 방을 가득 채웠다.

"아주 좋아." 피부 채취기에서 스웨이드 가죽 두께로 피부가 잘려 나왔다. 그는 그 피부를 빌리의 벗겨진 이마에 붕대처럼 감쌌다. "이건 최상급이야." 그는 상처 부위를 꿰매려고 고개를 숙인 채, 음악에 따라 발로 박자를 맞추었다. 피부는 한 조각도 낭비할 수 없었다. 그는 새로운 코의 윤곽을 잡는 데 작은 피부 조각을 사용해 제자리에 매끄럽게 폈다. 빌리의 귀 뒤에서 나온 피부는 새로운 눈꺼풀이 되었다. 박사는 얼굴에서 가장 자연스러워 보이는 부분에 이음매가 오도록 했다.

하지만 외과의사가 아무리 공들여 수술해도, 화상 상처 자체를 없앨 수는 없었다. 이식된 피부는 치유는 되어도 눈에 띌 수밖에 없었다. 그들은 치료를 했지만 흉터도 함께 남았다.

몇 주 후, 빌리가 얼굴에 피부 이식 수술을 받은 후 처음으로 알래스카 집으로 돌아간다고 병원에서 소식을 전해왔다. 작별인사를 하려고 빌리와 그의 엄마와 함께 공항으로 향했다.

여행을 위해 병원에서는 빌리의 얼굴 모형으로 깁스를 만들고 그에게 색깔을 선택하게 했다. 존처럼 빌리도 하루에 23시간 동안 가면을 써야만 했다. 그는 자신의 직사각형 안경테와 체크무늬 신발에 맞춰 빨간색을 골랐다. 빌리는 시애틀 터코마 국제공항으로 갈 차를 병원 로비에서 기다리는 동안 그 가면을 썼다.

빌리는 사람들이 쳐다볼 것임을 알았다.

"애들은 아무것도 몰라요. 저를 그냥 괴물처럼 본다니까요." 그가 말했다. "그 정도는 참을 수 있어요. 신경 안 써요." 그는 다리를 위아래로 떨었다. "중요한 건 남들이 아니라 제가 저를 어떻게 생각하느냐니까요." 그는 그 말을 주문처럼 반복했다.

나는 숨죽였다. 그가 내 머릿속으로 들어와 내가 듣고 싶었던 말을 정확하게 꺼낸 것 같았다. 내면에서 스스로를 어떻게 느끼느냐와 겉으로 어떻게 보이느냐의 차이는, 남이 나를 어떻게 보느냐보다 내가 나를 어떻게 보느냐와 더 관련이 있었다. 그런 외면과 내면의 부조화가 내 안에 있었다.

빌리는 더 빠르게 다리를 떨었다. 그는 가슴 앞에 팔짱을 단단히 꼈다. 공항버스가 도착했고, 그의 미래도 함께 왔다. 밖으로 발을 내디딘 빌리는 예상치 못한 추위에 몸을 떨었다.

2월 대통령의 날로 공휴일이라서인지 우리가 공항에 도착할 즈음에는, 여행 인파가 몰려 공항이 붐볐다. 빌리는 망설이더니 여행객 무리로 걸어들어갔다. 그는 고개를 숙이고는 "화상이에요. 화상이에요"라고 중얼거리며 군중을 헤치며 나아갔다. 사람들이 빤히 쳐다보는 일을 막으려고 그렇게 말했지만 눈길이 계속 따라왔다. 노골적이며 호기심에 찬, 교활하며 소름끼치는 시선이었다.

손으로 파리를 쫓듯 사람들을 쫓아버리고 싶었다. 크리스토퍼에게 했던 방식대로 그들의 눈길에서 빌리를 보호하고 싶었다. 내 안에서 맹렬함이 요동치는 듯했다.

"이제 절반쯤 왔어." 긴 줄이 매표소를 향해 천천히 구부러지자 빌리의 엄마가 말했다. 줄 맨 앞에서 빌리가 갑자기 구급차처럼 빨간색으로 된 가면을 휙 벗어버렸다. 병원 소독약 같은 톡 쏘는 붕대 냄새와 땀 냄새가 뒤섞인 냄새가 풍겼다. "난 두렵지 않아." 그는 딱히 누구에게라고 할 것 없이 말했다.

매표소 직원이 쳐다보지 않고 그들에게 사진이 들어간 신분증을 요구했다. 그러더니 빌리를 힐끗 보고는 재빨리 다시 시선을 떨궜다. 그들의 여행 가방은, 집으로 가져가라고 병원에서 챙겨준 의학 용품으로 가득차 불룩 튀어나와 있었다. 여자는 수화물 검사대 쪽으로 가라고 그들에게 손짓했다. 빌리는 불룩한 여행 가방을 끌면서 앞으로 터덜터덜 걸었다. 여자는 가방 옆면에 스티커를 찰싹 붙였다. 거기에는 '중량 화물'이라고 쓰여 있었다.

두 달 후, 빌리는 화상 클리닉에서 첫번째 후속 치료를 받기 위해 시애틀로 돌아왔다. 그다음해에도 한 달에 한 번씩은 치료를 받아야 했다. 빌리가 어떻게 지내는지 궁금해 하버뷰메디컬센터로 향했다.

진료실에 들어섰을 때, 그는 진료대 가장자리에 앉아 다리를 흔들고 있었다. 피부를 채취했던 두피는 아물어가는 중이었는데, 새로 난 머리칼이 아직 두피의 붉은 띠를 다 가려주지는 못했다. 그의 얼굴에는 새로 이식한 피부 조각의 윤곽이 선홍색 흉터로 고스란히 드러났다. 화상팀 멤버 수십 명이 방을 가득 메웠다. "얼른 학교로 돌아가고 싶지 않니?" 어떤 간호사가 물었다.

"음." 그는 발을 쳐다보며 답했다. 손에 붙은 딱지를 떼었다. 그가 알래스카 집에서 이식 수술을 받기 위해 하버뷰의 화상 병동까지 비행기로 이송된 지도 석 달이 지났다. 고향 친구들은 치료과정 내내 힘이 되어주었다. "친구들은 제가 돌연변이 같고 아주 역겨워 보일 거라고 마음의 준비를 단단히 했대요. 근데 걔들 예상보다 제 모습이 훨씬 괜찮았대요." 하지만 낯선 사람과의 관계는 여전히 어려운 과제였다.

치료 레크리에이션 전문가 멀리사 크리스티안센도 빌리가 사회생활을 하면서 접하는 상황에 대처하는 전략을 개발하는 걸 도왔다. "흉터의 좋은 점은 거기 이야기가 담겨 있다는 것이죠." 그녀가 말했다.

'흉터가 눈에 안 보인다면 어쩌지?' 내 상황을 빌리의 상황과 비교한 것이 순간 부끄러워 고개를 숙였다. 하지만 치료사의 말은 그 후로 오랫동안 뇌리에 남았다. 흉터에는 이야기가 담겨 있다.

그가 학교로 언제 복귀할지, 어떻게 질문에 대처해야 할지 어른들이 논의하는 동안 빌리는 거의 말이 없었다. 화상팀은 압력이 다르게 가해지도록 그의 가면을 손보았다. 의료진이 가면을 돌려주고, 얼굴의 촉진을 모두 마치자 빌리는 그제야 안도하는 것 같았다. 그는 빨간 테 안경을 가면의 눈구멍 위로 미끄러뜨렸다.

"안경을 써야 예전의 저처럼 보이더라고요."

우리는 화상 층에서 엘리베이터를 타고 아래로 내려갔다. 가는 길에 어떤 날씬한 젊은 여자가 그를 오랫동안 빤히 쳐다보았다. "언제 화상을 입었니?" 그녀가 물었다. 그녀의 열린 옷깃 아래 쇄골을 따라 밧줄 같은 흉터의 끝이 눈에 띄었다.

"석 달 전에요." 빌리는 대답하며 엘리베이터 바닥을 내려다봤다.

"나는 1년 됐어." 그러고는 이렇게 말했다. "네가 내 친구를 만나면 좋을 텐데. 걔 얼굴이 꼭 너 같았거든. 걔도 그 가면이랑 그런 걸 썼는데, 지금은 엄청 좋아 보여."

그녀의 목소리는 부드러웠지만 톡톡 튀었다. 엘리베이터 안은 만원이었지만, 마치 둘만 있는 듯, 마치 8층을 내려가는 동안 할 얘기가 너무 많다는 듯 빌리에게 말했다. "얼마 전에 의사들이 걔 코를 고쳤어. 콧구멍 하나가 비뚤어졌거든."

"저도 그래요." 그는 엘리베이터 벽에 등을 댄 채 두 사람 쪽을 쳐다보지 않으려 애쓰는 다른 승객은 안중에도 없다는 듯 이제 그녀를 올려다보며 대답했다.

"내가 보기엔 넌 괜찮은 것 같아." 엘리베이터 문이 열리자 그녀가 말했다.

빌리는 고개를 들고 미소를 지었다.

엘리베이터에서 만난 아가씨가 빌리 앞에 놓일 미래의 희망에 부푼 모습이었다면, 존은 내가 가진 전망이었다. 존을 만날 때마다 그의 미소를 주목했다. 그는 잘 웃을 수 없지만 그래도 많이 웃었다. 그는 사람들이 자기 얼굴을 보면 좋겠다고 말했다. 사고가 나기 전에는 화상 생존자를 본 적이 없었다고, 사람들이 자신을 무서워하지 않았으면 한다고 말했다.

화상을 입고 약 1년 후, 존이 샌프란시스코만 지역에서 배를 몰고 돌아올 때 날씨가 급변했다. "저희는 모래톱에 걸려 항구로 들어올 수 없었어요. 며칠 동안 거기 묶여 있었죠." 세찬 초록빛 너울이 보트를 덮쳐서 바닷물이 배를 흠뻑 적시고 발전기를 침수시켰다. 배 밑바닥에 고인 물을 퍼내는 빌지펌프도 멈췄다. "보트가 6미터 높이의 파도 꼭대기까지 올라갔다가, 파도가 배 아래에서 빠져나가면서 빈 공간이 생기자 배 전체가 6미터 아래로 추락했어요. 그러면 산산조각 날 것처럼 흔들렸죠." 그는 선체에서 몸을 숙이고 습식청소기로 괸 물을 퍼냈다. "그냥 바쁘게 몸을 놀렸어요. 달리 할 수 있는 일이 없었으니까요. 그리고 마침내 빠져나왔죠."

그는 자기 얼굴에도 같은 접근법을 취했다. "사람들이 그에게 '네가 밖으로 나와 돌아다니다니 믿을 수가 없어'라고 말하면 '내가 어떻게 하길 바랐어?'라고 대꾸하죠."

존이 특별히 회복력이 좋은 사람인지 궁금해서 '화상 생존자를 위한 피닉스 협회' 이사인 에이미 액톤에게 전화를 걸었다. 그녀는 감정적, 신체적으로 치유되면서 더 견고한 새로운 정체성을 구축하는 화상 생존자가 많다고 답했다. 잿더미에서 다시 살아나는 신화적인 존재 불사조(피닉스)는 이러한 변화에 완벽한 비유였다.

"제가 만난 사람들은 수년간 감정적인 부분에 대한 치유를 마치고 미처 몰랐던 자기 내면의 강인함을 확인하는 경지에 이릅니다. 그들이 화상을 겪지 않았다면 결코 할 수 없었던 일들을 하게 그 힘이 이끄는 거죠."

액튼은 20년 전인 열여덟 살 때, 사고로 심한 화상을 입었다. 근무 중이던 요트 선착장에서 요트 돛대가 고압전선을 강타해서 목, 몸통, 다리에 전기 화상을 입었다. 그후 그녀는 화상 전문 간호사가 되었다.

그녀는 사람들의 자존감이 변하는 과정도 보아왔다. "화상 경험자들은 다른 사람을 더 많이 동정하고, 진정한 열정을 가지고 삶을 살아가요. 그런 마음 덕분에 다른 사람과 더 깊이 연결되고 그들의 진짜 모습에 더 진실해집니다."

존의 말이 다시 떠올랐다. '저는 거울을 들여다봤어요. 저를 바라보는 제 모습을 봤죠.'

자기 자신조차 알아볼 수 없게 변하면 어떤 기분인지 궁금해 화상 병동을 찾아갔지만, 존은 빌리와 똑같이 말했다. 자신의 흉터 아래에는 여전히 자기 자신이 있다고 했다. 그들은 내가 찾던 답을 주었다. 내가 받아들여야 한 것은 남이 나를 어떻게 보느냐가 아니었다. 내가 나 자신을 어떻게 보느냐였다.

크리스토퍼가 갓난아기였을 때, 아들이 내가 아니라 다른 사람의 얼굴을 맨 먼저 알아볼까봐 초조했다. 신생아 집중치료실에 있던 처음 몇 주간, 그는 매일 많은 간호사와 임상 전문가, 의사와 레지던트에게 둘러싸여 지냈다. 그들 모두가 아들의 피부색과 호흡의 리듬을 확인하기 위해 그를 빤히 내려다보았다. 산소호흡기의 튜브 장치가 아이의 얼굴을 가렸다. 내 얼굴은 살균한 노란 마스크로 가려져 있었다.

아들을 안으려면, 내 품에서도 산소호흡기가 계속 연결되도록 간호사가 아들 몸에서 복잡하게 얽힌 줄을 풀어야만 했다. 산소포화도 측정기를 테이프로 감은 아들의 손가락은 빨갛게 빛났다. 집중치료실의 일벌들이 우리 주위를 떼 지어 돌아다니는 동안 나는 아들을 부드럽게 흔들었다. 그러면 여느 아이와 다르게 연약한 우리 아들은 주로 눈을 감은 채 호흡기의 부드러운 떨림만 제외하고는 아무 소리도 내지 않았다. 기계가 아직 적응을 못한 아들의 폐에 숨을 불어넣을 때, 나는 파란 코일에 맺히는 물방울을 보았다. 그리고 가만히 기다렸다.

몇 주, 몇 달이 지난 어느 날, 아들의 코에서 위까지 연결된 튜브로 조제분유를 한 방울씩 떨어뜨리고 있던 때, 아들이 내게 미소를 지었다. 오동통한 뺨을 움직이며 잇몸이 드러나게 웃는, 내가 자기 엄마라고 주장하는 미소. 그건 틀림없는 미소였다. 나는 아기의 엄마였고, 아기는 그걸 알았다. 흔들의자에서 벌떡 일어나 모두에게 보여주고 싶었지만, 기계 줄이 너무 복잡하게 얽혀 있어 그럴 수 없었다. 대신 호출 버튼을 눌렀다.

간호사가 무슨 문제가 있는지 보려고 급하게 달려왔다.

"아기가 웃었어요, 웃었다고요!" 내 말을 들은 그녀는 몸을 숙여 나를 꼭 껴안아주었다.

나는 크리스토퍼의 엄마였고 항상 그럴 것이다. 그게 이 세상에서의 내 모습이었다. 그의 엄마가 된 것은 내 상태를 바꿔놓았고, 그 변화는 아들의 죽음과 함께 사라지지 않았다. 낯선 사람들에게 내가 엄마였던 적이 없는 척하면서 감출 필요가 없었다. 무엇보다 그 사실을 스스로에게 감출 필요가 없었다.

재미있게도 영어로 '사람person'이라는 단어는 배우의 가면을 의미하는 라틴어 페르소나persona에서 유래했다. 가면은 얼굴을 가리지만 얼굴을 바꾸기도 한다. 크리스토퍼는 '가면'이라는 수어를 좋아했다. 기본적으로 그 몸짓은 아기들과 까꿍 놀이를 할 때와 똑같다. 처음에는 두 손으로 얼굴을 가리고, 다음에는 얼굴을 드러낸다.

존은 화상 후로 압박 가면을 몇 년간 써야 했지만, 숨으려 하지 않았다. "그냥 살던 대로 계속 살면 돼요. 안 그러면 점점 위축될 겁니다. 그래서 저는 계속 재미있게 사는 쪽을 택했어요."

그때쯤 그는 제이미와 결혼해서 두 아들을 두었다. 그가 아버지, 삼촌과 함께 운영하는 전세 보트 사업은 그의 꿈을 실현한 일이었다. 존은 보트에서 자랐고, 이제 보트 주위에서 아들들을 키우고 있었다.

따뜻한 바닷물이 푸르른 어느 봄날에, 마지막 인터뷰를 하려고 존과 그의 가족을 만났다. 이번에는 디스커버리호가 정박중인 시애틀 정박지에서 만났다. 존은 이번 시즌 첫 항해를 위해 선박을 준비하고 있었다. 배에 사포질도 하고 니스칠도 해야 했다. 선박 전세 시즌이 시작되기 전에 다른 수술을 받을 짬이 날지도 확신할 수 없었다.

"저흰 모든 것을 네 번 코팅해요." 그가 말했다. 며칠 후면 그들은 배를 물 밖으로 끌어내 아연 도금을 다시 하고 접합된 이음매를 메울 것이다.

그날, 존은 배에서 두 아들과 놀고 있었다. 여섯 살짜리 마이클은 부두 위를 오르락내리락 질주했다. 크리스토퍼도 똑같이 그랬을 것이다. 그 아이는 물을 좋아했다. 아들이 두 손을 오므리고 "빠른 배. 더 빨리"라고 수어로 말하는 모습이 떠올랐다. 그 기억이 나를 미소 짓게 했다.

존의 세 살 먹은 아들 브랜던은 근처에 있었다. "아빠 보인다." 브랜던은 까꿍 놀이를 하면서 보트의 마호가니로 만든 식당 문 뒤에서 고개를 내밀었다. 그는 존의 예전 눈을, 크고 둥글며 깊은 갈색 눈을 닮았다. 존은 두 팔을 내밀었다. 브랜던은 깔깔거리며 아빠 쪽으로 달려갔다.

"보인다, 아빠. 아빠 보여." 그가 소리쳤다.

그날 저녁, 옷장 뒤쪽에 보관해둔 상자를 뒤져 사진 한 장을 찾아냈다. 크리스토퍼가 자기 눈높이에서 나를 찍어준 사진이었다. 우리는 내가 어릴 적 놀았던, 내가 자라면서 핼러윈에 모닥불을 피우고 걸스카우트 캠프를 갔던 패서디나의 한 공원에 있었다. 나는 그네를 태워주려고 크리스토퍼를 거기로 즐겨 데려갔다. 아들은 "더 높이"

라고 하늘을 가리키면서 수어를 했다. 아들의 그네를 밀어주는 일은 나만의 명상 시간이었고, 의사의 진료와 앞으로 펼쳐질 미래에 관한 내 걱정을 녹여주는 리듬이었다.

어느 날, 그네에 나란히 앉아 있을 때, 내가 늘 무겁게 가지고 다니던 낡은 35밀리미터 카메라를 아들이 달라고 했다. "큰 사진." 아들은 수어로 카메라를 그렇게 불렀다. 아들이 카메라를 자기 얼굴까지 들어올려 렌즈를 통해 풍경을 볼 수 있도록 도왔다. 그는 몸을 돌려 카메라를 내 쪽으로 향했다.

그 사진 속 나는 그네에 등을 기댄 채 웃고 있다. 아들의 눈으로 나를 본다. 나는 행복해 보인다. 나는 여전히 그의 엄마로 보인다.

모든 부모가 그렇겠지만 아이를 갖는다는 것은 나를 완전히 바꿔놓았다. 크리스토퍼가 죽은 후 내면의 나 그리고 세상이 보는 아이가 없는 나를 어떻게 통합해야 할지를 몰랐다. 마치 허울 뒤에서 사는 것처럼 느껴졌다.

이는 비탄에 잠긴 많은 사람이 직면하는 문제다. 겉으로는 회복된 듯 보이나 내면에서는 파괴된 듯한 기분이다. "괜찮아." 사람들이 어떻게 지내느냐고 물으면 우리는 그렇게 대답한다. 하지만 그건 거짓말이다. 존과 빌리도 내면세계와 바깥세상이 더는 일치하지 않을 때 자신이 누구인지를 놓고 고심해야 했다. 나는 그들에게서 외부 상황의 무언가가 변한다 해도, 우리가 누구인가라는 우리의 본질은 변하지 않는다는 사실을 배웠다. 정말로 그런 변화는 우리가 전에는 깨닫지 못한 특성을 드러내고 향상시켜줄지도 모른다. 크리스토퍼의 엄마가 되는 일은 내게 새로운 종류의 힘을 주었다. 그는 내게 참을성과 수용하는 법을 가르쳤다. 그는 인내심이 어떤 건지를 보여주었다. 이제 아들 없이 살아내려면 내게도 그런 것이 필요했다.

이런 화상 환자들을 알게 되면서 엄마로서 내가 삶에 접근하던 방식을 보게 됐다. 내가 만난 어린 사람들을 보호하고 싶었고 그들에게 최선의 것을 제공해주고 싶었으며, 남들을 엄마처럼 '보살피고' 싶었다. 그런 마음을 부정하는 대신 포용함으로써 세상에서 엄마로서의 정체성을 유지할 수 있었다. 삶에서 어떤 다른 모습으로 변하더라도, 나는 항상 크리스토퍼의 엄마일 것이다.

그 사진을 침대 옆 선반 위에 반듯이 놓았다. 그러고는 서재로 돌아가 지갑에 들어갈 만한 크기의 증명사진을 찾아냈다. 그 사진을 지갑 안에, 아들의 도서관 카드와 반창고 옆에 끼워넣었다. 다음에 누군가가 내게 아이가 있느냐고 물으면, 이렇게 답할 것이다.

"네, 얘가 제 아들 크리스토퍼예요."

세번째 만남

불확실한 세상에서의 확신

샐리캐슈빌리 장군

8장
통제 불가한 상황

크리스토퍼를 임신하기 전까지 나는 꽤 단순한 삶을 살았다. 부모님께서는 30년 넘도록 여전히 결혼생활을 유지하시며 내 야망을 지지해주셨다. 나는 평범한 달리기 선수였고, 괜찮은 체조 선수였다. 수학과 과학을 좋아해서 공부를 열심히 했고, 점수도 괜찮았다. 들인 노력이 결과로 직접 이어지는, 노력에 비례하는 삶처럼 보였다. 나는 원인과 결과를 믿었다.

워싱턴대 1학년 때 크리스토퍼의 아빠 프랭크를 만났다. 학교의 오래된 기숙사 벽돌 건물에서 선보인 연극 〈카사블랑카〉에서 내가 로런 바콜이었다면, 그는 나의 험프리 보가트였다.* 그는 첫 남자친구였다. 어두운 곱슬머리인 그는 열정적이며 강단이 있었고, 책벌레

---

* 로런 바콜과 험프리 보가트는 〈소유와 무소유〉라는 영화를 촬영하다가 사랑에 빠졌다.

에 내향적인 나와 달리 지나치게 외향적이었다. 나는 사랑에 빠졌다. 우리의 이야기는 내 부모님의 삶과 정확히 일치했다. 어려서 만나서 열정적으로 사랑에 빠져 그를 '내 짝'으로 결정하는 것까지. 우리는 졸업하는 해 여름에 결혼했다.

상황의 전환은 완벽해 보였다. 나는 엄마의 웨딩드레스를 입었다. 중국 산둥산 아이보리색 비단이 바스락거리는 소리와 종 모양의 치마에 어린 시절부터 사로잡혀 지냈다. 어느 정도는 부모님의 삶을 재현하려고 노력했던 것 같다.

프랭크와 나는 우리의 보금자리를 찾아나섰다. 어느 날 어떤 집을 보러 가는 길에, 시애틀 그린레이크 근처에 위치한 2층짜리 볼품없는 허름한 집을 지나쳤다. 조악하게 만든 그 방갈로는 외장이 무슨 보호 시설처럼 초록색 석면으로 처리돼 있었다. 투박한 현관은 얇은 시멘트 계단 위에 놓였고, 계단 옆으로 가늘고 긴 녹슨 금속 난간이 있었다.

표지판에 '집주인 직거래' 같은 작은 글자가 적혀 있는지 볼 생각도 없었기에 우리는 속도를 줄이지도 않고 그 옆을 지나쳤다. 하지만 언덕 꼭대기에 올라서 어깨 너머를 힐긋 돌아보고는 숨을 골랐다. 그러자 견해가 달라졌다. 그 집에서 언덕 쪽으로 두 블록만 올라가면 빗물로 가득찬 고대 빙하 분지인 그린레이크가 펼쳐져 있었는데 늦은 오후의 햇살이 은색 거울처럼 비쳤다. 느닷없이 거기에 내 미래가 반사되어 보이는 듯했다. 그때는 그 반사가 수면 위에 투영하는 우리의 환상이라는 생각이 들지 않았다. 호숫물이 폭풍우로 변할 수 있다는 사실도 몰랐다. 생존하려면 깊이 잠수해서 빛을 향해 다시 떠올라야 한다는 사실도.

우리는 그 블록 주변을 다시 돌면서 새로운 시선으로 초록색 상자처럼 생긴 집을 보았다. 그건 내가 원한 집이었고, 이제 막 내가 꿈꾸던 집으로 바뀌었다. 우리는 최선을 다해 집을 수리했다. 물론 돈을 들여서가 아니라 상상으로만. 상당수의 친구가 그 무렵에 첫 집을 샀다. 우리는 수년 동안 비슷한 시기에 비슷한 일을 겪었다. 대학을 졸업하자마자 결혼을 했고, 첫 직장에 취직했으며, 직장 동료들을 초대해 파티를 열었고, 가구를 선택할 때 조언을 주고받았다. 우리는 함께 소프트볼팀에서 경기를 했고 서로의 거실에 죽치고 앉아 토킹헤즈와 다이어 스트레이츠의 음악을 들으며 삶의 계획을 짰다.

프랭크와 결혼하고 6년 후 어머니날에 크리스토퍼를 임신했다. 우리는 아빠가 신혼 때 주둔했던 롱아일랜드의 끝 지역인 몬토크포인트 등대에 가 있었는데, 그때 처음으로 임신했을지도 모른다고 느꼈다. 등대 아래 잔디에 앉아 구름이 수면에 드리워 빛의 모양을 바꾸는 모습을 바라보았다. 내 안의 모든 세포가 다르게 느껴졌다. 손을 들여다보다가 얼굴 쪽으로 올렸다. '이것이 엄마의 손인가?' 배의 평평한 부분을 따라 손으로 더듬으며 내가 가진 비밀에 남몰래 자부심이 솟아났고, 상전벽해 같은 변화를 느꼈다.

임신 사실을 알게 된 후, 그 집은 부풀어가는 내 배와 함께 새로운 삶을 수용하기 위해 변화하고 확장하며 제 나름의 임신 기간을 겪었다. 우리집에서 우드랜드파크 동물원까지는 걸어서 갈 만한 거리였기에 언젠가 우리 아이와 함께 펭귄과 코끼리를 보러 가는 상상을 했다. 게다가 몇 블록만 가면 호수였는데, 호수 주변에는 자전거와 유모차를 위한 산책로로 둘러싸인 공원이 자리했다. 새 가족을 맞이하기에 더할 수 없이 완벽한 장소였다.

그해 가을, 우리는 다락방을 아기 놀이방으로 만드는 데 열을 올렸다. 직접 조립하고 만들라는 마사 스튜어트의 무수한 권고에 힘입어 다락방의 회반죽을 떼어내고 새로운 석고판을 붙였다. 우리가 공영방송 중 제일 즐겨 본 프로그램은 집수리 프로그램 〈디스 올드 하우스This Old House〉였다. 우리는 무엇이든 고칠 수 있다는 생각을 신봉했다.

임신은 무난하게 진행되었다. 절친한 친구인 바버라는 나보다 예정일이 일주일 늦었다. 우리는 점점 커지는 배를 행복에 차서 비교하며 나중에 영화로도 만들어진 소설 『임신한 당신이 알아야 할 모든 것』을 읽으며 면밀히 조사한 자료를 공유하기도 했다.

그리고 그때였다.

조짐은 우연한 관찰에서 시작되었다. 예정일을 2주 앞둔 시점이었는데 내 배는 36주일 때 예상되는 크기보다도 작았다. 주치의 앤은 내 배를 측정하고 다시 측정했다.

"음, 초음파 검사를 해봅시다." 그녀가 말했다.

저위험군 산모에게는 아직 초음파 검사를 통상적으로 진행하지 않던 때였다. 나는 누구나 알 정도로 위험도가 낮았다. 출산 적령기에 건강했으며, 주목할 만한 병력이 없는 비흡연자에 술은 입에도 대지 않았다.

초음파 검사를 한다니 긴장이 됐지만 아기 모습을 처음으로 본다고 생각하니 흥분도 됐다. 아기는 밤에도 격렬하게 발을 찼기에 집 근처 공영 수영장에 가서 여러 바퀴를 돌며 뱃속 아기를 달래 잠을 재웠다. 초음파 전문가가 내 배에 차가운 젤을 짜내고 볼록한 배 위에서 지팡이처럼 생긴 기계를 움직였다. '마법의 지팡이구나.' 그림자 같은 회색 이미지가 보였다 안 보였다 하더니 마침내 완벽하게 구부러진 척추를 드러내며 아기 모양이 잡혔다. 남자아이였다. 내 심장이 벌렁거렸다. '안녕, 너구나!'라고 속으로 말했다.

검사과정 내내 얘기를 주고받던 초음파 전문가가 조용해졌다. 그는 같은 지점에서 지팡이를 누르고 또 누르더니 화면 속에서 다양한 가로축과 세로축을 재며 딸깍거렸다. 내가 보는 것이 무엇인지 이해할 수 없었다. 달 표면 같기도 했다. 그는 아리송하게 다른 사람을 안으로 불렀다. 갑자기 어두운 방으로 몇 명이 들어와 빽빽해졌는데 그들은 내게 등을 돌린 채 그 이미지를 응시했다.

"저걸 좀 봐요. 저렇게 큰 건 처음 보네요." 그중 한 사람이 말했다.

두려움이 밀려들면서, 내 예전 현실이 새로운 현실과 곧 충돌하리라는 직감이 들었다. 내가 아는 유일한 방어책인 질문 세례를 퍼부었다. 전문가들은 답을 주지 않으려 했고, 답을 줄 수도 없었다. 계속해서 질문을 던져도 아무 성과도 없었다. 그들은 점점 절망하는 내 모습에도 냉정을 유지했다. 방사선 전문의가 검사 결과부터 검토해야 한다면서 나중에 연락을 주겠다고 말했다.

주치의 앤에게 그날 저녁 전화가 걸려왔다. 그녀는 오랫동안 나를 담당했기 때문에 우리는 살면서 겪은 모든 시험을 함께 공유한 사이였다. 그녀의 가족이 자라는 소식을 들었고, 내가 마침내 가족을 이루자 그녀도 내 일처럼 흥분했다. 그 목소리를 듣자, 곧바로 비이성적인 안도감이 밀려왔다. 앤이라면 내게 나쁜 일이 일어나게 내버려두지 않을 것이다.

나는 위층 침실에서 전화를 받았다. 프랭크와 내가 바로 몇 달 전에 자두꽃이 덩굴져 있는 벽지로 도배한 방이었다. 바로 옆방은 우리가 마련한 아기방으로 노란색 페인트가 여전히 산뜻했다. 파랗고 노란 범퍼가 달린 아기 침대가 한쪽 벽에 놓여 있고, 그 위에는 흑백 모빌이 달랑거렸다. 내가 물려받아 손을 본 흔들의자가 멀리 그린레이크를 내려다보며 구석에서 기다리고 있었다. 방밖의 복도는, 내가 임신 사실을 알게 된 곳인 롱아일랜드 아마간셋에서 열린 어느 중고 세일 때 가져온 벽지로 갓 도배되어 있었다. 무대는 준비돼 있었다.

"문제가 있어요." 앤이 말했다. 그녀는 의학적인 설명을 시작했다. 후부 요도 판막증에 관해 설명했다. 아기의 방광과 요도 사이가 막혔고, 요도관이 확장되어 있으며, 신장이 손상되어 아기가 소변을 만들지 못하고 있으며 양수가 충분치 않다고 말했다. 심각한 케이스. 폐에도 뭔가 문제가 있다. 발육이 불완전하다. 출산 예정일. 정상 체중. 이런 말이 머릿속에서 덜컹거리며 뚝뚝 끊기다 느슨하게 풀어졌다. 무슨 말을 하는 건지 이해할 수가 없었다.

"하지만 괜찮겠지요?" 계속 확언을 요구했다. 심장이 너무 크게 쿵쾅거리는 바람에 내 목소리가 들리지 않아 더 크게 말해야만 했다.

내가 던진 질문은 더 자세한 설명만 불러올 뿐이었다.

그녀는 마침내 나를 완전히 이해시킬 수 없음을 알아챘다. 아마 그녀도 소식을 전하기 위해 많은 시간을 들여 설명을 찾았을 것이다.

"이런 심각한 케이스의 아이들은 대부분 뱃속에서 죽어요." 내 아기는 생사의 경계선에 서 있었다. 요로가 막혀 역류한 소변 때문에 손상된 아들의 신장도, 밀어낼 양수가 충분치 않아 제대로 발달하지 못한 아들의 폐도 엄청난 행운과 기술적인 도움 없이는 삶을 지탱하기에 역부족이었다.

나는 망연자실했다. 오진이라고 말해달라 애원했다.

"그럴 수는 없어요." 그녀가 슬프게 대답했다.

전화를 끊으며 이전에 경험해보지 못한 두려움을 느꼈다.

세심하게 짜인 내 삶이 갑자기 통제력을 잃고 풀려버렸다. 자궁 안에서 크리스토퍼의 신장 발달을 잘못되게 만든 것이 뭐든 간에 그 작은 변화는 내 통제력이나 생각 밖의 일이었다. 그것의 영향력은 완전히 불균형한 상황으로 이어졌다. 내가 믿었던 직선의 세계가, 그러니까 특정한 행동이 특정한 결과를 낳는 세계가 완전히 뒤집혔다. 하룻밤 새에 나는 저위험군 산모에서 고위험군 산모로 바뀌었다. 의사들은 계획을 한데로 모았다. 그들은 예정일을 다 채울 때까지 기다렸다가 유도 분만을 하려 했고, 양수가 그전까지 터지지 않으면 하고 바랐다. 아기의 폐가 출산 전에 최대한 발달하려면 시간이 절실히 더 필요했다.

기다림은 끝이 없어 보였다. 한 달 내내 우리 아기가 태어나자마자 죽을지, 이번주가 아이와의 마지막주는 아닐지 가슴을 졸였다. 아기 방 구석에 있는 흔들의자에 앉아 유리창으로 시애틀의 아득한 잿빛 겨울 풍경을 바라보며, 그 상황이 사실이 아니길 바랐다. 아이가 내 안에서 안전하게 있기만을 소원했다.

아이가 태어날 때 출산과정은 빠르게 진행됐다. 분만유도제가 강한 수축을 일으켜 태아 모니터에 들쭉날쭉한 선을 만들었다. 나는 그 고통을 환영했다. 너무 고통스러워서 두려워할 여유도 없었다.

수십 년간 과학계에서 빠른 속도로 발전해오던 카오스 이론의 개념이 물리적 세계에서 예측 가능한 예측 불가능성을 설명하는 방식으로 그해 대중 의식에 폭발적으로 확산되었다.

크리스토퍼가 태어난 후, 카오스는 내게 새로운 의미로 다가왔다. 언제든, 무엇이든, 가장 작고 가장 하찮은 결정이, 내 내면과 내가 사는 세계에서 미처 알아차리지도 못했던 가장 작은 변화가 삶의 방향을 바꿀 수 있다고, 그것도 상상도 못한 규모와 방식으로 그럴 수 있다고 생각하게 됐다. 카오스는 내가 더는 통계적 확률이 주는 위안을 누릴 수 없음을 의미했다. 일단 통계 대상이 되면, 백분의 일, 천분의 일, 백만분의 일에 해당하는 경우가 되면, 더는 통계적으로 안전하다고 느끼지 못한다.

수년이 지나고 내 삶을 형성한 우연한 사건이 취재의 주요 주제가 되었다. 세스 이야기도 그중 하나였다. 세스가 해당된 허친슨-길포드 조로증은 무작위로 발생하는 돌연변이로 유발된다. DNA 조합에서 잘못된 정보를 가진 단 하나의 글자가 세포를 파괴해 보통의 경우보다 더 빨리 죽도록 유도한다.

그 주제는 존과 빌리의 이야기에서도 찾을 수 있었다. 작은 사건이 더 큰 사건으로 이어지는 연쇄반응을 일으켰다. 성냥으로 불을 붙인 것. 밤에 일하려고 걸어둔 램프. 한 가지 요소만 바뀌었더라면, 그들의 삶도 꽤 달라졌을 것이다.

이야기를 하나씩 기사화하며, 이러한 역설에서 평온을 찾으려고 애썼다. 앞으로 벌어질 일을 예상할 수 없을 때 어떻게 두려움 없이 살아갈 것인가. 곁에 아무도 없을 때 어떻게 통제력을 유지할 수 있을 것인가.

크리스토퍼가 죽은 지 10주년이 가까워지던 어느 겨울날, 심한 뇌졸중을 앓은 환자 중 세간의 이목을 끄는 사람이 있다고 하버뷰메디컬센터에서 일하는 지인이 연락해왔다. 재활의학의 발전에 관한 기사를 쓰는 데 취재를 허락해줄 환자가 있을지 알아봐달라고 요청해뒀는데, 다양한 의료계 종사자에게 지속적으로 해온 많은 요청 중 하나였다. 일을 하면서도 특별히 흥미를 끈 사연의 목록을 따로 정리해두고 있었다. 물론 그들 모두를 취재하지는 못하리라는 사실은 알았다. 시애틀 포스트인텔리전서는 수년간 재정적으로 고전을 면치 못했다. 우리 회사가 계속 운영된 건 시애틀타임스와의 복잡한 '공동 운영 협약' 덕분이었다. '공동 운영 협약'이란 시애틀타임스가 두 신문사의 경영 활동을 관리한다는 의미였다. 수익은 시애틀 포스트인텔리전서를 소유한 허스트사와 60 대 40으로 분배되었다.

시애틀은 사람들의 마음속에 두 개의 신문사가 존재하는 도시였다. 시애틀 포스트인텔리전서와 시애틀타임스는 서로 치열하게 경쟁하는 맞수였다. 비록 우리 대부분이 '다른 편'에 친구나 심지어 어떤 경우에는 배우자가 있기도 했지만 말이다. 우리는 더 크고, 더 괜찮은 직원이 많은 라이벌과 공동으로 일하기 싫었지만, 어쨌든 그 협약 덕분에 두 신문사는 계속 운영될 수 있었다. 하지만 시애틀타임스에는 빠져나갈 출구가 있었다. 우리 파트너이자 라이벌 신문사의 소유주는 공동 운영을 해서 3년 연속으로 손실을 보면 그 협약에서 손을 떼겠다는 조항을 덧붙였다. 시간이 째깍째깍 흘러갔다. 그게 시애틀 포스트인텔리전서에게, 또는 나에게 무슨 의미일지 생각하고 싶지 않았지만, 그렇게 된다면 우리는 살아남을 수 없을 터다. 전국의 신문사가 이미 온라인 구렁텅이로 사라져버린 지면광고 수익을 대체할 방법을 찾느라 서로 밀치며 소용돌이치고 있었다. 하버뷰메디컬센터의 연락책인 수전은 자신이 찾아낸 환자 얘기를 꺼냈다. 아주 흥미로웠다. 그 이야기를 들으니 내 불확실한 미래가 잠시 잊혔다.

수전은 이 환자가 밀착 취재를 기꺼이 허락했지만 적어도 당분간은 신중히 취재해야 할 것 같다고 말했다. 그녀에게 환자의 이름을 듣자마자 숨을 죽였다. 존 샬리캐슈빌리 장군이었다. 그는 퇴역할 때까지 미국의 최고위급 장군이었다. 대통령 옆에 서 있었고, 군대를 이끈 사람이었다. 장군은 클린턴 대통령 시절 합동참모의장이었고, 미군의 정상까지 오른 유일한 이민자이자 사병 출신 군인이었다.

몇 주 전, 장군은 엄청난 출혈을 겪었다. 나는 뇌졸중에 관해 충분히 알았기에 그게 어떤 의미인지 짐작할 수 있었다. 그의 몸은 이제 더이상 뇌에서 나오는 행군 명령을 따르지 못할 것이다. 그는 자기 몸을 더이상 통제할 수 없는 상황을 직면해야 했으리라. 며칠 후에 그를 만나기로 약속했다.

약속된 시간에 병원을 향해 가면서 교통 체증에 욕을 퍼부었다. 장군님과의 약속에 늦고 싶지 않았다. 아슬아슬하게 병원 정문으로 달려들어가서 숨을 헐떡거리며 물리치료실에 도착했다.

들어가자마자 만난 그 남자는 상상했던 것보다 훨씬 덜 위협적인 모습이었다. 휠체어에 털썩 주저앉아 있는 그는 작아 보였고, 다른 사람의 도움 없이는 일어날 수도 없었다. 밝게 조명을 밝힌 북적이는 물리치료실에서 매일 받는 물리치료의 시작을 기다리는 동안 그는 미동 없이 왼쪽 몸을 늘어뜨리고 있었다. 장군은 온전한 손을 내밀고는 "샐리라고 부르게"라고 말했다. 그는 잡담을 하지 않았다. 다가올 시련에 대비해 힘을 비축하는 것처럼 보였다.

그때 물리치료사가 급히 들어왔다. 쾌활했지만 매우 사무적인 치료사는 "운동할 준비되셨죠?"라고 물었다. 장군은 오른팔을 그녀의 어깨에 둘렀다. "하나, 둘, 셋, 일어나세요." 그녀가 휠체어에서 그를 들어올려 체조 선수들이 사용하는 것과 똑같은 평행봉 사이에 간신히 서게 했다. "이제 좀 걸어볼까요?"

장군은 몹시 긴장하며 매트를 따라 긴 행진을 하기 위해 자세를 잡았다. 다림질한 카키색 옷을 입은 그는 여전히 몸매가 늘씬했고, 희꿋꿋한 머리카락은 바싹 짧게 잘랐으며 금테 안경은 반짝반짝 빛이 났다. 단도직입적으로 대상을 꿰뚫어보기로 유명한 그의 시선은 평행봉 끝에 꽂혀 있었다. 하지만 거기까지 도착하지 못할 것 같았다.

치료사가 완강한 그의 왼무릎을 끌어당기자 그의 발이 앞으로 털썩 주저앉았다.

"이제 다른 쪽이요." 그녀가 말했다.

그는 주저하더니 오른발을 왼발 앞으로 끌어당겼다. 안간힘을 쓰느라 얼굴이 붉게 상기되었다. 장군은 물을 달라고 요청했다. 그들은 두번째 발걸음을 떼려고 그 과정을 반복했다. 그 과정은 계속되었다. 치료가 끝나자 장군은 휠체어에 쓰러지듯 앉아 숨을 몰아쉬었다. 땀이 이마에 송골송골 맺혔다.

"거참, 신병훈련소만큼 힘들구먼." 그가 건조하게 말했다. 그 말에 웃음이 터졌다. 나중에 알게 된 그의 삐딱한 유머감각을 그때 처음 접했다. 우리가 얘기를 나누려고 병실로 돌아갈 때, 장군은 성한 발로 휠체어를 굴렸다. 아들 브랜트는 뒤에서 휠체어를 밀었고, 결혼한지 40년쯤 된 아내 조안은 옆에서 나란히 걸었다. 장군이 자리를 잡자, 그에게 뇌졸중에 관해 말해달라고 부탁했다.

지나고 나서 보니, 그는 몇 달 전 경험한 발작을 더 불길하게 여겼어야 했다. 시애틀에서 남쪽으로 한 시간 정도 떨어진 루이스 기지 근처의 스테일라쿰에서 격주로 하는 이발을 마치고 집으로 운전해 돌아오는 길이었다. 갑자기 얼굴 한쪽과 왼손에 마비되는 듯한 느낌이

퍼져나갔다. 그의 부모님 모두 뇌졸중으로 돌아가셨기에 그는 그 징후를 알았다. 그는 차를 돌려 기지 내 매디건육군병원으로 향했다.

매디건육군병원 의사들은 그가 일과성 허혈 발작을 겪었음을 확인했다. 가끔 뇌졸중까지 진전될 수 있는 일시적인 혈류 폐색이었다. 그들은 입원해서 경과를 지켜보자고 주장했다. 장군은 어쨌든 자신의 계획을 고집했다. 그는 병원 책상을 빌려서 며칠 뒤 진행될 민주당 전당대회를 위한 연설문을 작성했다.

세간의 주목을 받는 명예로운 군인답게 샐리는 스케줄이 빽빽했다. 그후 몇 주간, 제트기를 타고 전국을 돌아다닐 예정이었다. 먼저 보스턴에서 열리는 전당대회에서 존 케리 후보를 지지하고, 뒤이어 워싱턴 D. C에서 열리는 리더십 콘퍼런스에 참여할 예정이었다. 그는 두 번의 발작을 겪었지만, 경미한 정도였다. "너무 바빠서 거의 알아차리지도 못했지." 그가 말했다.

그러다 8월의 어느 날, 자정 직후 조안에게 굿나잇 키스를 하고 이를 닦다가 그 감각이 다시 시작되었다. 마비 증상이 얼굴에서 아래로 내려가 팔과 다리까지 퍼졌다. 그는 조안을 찾으려 침실을 향해 비틀거렸다. 9분 사이 그의 말은 어눌해졌고, 몸 왼쪽이 축 늘어졌다.

조안은 구급대에 전화했다. 하지만 그녀를 무섭게 한 것은 뇌졸중만이 아니었다.

"남편이 그렇게 불안해하는 모습을 처음 봤어요." 보통은 흔들림 없는 남편이, 긴장되는 상황 속에서도 침착함을 유지하는 걸 강점으로 고위직까지 오른 장군이 공황 상태에 빠진 것이다.

샐리에게는 비밀이 있었다. 바르샤바에서 자란 어린 시절, 그와 친구들은 펠트천 뭉치로 터널을 만들어 자주 놀았다. 어느 날, 터널 하나가 무너져버렸다. 그가 양털 모직물에 파묻혀 누워 있을 때, 어둠이 그 위를 덮쳤다. 숨을 쉴 수가 없었다. 샐리는 그후로 극심한 폐소공포증을 겪었다. 병원에서 MRI 검사를 해야 한다는 생각만 해도, 그러려면 고치 모양의 기계 안에 가만히 누워 있어야 한다고 생각만 해도 두려웠다.

크리스토퍼도 MRI 검사를 할 때마다 똑같았다. 얼굴 위로 천장이 닫히고, 손은 양옆에 고정한 채 긴 흰색 튜브 안으로 사라져갈 때 아들은 울면서 몸부림을 쳤다. 이를 갈면서 숨을 깊이 들이마시자, 짧게 발작하듯 아들의 호흡이 터져나왔고, 굵은 눈물방울이 온 얼굴을 적셨다. 아들은 내 모습을 보거나 내 목소리를 들을 수 없었다. 아들을 위로해줄 수 없다는 사실이 싫었다. 그저 기계에서 나는 괴상한 금속성 맥박 소리를 들을 뿐이었다. 검사가 끝나고 나면 우리 둘 다 땀을 뻘뻘 흘리며 축 늘어져버렸다. 그제야 아들이 느낀 두려움이 샐리가 느낀 두려움과 비슷하지 않았나 싶었다. 어쩌면 우리는 모두 닫힌 공간을 두려워하도록 설정되어 있는 게 아닐까. 갇힌 공간은 자유의 상실을 수반하니까 죽음의 전조와도 같은 그런 상황에 저항하도록 만들어진 건 아닐까.

하지만 샐리가 직면한 최악의 상황은 MRI가 아니었다. MRI 스캔 결과, 뇌혈관이 파열되어 우측 전방 측두엽으로 피가 몰려 있었다. 몇 시간 이내에 의사들은 중대한 결정을 내렸다. 출혈을 멎게 하고 손상된 조직을 제거하려면 장군의 두개골을 뚫어야 했다. 의사들은 가족에게 최악의 상황에 대비하라고 말했다.

장군의 출혈은 복잡한 움직임을 계획하고 조직하는 실행 기능을 조절하는 뇌 부위를 완전히 파괴해버렸다. 뇌졸중의 직접적인 징후는 뇌 손상과 반대쪽 팔다리의 마비였다. 하지만 뇌의 연결 구조는 그리 간단치가 않다. 우뇌에 뇌졸중이 발생하면 다른 부위에도 미묘하고 심오한 영향을 미칠 수 있다. 공간지각과 집중력뿐 아니라 말하기와 식사하기의 균형과 조절에도 영향이 있다. 장군은 앞으로 다가올 엄청난 고군분투가 이전에 한 번도 직면하지 못한 방식으로 자신을 시험할 것임을 일찌감치 예감했다. 그는 부드러운 폴란드어 억양으로 내게 말했다. "몰랐네. 내가 인내심이 거의 없다는 걸 말일세."

9장
삶에 대한 통제

장군과의 첫 만남을 통해 삶에 대한 우리의 통제가 얼마나 취약한지를 다시 한번 깨달았다. 어떻게 하나의 사건 때문에, 막혀버린 혈관 하나에, 제멋대로 구는 세포 하나에, 자궁 안에서 제대로 형성되지 못한 장기 하나에 우리가 계획하고 예상하던 길과 완전히 다른 길이 이어지는지 다시금 확인했다.

크리스토퍼가 죽은 지 10년이 지났지만 나는 여전히 자기 결정권이라는 감각을 되찾으려 애를 썼다. 하루 이상의 계획을 짜는 일이 더는 의미 없어 보였다. 가능성이 어떻든 간에 최악의 결과에 대비했다. 내가 결말을 예상하자, 곧 결말이 찾아왔다.

결말은 일찍 시작되었다.

크리스토퍼의 치료 때문에 스트레스를 받자 어린 나이에 시작한 프랭크와의 결혼생활도 힘들어졌다. 크리스토퍼가 태어나고 처음 몇 년간 우리는 아이와 함께 병원을 들락날락하며 의학적 위기를 한고 비, 한고비 넘기다가 결국 신부전을 맞았다. 갈등이 표면화되었다. 우리는 둘 다 크리스토퍼를 보호하려 최선을 다했지만, 의료진과의 상호작용 방식은 서로 달랐다. 프랭크는 의료진이 어떤 결정을 내리든 이의를 제기할 준비를 하고서 의사와 간호사에게 책임을 추궁했고, 상황이 잘못되면 성급하게 화를 냈다. 나는 모든 의사가 누구보다 우리를 좋아하도록 필사적으로 최선을 다했다. 그들이 우리를 좋아하면, 크리스토퍼를 더 잘 돌봐주리라 믿었다. 그들이 우리 아들을 사랑하길, 그래서 더 열심히 노력해주길 바랐다.

이러한 긴장 상태는 우리 결혼생활의 다른 단층선도 노출했다. 프랭크와 결혼했을 때 나는 겨우 스물한 살이었다. 어디서든 혼자서 살아본 적이 없었다. 대학 시절에는 늘 룸메이트가 있었다. 여름방학에는 일을 해서 돈을 모으려고 본가에서 살았다. 우리는 서로에게 우리의 모습대로가 아닌 다른 사람이 되길 바라며 이십대를 보냈다. 한 부부상담사의 지적대로 우리는 '개성을 부여하는' 데 실패했다. 집에서 내 개성을 찾아보았다. 그 말은 사실이었다.

크리스토퍼가 막 2살 9개월이 됐을 때 프랭크는 떠났다. 그런 일이 닥치리라는 사실을 알고 있어야 했다. 상황이 너무 오랫동안 한계에 이르도록 힘들었기에 그것이 정상적인 상태처럼 보였다. 어떤 게 만성적으로 아픈 아이 때문에 오는 긴장이고, 어떤 게 우리가 가진 특정한 스트레스 때문에 오는 긴장인지 구분하기가 힘들었다. 프랭크는 우리가 함께 참석했던, 어린 청각장애아를 둔 부모를 위한 지지 모임에서 만난 여자와 사귀었다. 그녀는 세 아이의 엄마였는데 그중 둘이 청각장애아라서 이미 수어에 능통했다. 내 수어 실력이 그녀와 비교도 안 될 정도로 서툴까봐 걱정했다.

프랭크는 아빠로서 크리스토퍼의 삶에 남기로 했지만, 프랭크와의 결별에 나는 매우 심란해졌다. 그다음해에 정신적인 지지를 얻고자 옛친구에게 연락을 했다.

나는 고등학교 때부터 짐과 알고 지냈다. 고등학생 때 크로스컨트리를 함께 뛰었고, 당시에 그는 몰랐지만 나는 십대 시절부터 그를 짝사랑했다. 그래서 그가 우리 부모님 집 근처 공원에서 친구들과 함께 프리스비를 던지며 놀면 그 모습을 지켜보곤 했다. 짐의 호리호리한 몸, 그을린 피부와 햇빛에 탈색된 머리카락이 그 당시 내게 온갖 새로운 감정을 불러일으켰다. 처음으로 느끼는 육체적 욕망 때문에 나는 강아지처럼 하루종일 그의 옆에 있고만 싶었다.

여학생이 남자에게 먼저 무도회 초대를 진행하는 새디 호킨스 댄스의 고등학교 버전인 우리 학교의 톨로 행사 때 짐을 초대했고, 그는 무도회가 끝난 후 우리집 현관에서 내게 재빨리 키스해줬다. 내 바람과 달리 그후로 아무 일도 일어나지 않았다. 나는 짐보다 한 학년 위였는데, 고등학생 시절에는 그 나이 차가 한 세대 차이처럼 느껴졌다. 짐은 졸업할 때까지 내 절친한 친구였다. 우리는 그후 연락이 끊겼다.

짐과 다시 연락이 닿았을 때, 그는 의대에서 마지막 학년을 보내고 있었다. 이번에는 연인관계가 시작되었다. 나는 그의 천연덕스러운 유머감각과 그가 이야기를 전개하는 방식을 좋아했다. 우리는 체코 예술영화부터 최신 뇌과학까지 무슨 주제로든 얘기할 수 있었다. 그는 그 일을 직업으로 삼기 전부터 다른 사람의 이야기를 공감하며 경청했다. 크리스토퍼의 건강 문제에도 그는 겁내지 않았다. 의사소통의 장벽도 없었다. 종종 그 둘이 장난을 치며 웃는 소리를 들었다. 짐이 커다란 비눗방울 발사기로 공중에서 급습하거나 자신에게 말랑말랑한 축구공을 던지면 크리스토퍼는 좋아했다. 아들은 장난감 골프채 세트를 선물받아 집안 곳곳에서 퍼팅을 할 수 있자 몹시 신나했다. 다음해, 짐은 로스앤젤레스에서 정신과의사로 레지던트생활을 시작했다. 그로부터 1년 후, 그리로 가서 짐과 함께 살았다. 그의 프로그램 때문에 같이 많은 시간을 못 보낸다 해도 아직 행복할 두번째 기회가 있을 것 같았다. 우리가 더 오래 같이 지냈으면 했지만, 레지던트와 펠로우 과정이 우리를 가로막았다. 밤과 주말에도 연락이 오면 짐은 환자를 돌봤다. 나는 집에 남아 우리 아들을 돌봤다. 대화만이 우리를 하나로 묶어주었다.

크리스토퍼가 죽은 다음해, 짐과 나는 시애틀로 돌아와서 워싱턴 호수 동쪽에 펼쳐진 핑크색 층층나무 아래 위치한 낡은 집을 빌렸다. 짐은 소규모 그룹 치료에 참여할 계획 때문에 논쟁을 벌이기도 하고, 환자 기반을 구축하느라 여러 날을 보냈다. 그는 우리가 겪은 일이 드리운 '암운'(그는 가끔 그 일을 그렇게 지칭했다)을 잊을 준비가 되어 있었다.

하지만 그건 다음 단계로 넘어간다는 뜻인데, 나는 그럴 수 있을

지 자신이 없었다. 어느 날 저녁, 식사 도중 짐이 자기가 알던 환자의 사례를 꺼냈다. 심각한 강박장애를 겪는 환자 얘기였다. 강박장애에 대해 들어본 적이 있었지만 이를 강박적으로 손을 씻거나 집을 나서기 전에 오븐을 확인하는 정도라고 생각했다. 하지만 이 환자의 경우에는 몸을 움직이면 자신이 오그라들지 모른다고 생각해 몸이 마비되었다. 그는 이 방에서 저 방으로 가는 데 여러 시간이 걸렸다. 문지방을 넘는 것은 그에게 몹시 괴로운 일이었다. 그는 대부분의 시간을 손을 비틀면서 벽장에 숨어 지냈다.

짐이 그 사례를 자세히 이야기하자, 울지 않으려 애쓸 때처럼 턱에 힘이 들어갔다. '그게 바로 나야'라고 생각했다. 내가 한 치라도 앞으로 나아가면, 크리스토퍼와 함께한 내 삶이 오므라들어서 존재하지도 않았던 양 사라질 것만 같았다. 구겨지는 내 얼굴을 짐이 못 보도록 식탁에서 도망쳤다.

짐에게 슬픔을 감추려고 최선을 다했지만, 역시 한계가 있었다. 악몽을 꾸다가 불안해하며 잠에서 깨면, 그는 내게 괜찮은지 물었다. 슈퍼마켓에서 물건 가져오는 것을 잊거나 일이나 책이 손에 잡히지 않아 집안을 배회할 때면 그가 알아챘다. 나 때문에 그의 공감력이 바닥날까봐 걱정됐다. 개원을 하고 환자들 때문에 스트레스를 받자, 점점 더 그만의 문제가 생겼다. 한 달 한 달 지나갈 때마다 대화가 줄고 서로 떨어져 있는 시간이 더 길어지며 점점 멀어졌다. 우리 사이의 어긋난 관계는 압력을 받으면 아프지만 깁스는 할 수 없는 피로 골절 상태, 다시 말해 뼈에 생긴 작은 금 같은 것이었다.

둘 다 회복할 수 없는 단계에 접어들었음을 알아챈 것이 분명했다. 본능적으로 지푸라기를 잡듯 우리는 서로를 다시 하나로 묶어주고 동시에 앞으로 나아가게 할 한 가지 선택을 붙잡았다.

우리는 결혼하기로 결정했다.

엄밀히 따지자면, 우리는 수년째 약혼 상태였다. 3년 전, 패서디나에 있는 우리 방갈로에서 저녁식사를 하려 식탁에 앉자 짐이 식탁 위에 특이한 것이 없느냐고 물었다. 나는 어리둥절해하면서 주위를 둘러보았다. 크리스토퍼는 늘 앉던 자리에 앉아 있었다. 나는 저녁에 종종 그랬듯, 하루를 보낸 우리가 편안하게 다른 공간으로 빠져들도록 촛불을 켰다. 나는 그걸 촛불 치료라고 불렀다. 식탁 한가운데에 분홍색 튤립 꽃병이 놓여 있었다. 줄기가 막 구부러지기 시작했고, 포개진 꽃잎은 피어 있었다. 로버트 플랜트의 〈내가 목수라면If I were a carpenter〉이 어쿠스틱 버전으로 스테레오에서 연주됐다. 나는 고개를 저었다. 짐은 흡족해하는 듯했다.

"더 열심히 찾아봐." 그 말에 방을 한 번 더 둘러보다가 반짝이는 물방울 같은 뭔가가 튤립 꽃잎에 놓여 있는 걸 발견했다.

나는 숨죽이고 뺨을 붉혔다. "이건 혹시……?" 우리는 언젠가 결혼하겠지라고 가끔 이야기했지만, 결혼은 늘 다음으로 미뤄지는 듯했다. 그가 레지던트를 끝내면. 펠로우과정을 끝내면. 우리가 어딘가에 정착을 하면. 다음에, 다음에, 다음에.

"그래." 그가 말했다. 나도 그렇다고 대답했다.

포장이 안 된 다이아몬드를 꽃잎에서 떨어뜨리지 않으려고 조심스럽게 집어들 때 손가락이 떨렸다. 우리가 키스를 하고 방을 돌아다니며 천천히 춤추자 크리스토퍼는 함성을 지르며 손뼉을 쳤다.

짐은 나만의 반지를 디자인할 기회를 내게 주려 했지만, 그럴 시간을 낼 수도 결혼식을 계획할 여유도 없었다. 다이아몬드는 반투명종이에 포장된 채 서랍 밑바닥에 놓여 있었다. 짐은 의료위원회를 목표로 공부해야 했고, 나는 크리스토퍼의 건강 상태가 점점 신장 이식을 받는 쪽으로 기울어가서 아이와 함께 병원을 들락거리느라 바빴다. 결혼식은 우선순위 목록에서 한참 아래에 있었다. 여러 해가 지나자 결혼하겠다는 의지만으로 우리 둘에게는 충분했다.

그러나 이제는 결혼이 우리를 다시 미래를 향한 궤도로 올려줄 최선의 방법처럼 보였다. 과거와 현재를 구분지을 밝은 선을 그려 다시 시작할 수 있었다.

크리스토퍼가 죽고 1년 10개월 후, 짐과 나는 우리가 함께 자란 동네의 치안판사 앞에 섰다. 결혼식 후 부모님 댁 마당에서 작은 연회를 열었는데, 마당에 서 있는 미루나무의 황금빛 잎사귀 사이로 햇빛이 비스듬히 비쳤다. 나는 아이리시 레이스가 달린 고풍스러운 리넨 정장을 입었다. 중고품 상점에서 우연히 발견해서 한 달 동안 세탁하고 조심스럽게 표백을 거친 옷이었다. 비눗물에 손을 반복해서 집어넣어 옷감을 휘저었다. 명상에 가까운 그 반복적인 작업은 내가 한 유일한 결혼식 준비였다. 우리가 당면한 일 다음에 올 일은 생각하지 않으려 애썼다. 크리스토퍼가 죽은 이후로는.

짐과 나는 습지공원과 인접한 워싱턴호숫가에 위치한 꿈의 집을 함께 샀다. 덩굴장미로 뒤덮인 L자 모양의 낮은 벽돌집은 비가 많이 오는 시애틀의 긴 겨울 동안에도 햇빛이 들어오도록 방마다 유리창이 나 있었다. 창문 너머로 가지가 늘어진 버드나무와 길게 늘어선 키 큰 포플러나무가 멀리서 보였다. 날개를 활짝 펴면 화창한 날에도 그늘을 드리울 만큼 큰 독수리가 하늘을 맴돌았다.

그 생각이 언제 싹텄는지는 나조차도 잘 모르겠다. 그 생각은 크리스토퍼가 죽은 후, 적절한 시기가 올 때까지 겨울 내내 묻혀 있었다. 아장아장 걷는 어린이와 아기가 가끔 꿈속에 불쑥 나타났다. 크리스토퍼가 아닌 아기들이었다. 백화점에서 아기 옷을 만지작거렸고, 공원에서 잠든 아기들을 담요 밑으로 살짝 훔쳐보았다. 어느 날은 충동적으로 작은 곰 인형을 샀다. 그걸 서랍장 맨 위에 넣어두었다가 가끔 꺼내서 그 부드러운 털을 뺨에 대보았다. 크리스토퍼가 죽기 전에, 언젠가 아기를 낳는 것에 관해 짐과 얘기를 나누었다. 적절한 시기는 결코 찾아오지 않았다. 그는 레지던트과정과 펠로우과정 때문에 너무 바빴고, 나는 크리스토퍼를 치료하는 데 힘을 다 쏟았다. 크리스토퍼가 죽자 둘 다 더이상 출산 문제를 거론하지 않았다.

우리는 점점 대화를 하지 않았다. 짐은 내가 어떻게 지내는지 묻지 않았다. 나도 그걸 공유하지 않았다. 내 슬픔의 공허감이 모든 말을 빨아들인 것 같았다. 짐은 친구나 동료와 어울렸고, 나는 혼자 지내며 우리는 더 많은 시간을 떨어져 보냈다. 그가 눈앞에 보이지 않는 상황이 어떤 면에서 다행스러웠다. 집에 틀어박혀 머릿속 생각에

만 집중하자, 내 기분이나 내가 무슨 생각을 하는지를 설명할 필요가 없었다. 짐도 마찬가지였다. 우리의 소원해진 사이는 조용히 전이되어 L자형 집 구조가 분리된 동으로 바뀌었다. 우리는 서로 마주치지 않고 각자의 공간에서 여러 시간을 보낼 수 있었다. 그러나 두 동이 만나는 지점에 작은 빈방이 있었다. 바로 아기방이 될 곳이었다.

가끔 짐의 옛친구들을 함께 방문했는데, 그때쯤 많은 친구가 어린아이를 키웠다. 아이들은 같이 놀자고 나를 자기 침실까지 끌고 갔다. 아이들은 레슬링을 하거나, 농구를 하려고 짐에게 달려들었다. 아이들이 짐 주변에서 소리를 지를 때면 그는 킬킬거리곤 했다. 그에게, 그리고 내게도 그것이 필요했다. 다시 가족을 만들고 싶었다.

어느 날 밤, 짐에게 준비가 됐다고 말했다.

"정말이야?" 그는 당황한 듯했다. 그의 눈에서 한순간 의심이 싹튼 걸 봤지만, 예민해서 그러려니 하고 그냥 넘겼다.

"그래." 나는 준비가 되었다. 아니 정말로 그렇게 생각했다.

그후 몇 달이 지나도록 아무 일도 일어나지 않았다. 생리가 오고또 오자 무슨 일이 생기리라는 사실을 믿지 않게 되었다. 짐은 임신문제에 관해 현실적이었다. 나는 막 마흔에 접어들었다. 그는 내가 임신할 가능성이 줄어들었다는 사실을 알았다. 속으로는 다른 이유 때문이라고 생각했다. 내 몸이 아기를 갖고 싶어하지 않는다고 믿었다. 크리스토퍼를 잘못되게 했다는 의식이 너무 깊어서 다른 아이에게 크리스토퍼가 겪은 일을 또다시 겪게 한다고는 상상도 할 수 없었다.

그러던 어느 날, 생리가 늦었다. 하루이틀도 아니고 일주일 이상 늦었다. 그전에도 이렇게 늦은 적이 있었지만, 이번에는 뭔가 달랐다. 젖가슴이 아팠고, 아침마다 먹는 오렌지주스의 맛이 이상했다. 임신 테스트기를 샀다.

다음날 아침, 혼자 있을 때 변기에 걸터앉아 막대 위에 소변을 보았다. 그렇게 중대한 순간임에도 우아하지 못한 테스트였다. 종이띠를 빤히 바라봤다. 머리가 약간 어지러웠다. 심장이 춤을 추듯 살짝 두근거렸다. 틀림없이, 분홍색 선이 보였다. 아주 오랫동안 그 소식을 들고 거기 가만히 앉아 있었다. 드디어 우리가 찾던 밝은 선이 여기에 있었다.

짐을 찾았을 때 그는 거실에 있었다. 내가 뭐라고 말했는지는 기억 나지 않지만, 다음 순간 그는 예전에 우리가 행복하던 시절에 그랬던 것처럼 나를 끌어당겨 품에 안았다. 우리는 감동하고 흥분해서는 서로를 꼭 붙들고 있었다.

전화로 그 소식을 들은 아빠는 목이 멨고, 엄마의 목소리에는 수년간 들어보지 못한 희망이 묻어났다. 다음날, 여전히 흥분해서는 병원에 전화했다. 그러나 간호사가 전화를 받자마자 나는 울음을 터트렸다. "저 임신했어요"라고 말하는 목소리는 떨렸고, 갑자기 두려움이 몰려들었다.

"너무 잘됐네요." 간호사의 목소리는 따뜻하고 들떠 있었다. 그녀는 우리가 아이를 가지려고 노력중인 것을 알았다. "축하드려요!"

"이해를 못하실 거예요. 제가 임신했다고요." 내 은밀한 두려움이, 나 자신에게조차 애써 숨겨오던 두려움이 수면 위로 떠올랐다. 갑자기 나는 엄마가 될 수 없고, 새로운 생명을 안전하게 세상 밖으로 내놓을 수 없으며, 아기를 건강히 살아 있게 지킬 수 없다고 확신하게 됐다.

사람들은 내게 좋은 엄마였다고 말했다. 그 말이 사기처럼 느껴졌다. 나는 의사에게 이런저런 질문을 했다. "크리스토퍼의 신장이 손상된 것은 제가 임신 기간 동안 무엇인가를 먹어서였을까요? 아니면 먹지 않아서였을까요?"

"아니요. 아니요. 아닙니다." 의사들은 반복해서 내가 한 어떤 행위도 아들의 몸에 무작위적인 결함을 야기한 게 아니라고 주장했다. 그러나 나는 여전히 나만의 두려움과 수치심을 마음에 품고 있었다.

나는 나쁜 엄마였다. 다섯 달 동안 내 아기를 신생아 집중치료실 간호사들에게 맡겨두었다. 거기서 인큐베이터에 관해 걱정하면서, 차트를 읽으면서, 대답해달라고 간호사들을 성가시게 하면서 여러 날을 보냈다. 밤마다 그들은 집에서 쉬라고 나를 돌려보냈다. "앞으로 긴 여정이 될 테니 휴식이 필요할 거예요"라고 말했다.

나는 나쁜 엄마였다. 아이 아버지가 연휴 동안에 아이를 데리고 조부모님 댁에 가서 주말을 더 보내도 된다고 말한 사람이 나였다. 피곤했기 때문이었다. 내게 휴식이 필요했기 때문이었다. 그 주말에 아들을 보낸 건 나였다. 나는 거기 없어서 아들의 상태가 나빠지는 것을 보지 못했다. 거기 없어서 그걸 알아차리지 못했다. 맙소사, 그건 장염이 아니라 더 심각한 병이었다. 그들이 마침내 구급차를 불렀을 때, 180킬로미터 떨어진 응급실에서 의사들이 아들을 살리려 애쓸 때,

나는 거기 없었다.

다시 임신하고 처음 몇 주 동안 이렇게 오랫동안 꾹꾹 눌러온 두려움이 쏟아져나왔다. 집 근처 습지공원으로 도망쳐나와 걸으며 마음을 진정시켰다. 겨울이 끝나갈 무렵이었다. 붉은어깨검정새가 화려한 색깔로 하늘을 장식했다. 부들이 습지 물을 뚫고 솟아올랐고, 녹색 새싹 같은 희미한 아지랑이가 버드나무를 휘감았다. 하루하루 지날수록 두려움은 사그라들었고, 새로운 아기에 대한 흥분이 쌓여갔다. 몸을 돌리는 모든 곳에서, 지난 계절의 잔해에서 솟아나는 새로운 삶이 보였다. 작은 거북이가 반쯤 잠긴 통나무 위에 줄지어 서서 미니어처 해시계처럼 하늘을 향해 코를 높이 쳐들었다. 멀리서는 수달이 미끄러지듯 지나가며 그 뒤에 작은 물결을 남겼다. 흰머리독수리는 높은 잣나무에 둥지를 틀고 슬피 울었다. 어떤 날에는 습지 사이로 튀어나온 부두 끝에 놓인 이끼 긴 널빤지에 앉아 크리스토퍼와 했던 것처럼 워싱턴호수 물위에 조약돌을 던졌다. 예전에는 잔물결이 음파와 얼마나 비슷한지를 생각했다. 아들은 그런 방식으로 물방울을 튕겨내는 록음악을 눈으로 볼 수 있었다. 이제는 마치 크리스토퍼가 내 옆에 앉아 이 아기에 대해 함께 흥분하는 것 같았다. 즐거움이란 게 어떻게 많은 도구를 통해 전달되는지를 생각했다. 아들의 모든 사랑을 이 새로운 생명에 대한 사랑으로 담고 싶었다.

블록 쌓기, 책 읽기, 우리가 제일 좋아했던 『버드나무에 부는 바람』의 물쥐가 한 유명한 말처럼 '배 안에서 빈둥거리기' 등 크리스토퍼랑 즐겨 했던 일들을 하면서 우리 삶에 새로운 아이가 들어오는 상상을 이어갔다. 새로 태어날 아이에게 절대 만날 수 없는 남자 형제에 관해 들려주는 상상을 했다. 그리고 '이 아이가 여자애라면, 그레이스라고 이름 지어야지'라고 생각했다.

14주 후에 산전 검사를 하러 짐과 함께 병원에 갔다. 의사는 짐의 의대 동기라서, 방은 기대에 찬 수다로 가득찼다. 의사가 내 몸에 기구를 넣어 태아 모니터에 연결하는 동안 그들은 옛 동창들과 인턴 동기들, 새로운 직장에 관해 얘기를 나눴다. 내 마음은 기대감에 휩싸였다. 마침내 모든 게 진짜라고 느껴졌다. 우리에게 진짜 아기가 생겼고 기대할 만한 진짜 미래가 생겼다. 눈을 감고서 아기를 안는 모습을 그려보았다. 처음으로 젖을 먹이는 기분은 어떨까? 그건 크리스토퍼와는 할 수 없었던 일이다. 아기 피부에서 나는 달콤한 우유 냄새가 코끝에 스치는 것만 같았다.

의사는 모니터 위치를 조정하고 다시 바꾸면서 안절부절못했다. 눈을 뜨고 의사가 내 위에서 일하는 모습을 지켜보았다. 그녀는 어리둥절하고 거의 당황한 듯 보였다. 그녀와 짐 사이의 대화가 끝나고 길고 어색한 침묵이 이어졌다. 마침내 그녀가 입을 열었다. "아기의 심장박동을 찾을 수가 없네요."

본능적으로 나는 노출된 배를 손으로 가렸다. 아마 착오일 것이다. 차마 짐의 얼굴을 볼 수가 없었다. 거기서 무엇을 읽게 될지 보고 싶지 않았다. 내 눈으로 보지 않았다면, 아마 사실이 아닐 것이다. 의사는 초음파 검진을 위해 나를 다른 방으로 보냈다.

어두운 검사실에서 숨을 참으며 누워 있는 동안 다른 의사가 자궁경관에 막대를 미끄러뜨렸다. 작고 초췌한 얼굴에 콧수염을 기른 방사선 전문의는 내 안에서 프로브 기구를 돌리면서 눈을 화면에서 떼지 않았다. 나는 그 기다림을 간신히 참아냈다.

그가 마침내 프로브를 빼고 나를 앉혔다. "임신하셨던 것은 맞습니다. 하지만 지금은 생명이라 할 수 있는 것이 하나도 없습니다."

생명이라 할 수 있는 것.

그는 "당신의 아기가 죽었습니다"라는 말을 피하면 충격을 덜 수 있다는 듯 친절하게 말했다. "제가 해드릴 게 있을까요? 질문 있으십니까?"

나는 고개를 돌렸다. 정신이 멍해졌다. 진료대에서 일어나고 싶지 않았다. 일어나면 모든 게 끝나버릴 것이다. 작은 아기방을 위한 내 꿈, 모성에 대한 희망, 내 결혼까지도. 의사는 앞서 한 제안을 반복했다. 하지만 내가 가진 질문에 대한 답은 이미 알고 있었다. 나는 다시는 아기를 가지지 못할 운명이었다. 나는 나쁜 엄마니까.

유산이 자연스럽게 진행되도록 의사들은 지금 상태대로 그냥 내버려두길 바랐다. 생각만 해도 견딜 수가 없었다. 이 죽음을 내 안에서 빼내고 싶었다. 하지만 아기가 나오는 동안 내 의식이 깨어 있다고 생각하니 참을 수가 없었다. 그들은 결국 아기를 꺼내려고 긁어냄술 일정을 잡았다.

수술 날 아침, 자기는 같이 못 간다고 짐이 병원에서 연락을 해왔다. 진료해야 할 환자 때문에 그럴 수 없다고 말했다. 그의 목소리는 육신을 떠난 듯 멀게만 들렸다.

짐이 전화를 끊은 후에도 한참 동안 전화기를 들고 있었다. 그 말이 진실인지 거짓인지 알 수가 없었다. 어느 것이 더 나쁜지도 몰랐다. 우리가 아무리 간절히 원하더라도, 어떤 꿈도 우리를 구하지 못할 것이다. 아기방의 문은 영원히 닫혔고 우리는 한집에서 서로 분리된 동에 갇혀 있었다.

몇 시간 후, 간호사가 나를 휠체어에 태워 수술실로 데려갔다. 수술대에 누워 천장에 붙은 판다 그림에 집중했다. "백부터 거꾸로 세보세요." 마취과의사가 말했다. 나는 '깨어나고 싶지 않다'고 생각하며 잠들었다.

눈을 뜨자 맨 먼저 엄마 얼굴이 보였다. 내가 흐느끼는 동안 엄마는 내 머리를 쓰다듬었고, 내가 크리스토퍼의 팔을 수없이 토닥였던 것처럼 엄마는 병원 침대에 놓인 내 팔을 토닥였다.

짐과 나는 거의 10년 동안 함께 지냈지만 그후 몇 달도 되지 않아 헤어졌다. 그는 이사를 나갔고 우리는 습지공원 옆 집을 내놓았다. 나는 다른 누군가의 꿈을 위해 준비된 우리집에서 이방인처럼 살았다. 한 번 읽지도 않은 잡지가 커피 테이블 위에 완벽한 부채꼴 모양으로 놓여 있었다. 별거의 여파로 물을 주지 않은 채 방치되던 화분을 윤이 나는 초록색 식물로 바꿔놓았다. 부동산 중개인이 고객들을 데리고 들락거렸다. 우리가 그 집을 샀을 때, 이 집이 나를 온전하게 만들어주고, 내 삶을 아이들로 채워주며, 남편이 나를 사랑하게 해주리라 믿었다. 집이 사라지면 꿈도 함께 사라진다는 게 꿈의 집이 지닌 문제였다. 나는 시내 반대편에 자리한 작은 집으로 이사했다. 새로 태어날 아기를 위해 샀던 작은 곰 인형을 포장해서 크리스토퍼의 나머지 물건과 함께 창고에 넣었다. 환상과 꿈을 좇을 여유가 이젠 없었다. 가끔 내가 남긴 모든 게 재가 된 듯했다.

나중에 알고 보니 암운은 나였다.

그다음 몇 년간, 내 작은 오두막을 일종의 은신처로 바꿨다. 다른 사람을 멀리하고, 모든 종류의 관계를 피했다. 두려움이 내 선택을 결정하도록 내버려두었고, 어떤 모험도 하지 않음으로써 스스로를 보호했다.

그러나 섈리 장군을 만났을 때, 내가 안전하다고 착각한 것은 내 세계가 점점 작아지는 것임을, 나를 가두는 터널임을 알게 되었다.

10장
새로운 길

샐리는 중환자 병동에서도 자기 상황에 대한 통제권을 넘겨주기 싫어했다. 그는 누가 방문하는지 알 수 있도록 일정표를 붙여달라고 조안에게 부탁했다. 의사들이 산소호흡기 튜브를 제거하자, 그는 자기 폐를 청소하겠다며 가래 흡입기를 달라고 요구했다. 일단 상태가 안정되자, 의사들은 그를 매디건육군병원에서 시애틀의 하버뷰메디컬센터로 이송했고, 거기에서 그는 자율성을 되찾기 위한 긴 여정을 시작했다. 하버뷰메디컬센터에 도착했을 때 장군은 꾸준한 치료가 필요한 상태였다. 뇌졸중은 그의 생체시계에도 합선을 일으켜서 밤낮에 대한 감각이 지워졌다. 하버뷰 의료진들은 그의 24시간 일정표를 벽에 붙여보았다. 그러나 소용이 없었다. 그는 밤에 잠들지 못했다. 침대에 누워 몸부림을 쳤다. 그의 괴물인 폐소공포증이 그를 괴롭혔다.

"뭐가 두려우셨어요?" 그 말을 내뱉자마자 그건 나에게 해야 할 질문이라는 사실을 깨달았다.

"얼굴 위에 시트를 덮고 누워 있는 게 너무나 두려웠다네." 그의 대답은 주먹을 날리듯 내게 날아왔다. 정확히 그것이었다. 그의 두려움만이 아니라 내 두려움도 같았다. 나는 비밀스러운 스노우볼 안에서 세상을 바라봤지만, 거기서 오래 지낼수록 더 숨이 막히는 것 같았다. 내가 살던 삶은 진정한 삶이 아니었다. 깊은 내면에서는 나도 그걸 알았다. 하지만 장군은 자기 삶이 나아갈 방향에 대한 통제권을 포기하지 않겠다고 결심했다. 어떻게 그럴 수 있는지, 어떻게 불확실한 세상에서 확신을 가지고 나아갈 수 있는지 궁금했다.

회복의 속도가 더뎌 샐리는 몹시 괴로워했다.

"몸 왼쪽은 그냥 세상을 무시하더군." 그가 말했다. 의사들은 마치 아기들의 뇌가 걸음마를 뗄 때 뇌세포를 연결하듯 샐리의 뇌에서 새로운 부분이 어떻게 몸을 움직이는지를 배워야 한다고 설명했다. 그렇게 설명해도 샐리는 납득할 수 없었다. "움직여, 이 멍청한 발가락아." 그렇게 소리치고 싶었다.

장군은 여러 날 동안 새벽 세시에 간호사를 불러 손이 안 움직인다며 씁쓸하게 불평을 했다. "이 손을 움직이려면 무슨 운동을 하면 되겠소?" 그는 간호사에게 묻고 또 물었다.

"간호사는 '장군님 손가락들이 자기가 장군님 몸의 일부라는 것을 이해할 때에야 제대로 일을 할 겁니다'라고 말했네. 하지만 난 어떻게 해야 할지 모르겠네." 그는 좌절했다. 뇌가 신호를 보낼 수 없는 동작을 왼손이 할 수 있도록 오른손을 축 늘어진 왼손 위에 깍지 껴보기도 했다. "난 의사들이 옳기를 신께 빌었고, 그 메시지가 하늘에 닿기를 빌었네."

마침내 그가 회복에 약간의 진전을 보였다. 물리치료사와 작업치료사로 이루어진 팀이 그를 위한 루틴을 짜서 운동을 시켰고, 장군도 운동에 전념을 다했다. 그가 이해하기로는 시간이 얼마 남지 않은 상황이었다. 의사들 말로는 첫해가 회복에 가장 중요했다.

뇌졸중은 삶을 평등하게 만든다. 뇌졸중은 우리에게서 통제력을 뺏는다. 우리가 처음부터 다시 시작해 기본적인 기술을 다시 배우게 만든다. 뇌의 어떤 부분을 다쳤느냐에 따라 그 기술은 씹고 삼키기부터 읽고, 말하고, 걷기까지 다양하다.

어떤 의미로는 슬픔이 내게 똑같은 역할을 했다. 모든 일에 신중한 노력이 필요했다. 먹고 자는 것부터 아침에 일어나는 것까지. 어떤 것도 기계적으로 되지 않았다. 나는 물의 무게에 맞서 슬로모션으로 움직이면서 하루하루 삶의 기초적인 기술을 수행했다. 슬픔은 내게서 균형을 빼앗았다. 슬픔은 배선을 다시 구성하고, 내 관계를 다시 점검하며 내 미래를 재고하게 했다. 그것은 통제라는 착각을 없애버렸다.

하지만 간호사가 샐리에게 한 말은 이상하게도 내게 희망을 주었다. 그는 몸이 이해할 때라고 말했다. 이해한다면이 아니라. 내 몸의 일부도 제 기능을 멈췄다. 웃고 영화 보는 것을 좋아했던 부분이, 친구들을 위해 요리하고 여행을 즐기던 부분이, 누군가와 삶을 공유하고 싶었던 부분이. 그런 부분이 마비되었다. 그것들이 작동하던 때가 아주 오래전쯤인 듯했다.

내 뇌가 새로운 길을 만들어내는 데 시간이 걸릴지 모른다. 샐리가 그래야 하던 것처럼. 나도 나만의 회복을 시작해야 할 것이다. 샐리가 그러던 것처럼.

처음 만나고 몇 달 후 샐리는 퇴원해 집으로 돌아갔다. 그는 퓨젓만이 내려다보이는 길을 따라 자리잡은 스테일라쿰에 살았다. 퇴역장교들에게 인기가 많은 지역이었다. 장군이 어떻게 지내는지 확인하려고 그리로 차를 몰고 갔다. 남에게 자기 얘기를 잘 하지도 않고 잘난 체하지도 않는 장군은 퇴역 후 그리로 이사해서는 대개 눈에 띄지 않게 살았다. 하지만 이제는 사생활이라고 할 게 없어졌다. 장군의 집은 그의 지위를 이용해도 명령할 수 없는 도우미와 간병인으로 가득했다.

그의 생체시계는 대부분 회복되었다. 정오쯤 장군의 집 문 앞에 나타난 나를 보고 그가 진지한 표정으로 이렇게 농담을 했다. "예를 들자면 난 지금이 자정이란 걸 안다네."

그 말에 웃음이 터졌다. 너무 근엄한 표정으로 그렇게 말해서 매번 그의 재치에 깜짝 놀랐다. 그는 웃어야만 했다. 새로 악화된 증상이 등장했기 때문이다. 그는 혼자서 옷을 입을 수 없었고, 뇌에서 자연스럽게 정지 명령을 내리는 기능이 고장나버렸다. 음식을 먹거나 이름을 서명할 때, 그 일이 끝난 뒤에도 손이 계속 움직여서 장군은 돌아버릴 지경이었다.

독서도 힘들었다. 그의 뇌는 주위 환경에서 왼쪽에 놓인 정보를 무시했다. 책을 읽을 때, 그의 눈은 페이지 가운데로만 돌아왔다. 다음 줄을 읽으려면 의식적으로 노력해 왼쪽까지 전체를 보려고 애써야만 했다. 그러나 샐리는 회복이라는 과업에 몰두했다.

뇌졸중 전문 의사들에게 환자가 어떤 과정을 겪느냐고 묻자 그들은 딱 한 가지를 얘기했다. 누구나 회복과정에서 예전 자아를 불러온다. '샐리는 어떤 자아를 불러왔을까?' 노트 여백에 그 질문을 적었다.

우리는 샐리의 기품 넘치는 거실에 앉아 있었다. 그는 자신이 제일 좋아하는 격자무늬 윙백 의자에 앉았고 나는 소파에 앉았다. 조안과 브랜트는 새로운 단계에 들어선 장군의 삶에서 그의 부관 역할을 맡아 그 근처를 맴돌았다. 그가 피곤해하면 언제든 도와줄 준비가 되어 있었다. 뇌졸중은 가족관계도 재정렬했다. 임무 때문에 샐리는 브랜트가 자랄 때 곁에 있지 못했다. 이제 그들은 거의 떼려야 뗄 수 없는 사이가 되었다. 브랜트는 아버지의 일과 생활을 관리하기 위해 근무 중이던 통신업계 직장을 그만두었다.

"살면서 얼마나 많은 일에 성한 두 손이 필요한지 알면 깜짝 놀랄 걸세." 샐리는 요점을 강조하려고 성한 한쪽 손을 사용해 말했다. "한 손으로는 셔츠 단추도 채울 수 없고 봉투도 열지 못한다네." 저녁을 먹으러 나갔을 때는 브랜트가 장군 왼쪽에 앉아 칼을 대신 들고 스테이크를 잘랐다.

"이 일로 저희는 확실히 가까워졌어요." 브랜트가 말했다.

체구가 자그마하고 눈이 푸른 조안이 우리에게 차를 내오자, 나는 샐리에게 그를 그 자리에 있게 한 사건에 대해 말해달라고 부탁했다. 그는 의학적 문제가 아닌 다른 얘기를 하게 돼 안심했고, 곧 활기를 띠며 얘기를 시작했다.

샐리는 1936년 어느 나라에도 국적을 두지 못한 채 바르샤바에서 태어났다. 그는 전쟁의 혼돈 속에서 어린 시절을 보냈다. 그의 가족은 1944년 폴란드 지하국가가 봉기를 일으켰을 때 독일군이 바르샤바에 퍼부은 지속적인 폭격 속에서 살아남았다. 포격 때문에 그들이 살던 아파트 건물이 파괴돼버렸다.

"사람들은 지하실에서 살아남았네. 우린 하수관으로 이동했지."

바르샤바에서 대량 학살이 벌어지자, 그는 다른 난민 그리고 형제자매와 함께 가축 운반차를 타고 독일로 보내졌다. 그들은 바이에른주의 작은 마을 파펜하임에 도착해서, 먼 친척들과 함께 살았다.

"전쟁이 끝날 때쯤에야 전쟁이 무엇인지 이해했다네." 그는 당시 아홉 살이었다. 그 말에 메모를 멈추었다. 크리스토퍼보다는 한 살 더 많지만 죽음의 의미를 이미 잘 알았던 어린 소년 샐리를 상상했다.

샐리는 어릴 적 경험 때문에 상황이 번덕스럽게 변한다는 사실도, 파괴와 상실도 배웠다. 어린 나이에 자립의 기술도 배웠다. 독일군이 파펜하임에서 철수할 때 그는 그 상황을 효율적으로 이용했다.

"갑자기 마을에 미군이 가득했네." 기회를 엿보다가 그는 남아도는 미국 담배를 구매해서 니코틴이 필요한 마을 사람들에게 팔기 시작했다. "담배를 20마르크에 사서 25마르크나 30마르크에 되팔았네. 이윤이 상당했지." 그가 빙그레 웃으며 말했다. 아들이 '깡패'가 될까봐 걱정했던 그의 어머니는 짐을 싸서 그를 기숙학교로 보냈다. "하지만 교장의 아내가 담배를 피운다는 걸 알아냈지. 그래서 사업을 재개했고."

인터뷰를 진행하면서 사람들이 맞이한 삶의 특이한 전환점에 항상 깊은 감명을 받았다. 한 인생을 정의하는 사건이 당시에는 그리 중요해 보이지 않는다는 사실에 감명받았다. 내 삶에서도 마찬가지였다. 기자로서 나는 탄탄대로를 걷지 않았다. 아버지는 과학자였고 엄마는 영어를 전공했다. 자라면서 관심 분야가 나뉘어 화학과 식물병리학 학위를 땄다. 하지만 그러는 내내 과학 이면에 숨겨진 이야기를, 잘못된 시작과 우연한 발견과 같은 이야기를 좋아했다. 나는 실험실에 있도록 타고난 사람이 아니었다. 발견을 좋아했지만, 발견할 때까지의 그 지루한 과정은 별로였다. 그 대신, 나는 프랭크와 결혼할 때 이사한 매디슨에 위치한 위스콘신대에서 내 주변에서 진행중인 연구에 관해 글을 썼고, 그 글을 과학 잡지에 팔려고 애썼다.

내 초기 노력은 번번이 거절당했다. 그러던 어느 날, 눈길을 뽀드득뽀드득 밟으며 기혼 학생 숙소 밖에 놓인 우편함으로 갔다. 안에는 '뉴욕식물원'이라고 인쇄된 길고 얇은 봉투가 들어 있었다. 장갑을 벗고 그 자리에서 편지를 열었다. "기쁜 소식을 알려드립니다"라고 편지는 시작되었다. 나는 마냥 행복해하며 합판 문짝을 이용해 임시변통으로 만든 책상이 놓인 우리의 작은 아파트로 달려갔다. 얼음 핵 박테리아와 과수원에서의 서리 피해에 관해 쓴 내 첫 기사는 잡지 『가든』에 실릴 예정이었다. 나에게 펼쳐질 새로운 길을, 완전히 다른 미래를 상상했다. 나는 관심사를 종합해서 과학 저술가가 될 수 있었다.

그해 말에, 또다른 행운을 얻었는데 과학을 전공한 대학원생들을 뉴스룸에 배치하는 지원 프로그램의 대상자로 선발되었다. 미국과학진흥협회에서 언론매체에 과학 지식을 고양할 의도로 만든 프로그램이었다. 내가 잘 아는 분야인 식물 유전체학과 단일 클론 항체에 관한 기사를 쓰겠구나 하는 기대를 잔뜩 품고 노스캐롤라이나에 있는, 내가 첫발을 디딘 뉴스룸 샬럿옵서버로 갔다. 거기 사회부장 생각은 달랐다. 그에게는 시의회 회의부터 아파트 화재까지 다방면의 주제를 다루는 기자를 대체해 여름 동안 투입할 사람이 필요했다. 그는 매일 아침 내게 임무를 주고 경찰 출입 기자에게 빌린 낡은 세단을 태워 보냈다. 그 차는 음식물 포장지 때문에 끈적끈적했고 묵은 담배꽁초 냄새가 진동했다. 하지만 그 일이 좋았다. 뉴스룸의 긴박함과 동료애가 좋았고, 실험실 벤치에 처박혀 길고 외로운 시간을 보내지 않아서 좋았다. 1면을 장식한 내 첫번째 기사는 동물보호소에서 가장 못생긴 개에 관한 내용이었다. 나는 뒤도 안 돌아보고 실험실 생활을 떠났다.

샐리는 훨씬 더 길을 돌아갔다. 장차 합참의장이 될 그 사람은 경력을 군대에서 시작하지 않았다. 그의 가족이 조지 루시라는 남자에게 후원을 받아 미국에 왔을 때 샐리는 열여섯 살이었다. 루시는 일리노이주 피오리아에 사는 은행원이었는데, 그의 여동생이 샐리 엄마의 사촌과 결혼한 적이 있다고 한다.

"그는 우리를 전혀 몰랐네." 샐리는 웃으며 말했다. 하지만 어쨌든 그는 그 가족을 미국으로 데려왔다. 샐리는 『라이프』 잡지에서 주로 접한 미국을 알게 되어 매우 흥분했다. 그는 독학으로 영어를 배웠지만, 어느 정도는 존 웨인의 영화를 보면서 영어를 익혔다.

고등학교를 졸업한 후 그는 브래들리대학교에서 기계공학을 전공했다. 1958년 5월, 그는 피오리아의 먼지투성이 법정에서 미국 시민으로 선서를 했다. 그가 난생처음 취득한 국적이었다. 6월에 그는 브래들리대학교를 졸업했고, 7월에 징집되었다.

"편지에는 '친구들과 이웃들이 당신을 선택했습니다'라고 쓰여 있었네." 그가 말했다. 징집이 반가울 리가 없었다. 막 신형 초록색 쉐보레 임팔라를 산데다가 설계기사로 취직한 참이었다. 자동차 할부금이 이등병 월급보다 많았다.

그러나 첫 주둔지로 알래스카에 배치되면서 실망감이 사라졌다. 그는 육군의 마지막 스키 부대 중 하나로 배치되어 냉전시대에 러시아로부터 미 공군 기지를 지키기 위해 만년설을 순찰하는 임무를 맡았다. "그 일이 좋았네. 영하 40도 이하였으니까 육체적으로는 매우 고됐지만 말일세. '이게 군생활이라면, 군인이 되겠어'라고 생각했지. 물론 다시는 그런 임무를 받지 못했지만."

군대는 그를 독일로 보냈고, 그곳 장교 클럽에서 조안을 만났다. 그후 그는 자신의 경력을 쌓는 과정에서 중요하고도 가장 힘든 베트남전에 파병되었다. 전쟁의 수렁에서 그를 비롯한 군대의 사기는 축 가라앉았다. 대중은 혹독했고 다양한 의견이 충돌했다. 베트남전에서 죽음을 처음 경험하지는 않았지만, 베트남전은 전투장교로서 그를 시험하는 첫 관문이었다. "사람들이 죽는 모습을 보는 일은 성장 과정의 일부였네. 그런 일이 우리를 무너뜨리지 않도록 상황에 대처해야 하지."

그는 꾸준히 계급이 올라갔다. 1992년에는 유럽에서 연합군 최고 사령관이 되었다. 그다음 해에는 그 직책을 떠나 클린턴 대통령의 요청에 따라 미 합참의장 자리에 올랐다. 임명되기 전에 이미 두 번이나 거절했던 자리였다.

"사람들이 '그 사람 괜찮지. 하지만 콜린 파월은 아니잖아'라고 말하는 것이 싫었다네." 그는 반쯤 농담으로 말했다. 결국 클린턴은 그를 설득해서 합참의장직을 맡겼다. 마침내 그를 임명하면서 클린턴 대통령은 그를 '군인들의 군인'이라고 불렀다.

뇌졸중이 발병하기 몇 달 전, 샐리는 월터 리드 육군의료센터의 병동을 방문했다. 그는 거기서 만난 한 군인을 종종 떠올렸다. "이라크에서 지뢰를 밟았다더군. 그에게 '세상에 화가 나나?'라고 물었더니 그가 '아닙니다. 저는 억울하지 않습니다. 그냥 제 삶을 살 겁니다'라고 답하더군."

샐리는 훈련 이야기도 종종 했다. 그와 그의 부대가 어떤 훈련을 했는지 말이다. 바로 이게 그를 군인들의 군인으로 만든 힘이다 싶었다. 이게 그가 이전의 삶에서 불러온 요소라고 생각했다. 이제 재활이라는 고군분투를 하며 매일 훈련을 적용하는 셈이기도 했다. 그는 작업치료사와 물리치료사를 거의 매일 찾아갔다. 병원에 가지 않을 때는 집에서 운동을 했다.

"아버지가 하는 모든 것이 치료예요. 걸어서 식당까지 가는 것. 글을 쓰는 것. 유연성을 유지하려고 하는 스트레칭까지 모두 다요." 브랜트가 말했다.

샐리가 고개를 끄덕였다. "종일직이나 마찬가지라네."

샐리와의 마지막 인터뷰는 그의 집에서 남쪽으로 몇 킬로미터 떨어진 병원의 외래환자 물리치료실에서 진행했다. 그의 균형감각은 여전히 흔들렸다. 뇌졸중 때문에 그의 자동적인 균형 상태가 망가졌다. 자동적 균형은 그가 넘어지지 않도록 뇌가 감각 정보를 발목에서 어깨까지 전달하고 처리하는 능력이다. 그는 일어설 때 안간힘을 썼다. 그의 무게중심은 뒤쪽과 오른쪽에 너무 쏠려서 몸이 한쪽으로 기울었다. 뒤에 누군가가 서 있지 않으면, 그는 땅바닥에 쓰러질 것이다. 가장 기본적인 이동조차도 의식적으로 무게중심을 가운데에 두려고 집중해야만 했다.

균형은 우리가 하는 거의 모든 일에서 결정적인 부분이다. 의자에서 일어나고 앞으로 걷는 일과 같은 간단한 동작조차도 복잡한 균형잡기 기술이 필요하다. 이는 크리스토퍼와 물리치료를 수년간 하면서 배운 교훈이기도 했다.

본질적으로 균형은 곧 힘이다.

그날 아침, 샐리는 귀환한 우주비행사가 지구에서 다리를 움직이는 법을 다시 익히도록 나사NASA에서 보조금을 받아 개발된 기술을 사용하는 치료사와 함께 운동을 했다. 치료사는 샐리에게 치료실 바닥에 설치된 특별한 압력 감지판에서 균형을 잡아보라고 했다. 그 판은 샐리의 무게중심을 탐지하는 컴퓨터와 연결되어 있었다. 그의 무게중심이 움직일 때 야구공 모양의 커서가 화면에서 같이 움직였다.

그런 방식으로 접근하자 전직 설계기사 샐리는 관심을 보였다.

"좋아요. 왼쪽, 왼쪽이요. 더 왼쪽으로. 이제는 앞으로요." 치료사가 말했다. 샐리는 목표물과 자신의 무게중심을 맞추려고 화면에 나타나는 피드백을 이용해 몸을 조정했다. 성공할 때마다 그의 얼굴은 아이처럼 환해졌다.

"잘했어요. 오늘은 흔들리지 않고 잘하셨어요." 치료사가 말했다.

"디카페인 커피 덕분이라네." 샐리가 말했다. 나는 구석에서 큰 소리로 웃었다.

한 시간 후 진이 빠진 샐리가 의자에 털썩 주저앉았다. 치료사는 그가 한숨 돌리도록 기다렸다. 하지만 휴식시간은 그리 길지 않았다.

"걸을 준비 되셨어요?" 치료사가 물었다.

샐리는 배운 대로 자리에서 몸을 앞으로 당기고는 뇌에 시동을 걸려고 크게 숫자를 세었다. "하나, 둘, 셋." 그 명령을 속사포처럼 발사했다. 근육이 재빨리 움직였고, 그는 부드럽게 일어나서 똑바로 서더니 차렷 자세를 취했다.

샐리를 보다가 어떤 장면이 내 머릿속을 스쳤다. 어느새 고등학생 시절로 돌아가 있었다. 때는 11월이었고, 물이 뚝뚝 떨어지는 삼나무 아래에서 진흙탕이 된 오솔길을 달리고 있었다. 들썩거리며 뛰는 팀원들의 등이 내 눈앞에 보였다. 그중에는 같은 팀이었던 짐도 있었다. 내 근육은 씰룩거리며 경련을 일으켰다. 토하고 싶었다. 코치는 갓길에서 나에게 소리쳤다.

"고통을 이겨내야 해." 헐떡이는 호흡 때문에 그의 고함이 간신히 들렸다. 몸집은 작지만 열정적인 와이저 코치님은 내 화학 선생님이기도 했다. 그는 나와 다른 여학생 하나를 남자 크로스컨트리 육상팀에 뽑았다. 우리가 재능이 있어서라기보다는 투지가 만만했기 때문이었다. 나는 지독히도 재능 없는 주자라 거의 끄트머리에서 몸을 끌다시피 하며 달렸다.

고통을 이겨내야 해. 내가 옆에서 비틀거릴 때마다 선생님은 진흙과 땀을 튀기면서 헐떡이는 목소리로 소리쳤다. 그는 내 몸이 그만두라고 말할 때 어떻게 해야 계속 달릴 수 있는지, 계속 달리는 것이 어떻게 심한 옆구리 통증을 진정시킬 수 있는지를 가르쳐주었다. 그해, 나는 그 고통을 이겨냈고, 모든 경주를 완주했다.

그때 이것이 오래전 삶에서 내가 불러온 요소임을, 미처 알지 못했지만 내내 의지하던 부분임을 깨달았다. 크리스토퍼가 아팠을 때, 두려움과 불확실함의 세월을 그 힘 덕에 견딜 수 있었다. 크리스토퍼가 아플 때도 견디게 해주었으니 아들이 없는 지금도 고통을 이겨내야 한다. 내가 끝까지 견디게 도와주어야 한다.

나는 과거에서 다른 것도 불러왔다. 나를 언론인의 길로 이끌었던, 사람과 삶에 관한 호기심이 이제는 예상치 못한 방식으로 나를 도왔다. 내가 썼던 이야기의 주인공들이 어려움을 극복하도록 나를 도왔다.

우리가 정말로 통제할 수 있는 단 하나는 우리가 삶에 적용한 훈련임을, 우리가 통제할 수 있는 것과 통제할 수 없는 것 사이의 균형을 찾아가는 훈련임을 샐리에게 배웠다.

크리스토퍼가 죽은 후, 나는 모든 일에 최악의 상황을 가정했고 최악의 일이 벌어지리라고 추정했다. 비행기를 탄든, 새로운 사랑을 찾든 위험을 무릅쓰겠다는 생각만 해도 마비됐다. 크리스토퍼의 삶과 죽음이라는 과정을 겪는 동안 두 번 연인을 잃었다. 첫번째는 프랭크와의 결혼으로, 이는 우리의 불안의 무게에 눌려 질식사했다. 우리는 여러 차례 의학적 위기를 넘기면서 겪은 불확실성에 서로 다르게 대처했다. 두번째는 크리스토퍼가 죽었을 때 내 옆에 있었던 짐과의 관계였다. 아들의 죽음은 우리가 감당할 수 없는 일로 판명났다. 크리스토퍼가 죽은 후, 다시는 사랑을 할 수 없으리라 확신했다.

하지만 삶을 다시 시작하려면 위험을 감수하는 훈련이 필요하다는 사실을 샐리에게 배웠다. 그것은 나쁜 결과가 나올 가능성을 받아들이는 일과 더 나은 결과를 얻으려고 노력하는 일 사이에서 줄다리기를 할 수 있다는 뜻이다. 생산적인 완전한 삶을 살려면, 행동을 취하는 것과 내가 바꿀 수 없는 일을 받아들이는 것 사이에서 균형을 찾아야 했다. 두려움을 다스리려고 노력해야 했다.

샐리와 함께 시간을 보내면서 머릿속에 또다른 세부 사항이 남았다. 한 나라의 고위급 장성이 MRI 기계의 금속 튜브로 실려들어간다며 잔뜩 겁을 먹은 모습이다. 크리스토퍼도 샐리처럼 검사를 받을 때 똑같이 그랬다. 우리가 직면한 가장 큰 시험은, 우리의 두려움과 함께 밀폐된 공간에 갇히는 일이었다. 특히, 그 밀폐된 공간이 자신의 머릿속이라면 말이다.

11장
피할 수 없는 상황

크리스토퍼가 죽은 지 10년이 지났지만, 여전히 로스앤젤레스로 돌아가지 못했다. 기회가 생길 때마다, 가지 않을 핑곗거리를 찾았다. 로스앤젤레스에 어린 크리스토퍼의 모든 희망이 담겨 있었다. 그곳은 우리가 아들의 작은 침대에 웅크리고 누워 같이 책을 읽던 마지막 장소였고, 아들이 스쿨버스에서 내려 "엄마, 집에 왔어요!"라고 수어를 하며 질주하던 마지막 장소였다. 아들이 내 품에 뛰어들면 녀석의 목에 바람을 불어 키득거리게 하던 마지막 장소이기도 했다.

매년 1월 1일에 열리는 대규모 퍼레이드인 로즈 퍼레이드가 여전히 동네의 볼거리였고, 오렌지카운티가 여전히 오렌지 과수원으로 가득하던 시절, 여름이 끝없이 펼쳐지는 로스앤젤레스에서 나는 자랐다. 내게 캘리포니아는 뒷마당에 레몬나무가 있고, 비둘기가 구구거리며, 하얀 토담을 덩굴째 뒤덮은 부겐빌레아가 선명한 빛을 발하는 곳이었다. 겨울에도 날씨가 온화하고 화창한 곳이었다. 나는 야외 공중 수영장에서 풍기는 염소 냄새와 달콤하면서도 자극적인 자외선차단제 냄새를 맡으며, 데스칸소가든에서 공작을 쫓아다니며 어린 시절을 보냈다. 근처 해안선에 바짝 붙어 있는 해변에서 집까지 오빠들과 모래로 발자국을 남겼다. 가을마다 주변 사막에서부터 불어온 산타아나 강풍에 부러진 나뭇가지가 그 해변에 쌓여 이걸로 요새를 만들기도 했다. 크리스토퍼도 그런 어린 시절을 보냈으면 했다.

거기로 돌아가지 않으면, 크리스토퍼가 실제로는 죽지 않았다는 희망이 담긴 작은 마법의 콩을 간직할 것만 같았다. 그러면 그 이후 내 삶의 모든 것은 언제든 깨어날 수 있는 어두운 동화로 여길 수 있을 것 같았다.

하지만 영원히 피할 수는 없었다. 어느 날, 새로 사귄 친구가 캘리포니아 남부로 같이 여행을 가자고 초대했다. 몇 달 전에 만난 마이크였다. 아직 서로를 알아가는 불안정한 초기 단계였지만, 그는 크리스토퍼에 관해 알고 있었다. 왜 같이 갈 수 없는지를 설명하자, 그가 당혹스러워했다.

"당신은 무엇으로부터 도망치고 있는 거야?" 그가 물었다.

마이크는 위험을 즐겼다. 적어도 내가 보기에는 그랬다. 그는 현명하게 계산된 모험을 기꺼이 감수하는 것이 위험이라고 여겼다. 내가 마이크를 만났을 때 그는 해저 동굴 다이빙을 취미로 즐겼다. 나는 그보다 더 최악의 일은 상상할 수 없었다. 제한된 양의 산소가 담긴 산소통을 메고 몸을 돌릴 여유도 없이 갑갑한 어두운 공간에 들어가는 것. 듣기만 해도 과호흡이 시작되었다. 하지만 한계를 넘어서는 모험에 대해, 존재하는지도 몰랐던 세계를 발견하는 모험에 대해 말할 때 마이크의 얼굴은 환해졌다. 미지의 세계에 대한 지도를 만드는 일도 좋아했다. 그래서 내가 여행을 함께 못 갈 것 같다고 재차 말하자 그가 회의적인 눈길로 나를 보며 말했다. "당신에게 좋을지도 몰라." 나는 심호흡을 했다. MRI 기계를 직면했을 때 샐리도 이렇게 곧 종말이 다가오는 기분이었겠구나 하는 생각이 번개처럼 머릿속을 스쳤다.

크리스토퍼가 다니던 학교의 아이들은 교실 뒤쪽에 자리한 정원에 그를 기리는 나무를 심었다. 장례식 이후로 그 나무를 보지 못했다. 그것은 시애틀의 묘지 밖에 존재하는 유일한 기념물이었다. 아들의 유골 일부를 묘지에 묻은 직후부터 거기에 가지 않았다. 그 묘지는 아들이 죽어서만 가본 장소였지만, 버뱅크에 위치한 학교는 아들에게 삶의 중심이었다. 그는 1학년이 된 것을 정말 자랑스러워했다. 아들은 그곳을 "큰 학교"라고 불렀다.

이제는 때가 된 것 같았다.

퍼붓는 2월의 비를 맞으며 우리는 로스앤젤레스에 도착했다. 산비탈에 산사태를 일으키고 집의 토대를 무너뜨릴 정도로 심한 폭우가 쏟아졌다. 나는 마이크를 업무상 회의장에 내려주고 혼자 떠났다. 차를 타고 버뱅크와 조지 워싱턴 초등학교를 향해 냇물 같은 벤투라 고속도로를 지날 때는 앞이 거의 보이지 않았다. 전에 수백 번은 지나다닌 길이었다.

길을 따라가다가 크리스토퍼와 마지막으로 살았던 패서디나를 통과했고, 신장 이식 후에 휠체어를 타다가 첫발을 뗀 글렌데일의 병원을 지나쳤고, 아들이 말 타는 법을 배운 관목이 우거진 언덕을 통과했으며, 트래블타운박물관에서 오래된 증기기관차를 타고 함께 여행하는 일을 상상했던 그리피스공원을 지나쳤다. 이 길은 아들의 삶을 담은 척추와도 같았다.

머리가 지끈거렸다. 눈앞에 길이 펼쳐지자 크리스토퍼의 삶이 머릿속에서 되감기를 시작했다. 타임머신을 타고 시간을 거슬러올라가는 것 같았고, 곧 충돌할 것만 같았다. 크리스토퍼의 이미지가 운전대 위로 내 시야에 둥둥 떠다녔다. 내가 기억하는 아들의 첫 모습은 간호사가 출산 직후에 찍어 병원의 침대 난간에 테이프로 붙여준 스냅사진 속 모습이었다. 크리스토퍼의 엄숙한 잿빛 눈은 세상을 빨아들이는 듯했고, 작은 분홍빛 입술은 내게 뽀뽀를 하려는 듯 오므리고 있었다.

크리스토퍼는 시애틀 캐피톨힐 꼭대기에 자리한 오래된 옛 그룹헬스병원에서 태어났다. 캐피톨힐은 시내 동쪽에 자리하는데 시애틀 지형을 구성하는 많은 언덕 중 가장 가팔랐다. 의사들은 우리에게 아들의 생존 확률이 매우 희박하다고 말했다. 자궁 내에서 발생한 폐색 때문에 신장이 심하게 손상됐고, 아들의 뻣뻣한 폐가 발육이 되지 않아 새로 산 장난감 풍선처럼 부풀어오르기를 거부한다고 말했다. 아들의 차트에는 진단 결과가 기록되어 있었다. '후요도관에 심각한 양측성 수신증이 보임.' 그 옆에 어떤 의사가 '삶과 양립할 수 없음'이라고 써놓았다. 그 의학적 완곡어법이 의미하는 바는 무서우리만큼 명백했다.

아들은 매우 아름답고 이상하게 조용히 태어났다. 처음 힐긋 봤을 때 헝클어진 검은 머리칼과 날씬한 손가락이 눈에 들어왔다. 그순간 '나중에 피아니스트가 되려나봐!'라고 생각했다. 몇 분 안에 소아과의사가 급히 아들을 데려갔지만, 그걸 나쁜 징조라고 생각지 않았다. 출산 후 행복한 호르몬이 흘러넘쳤던 나는 가만히 누워서 아들이 마침내 세상에 살아서 나왔다는 사실에 황홀해했다.

몇 시간 후, 침울해 보이는 의사가 나를 깨웠다. 그의 말이 희미한 기억으로 남았다. 크리스토퍼가 호흡곤란으로 파랗게 질려 있다고했다. 아이를 몇 킬로미터 떨어진 시애틀아동병원으로 이송해야 한다며 몇 가지 서류에 서명을 받았다. 그들은 신생아실에서 내가 있는 회복실을 지나쳐, 대기중인 구급차까지 아들을 이동시키면서 폐에 공기를 불어넣고 있었다. 아들이 지나갈 때 이동식 인큐베이터의 유리를 만졌다. 아들은 너무 작아 보였다.

크리스토퍼는 밝게 불을 켜둔 신생아 중환자실에서도 여전히 작아 보였다. 각자 섬 같은 자신만의 기계에 들어가 있는 다른 아기들사이에 아들은 다른 인큐베이터에 둘러싸여 한가운데 놓여 있었다. 간호사가 중환자실 문 앞에서 나를 가로막았다. 그녀는 나를 회전시켜 노란 가운을 내 목뒤에 묶은 다음 거품이 나는 소독약으로 팔뚝까지 씻는 법을 가르쳐주었다. 가운의 소맷동을 흠뻑 적신 채 떨면서 마침내 신생아 중환자실 한가운데 자리로 다가갔다.

크리스토퍼는 펌프와 모니터가 매달린 링거 막대가 복잡하게 얽힌 투명한 플라스틱 상자인 인큐베이터 안에서도 눈에 띄었다. 임신 주 수를 다 채워 3킬로그램이 넘은 아들에 비해 손바닥만한 주변 미숙아들은 왜소해 보였다. 하지만 아들의 폐는 다른 아이들의 폐와 마찬가지로 제대로 발달되지 않아 기계의 도움을 받지 않고는 숨쉴 수 없었다.

산소호흡기에 연결된 아들을 처음 봤을 때, 그는 기계 호흡 때문에 몸을 들썩거려 크게 흔들렸지만 얼굴빛은 신문지 색깔처럼 회색빛이었다. 아들은 산소호흡기를 못 만지게끔 똑바로 누운 채 팔다리가 고정되어 있었고, 의사가 폐와 신장에 고인 물을 빼내려고 튜브를 삽입한 부위는 오렌지빛 베타딘으로 길게 얼룩져 있었다. 두려움이 목구멍으로 솟구쳐 숨이 막힐 것 같았다. 프랭크와 나는 무슨 일이 일어나고 있는지 정보를 줄 만한 의료진이라면 누구나 붙잡고 얘기를 했다. 환자를 대하는 태도를 아직 배우지 못한 비뇨기과 레지던트가 마침내 우리에게 말했다. "제가 도박사라면, 아드님에게 내기를 걸진 않겠습니다." 그 말은 내 기억에 깊이 새겨졌다.

하지만 크리스토퍼는 자기 자신에게 내기를 걸었다. 프랭크와 나는 돌아가며 아들 곁을 지켜, 둘 중 하나는 늘 병원에 머물렀다. 처음에는 의사들이 내가 튜브와 전선으로 이루어진 둥지 안에 있는 크리스토퍼를 안는 걸 허락하지 않았다. 인큐베이터 옆에 여러 시간 동안 서서 비단 같은 아들의 등을 토닥일 때, 염소 울음 같은 기계 알람 소리와 중환자실 특유의 쉭쉭거리며 빨아들이는 리드미컬한 소리가 우리의 유일한 자장가였다.

처음 몇 달간은 모든 것을 의심했다. 내가 좋은 아내, 좋은 엄마가 될 능력이 있는지 의심했다. 신생아실 바로 위층에서 유축기를 서툴게 만지작거리면서 얼마 나오지 않는 모유를 짜는 동안, 아래층에서는 전문가팀이 아들을 살려주었다. 산모들이 모유를 짜는 공간은 얇은 커튼으로 칸이 나뉘어 있었다. 내 양쪽에서 다른 중환자실 엄마들이 똑같이 젖을 짜고 있었다. 가끔 엄마들의 울음소리가 들렸다. 내 젖은 빨리 말라버렸다.

직감상으로는 신념을 잃었기에 아들의 몸무게와 혈액 요소성 질소, 크레아티닌 수치와 산소포화도 같은 숫자에 집착했다. 나는 의사들의 언어를 배웠다. 그들이 내 감정을 신경쓰지 않고 가감 없이 정보를 공유하도록 그들의 냉정한 객관성을 흉내냈다. 내가 누구보다 잘 아는 기자 모드와 같았다. 목록 만들기. 필기하기. 기록하기. 흰 가운을 입은 의사 무리가 회진을 돌 때, 노트를 준비해뒀다. 답을 얻지 못한 질문 목록이었다.

크리스토퍼는 그후 다섯 달 동안 병원에서 숨쉬고, 먹고, 성장하느라 몸부림쳤다. 의사들은 '성장장애'라고 소곤거렸지만, 우리는 그렇게 받아들이지 않았다. 우리는 크리스토퍼가 삶과 양립할 수 있다고 스스로 명백히 밝히는 중이라고 해석했다.

마침내 크리스토퍼는 퇴원해도 될 만큼 상태가 안정되었다. 프랭크와 나는 병원에서의 간호 루틴을 충분히 숙지했기에, 아들이 여전히 산소 탱크에 묶여 있고 위에 영양관을 달고 있었어도 의료진은 우리가 아이를 잘 돌볼 수 있다고 확신했다. 나는 으깬 알약과 쥐어짠 캡슐을 슬러시 같은 유동식에 섞어서 위까지 연결된 튜브로 밀어넣어 밤사이 공급하는 법을 알았다. 부드러운 아기의 팔에 에리스로포이에틴 1회분을 주사하기 전에 바늘을 거꾸로 들고 톡 하고 쳐서 거품을 빼내는 법을 알았다. 에리스로포이에틴은 아들의 쇠약해진 신장이 만들 수 없는 적혈구 생산을 돕는 약이었다. 아들의 분홍빛 뺨이 회색으로 변하는 걸 막으려면 언제 산소를 공급해야 하는지를 알았다. 분비물이 폐에 축적되지 않도록 어떻게 컵으로 아들의 등을 두드려야 하는지를 알았다. 소변을 빼내려고 등에 낸 구멍인 요관 개구부를 어떻게 청소하고 어떻게 하면 감염을 막을 수 있는지도 알았다.

내가 몰랐던 것은 아기를 돌보는 법이었다. 첫째 날 오후, 병원에서 몇 킬로미터 떨어진 그린레이크의 집에서 낡은 에나멜 욕조에 아기를 내려놓을 때 내 손은 덜덜 떨렸다. 이 집에서 아기를 키우는 꿈을 꿨지만, 정작 아기가 실제로 집에 오자 내가 육아에 적합한 사람인지 확신할 수가 없었다. 욕조에서 크리스토퍼는 손을 흔들면서 이날을 위해서 내가 아껴둔 작은 노란 새끼 오리를 향해 손을 뻗었다. 아기용 샴푸를 짜서 아들에게서 병원 냄새를 씻어내려 했지만 아기는 너무 미끄러웠다. 심장이 쿵쾅거렸다. 호출 버튼만 누르면 달려올 의료팀도 없는데 아기를 떨어뜨릴까봐 겁이 났다.

설상가상으로 신생아 중환자실에 장기 입원한 많은 아기들처럼, 아들은 만지는 걸 싫어했다. 아들은 등을 활처럼 구부려 나를 밀어냈고, 내가 뽀뽀를 할라치면 뺨을 돌렸다. 출산 직후 아기를 엄마 가슴에 올리는 것이 얼마나 중요한지, 피부와 피부를 맞대는 접촉이 건강한 발달과정에 얼마나 중요한지 말하는 모든 육아 논문을 탐독했다. 크리스토퍼는 손가락 끝으로 가볍게 닿는 것 이상을 느껴본 적도, 내 가슴을 움켜쥔 적도 없었다. 적절한 유대감을 쌓지 못한 게 아들의 병이 불러온 또다른 피해임을 깨달으며 나는 밤에 깨어 있었다.

그러다 크리스토퍼가 생후 6개월 된 어느 날 오후, 매주 한 번씩 받는 물리치료를 위해 바닥에 쿠션을 깔고 아들을 우리집 낡은 파란 소파에 기대어 세웠다. 아들은 동요에 나오는 달걀꼴 캐릭터 험프티 덤프티처럼 보였다. 아들의 몸통은 소변을 흡수하기 위해 등에 두른 두꺼운 천기저귀 때문에 통통했다. 소파에서 아들 위를 맴돌며 인근 워싱턴대 학생들보다 겨우 몇 살 많아 보이는 젊은 여자 물리치료사가 아들의 작고 느슨한 근육을 적절한 발달 연령에 맞추려 애쓰는 모습을 열심히 지켜보았다.

"이렇게 하시면 돼요." 그러면서 그녀는 아이의 발을 자기 손바닥으로 잡아서 아이의 무릎을 가슴에 대고 구부렸다. 그녀가 없을 때 그 운동을 반복할 수 있도록 필기했다. 그녀는 아들을 간지럽혀 자기 손의 압력에 맞서게 했다. 아들은 킬킬거렸다. 아들의 다리가 여름 우주복 밖으로 막대기처럼 쭉 나와 반듯이 펴졌다. 처음에는 너무 열심히 집중하느라 아이가 작은 손으로 내 다리를 부드럽게 톡톡 토닥인다는 걸 알아차리지 못했다. 내가 중환자실에서 몇 달간 아이를 재우려고 토닥인 것처럼. 숨이 막힐 정도로 아들에게 입맞춤을 퍼붓고 싶었다. 결국 우리에게는 유대감이 형성되어 있었다.

　고속도로를 따라 북쪽으로 향하면서 머릿속에서 이미지가 더 빨리 떠올랐다. 크리스토퍼가 다양한 치료를 받았던 많은 병원 중 하나인 글렌데일 어드벤티스트 메디컬센터가 조수석 쪽으로 어렴풋이 보였다.

　신장이 그 쓰임을 다하기 전에는 신장이 우리 몸에 어떤 영향을 미치는지 하나하나 알아차리지 못한다. 신장은 몸에서 배설물 정화하기 이상의 일을 한다. 신장은 혈압과 식욕을 조절하고, 뼈를 구성하는 데 도움을 준다. 적혈구를 만들고, 체액과 전해질을 조절하며 심장 기능에도 영향을 미친다. 아이들이 성장하도록 돕기도 한다. 우리는 평생 유지될 신장의 모든 기능을 갖추고 태어난다. 부상이나 질병이 생길 경우에 대비해 보통 신장 두 개를 갖고 태어나는 것도 그래서다. 크리스토퍼는 양쪽 신장 기능이 총 10퍼센트 미만으로, 아기 몸을 간신히 지탱할 정도였다. 아들의 신장은 점점 나빠져 몸을 버틸 수 없게 만들었고, 아이의 신체 균형은 자라면서 점점 더 위태로워졌다. 이식만이 아들을 살릴 수 있었지만 시간과도 싸워야 했다. 아들이 신장 이식을 받으려면, 어른의 장기를 받아들일 만큼 아들의 몸이 커져야만 했다. 신부전이 오기 직전의 상황에서 체중을 몇 킬로그램씩 늘리는 일은 고행이었다.

　우리의 삶은 간간이 응급상황을 겪으며 불확실한 상태로 맴돌았다. 첫해에 아들은 심각한 발작을 일으켰다. 처음 발작이 일어났을 때, 아들은 내 가슴에 등을 대고 내 무릎 위에 앉아 손가락으로 그림책 『아주아주 배고픈 애벌레』를 가리키고 있었다. 나는 턱을 아들 머리 위에 얹고 막 목욕을 끝낸 아이가 풍기는 살구 냄새와 꿀 냄새에 취해 있었다. 갑자기 아들의 몸이 불빛을 보고 얼어붙은 아기 사슴처럼 경직되었다. 아들은 높고 가는 울음을 터트렸다. 책이 바닥에 떨어졌다. 아들의 눈이 뒤로 넘어가고, 얼굴이 파래졌다. 아이를 내려놓고 직접 전화하는 게 너무 두려워서 거리로 달려나가 이웃에게 구급차를 불러달라고 소리질렀다. 거리 한가운데에서 비명을 지르며 서서 아들이 품안에서 몸을 휙 움직이는 동안 아들이 죽어간다고 확신하며 제자리에서 뱅뱅 돌았다. 사이렌소리가 아주 먼 곳에서 들리는 것 같더니, 도플러효과를 보이며 내게 다가왔다. 그제야 안전한 자궁과도 같은 구급차 안으로 아들을 데리고 가서 주저앉아, 자기 일을 잘 아는 사람들에게 아이를 넘겨줬다.

발작이 시작된 후 이를 통제하려고 먹인 약물 중 하나가 아들의 췌장을 손상시켜 아들에게 인슐린도 필요해졌다. 집과 병원의 경계가 모호해졌다. 집에는 아이 방 선반에 거즈와 여분의 튜브, 펌프와 모니터, 주삿바늘과 장갑 등을 채워놓았다. 병원에는 덜거덕거리는 부드러운 사각형 모양의 코끼리, 테리 직물로 만든 작은 곰, 줄무늬 공룡처럼 아들이 제일 좋아하는 장난감들을 아기 침대에 늘어놓았고, 가족들과 친구들이 크레용으로 써준 '쾌유를 빌어'라는 메시지가 적힌 카드로 병실을 도배했다. 병원이 거의 집처럼 느껴졌다. 프랭크와 나는 교대를 했다. 가끔 프랭크는 병원 창가에 놓인 의자에서 건너편 침대에 있는 크리스토퍼와 눈을 맞추며 잠을 자고, 캠핑을 온 척도 했다. 내가 아침을 가져오면 우리는 교대를 했다.

아들은 자기를 돌보러 오는 의사와 간호사가 스티커나 크레용을 주면 좋아서 까르르 웃음을 터트리며 그들을 매혹시켰다. 그들이 펜라이트나 반사검사용 해머를 잡게 해줘도 아들은 웃었다. 아들은 자기 침대라는 전차에 탄 작은 벤허처럼 똑바로 앉아 사람들을 즐겁게 해주었다. 아들이 입은 작은 노란 병원복은 너무 커서 손 아래로 축 처지고 발가락까지 덮어 천막을 쳐둔 것 같았다. 똑같은 채혈 전문의가 피를 뽑으려 매일같이 와도 아들은 원한을 품는 것 같지 않았다. 가끔 하루가 끝날 무렵에 아기 침대를 보면 여러 의사가 가지고 놀라고 빌려준 손목시계가 그 안에 한 무더기 놓여 있었다.

렌터카의 전면 와이퍼가 앞뒤로 미친듯이 움직였지만 폭우는 감당 못할 정도라 회색 커튼처럼 쏟아지는 비 사이로 지나쳐온 산비탈의 깜빡이는 조명이 간신히 보였다. 마치 구명구라도 되는 듯 운전대에 매달렸지만 소용이 없었다. 폭우는 이미 나를 다른 시간대에 겪은 또다른 폭풍우로 휩쓸어갔다.

크리스토퍼가 세 살 되던 해, 비 내리는 어느 어두운 밤에 아들을 뒷좌석에 태우고 부모님이 계신 시애틀로 출발했다. 우리가 지나갈 때 크리스마스 불빛이 도로 위에 흔들리는 수채화를 그렸다. 비가 앞 유리에 부딪혔고, 내가 가장 좋아하는 곡인 〈북 치는 소년〉이 라디오에서 흘러나왔다. 노래를 따라 부르면서 손가락으로 핸들을 두드렸다. 그때 백미러에 보이는 움직임이 내 눈을 사로잡았다. 크리스토퍼가 몸을 흔들고 있었다. 거의 품을 엄두조차 못 냈던 생각이 갑자기 머릿속에 스쳤다. '어쩌면 크리스토퍼가 내 노래를 들을지도 몰라.' 그 순간, 크리스마스트리에는 조명이 켜져 있고, 벽난로에서는 장작이 타고 있는 부모님네 거실로 달려들어가 그 소식을 전하는 나의 모습이 그려졌다. 부모님께 얼마나 굉장한 선물이 될까. 라디오 볼륨을 낮추고 숨죽인 채, 다음에 무슨 일이 일어나는지 지켜봤다. 크리스토퍼는 계속 몸을 흔들었다. 잠시 후 아들이 유리창 와이퍼의 움직임에 박자를 맞춘다는 걸 깨달았다. 내 환상은 사라졌다. 동시에 차를 세우고 아들을 꼐안고 싶었다. 라디오 볼륨을 다시 올렸고, 와이퍼는 끼익하며 창문을 닦았다. 우리는 각자 자신의 음악에 맞춰 계속 춤을 췄다. 부모님 댁에 도착할 때쯤에는 설명할 수 없는 방식으로, 결코 예상하지 못한 방식으로 행복했다.

우리는 크리스토퍼가 14개월이 되던 봄에 아이가 청각장애라는 사실을 알게 됐다. 그린레이크 집 뒤쪽 담장에 걸린 자목련이 활짝 피어 분홍 꽃잎이 햇빛에 반짝였다. 크리스토퍼와 나는 나무 바로 아래 잔디밭에 마주앉아 아들이 어떤 의사에게 선물받은, 제대로 작동하는 플라스틱 청진기를 가지고 놀았다. 이러한 간단한 의식은 중환자실에서 여러 달을 보낸 후에도 여전히 초현실적인 일로 느껴졌다. 가끔은 아들이 살아 있다는 사실에 도취해 멍하니 그를 바라보기도 했다.

크리스토퍼는 청진기를 귀에 꽂고 내 심장 소리를 듣는 척했고,

그러다가 집음부를 잡고 씹으려 했다. 아들의 입에서 메달처럼 생긴 기구를 빼자 아들은 청진기를 땅에 내리쳤다. 그는 계속 땅에 내리치며 웃었다. 조금도 움찔하지 않았다. 우리가 세상에 관해 알던 모든 것이 곧 바뀐다는 걸 깨닫는 순간이 있다. 마치 그런 일이 다른 누군가에게 일어나는 것처럼 느껴지는 순간이 있다. 보지 않을 수 없는 순간이 있다. 기시감과 불길한 예감이 메스꺼움처럼 나를 엄습했다.

아들에게 청진기를 간신히 빼앗아 내 귀에 대볼 때까지 시간이 너무나도 천천히 흐르는 것 같았다. 청진기 집음부를 손으로 두드려보았다. 쿵, 쿵. 기계는 작동했다. 청진기로 들을 필요도 없이 내 심장이 내달리는 소리가 들렸다. 숨을 가다듬고 집음부를 땅바닥에 내리쳤다. 쾅 소리가 너무 커서 펄쩍 뛸 정도였다. 발밑에서 엘리베이터가 떨어지는 것처럼 가슴속에서 심장이 쿵 내려앉았다.

여러 번 청력 검사를 진행해 내 두려움이 맞는다는 것을 확인했다. 크리스토퍼는 심각한 청각장애가 있었다. 의사들은 태어날 때부터 청각장애였는지, 입원이나 약물 치료 과정에서 청력을 잃은 건지 아니면 그 둘의 조합인지 설명하지 못했다. 어느 쪽이든 차이는 없었다. 아들은 바람소리나 멀리서 들리는 천둥소리 또는 음악소리를 들을 수 없었다. 그는 내 목소리도 들을 수 없었다.

모든 의학적 고비를 넘기면서도 언젠가는 처음 임신 사실을 알았을 때 상상했던 모습대로 우리가 살게 되리라고 굳게 믿었다. 내 아이는 튼튼하고 건강할 것이다, 우리는 아들의 세상을 음악과 이야기로 채울 것이다. 크리스토퍼를 가슴에 꼭 껴안고서 그 꿈이 사라졌음을 확신했다. "사랑해, 사랑해." 그 말을 아들의 목에, 뺨에, 이마에 대고 꾹꾹 누르듯 말했다. 사랑한다는 말을 아들이 들어본 적 없다면, 그가 내 마음을 모른다는 뜻일까봐 겁이 났다.

그날 병원에서 걸어나갈 때, 가슴 아프게도 세상은 너무나 많은 소리로 가득차 있었다. 파도가 철썩거리는 소리, 풍경이 딸랑거리는 소리, 몸에 불덩어리처럼 열이 날 때 누군가 살짝 건드리는 것처럼 그 모든 게 내 신경을 긁었다. 손가락을 귀에 대고 눌러보며 소리 없는 세상을 사는 아들의 삶을 상상해보려 노력했지만, 두근대는 내 심장 소리만 들렸다. 부모님 댁에서 뚜껑 닫힌 피아노 앞에 앉아 손을 무릎에 올린 채 울었다. 자라면서 그 자리에 앉아 끝없이 피아노 연습을 하면서 언젠가 내 아이도 그러기를 희망했다. 어릴 적 내게 『샬롯의 거미줄』을 읽어주시던 엄마의 목소리가 아직도 생생히 기억난다. 나중에 『호빗』과 『반지의 제왕』을 읽어주시던 아빠의 목소리도 기억난다. 이 침묵이 내 모든 희망을 삼켜버렸다. 음악과 말이 주는 기쁨이 없는 세상에서 크리스토퍼가 자라는 상황을 원치 않았다.

임신 기간 동안에는 배에 자장가를 불러줬고, 중환자실에 있던 몇 달간 프랭크와 나는 크리스토퍼의 인큐베이터에 카세트 플레이어를 넣어뒀다. 그 테이프에는 우리의 목소리와 비발디의 〈사계〉가 담겨 있었다. 비발디의 음악이 늘 나를 기분좋게 해주었듯 내 아기의 기분도 달래고 좋아지게 해줬으면 싶었다. 이제 크리스토퍼가 내 목소리의 기억을, 조개가 바다의 노래를 담듯 그의 세포 안에 담기를 기도했다. 피부에 닿는 내 목소리의 진동을 아들이 느끼기를 바라면서,

그게 아들에게 닿기를 간절히 바라면서 아들을 꼭 껴안았다. 청각장애 때문에 아들이 내게서 멀어질까봐, 나는 속해 있지만 자신은 속하지 않은 바깥세상이 있음을 아들이 알게 될까봐 걱정했다.

물론, 크리스토퍼에게 달라진 건 아무것도 없었다. 아들은 여전히 세상을 그전처럼 기쁘게, 거리낌없이 경험했다. 아들은 듣지는 못했지만, 결코 조용하지는 않았다. 아들의 청각장애를 알게 되고 얼마 지나지 않은 어느 날, 낮잠을 재우려고 아들을 내려놓고 거실로 돌아갔다. 몇 분 후 위층에서 분명한 소리가 들려왔다. 감미로운 작은 목소리가 "엄-마, 엄-마, 엄-마"라고 노래했다. 아들이 멈추기 전에 급히 계단을 올라갔다. 처음으로 아들의 목소리를 들으니 너무 흥분됐다. 아들은 "엄마"를 기쁨의 감탄사로, 놀라움의 표현으로, 간청, 한탄 등 백만 가지 다른 방식으로 말할 수 있었다. 아들은 깔깔거리거나 '와' 하는 함성도 질렀고, 우리가 아들에게 말할 때의 입 모양을 보고 자기 입 모양을 비슷하게 만들려고 노력했다.

"아, 어, 오"라고 아들은 말했다. '아이 러브 유'라는 뜻이었다.

이상한 후두음이 차 안을 가득 채웠다. 낮고 음울한 신음이라 처음에는 내가 내는 소리인 줄도 몰랐다. "아, 어, 오, 아, 어, 오." 기원이자 탄원이자 기도였다. 눈을 열심히 깜빡이면서 애써 눈물을 참으며 생각을 이어갔다.

크리스토퍼의 청각장애를 알게 된 후, 프랭크와 나는 수어를 배우기 시작했다. 엄마가 되는 것을 상상했을 때는, 내가 좋아했던 언어를 내 아이에게 가르치기를 고대했다. 이제 우리는 함께 소통하는 법을 배워야만 했다. 크리스토퍼는 나보다 훨씬 빠르게 수어를 익혔다. 내가 아들에게 무엇인가를 가르치는 것처럼 아들은 내 수어 선생님이었다.

아들의 두번째 생일을 맞이하기 직전인 2월, 시애틀에 큰 눈 폭풍이 왔다. 아들은 처음 보는 광경이었다. 그날 아침 내내 우리는 창문 밖으로 부드러운 눈송이가 소용돌이치는 모습을 보았다. 종이를 잘게 찢어서 공중으로 한 움큼 던져 그게 우리 어깨에 내려앉게 하면서 눈에 관한 수어를 연습했다. 오후쯤 되자 눈이 마당을 온통 하얗게 뒤덮었다. 아들에게 작은 회색 방한복을 따뜻하게 입히고 순록이 그려진 연푸른색 니트 모자를 씌워 귀를 덮어주었다. 우리는 뒷문을 밀어서 열며 쌓인 눈을 치웠다. 차가운 공기가 닿자마자 아들의 뺨이 분홍빛으로 물들었고, 놀란 아들은 작은 비명을 내뱉었다. 조심스럽게 아들을 눈 위에 앉힌 다음, 아들 옆에 누워서 가위질하듯이 팔다리를 움직여 눈 천사를 만들었다. 아들은 내 모습을 유심히 지켜보았다. 아들이 자기만의 눈 천사를 만들도록 아들을 똑바로 눕히고 그의 팔다리를 움직였다. 다 끝낸 후 거기 나란히 누워 회색빛 하늘을 보았다. 아들은 내리는 눈처럼 자기 손을 흔들거렸다.

그날 밤, 아들은 눈 천사를 만들 때처럼 아기 침대 안에서 팔을 흔들었고, 모자를 달라면서 자기 머리를 쓰다듬었다. 잠시 후에야 그 행동의 의미를 이해할 수 있었다. 크리스토퍼가 내게 말하고 있었어. 벌떡 일어나 불을 켤 뻔했다. 몇 분 후 문간에서 확인해보니 아들은 반쯤 어두운 방에서 손으로 여전히 옹알이를 하고 있었다.

그해 봄 아들은 '읽기'를 시작했다. 제일 좋아하는 책은 『곰 세 마리』였다. 아들은 첫 장을 펼치고 "새들이 날아"라고 수어를 했다. 아무도 알아차리지 못했던, 그림 배경의 작은 파랑새를 가리켰다. 아들은 몇 쪽을 넘겼다. "곰 감기." 아들은 연기하듯 몸을 떨면서 오트밀을 의미하는 수어를 했다. 뒤로 넘기고 또 넘기더니 "침대 자"라고 수어를 했다. 아들은 두 손을 눈앞에서 대각선으로 만들었다가 과장된 동작으로 손을 펼쳤다. "끝." 그 수어를 하다가 아들의 배가 순간적으로 드러났다. 거기 달려들어 아들을 간지럽혔고, 둘 다 숨이 찰 때까지 웃었다.

우리가 수어로 어떻게 표현하는지 모를 때는 말하려 하는 것을 표현하는 수어를 조합해 우리끼리의 수어를 만들었다.

"비싸다"는 "돈"이라는 수어에 "던지다"라는 수어를 더했다.

"평화롭다"는 "어떻게 되다"와 "조용하다"를 더했다.

"지진"은 "공룡"에 "걷다"를 결합했다.

프랭크와 나는 그린레이크 집을 산 해에 집 바깥에 사시나무를 심었다. 가을마다 그 나무는 햇빛을 받아 꿀 같은 노란빛을 눈부시게 빛냈다. 크리스토퍼는 이를 "떠는 잎"이라고 불렀다.

수어도 배웠지만 크리스토퍼에게 보청기도 맞춰주었고, 아들이 남은 청력을 사용하도록 말하기 치료도 시작했다. 보청기를 끼자 아들은 손상된 청력 밖의 매우 낮은 주파수를 감지하게 되었다. 매주 아들의 언어치료사 질이 벨과 버저로 가득한 '소리 주머니'를 가지고 찾아왔다. 아들은 달려가서 제일 좋아하는 장난감 마이크를 뽑아 입술에 댔다. "음, 음"이라고 말하면서 손을 작은 스피커에 갖다댔다. 자기 목소리의 진동을 느끼면서 낄낄거렸다. 곧 온 집안이 소리 주머니의 연장선이 되었다. 내가 진공청소기를 켜면 아들은 손을 청소기에 대고 자기 귀를 가리켰다. 음식물처리기도 마찬가지였다. 기계가 작동하면, 아들은 깜짝 놀랐다.

"귀가 켜졌어." 그가 수어를 했다.

아들의 수어 어휘는 꾸준히 증가했다. "엄마 열쇠가 어디 있지?" 어느 날 아침, 출근 시간에 늦어 급하게 서두르면서 나도 모르게 수어를 했다. 아들이 그 말을 이해하리라고는 기대하지도 않았다.

크리스토퍼는 난로 쪽으로 자리를 좁혀 앉더니 그 안쪽을 가리켰다. "열쇠." 아들은 검지의 관절을 다른 쪽 손바닥에 대고 자물쇠처럼 돌려서, 자기가 열쇠를 떨어뜨린 거실 벽난로 옆 쇠살대* 아래를 보여주려고 자랑스럽게 수어를 했다. 나는 아들을 획 들어올렸다. 아들이 내 말을 알아들었다는 사실에 너무 신나서 화내는 것도 깜빡했다.

차츰 아들은 더 복잡한 문장을 만들어냈다. "물 섞어 기다려." 어느 날 저녁 욕조에 목욕물을 채우는 동안 그가 그렇게 수어를 했다. 크리스토퍼가 유치원에 다닐 때쯤에는 효과적인 수어 어휘를 조심스럽게 끼워맞췄다. 함께 책을 읽을 때, 내가 쉬거나 다음 장으로 넘기려고 멈추면, 아들은 내 손을 가져다가 모양을 만들어 내가 계속 읽

---

* 난로의 연료받이로 쓰는 격자무늬 쇠받침.

게 했다. 잠자리에 들 때면, 아들은 두 손을 모아 합장하고 베개처럼 만들어 그 위에 뺨을 받치는 식으로 수어를 만들었는데 자기 뺨이 아닌 내 뺨에 두 손을 놓았다. 우리만의 농담이었다.

유치원 졸업식 날, 크리스토퍼는 자기 친구를 소개하겠다며 나를 잡아끌었다. 우리는 뜨거운 햇살 아래 서서 운동장에 퍼지는 타르 냄새를 맡으며 반짝이는 별로 장식된 졸업장을 선생님들이 나눠주기를 기다렸다. 크리스토퍼는 자기 손을 가슴에 대고 누른 다음 나를 가리키며 "엄마, 우리"라고 자기 친구에게 수어로 말했다. "청각이 닫혔어"라고 청각장애를 의미하는 수어를 했다. "나도, 같아."

번역하면 "우리 엄마야, 청각장애야, 나처럼"이라고 한 것이었다. 나는 인도에서 거의 춤을 뻔했다. 어쨌든 아들은 우리의 세상을 서로 다르다고 여기지 않았다.

나는 이제 웃다가 울다가 둘 다이기도 하면서 둘 다 아닌 상태였다. 감정을 이루는 배선 전체가 합선돼 뒤죽박죽되었다. 그리피스공원 모퉁이가 운전석 창 너머로 나타났다. 크리스토퍼는 거기 트래블타운박물관에 세워진 낡은 기차의 차장 자리에 앉아 깡충깡충 뛰며 놀기를 좋아했다. 기차가 우리를 집까지 데려간다며 아들이 활발하게 수어를 하는 모습을 그려보았다. 하지만 우리가 향하는 방향을 되돌릴 방법은 없었다. 어떤 기차도 이제 아들을 내게 돌려줄 수는 없었다.

패서디나에서 크리스토퍼는 위영양관의 도움 덕에 성장했다. 하지만 몸무게가 500그램씩 늘 때마다, 아들의 손상된 신장은 점차 그의 삶을 지탱하기에는 충분치 않게 됐다. 아들의 몸은 붓기 시작했다. 뼈는 부러지기 쉽게 약해졌다. 아들이 다섯 살 때, 말기 신부전 단계에 접어들었다. 아들은 여전히 어른의 신장을 이식받을 정도로 몸집이 크지 않아서 UCLA 의사들은 시간을 벌고자 집에서 복막투석을 시작했다.

매일 저녁, 아들을 세탁기만한 기계에 연결하기 위해 살균 절차를 거치는 방식을 일일이 점검했다. 타이머를 맞춰놓고 살균 비누로 3분간 손을 문질러 씻었고, 마스크와 장갑을 착용하며, 투석액에 포도당을 얼마나 넣어야 하는지 계산했다. 투석을 시작하기 전에는 아들 몸에서 기계까지 연결되는 모든 면을 요오드로 4분간 흠뻑 적셨다.

도관이 배의 내벽인 복막 안으로 곧바로 들어갔다. 기계가 밤새 복강을 통해 투석액을 쏟아내리며, 아들의 몸에 매일 쌓이는 독소를 제거했다. 작은 오염도 치명적인 복막염을 일으킬 수 있었다. 혹시라도 지진이나 화재가 발생해 기계에서 아이를 분리해야 할 경우를 대비해 쥄쇠와 살균한 가위 한 세트를 아들 침대 옆에 끈으로 묶어놓았다.

낮에는 투석을 마친 후 배액량의 무게, 체온, 혈압을 확인하며 감염의 징후나 아들의 상태가 위독해질 조짐에 촉각을 곤두세웠다. 밤에는 깊이 잠들지 못한 채 기계 알람 소리에 귀기울이며 선잠을 잤다. 생명 유지 장치를 사용중이었기에, 정전이라도 될까봐 겁이 나기도 했다.

아들은 곧 신장이 필요했다. 투석은 임시방편일 뿐이었고 나날이 약해져갔다. 몇 달이 지나자 아들은 더는 걸을 수 없었고, 쇠약해진 다리는 그의 몸무게를 견디지 못했다. 병력이 복잡하기에 크리스토퍼는 보통의 신장 이식 대기자 명단에 오르기에 너무 위험했다. 살아 있는 친척 중에 기증자를 찾는 게 최선이었다.

가족들은 프랭크와 나와 함께 자진해서 검사를 받았다. 우리가 검사한 날 아침, 차가운 병원 벽에 이마를 대고 이 순간에 대한 수년간의 걱정을 토해냈다.

이식에 내포된 엄청난 의미와 그 무서운 결말을 상상하느라 아주 오랫동안 이식 문제는 우리를 괴롭혔다. 이식은 크리스토퍼가 정상적인 삶을 살 수 있다는 의미이기도 했다. 하지만 정상적인 삶에 대한 희망이 끝난다는 의미일 수도 있었다. 우리 중 한 명은 조직이 일치해야만 했다. 일치하는 사람이 없다면, 크리스토퍼는 병원에 방문해서 정기적으로 혈액을 투석하는 치료법에 무기한 매여야만 하고, 아들의 성장은 영원히 방해받을 것이다.

검사 결과가 나온 날 아침을 먹는 둥 마는 둥 했다. 의사는 항원이라는 복잡한 언어와 우리의 선택지가 무엇인지를 분석했다. 의사가 정확히 뭐라고 했는지는 기억나지 않지만, 그 의미를 이해했을 때 뱃속이 요동쳤다. 프랭크의 신장이 더 적합했다. 여섯 살이 되던 해 8월에, 크리스토퍼는 마침내 UCLA메디컬센터에서 아빠의 신장을 이식받았다.

하지만 이식에 적합한 기증이라 해도 성공을 보장할 수는 없었다.

영화 속 한 장면처럼 다른 이미지가 기억 속에서 아프게 떠올랐다. 이식 수술을 막 마친 크리스토퍼의 얼굴은 체액으로 부어 있었고, 몸에는 모니터와 관이 엉켜 있었다. 우리가 모든 희망을 걸었던 새 신장은 작동하지 않았다. 의사들은 응급으로 우회 수술을 진행해서 이제 크리스토퍼의 혈액이 기계를 통해 몸밖에서 순환했다. 아들의 모든 피가, 아들의 목숨 같은 피가, 침대 옆 봉지에 매달려 있었다. 링거가 꽂힌 아들의 창백한 손을 붙잡고, 우리가 길을 건널 때처럼 필사적으로 움켜쥐었다. 중환자실에서 내 옆에 서 계시던 아빠도 똑같이 내 손을 잡았다.

이식 수술로 인해 무서운 합병증이라는 새로운 전개가 시작됐다. 우리의 병원 체류도 함께 이어졌다. 밤이면 형광등이 켜진 복도를 거닐었다. 복도는 병과 회복의 장소, 나쁜 소식과 좋은 소식, 두려움과 기도 사이를 잇는 긴 연결 장치 같았다. 한 장소에서 다른 장소로, 한 순간에서 다음 순간으로 도착하기를 바라며 서성였다. 병원에서의 시간은 자체적인 시계에 따랐고 '삐' 하는 알람 소리, 침대 옆에 낯선 사람들이 나타났다 사라지는 간격으로 측정되었다. 사람들은 활력 징후를 측정하고, 채혈을 하고, 상황에 대한 조치를 취했다. 밖에서는 시간이 흘러갔지만, 병원 안에서 환자들의 계절은 절대 변하지 않았다.

우리는 기회가 닿을 때 크리스토퍼의 침대를 창가로 옮겼다. 밖을 내다보면 아들은 생기가 돌았다. 흰 병원 침대에 누워 눈 밑에는 퍼렇게 그늘이 진 창백한 얼굴로 날아가는 새들을 바라봤다. "날아"라고 수어를 하면서.

다른 침대에는 다른 환자들이 왔다갔다했다. 한번은 커다란 금속 아기침대 안에 점처럼 보이는 작은 아기가 왔다. 병원에서 제공한 분홍색 곰 인형이 그 아이가 여자애라는 유일한 단서였다. 부모는 아이를 보러 오지 않았다. 아기는 링거 바늘이 꽂히지 않아 움직이기 편한 한쪽 팔을 들어 작은 주먹을 공중에 높이 들고 이리저리 몸을 움직였다. 아기는 말벌처럼 귀에 거슬리는 소리로 울었는데, 간신히 간호사를 호출할 정도의 울음소리였다. 여자아이는 오자마자 빨리 사라졌다.

아기 뒤를 이어 열여섯 살의 데이비드라는 남자아이가 왔다. 시끄러운 대가족과 함께였다. 그들은 치킨 샐러드 샌드위치를 가져왔고 데이비드의 저녁식사를 놓고 간호사와 언쟁을 벌였다.

"우리 아이는 퓌레처럼 만든 음식만 먹어요." 그의 엄마는 블렌더를 찾아오라며 서둘러 간호사를 보냈다. 그들은 주차 문제와 입원하는 데 필요한 세부 사항으로도 짧은 설전을 벌였다.

"우리 아들이 심장이 너무 안 좋아서 그래요." 그의 아빠가 해명이라도 하듯 내게 말했다. 목이 두껍고 귀가 아기처럼 작고 처진 데이비드가 크리스토퍼에게 손을 흔들었다.

"아파." 크리스토퍼는 그에게 수어를 했다. "똑같네."

그후, 기적이 찾아왔다. 조마조마하게 몇 달을 보내고 크리스토퍼의 고질적인 새 신장이 마침내 작동을 시작했다. 그의 몸이 자연스러운 균형을 되찾아갔다. 팔다리를 따라 근육의 굴곡이 다시 나타났다. 아들의 눈은 반짝였고, 뺨에는 혈색이 돌았다.

추수감사절이 되자, 1년 넘게 휠체어를 탔던 아들이 첫발을 내디뎠다. 아들이 첫걸음을 디딘 날, 물리치료사와 나는 울음을 터트리며 껴안았다. 봄이 되자 달리는 법을 다시 배웠다. 아들은 난생처음으로 식욕이 생겨, 아기 때부터 유동식을 투여하는 데 사용한 위영양관을 제거해도 좋다고 의사가 마침내 허락했다. 더는 하루에도 여러 번 테이프와 거즈를 교체할 필요가 없었다. 더는 밥을 먹이려 잠시 멈춰서 깔때기와 튜브를 꺼내느라 낯선 사람의 시선을 끌지 않아도 됐다. 아침마다 아들은, 한때는 의료용품을 담았던 도시락통에 땅콩버터와 젤리 샌드위치를 담아 도시락 싸는 일을 도왔다. 아들은 "학교에서 먹을 맛있는 것"이라고 수어를 하며 도시락을 만족스럽게 토닥거리면서 강조하는 의미로 입술을 움직여 입맛을 다셨다.

아들은 몇 년간 다른 아이들이 주문하는 모습을 지켜보기만 했던 햄버거를 주문했다. 정작 한두 입 이상은 먹지 않았지만 잃어버린 시간을 보상이라도 받으려는 듯했다. 아들의 선택에 따라 집 근처 맥도날드에 가서 해피밀을 주문했다. 아들이 오는 모습을 본 종업원들은 매우 열정적인 고객이 된 답례로 주문한 음식과 함께 무료 아이스크림콘을 주었다. 아들은 태엽으로 감는 작은 해피밀 장난감을 침대 아래에 보물처럼 숨겨두었다.

아들은 거의 잠을 자지 않을 정도로 너무 열심히 놀았다. 가끔 걸을 때 깡충깡충 뛰기도 했다. 우리는 이를 '행복한 깡충 뛰기'라고 불렀다. 아들은 특별 치료 프로그램에서 말을 탔는데, 작은 서커스 공연자처럼 으스댔다. "엄마, 봐." 아들은 말을 타고 뱅글뱅글 돌 때, 내 관심을 끌려고 두 손을 놓고서 함성을 지르며 수어를 했다. 아들은 리틀야구리그팀에 입단해 티 위에 놓인 야구공 치는 법을 배웠다.

어느 날, 글렌데일 어드벤티스트 메디컬센터에서 정기적인 물리 치료를 받고 나온 뒤 병원의 중고품점에서 철문을 발견했다. 패서디나에 만들어둔 나만의 골동품 부스에 놓을 물건을 찾으려고 종종 들른 곳이었다. 내가 낑낑거리며 철문을 거리까지 나르는 동안 크리스토퍼는 전리품 사냥에 성공한 해적처럼 흥분했다. 그걸 바닥에 깔고 그 위에 유리를 올리면 멋진 커피 테이블이 될 것 같았다. 문 한가운데에는 쇠로 만든 별 하나가 놓여 있었다.

우리는 그날 밤 패서디나의 방갈로 현관 계단에 앉아 별을 주제로 이야기를 주고받았다.

"얼마나 많아?" 아들은 하늘을 가리키며 수어를 했다. 따뜻한 저녁 바람이 아들의 머리를 헝클었다. 나는 그의 머리를 쓰다듬었다.

"많아, 많아, 큰 숫자." 아들에게 보여주려고 두 손을 살짝 벌리며 수어를 했다.

"더 크게." 두 팔을 활짝 벌릴 때까지 아들은 내 손을 멀리 당기며 수어를 정정했다. 아들은 신이 나서 '꺄악' 하고 소리지르며 무한한 내 품속으로 파고들었다.

이식 수술이 있고 1년 후, 크리스토퍼는 배다른 형제자매를 포함한 프랭크의 새 가족과 여름을 보내러 갔다. 그해 9월 아들이 돌아왔을 때, 낚시와 빠른 말에 관해, 대어를 낚은 일이나 야구 트로피에 관해 아들이 너무 빠르게 수어로 이야기해 손가락에서 말이 쏟아지는 듯했다.

그때 내 마음을 항상 녹여준 수어가 나왔다. "보고 싶었어." 아들은 보조개를 만들듯이 검지로 자기 턱을 누르며 세상에서 가장 달콤한 동작을 취했다.

아들은 집을 떠났던 몇 달 전보다 몸이 훨씬 더 튼튼해 보였고, 근육의 굴곡은 여전히 경이로웠다. 그날 저녁 목욕을 하면서 너무나 곧은 아들의 작은 등을 감탄하며 바라봤다. 아들의 척추는 느슨하거나 뼈만 앙상한 것이 아니라 왠지 아들에게 훨씬 더 굳게 결합되어 있는 듯했다. 아들의 견갑골은 이제 예전처럼 날카로운 닭 날개 같지 않았다. 매우 건강한 작은 소년이 마침내 모습을 드러냈다.

"똑같아." 우리가 차로 아이들이 놀고 있는 들판을 지나쳐 가자 아들은 자신을 가리키며 수어로 말했다. 아들은 죽기 몇 주 전, 학교 연극에서 산타클로스 역을 맡았다. 반짝이는 아들의 눈이 아직도 기억난다.

크리스토퍼를 제시간에 학교에 데려다주려고 너무나 자주 다녔던 갈림길을 거의 놓칠 뻔했다. 그게 우연이었는지 의도적이었는지는 알 수가 없었다. 내가 향하던 곳에 가고 싶지 않다는 걸 알았지만, 그래도 가야만 했다. 내 호흡은 반대로 기능했다. 숨을 들이마실 때 가슴이 쪼그라들었고 위가 폐에 닿으며 세게 당기는 것 같았다. 충분한 공기를 마실 수가 없자 패닉에 빠졌다. 학교에 가까워질수록 속도는 느려졌고, 내 과거와 현재가 충돌하는 상황이 두려워 호흡이 완전히 멈출지도 모른다 싶었다.

학교는 버뱅크시를 감싸안은 작은 언덕 가까이에 자리했다. 차를 세우자, 생기 넘치는 노란 스쿨버스가 여느 때처럼 정문 앞에 한 줄로 서 있었다. 그 장면을 보고 거의 돌아설 뻔했다. "당신은 무엇으로부터 도망치고 있는 거야?" 마이크의 질문이 떠올라 멈췄다. 아무리 빨리 달린다 해도, 슬픔에서 달아날 수는 없었다.

차에 몇 분간 앉아 마음을 진정시킨 다음, 시멘트 길을 따라 걸으며 깃대를 지나 빨간 정문을 향했다. 조지 워싱턴 초등학교는 동명의 대학교를 상징하는 콜로니얼블루색으로 여전히 칠해져 있었다. 붉은 점토 타일과 흰 테두리로 구성된 유리창도 변함이 없었다. 교장 선생님께는 크리스토퍼 나무를 보러 간다고 미리 전화로 알렸다. 안내 데스크 직원들이 나를 기다리고 있었다. 그들은 고개를 끄덕여 인사를 했다. 표정은 친절했지만 마치 비밀로 해주겠다는 듯 눈길은 내 시선을 스쳐지나갔다. 긴 학교 복도를 따라서 걸었다. 내게는 괴로운 시련과도 같은 화려한 게시판을, 붐비는 교실을 지나쳐 마치 어두운 집 안에서 기억에 의존해 길을 찾는 것처럼 미로 같은 복도를 헤쳐나갔다. 교실을 지나칠 때 반사적으로 익숙한 얼굴이 없는지 아이들의 얼굴을 훑으며 찾았지만, 아무도 알아보지 못했다. 내가 알던 아이들은 졸업한 지 오래였다. 마침내, 운동장으로 가는 문을 열었다.

아이들은 비옷을 입고 지그재그로 뛰면서 술래잡기를 하고 공을 차며 놀았다. 아이들을 이리저리 피하며 운동장 끝 이동식 건물에 위치한 크리스토퍼의 옛 교실에 도착했다. 흩어진 책상과 깔끔하게 정렬된 책장을 보니 크리스토퍼를 학교에 데려왔을 때와 정확히 똑같아 보였다. 순간적으로 열심히 찾기만 하면 줄지어 걸린 외투 뒤에 숨어 있는 녀석을 발견할 것만 같았다.

나무를 심는 날, 줄리 램버트인지 낸시 파커인지 모르겠지만, 아들이 좋아했던 선생님 중 한 분이 내게 아들의 소지품 꾸러미를 건네주었다. 연필로 쓴 숙제 한 묶음과 여분의 재킷이었다. 맨 위에는 아들이 색칠한 그다음 해 달력이 놓여 있었다. 우리는 둘 다 말을 잇지 못했다.

이 대목에서 내 기억이 깜빡깜빡한다.

나무를 심는 의식 자체는 기억이 나지 않는다. 하지만 사진을 보면 유치원 원장님이었던 칼 키르히너 옆에 내가 서 있었다. 키가 크고 상냥했던 칼 원장님은 크리스토퍼가 제일 좋아하는 사람으로 꼽혔다. 원장님이 병원에 문병을 왔을 때, 크리스토퍼는 의사들에게 그를 '아빠'라고 열심히 소개했다. 사진 속에서 우리는 학교에서 고른 복숭아나무 묘목에 크리스토퍼를 위해 만든 카드를 거는 환한 얼굴의 남자아이와 여자아이에게 둘러싸여 있었다.

검은 곱슬머리에 갈색 눈을 가진 건장한 청각장애 소년 아서는 의식이 끝나자마자 내게 달려와 옷소매를 당겼다. 그날 많은 다른 아이들처럼, 그도 자기가 크리스토퍼의 단짝 친구라고 주장했다. 고삐 풀린 망아지 같은 부류였던 아서는 주변 공간에 대한 인식이 몸집에 비해서는 뒤떨어졌다. 하지만 그 아이는 늘 아들을 넘어뜨리지 않으려고 크리스토퍼 주변에서는 특별히 조심했다. 그 마음이 예뻐서 아서를 특히 좋아했다.

아서는 손을 C자 모양으로 구부려 크리스토퍼의 이름을 수어로 만들고는 자기 가슴 위에서 원을 그렸다.

"크리스토퍼를 위한 상자, 얼마나 커요?" 아서는 하늘을 가리키며 수어를 했다. 그는 대답을 기다리며 기대에 찬 눈길로 나를 바라보았다.

내 얼굴이 일그러지는 모습을 그 아이가 보지 못하도록 무릎을 꿇고 그를 껴안았다. 아서에게 답해줄 말이 없었다. 시애틀에서 장의사도 우리에게 거의 비슷한 질문을 던졌다. 아무도 그런 질문에는 대답할 필요가 없다.

아서는 내 소매를 두번째로 당겼다. "학교 크리스토퍼 다시, 언제?" 그가 수어로 물었다.

눈을 질끈 감아 그 기억을 차단했다. 아이들처럼 죽음을 돌아올 수 있는 장소로 여길 수 있다면 얼마나 좋을까. 다리를 움직일 수가 없었다. 비명을 지르거나 도망칠 수 없는 악몽에서 깰 때처럼 다리가 무겁고 마비된 것 같았다. 나는 잠과 깨어 있는 악몽 사이에서 발이 묶인 채 운동장에 갇혀 있었다. 다시 샐리를 떠올렸다. 그가 어떻게 의지를 갖고 한 발 한 발 내디뎠는지를 떠올렸다. 나도 똑같이 했다.

정원으로 가는 길은 터널처럼 그늘졌지만, 안으로 들어가자마자 그 나무를 즉시 알아보았다. 몇 년간 생각지도 않았던 기억이 갑작스럽게 밀려들었다. 크리스토퍼가 죽고 몇 달 후, 학교에 가서 자원봉사를 할 수 있는지 물었다. 정원을 운영하는, 햇볕에 그을린 크레이그 햄펠은 나를 보고 놀라지 않는 것 같았다.

우리는 봄맞이 나무를 심기 전에 죽은 해바라기 줄기가 어수선하게 웃자라 들쭉날쭉한 모습을 함께 살펴봤다. 그에게는 볼품없는 정원의 잔해가 보이지 않았다. 정원은 그에게 사랑스러운 학습 실험실이었다. 로스앤젤레스 분지에서 시멘트에 둘러싸여 자란 아이들에게 그 정원에서 식물 키우는 법을 가르칠 수 있었기 때문이다. 아이들은 퇴비에 대한 그의 변치 않는 사랑 때문에 그를 '퇴비 박사님'이라고 불렀다.

"여기에서는 모든 것이 수업이지요. 모든 것이 중요한 무언가를 알려준답니다. 식생천이든, 자생식물의 우성이든, 곤충의 먹이든, 잡초든 말이지요." 크레이그는 내게 낡은 호스 몇 개를 건네주더니 그걸로 고리를 만들라고 했다. 그러더니 뱅뱅 돌면서 고리를 정원 곳곳에 놓아두었다. 그날 오후, 수업이 끝나고 아이들이 쏟아져나오자 왜 그렇게 한 건지 알았다. 아이들이 각자 정원에 들어와 저벅저벅 걷자, 크레이그는 아이들에게 서로 다른 지점으로 가라고 지시했다.

"자기 원 안에 있는 잡초를 뽑으렴." 그가 아이들에게 말했다.

나는 크리스토퍼 나무 주위에 놓인 원을 골랐다. 그후 몇 달간, 아이들이 수업을 듣는 동안 나는 혼자서 땅을 파고, 피가 날 때까지 손으로 흙을 다지고, 뿌리를 보호하기 위해 나무 주위에 낮은 옹벽을 만드느라 바위를 끌어왔다. 바위 하나하나가 내 무릎에서 졸던 아들의 머리처럼, 내 가슴에 웅크린 아들의 몸처럼 무거웠다.

어느 날, 크레이그가 내게 뭔가 색다른 것을 주었다. 바로 가지치기 톱이었다. 그는 나무가 햇빛을 더 많이 받으려면 어떤 모양이어야 하는지를 설명해주었다. 가지치기를 하는 데도 리듬이 있었다. 멈추거나 너무 골똘히 생각하거나 다음에는 어디를 잘라야 하는지 분석하려고 들면, 전체 과정이 시들해졌다. 어디를 잘라야 하는지를 나무가 내게 말하도록 내버려두면, 올바른 형태가 나타났다. 내년에 열릴 복숭아를 튼튼하게 하기 위해 1년간 자란 크리스토퍼의 복숭아나무 가지를 삼분의 일로 잘라내면서, 조언받은 대로 깔때기 모양으로 만들었다. 그 옆에는 사과나무가 있었다. 사과나무는 생장 습성상 결연하게 곧게 자라는데, 중앙에 햇빛이 많이 들도록 더 열린 형태로 가지치기를 했다. 사과나무 옆에는 병든 자두나무가 있었다. 자두나무는 껍질에서 수액이 흐르고, 군데군데 부어올랐으며, 나뭇잎 가장자리는 타버렸다. 죽었거나 죽어가는 부분을 다듬고 첫번째 싹이 난 부분 바로 앞까지 톱질을 했다. 거기서는 잘 자랄 방향을 향해 새롭게 성장할 것 같았다.

그해 나는 열심히 나무를 잘랐다.

시애틀로 돌아온 후, 크레이그에게 편지를 받았다. 크리스토퍼 나무가 튼튼한 생장 습성을 발달시켰다고 쓰여 있었다. "그 나무는 다른 나무보다 열매가 많이 열려요. 강한 정신력을 갖도록 축복받았나 봐요."

정원에 서자 비가 걷히고 햇살이 비쳤다. 내가 만든 돌담의 잔해가 보였고, 아이들이 만든 아들의 이름을 적은 기념 팻말이 보였다. 나무 자체는 높고 넓게 자라 있었다. 교장 선생님 말씀으로는 여름마다 양동이 여러 통을 채울 만큼 복숭아가 많이 열린다고 했다. 하지만 그 나무에는 나를 이끄는 다른 요소가 있었다. 강한 정신력이었다. 나뭇가지 밑에 서서 일종의 고요함이 내 안에 내려앉기를 기다렸다.

그날 오후 늦게 마침내 호텔로 돌아와서는 기진맥진해서 침대에 몸을 던지듯 누웠다. 마이크는 내 옆 침대 가장자리에 걸터앉았다.

"어땠어? 나무는 봤어?"

나는 고개를 끄덕였다.

"그래서?"

"가길 잘했어. 내가 다녀가길 크리스토퍼가 원했던 것 같아."

네번째 만남

슬픔의 가혹한 시련

제리

12장
슬픔의 여진

어른이 죽으면, 정리해야 할 일이 너무 많다. 유언장을 읽고, 유산을 정리하고, 그 밖의 바쁜 일을 처리하느라 상실감을 보류할 수 있다. 하지만 크리스토퍼가 죽은 후에는 할일이 거의 없었다. 아들이 마지막으로 도서관에서 빌린 책을 우리 부모님께서 반납하셨는데 두 분은 그 일만으로도 슬픔을 가누지 못하셨다. 우리는 남은 의료용품을 기부했다. 마지막 의료비 청구서가 조금씩 날아들어왔다.

캘리포니아 아동서비스를 담당하는 한 여자가 그 기관에서 제공하던 물리치료 대상의 상태를 확인하러 전화했다. 나는 여러 달 동안 주정부와 실랑이하고 있었다. 의료 기록을 제출했지만 물리치료 대상 적격 심사에서 거부되었고, 다른 기록을 제출하고 나서야 마침내 크리스토퍼가 치료를 받을 수 있다고 승인이 났다. 그 시련이 끝날 무렵에는 담당 직원과 친밀한 사이가 되었다. 전화기를 집어들고 그녀의 목소리를 들었을 때, 그녀가 모른다는 사실을 깨달았다. 그 순간에 그냥 머물고 싶었다. 당신이 모른다면, 크리스토퍼는 평행우주 어딘가에서 여전히 살아 있을지도 모르니까. 내가 알기 전의 그 순간으로 시간을 되감고 싶었다.

"이런 말씀을 드려 유감이네요." 내 입에서 단호한 말이 튀어나왔다. "크리스토퍼는 죽었어요."

잠시의 멈춤도 없었다. 그녀는 마지막에 우리가 수다를 떨었을 때, 아들의 상태가 얼마나 괜찮았는지 계속 얘기했다. 아들의 몸집이 얼마나 커졌는지 믿을 수가 없다고도 했다. 그 소식을 받아들이지 못하는 것 같았다. 하지만 나는 알았다. 그녀가 '내가 계속 말하면, 이렇게 끔찍한 사실을 직면하지 않아도 될 거야'라고 생각한다는 걸 말이다.

전화를 끊고 주방 구석에, 정확히 아들의 사망 소식을 들었던 그 장소에 앉아 있었다. 전화기 속 웅웅거리는 발신음을 들으며 한참 창밖을 멍하니 바라보다가, 갑자기 애도하는 듯 우는 비둘기의 '구-아, 구구'라는 소리에 깜짝 놀라 정신을 차렸다. 그 새는 창문 바로 밖에 놓인 에어컨 실외기에 앉아 있었다. 비둘기가 부드러운 황갈색 깃털을 단장하는 모습을 지켜봤다. 아주 짧은 순간, 크리스토퍼의 눈으로 나를 응시하는 것 같았다. 내가 눈을 깜빡이자 비둘기는 사라지고 없었다.

"날아갔네." 나는 수어를 했다.

정리해야 할 다른 청구서가 있었다. 글렌데일 어드벤티스트 메디컬센터의 원무과 직원은 미지급된 크리스토퍼의 의료비를 탕감해주겠다고 말했다. 그녀는 친절하게 말하려고 애썼다. 그녀가 전화를 끊은 후에도, 나는 계속 전화기를 들고 있었다. 숨을 쉴 수가 없었다.

탕감했다. 그냥 그렇게 크리스토퍼는 존재한 적이 없는 사람 같았다.

슬픔이라는 단어를 수어로 표현할 때는 손을 가슴 위에 대고 쥐어짜 '으스러진 마음'으로 전한다. 영어 단어로 슬픔grief은 '부담'을 의미하는 옛 프랑스어grever에서 전해져 내려왔는데, 다시 이 단어는 '무겁다'라는 의미를 담은 더 오래된 단어gwere에 뿌리를 두고 있다. 옛 선조들도 정신적으로 비통한 상태를, 신체적으로 엄청난 무게에 짓눌리는 듯하다는 표현으로만 설명할 수 있었던 것 같다. 그건 사실이었다. 마치 어릴 적부터 지속되어온 악몽이었던 모래 밑에 목까지 묻힌 것처럼 내 몸이 슬픔이라는 표면 아래 박혀 움직일 수 없었다. 하지만 부재의 무게를 설명할 단어는 무엇일까?

여러 날 동안 로스앤젤레스 전역을 운전하고 다녔다. 황갈색 언덕을 지나 함께 천문대까지 올라갔던 그리피스공원으로, 오래된 회전목마를 탔던 샌타모니카피어로, 거기서 더 올라가서 아들이 승마를 배웠던 소나무 향기가 나는 먼지투성이 협곡까지 갔다. 내 어린 시절과 아들의 어린 시절을 연결해준 레이크가와 패서디나 대로를 따라 차를 몰고 오르락내리락했다. 황혼녘에 남색으로 물든 남부 캘리포니아 하늘 아래, 로스앤젤레스 분지 위에 높이 솟은 멀홀랜드 도로를 따라 운전할 때, 희미한 달이 반대 차선에서 오는 차량의 헤드라이트처럼 솟아올랐고, 카펫처럼 깔린 불빛이 저 아래에서 환히 빛났다.

버뱅크에 위치한 아들의 학교 앞에 주차를 하고는 빨간색과 파란색으로 조합된 교복을 입은 아이들이 스쿨버스에서 쏟아져나오는 모습을 바라봤다. 가끔은 어떻게 갔는지 기억나지 않는데 어딘가에 가 있을 때도 있었다. 마치 내 안의 격자 전극이 다른 축으로 기울어 방향을 잡지도 않고서 아무데나 나를 던져놓은 것 같았다.

나는 아들을 찾아서 차를 몰았고, 운전을 하다가 길을 잃었다. 창문을 열고 라디오는 꺼놓은 채, 머릿속에서 크리스토퍼의 삶을 반복해 재생하면서 만약 그랬더라면 하는 가정을 연쇄적으로 떠올렸다. 만약 아들의 신장이 너무 심하게 손상되기 전에 아들이 가진 선천적 결함을 더 빨리 알았더라면. 만약 그 주말에 아들이 제 아빠랑 집을 나서게 허락하지 않았더라면. 만약 아들이 걸린 병이 독감이 아니라 더 심각한 병이었음을 알았더라면. 다르게 행동했더라면 다른 결과로 이어졌을 마법의 순간을 계속 탐색했다. 차에 있을 때는 아들의 삶이 다른 길로 가고 있는 척을, 아들이 여전히 여기 있는 척을, 아들을 학교나 물리치료실이나 제 아버지의 집으로 데리러 가는 척을 할 수 있었다. 차에서 혼자 있으면, 아들이 죽었다는 사실을 믿지 않을 수 있었다. 믿기를 거부한다면, 사실이 아닐 것이다. 차에서 나는 여전히 아들의 엄마였다. 차에서는 사람들을 만나서 얘기할 필요도, 어떻게 지내느냐는 대답할 수 없는 질문에 대꾸할 필요도 없었다. 자신이 도울 일이 없는지, 뭐 필요한 게 없는지 사람들이 물어도 대답할 필요가 없었다.

'당신들은 나를 도울 수 없어. 아무도 나를 도울 수 없다고!' 그렇게 소리치고 싶었다. 내게 필요한 것은 배트맨 도시락 가방을 흔들면서 "학교 끝났어"라고 손을 옆으로 뻗어 수어를 하면서 나에게 달려오는 크리스토퍼였다. 내게 필요한 것은 악몽을 꾼 아들이 몸을 웅크린 채 내게 기대서 우리의 호흡이 반딧불이처럼 동시에 움직일 때까지 껴안고 있는 것이었다. 내게 필요한 것은 아들이 자라는 모습을 보는 것이었다.

주차장에서 '5분간 유예가 허용됨'이라고 쓰인 표지판을 보았다.

5분간의 유예. 그게 바로 나의 간절한 바람이었다.

첫해에는 망연자실했다. 두번째 해에는 더 심해졌다. 그때쯤엔 충격은 사라지고 없었다. 세번째 해가 되자, 사람들은 내가 애도를 끝내기를 기다렸다. 내가 삶의 다음 단계로 나아가길 원했다.

하지만 절대 그럴 수가 없다.

방아쇠는 도처에 있었다. 지나가는 노란 스쿨버스, 구급차 소리, 매직 마커의 냄새. 그런 것이 나를 뒤흔들었다.

크리스토퍼와 내가 로스앤젤레스로 이사한 직후 어느 날, 동이 트기 전에 지진이 발생해 깜짝 놀라 일어났다. 동쪽으로 160킬로미터 떨어진 랜더스라는 사막 마을에서 발생한 규모 7.4 지진의 충격파에 우리의 작은 방갈로는 무너질 뻔했다. 집이 흔들리는 그 이상한 느낌이 아직도 기억난다. 마치 바닥이 발아래로 떨어지기를 기다리는 동안 잠시 떠 있는 기분이었다. 발밑에서 바닥이 걷잡을 수 없이 흔들리는 동안 크리스토퍼의 방으로 달려갔다. 아들에게 가보니 아들은 여전히 잠들어 있었다. 나는 자리로 돌아갈 수 없었다.

여진이 오기를 기다렸다. 슬픔도 그런 것이다.

오클라호마 폭탄 테러가 발생했다. 잔해 속에서 축 늘어진 아이의 시체를 나르는 어느 소방관의 모습이 뉴스에 반복해서 등장했다. 그리고 9·11 테러가 터졌다. 그다음엔 샌디훅 총기 난사 사건이 발생했다. 그다음엔 먼 해안까지 시리아 아이들이 떠밀려왔다. 각각의 엄청난 슬픔이 다시 나만의 터널로 나를 거꾸러뜨렸다.

크리스토퍼가 죽은 후 몇 년간, 끝없이 비통해하는 내 모습에 친구들과 가족들이 지쳐버릴까봐 두려웠다. 기사를 보도하는 일은 내 슬픔을 철저히 논의하는 대용물이 되었다. 가끔은 특정한 기사로 마음이 쏠렸는데 이를 곧바로 알아차렸다. 가끔은 그 깨달음이 몇 년 후에야 번득 떠오르기도 했다. 내가 보도했던 사람들은 대부분 내 삶을 스쳐지나갔고, 나 또한 그들의 삶을 스쳐갔다.

하지만 때로는 내 삶과 얽히고설킨 사람도 만났다. 제리 헤인스도 그런 사람이었다. 하지만 처음 만났을 때만 해도 그럴 거라고는 전혀 짐작하지 못했다.

신문사로 복귀하고 처음 맡은 기사 중 하나가 소아 말기 환자 치료에 관한 내용이었는데, 그 분야가 당시에는 초기 단계였다. 아동을 위한 호스피스는 선택의 여지가 없는 일이었다. 호스피스 치료 대상자가 되려면 치유에 초점을 맞춘 의학 치료를 중단하고 삶의 질 개선과 고통의 완화로 방향을 전환해야만 했다. 하지만 가족들도 의료진도 똑같이 아이 목숨을 살릴 일말의 가능성을 거의 포기하고 싶어하지 않았다. 아이들의 죽음을 인정하는 것은 금기시되었다. 그렇기에 자기 아이가 죽어갈지라도, 가족들은 성인 호스피스 환자가 받는 서비스와 지원에 접근할 수 없기도 했다. 가족들은 혼자서 자신의 공포와 슬픔에 대처하도록 방치되었다.

크리스토퍼가 UCLA메디컬센터에 입원해 있을 때, 물에 빠진 사고를 당해 산소 공급용 텐트에 둘러싸인 어린 여자아이와 병실을 함께 쓴 적이 있다. 그 아이의 눈은 멍했고 손에는 부목을 대어 인형처럼 보였다. 아이 아버지가 침대 옆에 서 있었다.

"착하지, 착하지." 그는 주문처럼 그 말을 반복했다. 아이 엄마는 축 늘어진 채 벽에 기대서 조용히 아이를 바라만 보았다. 가끔 의료진이 침대 주위에 커튼을 친 후 어린 여자아이의 기도를 청소하려고 폐에 석션을 진행했는데 그 끔찍한 숨가쁜 소리만이 방안에 울려퍼졌다. 산 자와 죽은 자의 세계는 얇은 커튼 한 장으로만 분리되었다.

그것은 우리가 얘기할 수 있는 주제가 아니었다.

의료계에서 몇몇 사람이 그 문제를 바꾸려 노력하고 있었다. 그들은 아이들의 질병과 다가오는 죽음을 직면한 부모를 지원할 방안을 찾고자 했다. 그래서 제리를 만나게 됐다. 날씬하고 탄탄한 몸에 생기 넘치는 갈색 눈동자를 지닌 제리는 중환자실 간호사이자 호스피스와 말기 환자 간병에 초점을 둔 관리자로 일했다. 그 당시에는 미국 최초로 어린이를 위한 말기 환자 병동을 만드는 일을 돕고 있었다. 인터뷰를 진행하는 동안, 그녀는 조용하고 숲이 우거진 시애틀 교외에 위치한 자기 집에서 자식을 잃은 엄마들의 모임을 직접 운영한다고 얘기했다. 그러면서 나를 모임에 초대했다.

처음에는 취재원과 기자라는 선을 넘고 싶지 않아서 망설였지만, 해당 기사의 인쇄 준비를 마치고도 그 모임에 관한 생각이 뇌리에서 떠나지 않았다. 나는 크리스토퍼의 죽음을 거의 입 밖에 내지 않았다. '상처 입은' 듯 보이지 않으려고 엄청난 에너지를 쏟아부었다. 사람들이 수군거리는 '자식을 잃은 불쌍한 여자'가 되고 싶지 않았다. 바깥세상에서는 확실히 삶의 다음 단계로 넘어간 사람처럼 보이게 했다. 그래야 나를 보호할 수 있기도 했다. 나 자신과 내 감정 사이에 거리를 둠으로써 나는 정상적으로 활동하게 됐고, 심지어 웃기도 했다. 하지만 속으로는 어디에도 어울리지 못하는 사람처럼 느껴졌다. 그래서 그 모임에 가보기로 결심했다.

제리네 집 거실에 모인 엄마 십여 명은 투표 참여를 독려하거나 차고 세일을 준비하거나 학교 모금 행사를 계획하러 뭉친 사람들 같았다. 몇몇은 오래된 친구처럼 수다를 떨고 웃었다. 머그잔을 꼭 움켜쥐고서 혼자 앉아 있거나 머뭇거리며 주위를 빙빙 도는 사람도 있었다. 마침내 우리는 벽난로 앞에 앉은 제리를 마주보고 소파 위나 바닥에 놓인 쿠션 위에 자리를 잡았다. 그녀는 우리에게 자기소개를 하고, 아이들의 이름과 그들의 삶에 관해서 말해보라고 했다. 아이들의 죽음에 관한 세부적인 사연도 쏟아져나왔다. 암, 자살, 자동차 사고, 살인 등 삶의 모든 불운이 언급되었다.

내 차례가 가까워지자 점점 더 긴장했다. 깜빡거리는 조명이 시야 가장자리에서 색종이 조각처럼 떠다녔는데, 다가오는 편두통의 희미한 증상이었다. 손을 관자놀이에 대고 눌러 벽이 닫히는 것을 애써 막았다.

첫번째 모임에서는 거의 말을 하지 않았다. 크리스토퍼의 삶과 죽음에 대한 이야기는 너무 깊이 묻어둬서 나 자신에게도 거의 말한 적이 없었기에 그걸 옮길 적절한 단어를 찾을 수가 없었다. 이상하게도, 그 모임 때문에 더 외로워졌다. 그 엄마들은 내가 아는 대부분의 다른 엄마들보다는 나와 더 비슷했지만, 그들은 크리스토퍼를 몰랐고, 알 수도 없었다. 나 또한 그들의 아이를 알 수 없었다. 우리가 모두 달랐던 과거를 그냥 지나칠 수가 없었다. 어떤 사람은 성인이 된 자녀를 잃었다. 어떤 사람들은 갓난아기를 잃었다. 어떤 이는 작별인사를 할 기회가 있었다. 다른 이들은 문 앞에서 경찰관에게 끔찍한 소식을 접했다. 그들의 슬픔이 어떤 특정한 공포를 준 건지 상상할 수가 없었다. 내 공포만 느낄 뿐이었다. 불안한 마음을 안고 첫 모임 자리를 떠나면서 다시는 찾아가지 않으리라 확신했다.

하지만 나는 다시 찾아갔다. 만날 때마다 그 의식은 반복되었다. 제리는 엄마들이 각자 말하고 싶은 것은 무엇이든 말할 공간을 제공했다. 어떤 사람들은 잃어버린 아이에 관해 말했다. 어떤 사람들은 남겨진 형제자매에 관해 말했다. 그들은 친구와 가족, 연인이 자기도 모르게 어떻게 상처를 주거나 도움을 줬는지 얘기했다. 제리는 엄마들이 각자 말하는 것만큼이나 말하지 않은 것에 집중하며 열심히 들었다. 분노가 쏟아져나왔다. 그리고 눈물이 이어졌다. 다음에는 웃음이 터졌다. 죄책감과 수치심이 독초처럼 도사렸다.

"여러분 내면의 모든 고통과 죄책감을 어떻게 해야 할지 결정해야합니다. 그걸 자기 자신과 남을 위해 열정과 지혜로 바꾸지 않으면 그고통이 다 무슨 소용이겠어요?" 제리는 어떻게 분노가 슬픔을 가리는지를 말하며 슬픔은 우리가 통제할 수 없는 것을 애도하는 일이라했다. 그녀는 우는 것이 얼마나 필요하고 좋은 일인지 얘기했다. 그리고 울지 않아도 괜찮다고 말했다.

"눈물을 막은 그 댐에 감사하세요. 그게 우리를 보호해주니까요." 너무 망연자실해서 눈물도 나오지 않았다는 어떤 엄마에게 제리는 그렇게 말했다.

그 자리에 앉아 다른 사람들의 말을 들었지만, 동시에 그들을 밀쳐내고 싶기도 했다. 소용돌이가 내면에서 다시 나를 빨아들이면서, 연약하게 붙들고 있는 행복을 위협했다. 그들의 고통 근처에 있고 싶지 않았다. 결국 나는 모임에 나가지 않았다.

하지만 제리는 그후 몇 달, 몇 년이 지나도록 그 모임을 유지했다. 그녀는 이 여자들을 자신의 집과 마음속에 들였다. 그녀는 그들의 고통을 껴안았다. 어떻게 그러는 건지 상상조차 할 수 없었다. 그때쯤 너무 많은 사람이 나를 떠났다. 처음에는 크리스토퍼의 아버지, 그다음에는 짐, 그렇게 두 명의 연인을 잃었다. 친구들도 자기 삶에서 앞으로 나아갔다. 나도 감정이 존재하지 않는 척하면서 나 자신과 내감정 사이에 거리를 두려 애쓰면서 도망쳤다.

크리스토퍼가 신생아 중환자실에 있을 때, 한 목사님이 중환자실 부모들에게 삶과 상실에 관해 이야기하러 오셨다. 목사님의 아기는 그의 아내가 기저귀를 갈아주다가 탁자에서 떨어뜨려 죽었다. 아내는 몇 주 후 여객선에서 몸을 던졌다. 그는 친절한 사람이었지만, 두 눈에 비친 슬픔이 너무나 깊어 똑바로 쳐다보기가 어려웠다. 그는 이제 고통받는 사람들을 위해 손을 뻗는 일이 자신의 사명이라고 말했다.

어떤 이들은 어떻게 그런 종류의 슬픔에 똑바로 맞서서 쓰나미가 그들을 스쳐지나가게 하는 걸까? 목사님의 말을 들을 때도 궁금했고, 제리를 만난 그때도 궁금했다. 예상했던 방식은 아니지만, 제리는 나에게 가르침을 주었다.

제리를 알고 지낸 지 2년 후 그녀가 유방암 진단을 받았다는 소식을 접했다. 같은 신문사에서 일하는 공동의 친구에게 그 소식을 듣고 충격도 받았지만 걱정도 되어 제리에게 전화를 걸었다. 그녀는 자신의 병에 동요하지 않는 듯했다. 전화를 끊고서 그녀가 고통을 분명히 드러내지 않는 것은 그녀의 일과 관련될지도 모른다는 생각이 들었다.

그때쯤 나는 신문사에 새로 생긴 팀에 속해 있었다. 우리는 농담 삼아 그 팀을 '평범한 사람들' 팀이라 불렀다. 시애틀 포스트인텔리전서의 재정적 미래의 열쇠를 쥔 공동 운영 협약 시계가 초읽기에 들어가자, 경영진은 우리가 '토네이도'라고 별명을 붙인 야심 찬 뉴스룸 개편을 시도했다. 토네이도는 인터넷의 가차없는 잠식에서 우리를 구하고, 독자들의 호응을 더 이끌어주고, 더 민첩하고 효율적인 '디지털

우선' 방식으로 만들어줄 마지막 승부수였다. 우리는 여러 부서를 통합한 보도팀으로 재편됐다. 내 담당 업무는 인물 소개 글에 전념하기였다. 토네이도로 운영 방식을 재고하면서 더 많은 사람이 신문에 자신이 반영되는 기회를 얻을 수 있게 했다. 유명하거나 공직에 출마하거나 범죄로 기소되지 않아도 신문 기사에 등장할 수 있었다. 하지만 이는 우리에게 사실상 무한한 선택지가 주어진다는 얘기나 마찬가지였다. 딜레마는 어떻게 선택하느냐였다.

누구나 다른 사람에게 전할 만한 나름의 사연을 가지고 있다는 아이디어가 마음에 들었다. 그래서 지면에 소개할 사람을 선택하는 나만의 기준을 재빨리 개발했다. 비범한 것과 보통의 것 사이에서 긴장이 감도는 사연을 찾았다. 어떤 사람이 더 많이 '비범할'수록, 긴장감을 찾으려면 더 평범한 상황이 필요했다. 샐리 장군이 그런 시나리오에 딱 들어맞았다. 뇌졸중이라는 매우 평범한 의학적 재앙에 직면한 특이한 지위에 있는 사람이었다. 반대로 특이한 상황에 직면한 '평범한' 사람도 이야기의 좋은 토대를 만들어냈다. 상상할 수 없는 질병과 싸우는 보통의 어린 소년 세스가 그런 조건에 딱 들어맞았다.

하지만 기삿감을 찾는 또다른 기준도 있었다. 나는 삶의 다른 면을 보여주는, 예기치 못한 상황에 직면한 사람을 찾았다. 몇 년 전에 밀워키 저널 센티널의 기자 크로커 스티븐슨이 쓴 알츠하이머병에 걸린 어떤 역사 교수에 관한 기사를 읽었다. 의학 기자로서 알츠하이머 환자와 그의 가족에 관한 수많은 이야기를 접했지만, 이번 이야기는 달랐다. 평생을 역사에 헌신해놓고도 정작 자기 개인사를 잃어버린 한 남자를 다룬 스티븐슨의 선택은 이야기에 강렬한 울림을 남겼다. 제리가 유방암에 걸렸다는 소식을 들었을 때, 스티븐슨의 기사가 떠올랐다. 죽음을 평생의 일로 삼은 사람은 어떻게 자신의 죽음에 대처할까?

제리에게 다시 전화를 걸어 그녀의 치료과정을 기사로 써도 되겠느냐고 물었다. 유방암은 여성에게 두번째로 흔한 암이다. 내가 아는 거의 모든 여자가 본인이 유방암에 걸렸거나 유방암에 걸린 사람을 알았다. 호스피스 간호사로서 제리의 경험이 진단을 받고 혼란스러운 사람들을 도울 수 있다고 생각했다. 그녀가 암 진단에 어떻게 접근하는지, 암에 걸린 것이 그녀의 인생에 관해 무엇을 보여줄 수 있는지에 대해 쓰고 싶었다. 그녀는 그 자리에서 승낙했다. 예상했던 반응이라 놀라지 않았다. 내가 아는 한 제리는 이야기를 공유하는 일의 힘을 믿는 사람이었다. 그녀는 다른 누군가를 도울 수 있다면 자신의 상황을 드러내도 개의치 않았다.

그렇게 나는 제리가 가슴에서 혹을 발견한 지 석 달 후인 7월에 치료의 마지막 단계를 위해 그녀가 남의 시선을 의식하지 않으며 옷을 벗는 모습을 지켜보았다. 림프절을 제거한 팔 아래에는 깊은 흉터가 남아 있었다. 그녀의 유방 조직은 이전의 방사선 치료과정에서 피부를 태운 부분 때문에 살짝 검었고, 림프절을 제거한 수술 때문에 희미한 초승달 모양의 흉터가 남았다.

그녀는 선형가속기의 매끈한 금속 몸체 아래 놓인 진료대 위에 누웠다. 그녀의 유방 위에 목표물의 윤곽선을 그린 펜 자국이 남아 있어서 전자빔이 방향을 잡는 데 도움을 주었다. 그 방에서 별이 그려진 돔 아래 혼자 누운 그녀는 방사선을 태양으로 상상하면서 파괴적인 힘이 아니라 치유의 힘을 받는다고 고쳐서 생각했다. 치료를 마친 뒤 그녀는 이렇게 말했다. "내 태양전지를 충전한다. 저는 방사선 치료를 그렇게 생각해요."

제리는 부활절 전 금요일인 성금요일에 혹을 발견했다. 흉부 높은 곳에 자리한 이 혹은 이전에 갖고 있던 덩어리와는 다르게 느껴졌다. 물갈퀴와 비슷하게 가슴 안쪽에 연결되어 있었다. 집요한 침입자가 그녀의 조직 안에 박혀 있는 것 같았다. 그녀는 즉시 그것이 무엇인지 알아차렸다. 그녀는 의사인 남편 밥 쪽으로 몸을 돌렸다. 남편도 그 혹 덩어리를 만져보았다.

"이건 꺼내야 될 것 같은데." 그가 사무적으로 말했다. 그들은 그때 이미 그게 악성종양이라고 믿었다. 둘 다 당황하지는 않았다.

"이게 불치병이라 해도, 내 마음은 평온하다는 걸 당신이 알았으면 좋겠어." 그녀는 남편에게 그렇게 말하고는 잠자리에 들었다.

58세인 그녀는 이미 대부분의 사람보다 죽음에 관해 더 많이 알았다. 그녀는 여섯 살 때 어머니를 유방암으로 잃었다. 아버지는 그녀가 열세 살 때 심근경색으로 돌아가셨다. 어른이 된 후에는 심장질환 전담 간호사가 되어 중환자 병동에서 일했다. 삐 소리가 나는 모니터에서 얇은 초록색 선이 매일 삶과 죽음 사이에서 흔들리는 곳이었다. 중환자실에서 근무한 덕분에 그녀는 집 근처의 에버그린병원에 호스피스를 설립하는 데 도움을 주었고, 나중에는 시애틀아동병원에 호스피스를 세우는 일에도 힘을 보탰다. 그녀는 열정적으로 그 일을 했다. 불과 몇 년 전, 그녀는 자신을 키워준, 매우 가까이 지내온 새엄마를 잃었다. "우리는 모두 죽어요. 그렇게 된다면 존엄하게 죽을 수 있어야 해요." 제리가 말했다.

말하자면 제리의 죽음에 관한 인식이 그녀의 삶에 영향을 미친 셈이었다.

종양 조직검사를 진행하자 그녀의 직관이 옳았다. 종양은 악성이었을 뿐만 아니라 병의 중증도에 있어서도 심각했다. "최고치가 3이라면 그건 3이었고, 최고치가 9라면 9였어요. 암은 더할 수 없이 공격적이었고 악성이었어요." 그녀가 말했다.

종양이 악성이라는 소식이 퍼지자, 친구들과 가족들에게 쾌유를 비는 이메일과 전화가 쇄도했다. 제리 입장에서는 역할이 뒤바뀐 셈이었다. "고개를 반대쪽으로 돌려야만 했어요. 저는 이런 사랑과 기도를 받는 데 익숙하지 않았거든요. 이걸 받아들일 여유가 필요했어요. 제 가슴을 이 모든 것을, 이 선물을 받아들일 스펀지라고 상상했어요."

혹을 발견하고 일주일 후, 제리는 자신의 친구인 외과의사에게 림프절과 함께 혹을 제거하는 수술을 받았다. 초기 병리학 보고서를 토대로 그녀와 의사는 암이 퍼질 것이라 추정했다. 의사들은 6주간의 방사선 치료를 권했다. 그녀는 자신을 위해 나서서 일을 처리해주는 의료계 동료들이 있어 다행이라는 걸 알았다. 모두가 그런 호사를 누리지는 못한다는 사실도 알았다. 그럼에도 일이 너무 빨리 진행되자 자신이 무엇을 선택해야 하는지 간신히 생각해볼 수 있었다. 그녀는 치료법에 관해, 다음 단계에 관해 결정해야 한다는 압박감을 느꼈다. 삶이 균형을 잃은 것 같았다. 생각할 시간이 필요했다.

"이런 진단을 받으면, 보통은 의사들에게 이끌려가요. 의사결정에 대혼란이 생기죠. 우리 몸에 어떤 치료가 적절한지 판단할 시간이 필요해요."

대혼란. 나는 노트에 쓴 그 단어에 동그라미를 쳤다.

수술이 끝나고 8일이 지나 제리와 남편은 오리건주 남쪽 해안선을 따라 위치한 별장으로 향했다. 파도 소리를 들으며 정원에 난 잡초를 뽑으면서 자연을 느끼려고 가는 별장이었다. "잡초를 뽑으면서 자연과 하나가 돼요." 밥이 내게 말했다. 가끔은 캠핑용 헤드램프까지 쓰고 밤에도 일했다. 제리는 종종 엄마들 모임에서 손에 흙이 닿는 과정에 어떤 치유의 힘이 있는지를 말했다. 그녀는 사랑하는 사람과 대화하는 데 어려움을 겪는다면 일단 땅에 앉아보라고 조언했다. "나를 믿어요. 틀림없이 도움이 될 거예요."

헤드램프 불빛이 드리운 원 안에서 잡초를 뽑는 제리의 모습을 상상해보았다. 몸안에서는 암 덩어리가 자라고 있는데 바닷가 별장에서 알맞은 다음 치료를 고민하는 그녀의 모습을 말이다.

하지만 해변으로 갔던 그 휴가에서 제리의 손아귀에서 결정권을 뺏는 사건이 발생했다. 제리는 미끄러지면서 절개 부위를 세게 부딪치고 말았다. 처음에는 출혈이 천천히 진행되어 흉터 아래쪽 조직으로 들어갔다. 하지만 곧 툭 불거져 나온 피 주머니가, 자몽 크기의 혈종이 신경을 눌러 팔에 감각이 없어지고 머리가 어지러워졌다.

림프절을 제거한 후 정상적인 치유과정에서 림프액을 뽑아내야 할 경우를 대비해 밥은 큰 주사기를 가져왔다. 그는 림프액 대신 피를 뽑아냈다.

"피가 멈추지 않았어요. 상황이 나쁘다는 걸 알았죠. 우린 서로를 마주보며 올 게 왔나보다 했죠. 우리보다 더 거대한 무언가에 직면하는 순간이었어요." 밥이 말했다. 그런 다음 그들은 온 체중을 실어 절개 부위를 압박했다. 수술 부위를 통해 타는 듯한 통증이 올라왔다. 그녀는 거의 기절하기 직전이었다.

그녀가 엄마들 모임에서 종종 했던 말이 떠올랐다. "고통은 삶의 일부입니다. 그리고 고통은 치유의 일부입니다."

"고통을 쌓아두는 대신 고통을 옮겨야 정서적으로 건강해요. 고통을 쌓아둔다면, 그게 몸과 정신에 해를 끼칠 거예요. 울고, 웃으세요. 해변에 가서 움직이세요. 그 모든 게 건강한 정신을 회복하는 일의 일부랍니다."

취재를 위해 제리를 따라다니면서, 몇 년 전 그녀의 집에서 참석했던 엄마들 모임을 기사의 일부로 써야 한다는 사실을 깨달았다. 그녀는 치료를 받으면서도 그 모임을 이어갔다. 그 모임이 자기 힘의 원천이라고 말했다.

그해 7월 어느 따뜻한 화요일, 그 모임에 다시 나갔다. 그때쯤에 그

중 몇 명은 10년 이상 그녀의 집에서 지속적으로 교류하고 있었다. 그녀는 벽난로 앞에서 십여 명의 사람에 둘러싸여 다리를 꼬고 앉아 있었다. 어떤 사람은 나처럼 몇 년 전에 잃은 아이를 애도했다. 반면 그 상처가 불과 몇 주밖에 지나지 않아 아직 아물지 않은 사람도 있었다. 기자로서 그 자리에 있었지만, 머릿속으로 친숙하면서도 달갑지 않은 계산을 시작했다. '이중 누가 나처럼 가장 고통받았을까?'

하지만 이번에는 정말로 다른 엄마들의 이야기를 들었다. 이번에는 우리가 얼마나 다른지가 아니라 얼마나 비슷한지 들었다. 그들의 아이를 정말로 안다는 생각이 들었다. 그들은 방안에 함께 있었다. 엄마들의 생존 의지에서 아이들 영혼의 힘을 느꼈다. 제리네 거실이 우리 같은 엄마들이 남을 불편하게 만들지 않으면서 함께 슬퍼하고, 우리 이야기를 공유하는 몇 안 되는 안전한 장소라는 사실도 깨달았다.

크리스토퍼가 죽고 일주일 후, 병원에서 사회복지학과 1학년생을 '사별애도상담원'으로 우리집에 보냈다. 그녀는 나를 쳐다보지도, '죽음'이라는 단어를 꺼내지도 못했다. 대신 축 처진 크리스마스트리와 내가 2주 전에 크리스토퍼에게 주었지만 여전히 포장된 채 트리 아래에 놓여 있는 전기 기차에 시선을 고정했다. 그녀는 우리 가족의 명절 전통에 대해 물었다. 그녀는 내내 꼼지락거렸다. 상담이 끝나자 그녀는 안도한 것 같더니 다시는 오지 않았다.

하지만 제리네 거실에서는 아무도 외면하지 않았다. 가끔은 방안의 고통이 너무나 생생해 숨을 제대로 쉴 수가 없었다.

"어떻게 이런 모임을 계속할 수 있나요? 지치지 않나요?" 나중에 제리에게 물었다. 그녀는 내 질문에 진심으로 놀란 듯했다. 그녀는 고개를 저으며 그렇지 않다고 말했다.

"맙소사, 저는 그들에게서 많은 것을 배운걸요. 생존과 무조건적인 사랑을요. 숨쉬고 싶지 않을 때조차도 계속 숨쉬는 법을요. 이 여자들은 제 인생의 선물이에요. 두려움 없이 살 수 있다니 감사하죠."

어떻게 두려움 없이 살아갈지 나는 아직 배우지 못했다. 어떻게 고통을 직면하면서 그것에 압도당하지 않을지도 배우지 못했다. 정신과의사들과 이야기했을 때, 그들은 삶을 바꾸는 진단 결과를 받을 때, 사랑하는 이를 잃을 때, 대단히 충격적인 상실을 겪을 때 두려움부터 느낀다고 말했다. 하지만 제리가 암에 대처하는 방식에는 일말의 두려움도 없었다.

"우리는 왜 죽음을 두려워할까요? 통제할 수 없는 상황을 두려워하는 거예요"라고 그녀가 말한 적이 있었다. 그러나 거기에는 더 깊은 두려움이, 우리 삶의 의미에 대한 통제력을 잃는다는 두려움이 뿌리박혀 있었다. 그녀는 중환자들 곁에서 일하며 이런 모습을 반복해서 보아왔다. 죽음 가까이 갔다가 살아남은 사람들은 살아 있는 것의 가장 큰 선물로, 그리고 가장 많이 그리워했던 것으로 자신의 인간관계와 그에 수반되는 책임감을 꼽곤 했다.

"책임감을 부담이 아닌 선물로 여기면 인생이 바뀔 거예요. 책임질 수 있음을 한껏 즐기게 될 거예요."

제리에게는 책임질 일이 많았다. 장성한 여섯 아이와 손주 일곱으로 이루어진 가족, 일, 정원, 엄마들 모임과 중동 지방의 아동 복지를 위한 활동이 있었다. 예전에 엄마들 중 한 명에게 자기 묘비에는 '그녀는 많은 일을 해냈다'라고 적힐 것이라며 농담을 했단다.

암 진단을 받은 다음날, 병원에서 집으로 돌아온 제리는 밥의 딸이 분만실로 갔다는 소식을 들었다. 몇 시간 후 건강한 여자아이가 태어났고, 4개월 후에는 세쌍둥이 손녀딸이 태어날 거라는 소식이 두번째로 들려왔다.

"아기가 너무 많았어요. 살아서 해야 할 일이 너무 많았죠. 바쁜 건 축복이에요. 죽음은 소중한 통제력을 거의 발휘할 수 없는 일이잖아요. 주어진 매 순간에, 우리가 존재한 매 순간에 감사해야 해요."

감사는 제리를 인터뷰하면서 종종 듣던 주제였다.

"당신을 당황시킬 일이 항상 있을 거예요. 내면에서 평온함을 찾고 마음을 열면서 어디에 있든 감사하기만 하면 돼요."

불확실성을 맞닥뜨릴 때 평온함을 유지한다는 게 항상 쉬운 일은 아니었다. "당신이 부처가 아니라면, 저절로 평온을 찾아 유지할 수는 없죠." 그녀는 말했다. 20년도 더 전에, 그녀는 하와이에서 결혼생활의 파국을 맞았고 네 명의 어린 자녀를 데리고 시애틀로 돌아와 인생을 다시 시작했다.

제리는 지갑을 뒤지더니 아기 신발처럼 생긴, 윤이 나는 작고 빨간 돌멩이를 꺼내 보여주었다. 내게 돌을 건네주기 전에 자기 손바닥에 그걸 올리고는 부드럽게 쥐었다. 그녀의 아들이 여덟 살 때, 엄마가 상처받은 걸 알고 해변에서 그 돌멩이를 발견해 가지고 달려와서 건네준 것이라고 했다. 그녀는 그후로 그걸 쭉 간직했다.

목걸이에 달린 작은 별에 손을 뻗었다. 그것이 아직도 거기에 있다고 스스로를 안심시키려고 반사적으로 그랬다. 크리스토퍼는 내게 비슷한 선물을 너무 많이 주었는데, 그것들은 나를 위로하는 토템이 되었다. 아이스크림 막대기로 액자틀을 만들어 냉장고에 계속 붙여두었던 아들의 사진, 유치원에서 찰흙으로 만든 엄지손가락 고리가 있는 사발, 아들의 작은 손이 찍힌 천이 내 토템이었다.

아들이 네 살이었을 때, 수선화 구근 몇 개를 얕은 그릇에 넣고 조약돌로 덮어 시험삼아 재배해보았다. 패서디나에 있는 커피 테이블 위에 몇 주 동안 올려뒀지만, 아무 일도 일어나지 않았다. 그러다 갑자기 하룻밤 사이에 그중 하나에서 꽃줄기가 연휴에 때맞추어 솟아올랐다. 너무 기뻤다. 수선화의 톡 쏘는 달콤한 향기가 크리스마스트리의 발삼향과 섞여서 거실이 크리스마스의 자극적인 향기로 채워졌다.

그날 아침 크리스토퍼는 손을 등뒤로 숨긴 채, 주방에서 나를 찾았다. "엄마, 깜짝 선물이야"라고 수어를 하고는 내가 간신히 키워낸 그 꽃송이를 내밀었다. 꽃은 이제 아들의 작은 주먹에서 축 늘어져 있었다. 아들은 자기 얼굴 앞에서 다른 손으로 원을 그리며 '아름다워'라고 수어를 했고, 자신이 건넨 선물에 기분좋아하며 몸을 꿈틀거렸다. 그 기억이 주는 따뜻함이 잔물결처럼 내 안에서 번졌다.

돌멩이를 제리에게 돌려줬다.

"쓰러져서 피를 흘리고 있을 때, 이 일로 결국에는 무언가 이로운 게 틀림없이 올 것 같았어요. 그게 제게 시간을 벌어주었죠."

혈종이 치유될 때까지는 방사선 치료를 시작할 수 없었기에, 그녀는 딸과 함께 여행을 떠나 자신에게 다시 집중할 시간을 가졌다. 부상이 준 선물이었다.

"어떤 면에서는 넘어져서 출혈이 생기는 바람에 상황이 늦춰졌어요. 덕분에 시간이 더 필요하다는 제 바람이 충족되었죠."

제리는 어린 시절에 겪은 상실을 얘기하면서도 감사를 표했다. 어느 날 병원에서 치료를 마치고 떠나면서 지금 그녀가 겪는 병과 똑같은 암으로 돌아가신 어머니에 관해 물었다. 그녀는 잠시 멈칫했다. "우리 엄마 같은 사람을 만나서 정말 행운이었어요. 제가 아주 어렸을 때, 류마티스성 열이 났죠. 엄마는 따뜻한 담요로 제 다리를 감싸고는 제 손을 잡고 옆에서 주무셨어요. 그게 제 추억 중 하나예요. 엄마가 돌아가신 후에도 가끔 여전히 손을 내밀고 엄마와 얘기도 하면서 엄마가 거기 있다는 걸 느껴요."

치료가 시작되기 직전, 제리는 치유를 위한 드럼 의식에 초대받았다. 그 의식에서 그녀는 완전한 해돋이를 보러 어두운 동굴에서 나오는 곰으로 자기 모습을 상상하면서 두 팔을 뻗었다. "전 오랫동안 엄마의 존재를 느끼지 못했어요. 그런데 엄마 두 분 모두가 거기 계셨고, 행복해하셨어요. 그들은 같이 지내서 행복해했고, 저를 봐서 기뻐하셨어요."

제리는 모든 종류의 의식을, 특히 사람을 편안하게 하고 병을 치유하는 자연의 힘을 이용한 의식을 믿었다. 가족, 흙, 정원, 바다. 이것이 그녀의 시금석이었다. 그 철학을 자신이 설립을 도운 에버그린병원의 호스피스에도 접목했다. "저는 유기적인 건축과 영적인 연결을 돕는 공간 배치를 좋아해요." 에버그린병원에서 그녀는 방이 어디에 있어야 하는지, 어떤 구조를 갖춰야 하는지를 계획했다. 최종 건물에는 가능한 한 햇빛이 많이 들어오도록 창문을 배치했다. 바깥으로 통하는 문이 방마다 있었다. 문병 온 어린이를 위한 놀이 시설을 갖춘 뜰을 중심으로 호스피스가 지어졌다. "어느 날 저녁, 머리가 허연 어떤 할머니가 타이어 그네를 타던 모습이 떠올라요. 제가 가장 좋아하는 기억 중 하나죠."

1년에 두 번, 제리는 엄마들 모임 회원들을 바닷가 별장으로 초대해 그들의 아이들을 기리는 의식을 열었다. 그녀가 암에 걸린 해에 거기 갔다. 오리건주를 지나 남쪽으로 쭉 내려가다가 38번 국도를 따라 길을 꺾어 산맥을 넘어 해안으로 갔다. 구불구불한 그 길은 이끼 낀 터널과 우거진 나무를 뚫고 나 있었고, 고사리손 같은 나뭇가지 사이로 초록빛과 황금빛 햇살이 바닥으로 쏟아져내렸다. 시냇물이 바다로 흘러들어가는 길에 엄프콰강 쪽에서 만나 점점 넓어지면서 그 길과 교차되었다.

시애틀에서 멀어질수록, 제리에게 수차례 들었던 그 장소에 도착하는 것이 더 불안해졌다. 삶의 기원인 바다 근처에서 밀물과 썰물 소리를 들으면 그녀는 차분해졌다. "여기 잠시만 있으면, 파도 소리가 심장박동과 비슷해져요. 그 리듬을 호흡으로 받아들이는 거예요." 그녀는 내게 말했다.

마침내, 시애틀을 떠난 지 여덟 시간 만에 밥과 제리의 별장 진입로에 도착했다. 그녀는 현관 앞에 맨발로 달려나와 나를 꼭 껴안으며 환영해줬는데 그 품이 작은 체구보다도 훨씬 크게 느껴졌다. 그녀가 뒤로 물러나며 "잘 지냈어요?"라고 물었다. 형식적인 대답이 아니라 진짜 답을 요구하는 질문이었다. 엄마들이 한 명 한 명 도착할 때마다 그녀는 그렇게 물었다. 만약 누군가가 "잘 지내요"라고 대답하는데 진심이 아닌 것 같으면 그녀는 미심쩍어하며 고개를 갸웃했다. 우리는 그후에 추가 질문이 이어진다는 걸 알았다.

그녀와 밥은 그 부지에 10년도 넘게 캠핑을 다닌 끝에 그 집을 지었다. 그녀는 집을 안내해주며 "삶과 죽음의 흐름을 기리기 위해 이 집을 지었어요"라고 말했다. 높은 천장이 난 공간에는 넓은 바다가 보이는 거실을 뚫고 들어온 빛이 춤을 추었다. 벽난로 선반에는 해변에서 모은 자갈이 담긴 유리병이 놓여 있고, 탁자에는 조개가 담긴 큰 그릇이 자리했다.

그날 저녁 혼자 해변으로 빠져나와 나만의 의식을 치렀다. 나는 크리스토퍼를 샌타모니카 해변에 데려가는 걸 좋아했다. 우리는 부두에서 회전목마를 타고 해변으로 내려가 모래 위에 앉았다. 사계절 내내 모래성을 지었고, 파도가 휩쓸어갈 때까지 모래성을 토닥거리며 모양을 만들었다. "엄마, 파도"라고 아들이 수어를 하면 파도가 아들에게 부딪치도록 그를 안고 파도 쪽으로 갔다. 파도가 다시 밀려갈 때 발밑에서 그 물살을 느끼도록 했다. 가끔 조건이 괜찮을 때면 아들을 위해 물수제비를 떴다. 그러면 마치 내가 돌을 날치처럼 뛰어오르게 할 수 있는 마술사라도 되는 양 아들은 박수를 쳤다.

그날 저녁 해가 지자 제리의 별장이 쌀쌀해졌다. 바다를 향해 서 있을 때 스웨터를 끌어올리며 나를 둘러싼 기억도 함께 끌어올렸다. 그날은 바람 한 점 불지 않았다. 매끄러운 돌멩이를 주워 예전에 그랬 듯 물수제비를 떴다. 젖은 돌멩이가 마지막 빛을 받으며 물속 깊이 사 라지기 전에 반짝였다.

다음날 아침 일찍, 파도 소리를 뚫고 들리는 바닷새의 울음처럼 전화벨이 울렸다. 수화기 너머에서 어떤 아기의 사망 소식이 전해졌 다. 그 부모는 다가올 슬픔의 폭풍 속에서 그들에게 안전한 항구가 되어줄 제리에게 맡겨졌다. 전화를 받은 후 제리는 두 살배기 손자를 무릎 위에 따뜻이 앉혔다. 손자는 그녀의 수술 흉터에 머리를 기대고 있었다.

나중에 그녀와 함께 걸었다. 집 뒤에는 빈터가 있었는데, 사슴들 이 풀을 뜯고 매년 엄마들이 자기 아이를 기억하려고 모이는 숲에 자 연적으로 생긴 둥근 공간이었다. 빈터 가장자리를 따라 거대한 시트 카가문비나무 원시림이 사방으로 많은 가지를 드리웠다. "어미나무 예요." 그러면서 제리는 나뭇가지가 떨어진 아랫부분에서 싹이 난 묘 목을 가리켰다. 그녀와 밥은 밥의 아버지의 유골을 거기에 흩뿌렸고, 그녀와 가족들이 그 집의 건축을 축복하러 그곳에 모였다고도 했다.

빈터를 둘러싼 야생초를 헤치며 걷다가 무릎을 꿇고 탠지래그워 트 줄기를 쭉 뽑았다. "이건 독초예요. 뿌리를 뽑지 않으면, 여기를 다 점령해버리죠." 양손 가득 래그워트를 든 채 새로운 성장을 위한 공간을 만들면서 계속 걸었다.

사회적으로 우리는 종료라는 개념에 사로잡혀 있다. 사람들은 다른 사람의 고통뿐 아니라 자신의 고통도 끝나기를 원한다. 부정, 분노, 타협, 우울, 수용이라는 잘 알려진 슬픔의 단계는 우리가 슬픔을 어떻게 헤쳐나가야 하는지에 대한 기초를 형성했다. 저명한 정신과의사 엘리자베스 퀴블러 로스는 죽어가는 이뿐만 아니라 그들 곁에 있는 사람들이 직면하는 단계로 이를 처음 제시했다. 하지만 심각한 트라우마를 맞닥뜨린 사람들은 대부분 그 단계가 거기서 끝나지 않고, 정해진 순서대로 오는 것도 아니라고 말한다. 실제로 퀴블러 로스도 나중에 그 모델이 순차적인 진행과정으로 잘못 해석되었다고 말했다. 그럼에도 그 모델은 상황이 그렇게 흘러야 한다는 방식으로 우리의 집단의식에 뿌리내렸고, 최종 목표로서 '종료'의 개념을 부채질했다. 하지만 슬픔이 뫼비우스의 띠 같은 무한한 고리처럼 보일 때는, 끝이 보이지 않을 때는 어떻게 슬픔에서 살아남을 수 있을까?

제리 덕에 슬픔이 절대로 완전히 사라지지 않는다는 사실을 알게 됐다. 슬픔은 지속적으로 다시 촉발된다. 슬픔이 나를 점령하지 못하게 막으면서도 슬퍼할 여유를 만들 방법을 찾아야만 했다. 크리스토퍼의 죽음을 '극복하는' 것이 아니라 어떻게든 이를 내 삶에 통합하고자 했다. 그녀에게 들은 말이 여러 해 동안 종종 머릿속에 떠올랐다. "고통은 우리를 끝없이 가르쳐요."

제리는 파괴가 부활의 가능성을 포함한다는 것도 보여주었다. 파괴는 시바신이요, 불 속에 남아 있는 씨앗이다. 빛을 안으로 들이기 위해 잘려나간 나무다. 우리가 연민, 공감, 지혜, 감사라는 슬픔이 안겨주는 선물에 마음을 연다면, 상상조차 못한 방식으로 슬픔이 우리를 바꿀 수 있다.

크리스토퍼가 죽은 후 가장 어두웠던 초기에, 그토록 엄청난 슬픔은 온 세상에 나 하나만 안다고 확신했다. 이제 어디에서나 이 고통이 보인다. 노인의 구부정한 자세에서, 교실 뒤에서 팔짱을 낀 십대에게서 고통을 본다. 병원 대기실에서, 슈퍼마켓 계산대에서 고통을 본다. 슬픔은 내가 생각했던 방식처럼 생기지 않았다. 고통은 울면서 비통해하거나 옷을 찢는 것이 아니다. 멍하니 응시할 때, 신경질적인 에너지가 넘칠 때, 불안해 보이거나 불안정하게 흔들릴 때도 고통이 보인다. 술을 너무 많이 마시거나 음식을 너무 적게 또는 너무 많이 먹을 때도 고통이 보인다. 그것은 흑백만이 아니라 너무나 많은 색을 띠고 있다. 슬픔의 지문은 각자 독특하게 나타난다.

처음에는 선의를 가진 사람들이 얼마 전에 자기 할머니가 돌아가셔서, 또는 제일 친한 친구나 개가 죽어서 내 기분을 안다고 말했다. 나를 위로하려는 서툰 시도에 속이 부글부글 끓었다. '당신은 아무것도 몰라'라고 소리치고 싶었다. 하지만 슬픔은 비교될 수가 없다. 내 슬픔은 그들의 슬픔보다 크지 않았다. 사람들의 말을 듣고 발끈하지 않는 데는, 특히 그들이 내 상실을 자신의 사랑하는 반려동물의 죽음에 비유할 때 발끈하지 않는 데는 몇 년이 걸렸다. 그러다 어느 날 우리가 우정의 상실, 신뢰의 상실, 무조건적인 사랑의 상실이라는 같은 이유로 애도한다는 사실을 깨달았다. 그것은 미래에 대한 위로였다. 우리는 자신의 슬픔을 비교하고, 우리가 얼마나 고통스러운지 보여주고 싶어하지만 그 슬픔은 다른 이의 관점에서는 절대 이해될 수 없다. '고통의 증거'는 없고 고통에 대한 상도 없다.

아이를 잃었다는 상상 가능한 최악의 슬픔 때문에 고통받았다는 나의 지위를 고수함으로써 다른 사람의 상실로부터 담을 쌓아 스스로를 가두었다. 그렇게 내 상태를 더 나쁘게 만들었다. 스스로의 슬픔에 파묻혀버렸다. 내가 그들을 이해할 수 없다면 어떻게 그들이 내 고통을 이해하겠는가? 이제는 사람들이 자신의 슬픔은 아이를 잃은 것에 비교하면 아무것도 아니라며 애써 슬픔을 최소화하면, 사랑하는 대상을 잃는 일은 힘든 것이라고 대답한다. 다른 사람의 고통에 마음을 여는 일은 곧 나를 위해 다른 사람의 연민과 공감에 나 자신을 여는 일이었다.

슬픔의 터널에 다시 고꾸라져 가장 어두운 곳까지 내려갈 때마다, 두려움을 느끼지 않도록 제리가 도와주었다. 나를 자극하는 일이 벌어질 때, 그것을 뚫고 나와 빛을 향해 더 빨리 돌아올 수 있음을 믿으라고 배웠다. 다시는 즐거움을 당연시하지 않게 된 것이 슬픔이 준 선물임을 받아들이라고 배웠다. 고통은 치유의 일부이고 상처를 치유하는 것은 여전히 아프다는 사실도 배웠다.

슬픔은 바다만큼 강력한 힘이었다. 내가 허락하면 그것은 무언가를 만들 수 있었다. 하지만 그러려면 내게 남아 있는지 아직 확신할 수 없는 일종의 용기가 필요했다.

다섯번째 만남

온전함에 관한 질문

로즈

13장
용기를 배우다

크리스토퍼가 죽은 후, 내가 애도의 뜻으로 다른 사람에게 했던 모든 말이 부메랑처럼 돌아와 나를 괴롭혔다.

내가 스물일곱 살로 아직 엄마가 되지 않았을 때, 잘은 모르던 이웃이 자동차 사고로 장성한 아들을 잃었다. 그들이 측은했지만 나는 표현에 서툴렀다. 그때까지는 슬픔에 잠긴 사람을 만난 적이 거의 없었고, 직접 만나면 뭐라고 말해야 할지 몰랐다. 그래서 카드를 한 장 사서 그들의 상실 때문에 내가 얼마나 삶에 더 감사하게 됐는지를 썼다. 그 일 덕분에 하루하루가 얼마나 고마운지를 깨달았다고도 썼다. 그들의 아들을 알지는 못했지만, 그의 삶이 내게 어떤 영향을 미쳤는지 알려주고 싶었다. 지금 와서 생각하면 그 편지가 얼마나 이기적으로 들렸을지 민망하기 그지없다. 길 건너 사는 낯선 사람이 자신들의 상실 덕분에 더 활기차게 하루를 살아간다고 말하다니 얼마나 불쾌

했을까.

스물여덟 살 때는 출산 후 며칠 만에 갓 태어난 딸을 잃은 친한 친구에게 "네가 무슨 일을 겪고 있는지 상상도 못하겠어"라고 말했다. 나중에 사람들이 내게 똑같이 말할 때, 나는 몹시도 외로웠다.

'아니, 넌 상상할 수 있어. 네가 꾼 최악의 악몽을 상상해봐'라고 대꾸하고 싶었다. 누구에게나 최악의 악몽은 있다. 가끔은 그런 악몽이 현실이 되기도 한다.

나는 달리 뭐라고 해야 할지 모를 때를 대비해 생각해둔 애도의 표현으로 "그런 상실을 겪게 되어 안타깝습니다"라는 말을 반복해서 효율적으로 사용했다. 조부모나 형제자매나 사랑하는 반려동물을 잃은 친구들에게 그렇게 말했다. 하지만 그 말이 나에게 돌아오자 매우 무력하게 들렸다. '상실Loss'이라는 단어는 마지막에 오는 부드러운 치찰음 's' 때문에 허공에 사라지는 연기처럼 연약하게 들린다. 이는 '잡지 못한 것'을 의미하는데 마치 상실이 풍선을 놓아버리는 일이나 조용히 사라지는 일을 의미하는 듯 들린다. 하지만 그 단어 자체는 '잘라내다'를 의미하는 오래된 어근 'leu'에서 유래했다. 이것이 상실의 진짜 의미처럼 들렸다. 마치 도살하는 것처럼 느껴졌다.

우리 삼촌은 신혼인데다 해외에 새 직장을 구한 삼십대 때 공격적인 형태의 다발경화증 진단을 받았다. 그때 삼촌은 강해서 그걸 감당할 수 있어서 이런 시련을 받은 것이 틀림없다고 삼촌에게 말한 적이 있다.

크리스토퍼가 투병중일 때 그리고 그가 죽은 후에도 내내 이와 비슷한 말을 들었다. 너는 너무나 강하잖아, 현명하잖아, 용감하잖아. "너는 감당할 수 있는 만큼의 고통만 받을 거야." 그중 어떤 말도 나를 위로하지 못했다.

내 비밀은 내가 용감하지 않다는 것이었다.

크리스토퍼가 처음 배운 수어 중 하나가 '용기'였다. 두 주먹을 가슴 앞에서 꽉 쥐는 식으로 표현했다. 아들은 그 수어를 나한테 가르쳤고 나중에는 의사들에게도 가르쳤다. 아들이 다섯 살 때, 아들을 안고 가다가 도로 연석에 발이 걸려 넘어졌다. 우리는 둘 다 공중에 붕 떠서 인도로 나뒹굴었다. 아들을 깔아뭉갤까봐 겁에 질렸지만, 아들은 괜찮았다. 아들은 웃으면서 내 뺨에 뽀뽀를 했다. 발목을 삐어 집까지 절뚝거리며 걷자 아들이 두 검지손가락 끝으로 나를 찌르면서 "엄마 다쳤네"라고 수어로 말했다. "용기를 내"라고 하면서.

다음해에 아들이 신장 이식 수술을 앞두고 수술 전 검사를 하러 바퀴 달린 침대에 실려 초록색 심연으로 들어갈 때, 침대 위에 똑바로 앉아 스스로에게 '용기'라는 수어를 하는 모습을 보았다.

그러나 아들이 죽은 후 용기는 내게 도움이 되지 않았다.

사람들은 자식을 잃은 사람은 절대 회복하지 못한다고 수군거렸다. 끔찍한 상실에 계급이 있다면 그게 상상 가능한 최악의 상실이라고도 말했다. 내가 슬픔으로 미쳐버릴 거라고도 했다. 나는 인간관계, 즐거움, 목적의식이 전무한 미래를 상상하며 겁에 질렸다. 온전함에 관한 질문이 나를 사로잡았다. 주변에 잃어버린 조각과 텅 빈 공간이 있는데 어떻게 삶을 제자리로 돌려놓을 수 있을까? 어떻게 용감해질 수 있을까?

어느 일요일에 사무실에 혼자 앉아 주말 교대 근무를 하던 때, 미국이 이라크 침공을 개시한 바그다드 포격에 관해 첫번째 보도가 방송되었다. 야간 담당 사회부장의 책상에 놓인 작은 텔레비전에서 섬뜩한 초록색 자취를 남기며 폭탄이 터지는 모습이 흘러나왔고 배경에서 나지막이 삑삑거리는 경찰 무전기 소리가 들렸다. 앵커들은 다급한 어조로 충격과 공포에 관해 말했다. 몇 달 후 뇌가 손상되고 팔다리가 사라진 군인들이 이라크에서 집으로 돌아왔다. 그들은 전투에서는 용감했다. 하지만 그들이 자기 앞에 놓인 삶에 직면할 때 무엇이 필요할지 궁금했다.

그 질문이 뇌리에서 떠나지 않았다. 크리스토퍼의 죽음은 어떤 면에서는 절단과도 같았다. 나는 생일과 중요한 사건이 있던 날을 달력에 표시했고, 아이는 나와 함께 나이를 먹었다. 아들이 2학년, 3학년을 시작하는 날을 적어두었다. 아들이 임시 운전면허증을 받았을 해와 고등학교를 졸업했을 해도 적어뒀다.

하지만 환상 속의 아들은 내 삶에 그가 남긴 부재의 구멍을 훨씬 더 키울 뿐이었다. 내 사연을 아는 사람이 거의 없었고, 내게 아들 얘기를 꺼내는 사람도 거의 없었다. 나도 아들 이야기를 꺼내지 않았다. 가족에게 말하는 것조차 힘들었다. 우리 부모님은 크리스토퍼가 살아 있을 때 아들 사진을 수백 장이나 찍었다. 엄마는 두꺼운 초록색 앨범에 사진을 붙여 서재 벽에 한 줄로 세워두었다. 가끔 엄마는 앨범을 꺼내서 부모님 댁의 현관 그네에 앉아 한 장 한 장 자세히 들여다 보셨다.

"크리스토퍼가 의사들에게 영양관을 돌려줬던 거 기억나니?" 어느 여름날 저녁 엄마가 내게 물었다. 저녁을 먹고 베란다에 세운 피크닉용 탁자를 막 치우고 수다를 떨려고 앉던 참이었다. 엄마는 소파에 기대어 놓은 〈세서미 스트리트〉 속 버트 인형 사진을 가리키며 말했다. 면으로 된 인형의 배는 아들이 위영양관을 달고 지낼 때처럼 종이테이프로 조심스럽게 덮여 있었다. 엄마는 내가 볼 수 있게 앨범을 돌려서 내 쪽으로 기울였지만, 쳐다볼 수가 없었다. 목이 메어와 눈물을 참으려고 애썼다. 집안으로 달려들어갔다. 사진 때문이 아니라 크리스토퍼가 할머니와 나란히 앉아 그림책 페이지를 즐겨 넘기던 그네에서 엄마 옆자리가 비어 있어서였다.

크리스토퍼의 죽음을 겪으면서 손주를 잃은 부모님의 상실까지도 품어야 한다는 게 무엇보다 힘들었다. 엄마는 매년 아들 생일날 아빠와 함께 수선화 화분을 사서 아들의 무덤에 가셨는데 그때마다 전화를 하셨다. "너도 같이 가자꾸나." 엄마는 희망적인 목소리로 말씀하셨다. 엄마의 부드러운 재촉은 소용이 없었다. 나는 갈 수 없었다. 추도식 동안에 아들의 시신을 봐야만 했던 곳에서 불과 몇 미터 떨어진 그곳을 직면할 수가 없었다.

결국 우리 가족은 크리스토퍼를 기리는 나름의 의식을 만들었다. 아빠는 어느 해 크리스마스 전나무를 마당에 심고 12월마다 거기에 전구를 매다셨다. 우리는 거실 유리창 너머로 나무를 보면서 그걸 크리스토퍼 나무라고 불렀다. 엄마는 아들의 생일이면 안부 인사나 시를 끼워넣은 카드를 보내셨다. 아빠와 오빠들은 크리스토퍼 얘기를 거의 꺼내지 않았지만, 매년 어머니날 카드를 내게 슬쩍 주셨다. 나는 슬픔이라는 벽 뒤에 머물러 있었다.

많은 면에서 나는 아들이 없는 삶의 현실을 받아들일 수 없었다. 크리스토퍼가 아기였을 때 살던 집을 차마 팔지 못했다. 더는 거기 살 수 없을 때에도 그 집을 붙잡고 있었다. 아들의 물건을 버릴 수가 없어 이 창고에서 저 창고로 옮겼다. 아들의 유골을 흩뿌릴 수도 없었다. 그렇게 한다고 생각할 때마다, 곧바로 포기해버렸다. 아들의 부재라는 결말을 직면할 수 없다는 두려움에 마비되는 것 같았다.

어떻게 하면 용감해질 수 있는지 보여줄 누군가가 필요했다.

전쟁이 시작되고 몇 년 후 하버뷰메디컬센터 관계자가 수족 절단 환자를 위한 지지 모임을 취재해도 좋다고 허락해주었다. 나는 신체 부위에 결손이나 손상이 생긴 경우 이에 대처하는 의지학 연구의 발전에 관한 기사를 쓸 계획이었다. 워싱턴대학교와 재향군인병원 연구진이 적극적으로 연계해 차세대 인공 수족을 연구하고 있었다. 하지만 내가 궁금한 점은 그런 엄청난 상실을 겪은 사람이 어떻게 새로운 방식으로 다시 온전해지느냐였다.

도로변에 설치된 폭발물 때문에 부상을 당한 참전용사로 가득한 지지 모임일 거라 예상하며 병원 내 작은 회의실로 들어갔다. 하지만 사람들이 신체 일부를 잃는 건 전쟁 때문만이 아니었다. 그 그룹에 모인 모든 연령대의 사람들은 질병이나 사고로 팔다리를 잃었다. 곁눈 질로 보니 뒤쪽에서 구부정한 자세로 휠체어에 앉아 있는 젊은 여자가 눈에 띄었다. 잘린 다리가 바닥 위에서 달랑거렸다. 그녀는 팔짱을 끼고 있었다. 어서 거기서 나가고 싶은 듯했는데, 나중에 알고 보니 그게 사실이었다. 그녀는 너무나 담배를 피우고 싶었다고 한다.

그녀의 이름은 로즈 바드였다. 첫인상으로 봐서는 억센 여자 같았다. 그녀는 아무도 필요 없고 사람들의 규칙이나 기대 따위는 신경쓰지 않는다는 분위기를 풍겼다. 특히 다른 사지 절단 환자들과 얘기를 나누며 그 모임에 있는 것이 불만스러워 보였다.

다가가야 할지 말아야 할지 확신이 서지 않았다. 마침내 다가갔을 때, 그녀는 나와 얘기를 나누는 데 동의했다. 그녀는 실제로 고등학교를 졸업하고 몇 년 후 군대에 입대한 재향군인이었다. 그녀는 당시 아홉 살이던 딸 카르마를 임신하기 전에 한국에서 1년간 패트리어트 미사일 레이더 전문가로 복무했다. 하지만 군복무중에 다리를 잃은 게 아니었다. 알래스카 베링해에서 고기잡이배를 타고 있다가 기록적인 폭풍을 만나 사고를 겪었다. 그날 그녀의 삶의 방향을 바꾼 건 두 다리를 잃은 사고만이 아니었다. 사고 당일 아침, 그녀는 예상치 못한 어떤 소식을 접했다.

사무실로 돌아왔을 때쯤, 자신의 세상이 발밑에서 변하는 동안 로즈가 균형을 잡으려 애쓰는 다음 반년을 그녀를 따라다니며 취재하고 싶어졌다. 누군가가 내게 어떻게 용감해질지 보여줄 수 있다면, 그건 그녀여야만 했다. 당시 편집장은 뉴스룸의 간부인 스콧 선드였는데, 자부심이 강하고 무뚝뚝한 노르웨이인이었다. 공교롭게도 그는 몇 년간 알래스카 야생동물을 촬영한 사진기자의 남편이기도 했다. 그는 변덕스러운 베링해의 날씨를 잘 알았다. 로즈에게 어떤 일이 일어났는지 설명하자, 그는 즉시 그 기사를 쓰라고 힘을 실어주었다. 천성적으로 무뚝뚝한 그는 내 기사에 남발된 형용사를 걸러내느라 전쟁을 벌여왔다. 하지만 이번 기사에 관해서는 뜻을 함께했다. 로즈의 구조 이야기는 서사시가 될 만하다고 말이다.

로즈의 사연을 전하려면 조각부터 끼워맞춰야 했다. 그녀의 허락을 받아 의료 기록과 사고 보고서 및 응급구조원의 최초 기록을 훑어보았다. 해안경비대 조종사와 특수수난구조원, 그녀의 생존을 도운 나머지 인물들을 인터뷰했다. 그녀에게 생긴 일을 재구성하면서 내가 인정하고 싶지 않았던 이유를 확인하게 돼 이상하게 안심이 됐다. 그때쯤엔 크리스토퍼가 세상을 떠난 지도 11년이 되었다. 가끔은 기억에서 아들이 희미해지는 것 같았고, 처음부터 다시 아들을 잃는 것 같았다. 아들에 관해 말하지 않는 것에 대한 경계의 대가를, 심리상담사가 내게 말했던 것처럼 '잘 방어한' 대가를 치렀다. 아들을 그리워하지 않으려고 노력하면서 그때까지 기억의 불꽃을 약하게 해둬서 아들에 대한 기억이 타닥거리다 꺼질까봐 두려웠다. 이른 아침 아들이 악몽에서 깼을 때 내게 웅크리고 기대어 있던 그 느낌을 잊을까봐, 아들이 "엄마"라고 말할 때 그 목소리를 떠올릴 수 없을까봐 두려웠다.

로즈의 사연을 취재하면서, 정확한 기록만 있다면 삶이 재구성될 수 있다고 아니 거의 소생한다고 믿고 싶었다. 기억의 한계를 방어한다면 말이다. 나는 크리스토퍼가 살아 있는 동안에는 대부분의 시간을 아드레날린과 코르티솔의 힘으로 살았다. 많은 것이 투쟁 도피 반응에 가로막혀 단기 기억에서 빠져나가지 못했다. 아들이 떠난 이제는 기억을 떠올리려 몸부림쳤다. 크리스토퍼의 삶은 내 의식 속에서 여기저기 둥둥 떠다니면서, 제멋대로 이미지가 떠올랐다. 마치 아들의 뷰마스터 장난감에 든 슬라이드가 모두 쏟아져 재포장된 것 같았다. 내 뇌는 이해되지 않는 일을 이해하려고 애썼다.

나는 일기를 쓰긴 했지만, 산발적으로 썼다. 낡은 공책과 봉투 뒷면에 크리스토퍼에 관해 썼다. 특정한 순서 없이 조각과 단편을 남겼다. 하지만 기록물은 여러 상자 남아 있었다. 물리치료 보고서, 작업치료 보고서, 언어치료 보고서, 각종 검사 결과, 차트 기록, 부검 보고서는 모두 가지고 있었다. 이것들은 내가 잊었거나 기억을 마주할 수 없었던 것을 보여주는 무언의 증인이었다. 그 마분지 상자를 창고에서 눈에 띄지 않는 장소에 보관했다. 삼공 바인더로 묶인 공책에는 수어에 대한 자료, 언어치료 연습에 관한 기록, 이식 환자들의 증상 관리에 관한 내용이 담겨 있었다. 가정에서 투석을 하려면 통과해야 했던 자격시험과 아들의 학교에서 보내온 특수 교육 보고서도 있었다. 또한 나와 교대할 방문 간호사를 위해 남겨둔 약물과 지시 사항 목록이 있었다. 당뇨 환자 간호법과 유아에게 심폐소생술을 하는 방법, 응급 기관 절개술을 하는 방법도 적어뒀다. 더이상 그 기록이 필요하지 않았지만 그것들과 작별할 수가 없었다. 그것은 우리가 함께 살았던 삶과 연결해주는, 손에 잡히는 마지막 고리였다. 그 상자들은 나와 함께 이리저리 옮겨다녔다. 매번 그 상자들은 중력과 시간을 이기지 못하고 실제 무게보다도 더 아래로 가라앉은 듯 보였다.

로즈의 이야기는 의료 기록과 보고서의 세계로 나를 다시 밀어넣었다. 그 자료들을 살피면서 내가 얼마나 의사들과 간호사들, 임상병리사들과 물리치료사들, 언어치료사들, 교사들, 과외 선생님들, 내가 주마다 소통하던 부모들을 많이 그리워했는지 절감했다. 우리 모두 크리스토퍼가 건강하게 의사소통을 하고, 배우고, 삶을 유지하게 만드는 데 중점을 두었다. 로즈의 구조를 둘러싼 메커니즘을 풀어내면서 크리스토퍼가 태어났을 때 처음 몇 시간 동안 그를 살리려 애쓴 모든 영웅에 새삼 감사하게 되었다. 내가 최악의 상황을 마주하지 않도록 의사들과 다른 사람들은 자신의 감정과 두려움을 제쳐놓은 채 조금도 움찔하지 않고 아기에게 수술을 했다. 만약 크리스토퍼가 자신의 아기였다면 그 자리에서 얼어붙었을 결정도 재빠르게 내려주었다.

그러나 이번에는 달랐다. 의료진이 살리려고 애쓴 사람은 로즈였다.

14장
이어달리기

로즈가 그 10월 아침, 불안한 마음으로 선실 2층 침대에서 엑설런스호 C 갑판으로 나왔을 때는 여전히 날이 어두웠다. 한 가지 의문이 며칠간 그녀를 괴롭혔다. 러시아 해안에서 100여 킬로미터 떨어진 베링해는 어류 가공업자 대부분이 느끼기에 여느 가을철보다 잔잔했다. 이제 강풍이 서쪽에서 몰아치고 있었다. 축구장보다 길게 쭉 뻗은 커다란 가공선은 여전히 꾸준히 나아가고 있었지만, 수은주는 급강하했다. 로즈는 왠지 조짐이 좋지 않다고 느꼈다.

그녀는 침상 위 선반에 놓인 가방에 손을 뻗어서 만약을 대비해 보관해둔 여분의 임신테스트기를 찾았다. 친구에게 주려고 두 통을 샀다가 남은 것이었다. 그녀는 뱃머리 쪽을 향해 좁은 복도를 비집고 나아갔다.

그녀는 아침마다 하던 대로 12시간 교대근무를 시작하기 전에 아침식사를 함께하려고 남자친구 알렉스 레이고를 찾으러 갔다. 보통 로즈가 조리실에서 오렌지를 집어오면 둘은 갑판 위에 놓인 커다란 밧줄걸이에 앉아서 굽이치는 바다를 빤히 바라보거나 담배를 나눠 피우거나 범고래가 노니는 모습을 지켜보곤 했다. 가끔은 고래가 너무 가까이 있어서 신나기도 했다. 한번은 빙산 꼭대기에 있는 빙원이 쪼개져 바다로 가라앉는 광경을 보기도 했다.

미국 중서부를 이리저리 돌아다니면서 엄마의 죽음, 이혼, 이십대가 되기도 전에 겪은 파산 등 나름의 힘든 시간을 겪은 로즈는 그 삭막하고도 변화무쌍한 풍경에서 위로를 받았다. 뱃일을 하려면 어린 딸을 친척에게 장기간 맡겨야만 했지만, 그녀는 스물여덟 살에 인생을 다시 시작하고자 뱃일을 하러 왔다. 바에서 춤을 추거나 편의점을 관리하는 일보다는 그게 나았다. 그런 일도 이미 거쳐온 터였다. 고기잡이배를 타고 처음 2주 동안 그녀는 2300달러를 벌어들였다. 그녀는 배에서 할 수 있는 모든 일을 했다. 냉동창고에서 자주 일했고, 물고기를 손질하면서 탁자에 곤이를 던지기도 했다. 그러나 감각이 마비되는 더러운 곳에서 그때까지 2년을 일한 것은 돈 때문만은 아니었다. 거기서 발견한 동료애 때문이었다.

로즈와 알렉스는 엑설런스호에서 일하다가 만났다. 눈동자가 검고 말투가 부드러운 알렉스는 한때 로즈의 관리자이기도 했다. 그는 소금과 점액으로 범벅이긴 해도 어려 보이는 건강한 외모를 가진 로즈에게 끌렸다. 그 둘은 별나고 어두운 유머감각을 공유했다. 둘은 테크노메탈 음악에 대해, 흩어진 가족에 대해, 그리고 꿈에 관해 몇 시간이고 얘기를 나눴다. 모선에 타고 있으면 비밀이 거의 없다. 우리가 누군가와 만나서 시간을 보낸다면, 속담에 나오듯 조타실에 있는 고양이*도 그 소식을 알 것이다. 하지만 로즈와 알렉스는 서로의 비밀을 지켰다.

그 10월의 아침, 로즈는 얘기를 나누자며 알렉스를 침대에서 내려오게 했다. 며칠 뒤면 두 달간의 조업이 끝나 육지에서 일주일간 휴가를 보낼 예정이라 두 사람은 고대하고 있었다. 둘은 육지에 도착하면 자신들의 미래를 논의하기로 계획했다.

로즈는 가공처리 갑판으로 향했다. 위에 있는 수면실 갑판과 아래에 있는 엔진실 사이에 샌드위치처럼 끼어 있는 공장은 배의 내장과도 같은 공간이었다. 천장이 낮고 비린내가 지독해서 '비위가 약한' 사람들은 버틸 수가 없었다. 몇몇 둥근 창을 통해 햇빛이 들어왔다. 직원들은 종종 발목까지 잠기는 물을 헤치며 초록색 격자무늬 바닥을 걸었다. 거기로 소금물과 생선 비늘이 빠져나갔다. 긴 금속 컨베이어벨트 위에는 은색 배를 드러낸 생선이 끊임없이 흐르는 개울물처럼 스쳐지나갔다. '끼익' 하고 '쿵' 하며 금속 망치가 금속을 때리는 소리 때문에 컨베이어벨트가 돌아갈 때 공장 직원들은 귀마개를 껴야 했다. 로즈는 친구인 루비를 찾아가서 교대 준비가 됐다며 안심시켰다. 루비는 그 배에 탄 몇 안 되는 여자였다. 로즈는 업무를 시작하기 전에 루비를 따로 불러내 개인적인 대화를 나눴다.

---

* '무심코 비밀을 누설하다(Let the cat out of the bag)'라는 뜻의 속담.

저녁 8시 30분, 배가 요동쳤다. 그날 아침에는 기미만 보였던 폭풍이 제대로 힘을 받아 몰아쳤다. 갑판 아래에서 급격한 요동이 치자 심한 난기류를 만난 비행기 같았다. 노련한 선원들은 돌변한 날씨를 걱정하지 않았다. 많은 이가 이미 몇 달째 바다에서 항해중이었다.

품질관리기술자인 로즈는 압력 호스로 장비를 박박 닦는 일을 매일 진행했다. 그녀는 비옷을 입고 장화를 신은 다음 관리자에게 가서 자신이 청소하려고 올라갈 커다란 V자형 깔때기 기계 전원이 차단되었는지를 확인했다. 허리 높이의 스테인리스 통인 깔때기는 바닥에 통통한 스크루가 두 개 나 있어 대구를 휘저어 반죽처럼 만들고서 냉동을 위해 납작한 접시에 밀어넣는 기계였다. 로즈는 믹싱볼처럼 생긴 기계 안으로 들어가서 청소중인 다른 동료와 수다를 떨며 기계를 문질러 닦았다.

갑자기 거대한 파도가 배 옆면을 강타했다. 그 여파로 갑판원 하나가 비틀거리며 기계의 스위치에 몸을 기대, 로즈가 들어가 있는 기계를 작동시켰다. 무언가가 뒤에서 그녀의 발을 잡고는 무릎까지 휙 잡아챘다. 고통이 두 다리에 후끈 치밀었다. 오렌지색 비상 정지 코드가 위에 매달려 있었지만 그녀의 손에 닿지 않았다.

"도와주세요! 나 좀 꺼내줘요!" 그녀가 소리쳤다.

선원들이 그녀에게 달려가 기계를 멈췄다. 그 기계에서 15미터 아래에서 일하던 알렉스는 귀마개를 했음에도 폭풍을 뚫고 들려오는 로즈의 울부짖는 소리를 들었다. 그는 그쪽으로 부리나케 달려갔다. "대체 무슨 일이야?" 그가 소리쳤다. 로즈와 가장 친한 친구로 꼽히는 공장 매니저가 그녀에게 달려들었고, 사람들에게 플라스마 토치를 가져와 그녀를 꺼내라고 소리쳤다. 누군가가 재빨리 움직여 간호학을 전공한 루비를 깨웠다.

배의 전기기사가 로즈 옆으로 올라가 그녀의 손을 잡았다. 다른 선원들은 알렉스를 진정시키려고 안간힘을 썼다. 그녀를 감싼 금속이 두 번 더 불을 뿜었다. 플라스마 절단기에서 나온 과열된 이온화 가스가 강철을 관통하면서 녹은 금속 찌꺼기가 사방으로 튀었다. 열기가 너무 강해서 로즈가 입은 비옷의 고무가 녹아 그게 피부에 붙지 않도록 선원들은 그녀에게 물을 뿌려야만 했다. 열기에도 불구하고, 그녀의 몸에서는 이미 온기가 사라져갔다. 다리는 마비되고 있었고, 그녀는 패닉 상태에 빠졌다.

루비가 잠옷을 입은 채 달려왔다. "세상에나." 로즈의 다리가 기계에 끼여 있는 모습을 보고 말했다.

"루비야, 제발 살려줘." 로즈가 말했다. 루비는 무엇을 해야 하는지 즉시 알았다. 그녀는 의무실로 달려갔다. 거기에는 워싱턴 D.C에 자리한 조지워싱턴대학병원으로 연결되는 직통 전화가 있었다. 루비가 문으로 달려들어갔을 때, 사무장이 이미 의료진과 통화중이었다. "사무장님이 아셔야 할 게 또 있어요. 로즈가 임신했어요"라고 루비가 말했다.

오후 9시 55분, 2730여 킬로미터 떨어진 알래스카주 주노에 위치한 해안경비대 지휘본부는 베링해에서 문제가 생겼다는 첫 연락을 받았다. 해안경비대 일지에는 이렇게 쓰여 있었다. "최초 신고, 고기잡이배 엑설런스호에서 여성 선원의 발이 스크루에 끼었다고 보고함. 구급 헬기 수송을 요청함."

베링해에서 부상을 당하면 순식간에 위태로워질 수 있다. 시간과 날씨, 그리고 거리가 맞물려 경미한 부상조차 목숨을 위협하는 부상으로 바뀔 수 있다. 이번 부상은 경미하지 않았다. 주노의 해안경비대 본부는 그 배를 알래스카주 싯카에서 근무중인 비행군의관 러셀 보먼 박사에게 연결해주었다. 보먼 박사는 배 위에서 일어난 많은 사고를 다루었지만, 로즈의 사고는 그가 접한 최악의 사고였다. 로즈를 기계에서 분리하더라도 로즈가 과다 출혈로 죽을 수 있었다. 수혈용 혈액을 배에서 구할 수 없었기에 그는 어느 때보다 두려웠다.

보먼은 엑설런스호에서 중간 연락책을 담당한 선원에게 밤새 내릴 긴 지시 사항 중 첫번째 사항을 전달했다.

시애틀에서는 조 버시가 잘 때조차 붙들고 있는 전화기가 시애틀 시간으로 자정 즈음 울렸다. 해상변호사로 오래 일한 버시는 스트레스를 받아도 늘 흔들림이 없었지만, 이번에는 예감이 좋지 않았다. 어업계에서 밤에 전화가 걸려오는 일이 결코 좋을 리 없다. 엑설런스호를 소유한 회사의 회장이기도 한 버시는 몇 초간 가만히 들으면서 상대방이 정신없이 쏟아내는 말을 이해하려 애썼다. 그는 엑설런스호 선원이 어떤 직원의 다리를 살릴 수 없을까봐 걱정하며 전화를 했다는 걸 알아챘다.

"반드시 그녀의 목숨을 살려내게. 무슨 수를 써서든, 목숨만은 살리라고." 그는 전화기에 대고 소리질렀다.

문제는 어떻게 하느냐였다. 로즈를 병원에 데려가는 일이 시급했지만, 배는 베링해 한가운데에 위치한 프리빌로프제도의 작은 야생 섬인 세인트폴섬에서도 북서쪽으로 약 500킬로미터 떨어져 저멀리 나가 있었다. 세인트폴섬이 연료를 넣기에 가장 가까운 지점이었고, 거기 작은 응급의료센터도 있었다. 문제는 당시 해안경비대가 가장 튼튼한 제이호크 헬기를 타고 와서 세인트폴섬에서 연료를 재급유한다 해도 엑설런스호가 여전히 비행거리 밖에 위치한다는 거였다.

해안경비대는 배에 전화를 했다. 엑설런스호는 최대한 빠른 속도로 달려 세인트폴섬에서 적어도 약 260킬로미터 떨어진 지점까지 들어가 구조원들을 만나야 했다. 명령을 듣자마자 리 베스털 선장은 모선에 딸려 조업을 하는 독항선 선단과 연결된 밧줄을 끊으라고 무선을 보냈다. 쉬운 명령이 아니었다. 선단을 떠내려가게 둔다는 것은 재정적 생명줄과 같은 그물을 바다 밑바닥에 가라앉힌다는 의미였다. 하지만 안 그러면 틀림없이 로즈를 잃을 터였다.

엑설런스호는 떠나야만 했다. 그는 명령했다. "지금 당장!"

외상 전문 의료진은 사고 후 한 시간을 생존 가능성을 극대화하는 시간대인 '골든타임'이라고 부른다. 다음 48시간 동안 많은 침착한 사람이 자기 생명의 궤적뿐 아니라 아기의 운명까지 좌우할 결정을 내릴 때, 로즈는 그들을 믿어야만 했다.

베스털 선장은 엔진 속도를 올리고 북극의 폭풍을 향해 돌진했다. 북쪽에서 50노트로 부는 바람이 2층 높이의 파도를 세차게 때렸다. 배의 최고 속도인 12노트로 간다 해도, 다음날 오전 열시까지는 접선 지점에 도착하지 못할 것이다. 푸른 눈과 덥수룩한 붉은 콧수염을 가진 베스털은 전형적인 선장처럼 보였다. 그는 이 배에서 십육 년 동안 일했다. 험악한 폭풍에는 당황하지 않았지만, 배에서 이런 부상 사건을 겪어본 적이 없었다. 그는 연달아 치는 파도를 뚫고 배를 힘겹게 조종하며 텀스 소화제를 한 움큼 씹었다.

알래스카주 콜드베이에서는 해안경비대의 전진 배치팀이 코디액섬에서 날이 밝자마자 출발할 준비를 하라는 명령을 받았다. 그 파견은 다양한 구조 항공기를 다방면에서 보내 엑설런스호에 집결시키는 정교한 연출의 시작이었다. 그것은 일련의 복잡한 이어달리기로, 그 모든 게 로즈를 살아서 구조해낼 확률을 최대화하기 위해 적절히 짜였다.

베링해에서는 최상의 상황일 때도 헬리콥터 승강 장치 작동에 문제가 생겨 목숨이 위험해질 수 있다. 50노트의 맞바람을 맞으며 헬기를 조종하는 케리 블런트 중위는 이번 구조가 재앙으로 변할 수도 있다는 걸 알았다. 해안경비대에 합류하기 전에는 공군에서 9년간 블랙호크를 조종했던 블런트 중위는 일단 시간 문제를 걱정했다. 바람을 뚫고 비행하느라 이미 연료의 절반 이상을 써버렸다. 그는 환자 로즈 바드의 상태가 어떤지 알지 못했다. 그저 부상이 심하다고만 했다. 그는 연료가 동나기 전에 환자와 의사를 모두 바다에 빠뜨리지 않고 다음 주자에게 무사히 넘겨줄 수 있을지 걱정했다.

이제 엑설런스호를 내려다보며 그는 걱정이 하나 더 생겼다. 특수수난구조대를 갑판에 안전하게 내려줄 수 있을까. 특수수난구조대원들은 요동치는 바다에서도 한 번에 30분씩 임무를 수행하도록 훈련받아 험한 환경에서도 당황하지 않을 만큼 배짱이 두둑했다. 그들은 추락하면서 의식을 잃은 조종사의 낙하산을 수중에서 풀 수 있었다. 하지만 헬리콥터 케이블 자체가 배에 걸려 헬리콥터가 배와 충돌하면 구조원도 별 도움이 안 될 터였다.

그들 아래 보이는 배는 걷잡을 수 없이 흔들리는 세탁기 속 장난감 배 같았다. 블런트 중위는 뱃머리 위를 맴돌며, 제이호크 헬기를 잘 조종하면서 충돌을 피할 수 있도록 배가 방향을 바꿔주기를 기다렸다. 그는 "항공기와 배가 서둘러 접촉하면 상황이 매우 나빠질 수도 있다"는 걸 알았다.

헬기 아래에서 엑설런스호 키를 잡은 베스털 선장은 배를 조종하느라 애를 먹고 있었다. 정상적으로 헬리콥터와 조우하려면 헬리콥터가 안정적으로 착지하도록 배가 역풍을 맞는 위치에 있어야 했다. 하지만 이런 폭풍우 속에서 바람을 거스르는 위치에 있으면 뱃머리 전체가 물에 잠겨야만 했으므로 뱃머리를 낮춰 헬리콥터 대원들이 제대로 착지하도록 최선을 다했다. 보통은 뱃머리 위로 우뚝 솟아 있지만 그때는 갑판 앞쪽에 놓여 있던 두 개의 거대한 화물 기둥 사이에 구조대원들을 착지시켜야 했다. 바람이 너무나 거세서 바람을 향해 저돌적으로 비행하는 헬기가 뒤로 밀리는 것처럼 보였다.

마침내 조종사와 헬기에 탑승한 의료진이 적절한 순간을 포착하여 특수수난구조대원 벤 코니아에게 출발 신호를 보냈다. 코니아는 들것을 들고 갑판까지 50미터를 하강하여 두 기둥 사이에 정확히 착지했다.

이번 구조가 코니아에게는 첫번째 실전이었지만, 그는 갑판 아래에서 마주할 상황에 집중했다. 그가 그 현장을 목격한 최초의 외부인이었다. 그는 무엇보다 출혈을 걱정했다. 인체는 약 5리터밖에 안 되는 혈액으로 이루어져 있는데, 환자는 이미 상당양의 피를 흘렸고, 아무도 어느 정도 출혈이 있었는지 알지 못했다.

코니아는 재빨리 몸을 움직여 로즈의 다리 아래쪽 부러진 뼈에 부목을 대고 꽁꽁 얼 것 같은 추위에 대비해 그녀의 몸을 담요로 감쌌다. 선원 여덟 명이 들것을 들고 가파른 계단 여러 개를 통과해 비에 젖어 미끄러운 갑판까지 그녀를 옮겼다. 코니아는 강철 케이블 네 개와 회전을 막아주는 트레일 라인을 들것에 붙이고서 승강 장치를 작동하라는 신호를 보냈다.

마침내 로즈는 알렉스와 다른 선원들이 아래에서 지켜보는 가운데 헬리콥터 동체를 향해 천천히 회전하며 올라갔다.

사고가 발생한 지 스무 시간 후, 끔찍한 일련의 인계과정을 거친 끝에 로즈는 마침내 앵커리지에 위치한 프로비던스 알래스카 메디컬센터 응급실에 도착했다. 그녀는 창백했고 맥박은 빨랐지만 여전히 의식이 있었다.

정형외과의사 조지 라이니어는 그녀에게 친절하게 말하려고 애썼다. "당신의 다리를 살리기 위해 할 수 있는 모든 일을 하겠지만, 이미 부상이 심각합니다." 로즈는 의사의 말을 기억했다. 그는 그녀에게 사인할 동의서를 내밀었다.

"제발 다리는 자르지 말아주세요. 제발요." 그녀는 애원했다.

몇 시간이 지나, 수술 후 여전히 흐리멍덩한 상태로 로즈는 다리가 있어야 할 곳을 내려다보았다. 시트는 납작했다. 그녀는 충격을 받아 고개를 돌렸다. 잠시 후 더 심한 공포가 그녀를 덮쳤다.

그녀의 호르몬 수치를 지켜보던 의사가 방으로 들어왔다. 그는 직설적이었다. 출혈량과 외상 정도로 볼 때, 뱃속의 아이가 출산 예정일까지 살아남을 확률은 5퍼센트에 불과했다. 감정을 억누르던 로즈는 흐느끼기 시작했다.

로즈 곁에 머무르려고 비행기를 타고 날아온 조 버시는 그 의사를 복도로 급히 내보냈다. "당신이 그러면 안 되지. 그녀에게서 희망을 뺏지 말라고!"

희망은 의사들의 도구함에서 찾기 힘든 가장 중요한 도구다. 게다가 어떻게 희망을 효율적으로 이용하는지는 의대에서 배울 수 없는 덕목이다.

크리스토퍼가 22개월이었을 때, 시애틀아동병원의 신생아 중환자실 아기 모임에 아들을 데려갔다. 주변 의료진이 돌본 아기들을 맞이하는 동안 우리는 풍선을 들고서 들떠 있는 다른 부모들을 만났다. 크리스토퍼를 진료한 의사들을 만나는 건 퇴원한 후로 그때가 처음이었다. 그중에 P선생님이라고만 불렀던 신생아 전문 소아과의사가 우리에게 다가왔다. 처음부터 크리스토퍼 치료에 자신감을 보이며 나를 기분좋게 한 분이셨다. 그분 덕에 나는 희망에 부풀었다.

"이 녀석 좀 보게." 그는 놀라워하며 크리스토퍼의 통통한 볼을 꼬집었다. P선생님은 불과 며칠 전 신장이 손상돼 입원한 아기의 가족에게 크리스토퍼 얘기를 들려줬다고 했다. 그 가족에게 그 아기보다 더 아팠던 크리스토퍼가 어떻게 살아남았는지 들려줬다고 했다. 그 말을 듣자 아들이 태어나고 처음 몇 주간 그가 크리스토퍼보다 더 아픈 아기 얘기를 해준 적이 없다는 사실을 깨달았다. 증거가 없는 상황에서 희망은 가장 갖기 어려운 마음이다. 그게 지금 로즈에게 필요한 것이었다.

15장
좋은 슬픔, 나쁜 슬픔

3월 초 어느 흐린 날, 시애틀에서 북쪽으로 20분 거리에 있는 에드먼즈에 알렉스와 로즈가 임차한 작은 단층집으로 그녀를 만나러 운전해 갔다.

기사를 쓰기 위해 그녀와 주기적으로 연락하면서, 모든 절단 환자가 직면하는 과정인 새로운 현실에 그녀가 신체적으로나 심리적으로 어떻게 적응해가는지 확인하고자 했다. 하지만 로즈는 새 생명을 품고 있기에 어려움이 하나 더 추가됐다.

기사를 위해 누군가를 밀착 취재하는 일은 일시적으로 그들의 삶에 나를 집어넣는 것과 마찬가지다. 그녀의 병원 진료를, 가족 모임을 따라가고 학교나 공원으로 이동할 때도 함께했다. 그들이 쇼핑을 갈 때나 모임에 나갈 때도, 요리할 때도 옆에 있었다. 사람들이 취재를 허락할 때, 아마 대부분은 그들이 얼마나 많이 나를 받아들여야 하는지 몰랐을 것이다. 분명히 그중 몇 명은 괜히 취재를 허락했다며 후회했을 것이다. 나는 보통 사진기자들과 함께 일했는데, 그들도 많은 시간을 취재 대상과 함께 보냈다.

사진기자와 내가 아무리 투명 인간처럼 보이려 노력해도, 하루가 끝날 때쯤이면 우리는 취재 대상이 살아가는 이야기 한가운데에 놓인 이방인이었다. 내 존재가 많이 인식되지 않을 만큼만 주변에 있으려 애썼다. 그래서 사람들이 내가 듣고 싶어할 말이나 멋지게 들릴 만한 말을 계산해서 하는 게 아니라 방심해서 자신이 느끼는 그대로 말하게끔 했다. 하지만 내 존재가 그들의 행동을 바꿨다면, 그들의 존재도 내 행동을 변화시켰다.

몇 년 후, 로즈는 사진기자 댄과 내가 찾아오기 때문에 아침에 눈뜨고 침대에서 일어난 적이 많았다고 고백했다. 그녀는 몰랐겠지만 그녀를 취재하면서 나 또한 그랬다.

로즈를 찾아간 첫날, 휠체어에 앉아 미닫이 유리문으로 뒷마당을 빤히 바라보는 그녀를 발견했다. 운동복 반바지를 입고, 어두운 갈색 머리칼을 뒤로 당겨 질끈 묶은데다 혀에는 피어싱을 한 그녀는 지금도 술집에 가면 신분증 검사를 받을 것만 같았다. 그녀는 남자들이 멋진 다리라고 말할 두 다리를 꼬았다가 풀었다. 이제 다리는 무릎 아래에서 갑자기 끝이 났다.

임신 6개월째였지만, 배는 거의 도드라지지 않았다. 그녀의 배 한쪽에는 한때 몸담았던 군대 소대를 연상시키는 전갈 문신이 새겨져 있었다. "예전에는 발목에 정말 멋진 문신이 있었어요." 그러고는 그녀는 말을 멈췄다.

구근처럼 생긴 보라색 소켓과 막대기 같은 금속 다리로 구성된 의족은 주방에 설치된 피크닉 식탁의 벤치 위에, 한 번도 신지 않은 흰 테니스화에 꽂혀 있었다. 나와 얘기를 나누며 그녀는 마치 적을 평가하듯이 의족을 노려보았다. "저건 그냥 플라스틱이지, 제가 아니에요. 의족을 끼고 싶지 않아요." 그녀가 처음 의족을 끼고 일어서려 할 때, 물리치료사가 그녀의 균형감각을 시험해보겠다며 그녀에게 눈을 감으라고 했다. "처음에는 '아, 이건 쉽겠네' 했어요. 전 걷는 법을 아니까요." 하지만 눈을 감자 패닉 상태에 빠졌다. "제 다리에게 움직이라고, 발을 떼고 앞으로 나아가라고 명령했는데, 제 뇌에서는 '너 마약하는 거니? 난 시키는 대로 안 할 거야' 그러더라고요. '세상에나, 이제 넘어질 거야'라는 생각이 들며 심박동수가 빨라졌어요. 제 몸은 그냥 '싫어'라고만 했죠."

요즘 그녀는 피곤하고 몸이 둔해져 주로 집에서 누워 지냈다. 잠도 도움이 되지 않았다. "요즘은 계속 악몽을 꿔요." 꿈에서 그녀는 여전히 고깃배 기계에 끼어 있었다.

의사와 치료사는 새 다리에 적응해야 한다며 그녀를 밀어붙였다. 빨리 재활을 시작할수록, 아기가 나올 때쯤에 혼자 움직일 확률도 높다고 말했다.

"정말 걱정돼요. 이 의자 밖으로 못 나간다면 아기를 위해 뭘 할수 있겠어요? 저희 딸 어릴 때가 생각나요. 걘 항상 제게 안겨 있고 싶어했어요. 제가 어떻게 슈퍼에 가겠어요? 어떻게 유모차를 밀고 기저귀 가방을 들고 다니겠어요?"

하지만 의족을 끼려고 하면 근육이 경련을 일으켰다. 그 순간 신경이 다리를 조였다. 뼈가 아팠다. 잃어버린 다리에서 여전히 정보를 받고 있는 그녀의 뇌가 발이 욱신거린다는 신호를 보냈다. 환지통은 진짜처럼 느껴졌다.

그 말을 듣고 고개를 끄덕였다. 로즈가 겪은 일은 나와 별로 겹치지 않았다. 하지만 환지통은 이해할 수 있었다. 밤에 크리스토퍼를 너무 꼭 껴안고 자다가 가끔 아파서 깨곤 했다. 식은땀이 나고 눈물날 정도로 온몸이 뒤틀린 듯 아팠다. 아들이 죽은 후 손에 경련이 나서 주먹을 꼭 쥘 수밖에 없는 통증이 생겼다. 마치 더는 아들의 머리칼을 쓰다듬을 수 없고, 양치질을 해줄 수 없고, 아들을 위해 수어를 할 수 없는 내 손이 슬퍼하는 것 같았다. 왼쪽 가슴도 계속해서 욱신거렸다. 의사들은 의학적으로는 아무 문제가 없다고 했다. 그들은 그걸 감각이 한 곳에서 다른 곳으로 옮겨가는 '연관통'이라고 불렀다.

로즈는 사지 절단 환자를 위한 지원 모임에 나가지 않았다. 그녀가 절대 하지 않을 한 가지가 있다면, 다른 사람 앞에서 우는 일이었다. 그녀는 오히려 이른 새벽에 잠이 덜 깬 채로 의족을 하지 않고서 화장실에 가려다가 변기에 빠질 뻔한 일처럼 웃기는 이야기를 하고 싶어했다. 아니면 자신을 얼빠진 듯 바라보는 구경꾼에게 베트남전에서 다리를 잃었다고 말한 일화라든가. 아니면 첫아기가 태어난 후, 의사가 배에 있는 전갈 문신을 보고는 "멋진 굴착기네요"라고 말한 이야기라든가.

그녀는 그냥 임신에만 집중하고 싶었다. "아기 물건을 사러 상점에 가면 사람들이 물어요, '누가 임신하셨나요?'라고요."

"제가요"라고 그녀는 대답했다.

"오," 그리고 긴 침묵이 이어졌다. "손님이요?" 믿을 수 없기도 하고 역겹기도 하다는 표정으로 얼굴을 일그러뜨리며 로즈는 그들의 반응을 흉내냈다.

"저는 이렇게 말했죠. '네에에에.'"

"저는 건방진 편이었어요. 항상 그런 편이었죠. 그래서였는지 군대에서는 일이 잘 안 풀렸어요."

요즘 그녀의 신경이 곤두선 또다른 이유가 있었다. 사고 이후로 아기의 생존 확률이 높아졌지만, 최근에 받은 초음파 검사에서 아기의 뇌에 의심스러운 점이 발견됐다. 낭종 같았다.

"가끔은 절단 수술을 받고 물리치료를 진행한 후에 임신을 했으면 더 수월했을 텐데 싶어요. 아니면 임신하고 아기를 낳은 다음 절단 수술을 받든지요. 그 두 가지를 동시에 겪으니 힘드네요."

하지만 협상은 불가능했다. 물리적이든 아니든, 우리가 원한 삶에서 우리를 갑자기 끊어내버리는 온갖 종류의 절단이 있다. 우리가 항상 선택권을 쥐는 건 아니다.

4월에 다시 에드먼즈로 차를 몰고 갔다. 이번에는 로즈의 새 물리치료사 버니스 케겔을 만나기로 했다. 버니스가 도착하기를 기다리면서 로즈네 거실에서 시간을 보냈다. 로즈는 의족을 다른 방에 두고 소파에 느긋하게 앉아 있었다. 첫째 딸 카르마의 장난감이 여기저기 흩어져 있었고 텔레비전에서는 만화가 흘러나왔다. 로즈는 카르마의 일상에 관해 재미난 이야기를 시작하다가 갑자기 말을 멈췄다.

"아, 아이가 있으신가요?" 그 질문에 잠시 당황했다. 여느 때처럼 없다고 대답할까 하다가 무언가가 나를 멈추었다.

"네, 아들이 하나 있어요. 몇 년 전에 죽었지만요." 그녀는 조용해졌다.

"유감이에요." 정확히 옳은 말이자 그런 상황에서 할 수 있는 유일한 말이었다. 아마 사람들이 그녀에게 던진 모든 잘못된 말을 통해 그녀는 그 사실을 가슴 아프게 배웠을 것이다. 대화 주제를 다른 걸로 바꿨지만, 그녀가 잠깐이라도 크리스토퍼가 거기에, 그 방안에 우리와 함께 있었음을 알아줘서 고마웠다.

노크 소리가 나더니 버니스가 고개를 내밀었다. 경쾌한 남아프리카 억양으로 말하는 그녀는 진지한 사람이었는데 지뢰 피해자부터 노인 환자까지 절단 수술을 받은 다양한 고객을 담당했다. 그녀는 환자들의 비통한 상황에 주눅들지 않았고, 변명을 무시하는 데 익숙했다. 그녀는 로즈를 달래서 의족을 끼게 한 다음 휠체어에서 일어나 보행 보조기에 몸을 지탱하게 했다.

"좋아요, 이제 이걸 치울 거예요." 버니스가 말했다. 그녀는 보행 보조기를 손에 닿지 않게 몇 미터 옮겼다. 로즈는 그 자리에 얼어붙었다.

"어때요?" 버니스의 목소리는 침착했다.

"약간 어색해요. 공중을 걷는 것 같아요." 그러다가 로즈의 몸이 앞으로 기울었다. "워워."

"제가 너무 밀어붙였네요. 저도 당신이 아직 준비가 안 됐다는 걸 알아요." 버니스가 말했다. 어쨌든 그들이 해낼 거라고 말하는 그녀만의 방식이었다.

결국 한 주 한 주, 한 치씩 로즈는 나아갔다.

다음에 로즈를 만났을 때, 그녀는 새로운 의족을 맞추고 있었다. 그녀는 이전 의족을 끼고 알렉스와 함께 병원에 도착했다. 플라스틱으로 만든 원래 의족은 한쪽 무게가 1.8킬로그램 이상으로 무거웠다. 그녀가 보행 보조기를 밀면서 몇 걸음 이상 걸으려 하면 다리가 질질 끌렸다. 심지어 의족에 체중을 싣거나 걷지 않을 때도 의족 때문에 물집이 잡힐 정도였다. 그녀는 자리에 앉아 조심스럽게 한 번에 한 겹씩 의족을 벗었다. 먼저 의족 자체를 벗었다. 그다음엔 잘린 부분을 덮어 의족에 넣는 소켓 안감을 벗었다. 그다음에는 의족을 제자리에 고정해주는 양말 세 짝을. 그다음으로 잘린 부분이 의족에 맞도록 모양을 잡아주는 타이트한 '수축기' 한 겹을. 마지막으로 보호를 위해 피부에 붙인 실리콘 한 겹을 벗었다.

조심조심 로즈는 뼈에 조직이 붙기 시작한 흉터에 마사지 오일을 발라 마사지했다. 그날 그녀는 탄소 섬유로 만든 더 가벼운 의족을 맞췄다. 새 다리는 이전의 절반 무게 정도밖에 안 될 것이다. 그녀의 기분도 덩달아 가벼워졌다. 그녀는 소켓에 코팅될 천으로 요정 그림이 들어간 것을 골랐다. 카르마가 선택에 도움을 주었다.

보철클리닉 책임자인 라이언 블랭크는 로즈를 검진한 다음 그녀의 새 의족과 헌 의족 세트를 사무실 뒤편에 위치한 차고 같은 작업장으로 가져가서 손봤다. 임신 때문에 로즈의 의족은 계속 손봐야 했다. 체중과 체형이 바뀌면서 그녀의 무게중심과 남은 다리의 부피도 달라졌다. 그래서 계속 균형을 잡을 수가 없었다. 그 변화 때문에 의족을 정확하게 조절하거나 맞추기 힘들어졌는데, 그녀에게 걷는 법을 가르치려면 그 작업이 필수적이었다.

절단 수술을 받고 회복하는 과정은 길고 고통스럽다. 환자들은 결코 엄청난 부담을 떠안도록 설계되지 않은 세포조직에 부담을 주어야만 한다. 남아 있는 사지가 새로운 역할을 떠맡으면서 어떤 고통은 치유와 발전의 과정을 거쳐 좋은 고통으로 드러난다. 어떤 고통은 균형이 잘 맞지 않을 때 발생하는데, 압박통과 멍, 물집 그리고 신경 문제까지 일으킬 수 있다. 그 균형을 맞추는 일이 회복을 하는 데 매우 중요하다.

전문가들이 새로운 의족의 조절 작업을 마치는 동안, 로즈는 엑설런스호에 승선했던 지난날에 관해 수다를 떨었다. "어느 철엔가는 알류샨열도에 갔는데 고기를 찾을 수 없더라고요." 선원들은 물고기가 나타나기를 기다리면서 즐겁게 시간을 보내려고 휴게실에서 작은 영화제를 열었다.

"저희는 이미 〈퍼펙트 스톰〉〈타이타닉〉〈센트리 스톰〉을 봤어요.

그래서 제가 〈니모를 찾아서〉를 가져왔죠"라며 그녀가 빙그레 웃었다. "영화제는 굉장했어요. 마치 군대에 있을 때 같았죠. 우린 내내 농담을 했어요. 가끔 그때가 그리워요. 저하고 알렉스 둘 다 그래요."

바로 그때 라이언이 그녀의 새 다리를 가지고 돌아왔다. 그녀는 무릎에 힘주고 방향을 돌려 진한 보라색 배경에 펼쳐져 있는 요정의 흰 날개를 감탄하듯 바라보았다. 그녀가 의족을 끼고 일어섰다. 뱃일을 할 때는 20킬로그램짜리 설탕 포대를 휙 던지고 45킬로그램짜리 생선 상자 더미를 들어올렸지만, 이제는 의자에서 자기 체중만 밀어올려도 팔이 후들거렸다. 로즈는 보행 보조기에 몸을 지탱하면서 라이언이 그녀에게 했던 말을 반복했다. "좋은 고통도 있고 나쁜 고통도 있다."

그날 늦게, 로즈와 함께 집에 돌아갔다. 버니스가 새 다리를 확인하러 오고 있었다. 로즈는 준비를 하며 소파에 몸을 기대고 있었다. 아기가 꾸준히 발차기를 하며 그녀의 갈비뼈와 방광을 쿡쿡 찔렀다. 카르마가 엄마 옆에서 소파 위를 깡충거리다가 의족을 집어들었다. "엄마 이거 위에 바지 입을 거야?" 카르마가 물었다.

"여름에 반바지를 입지 않을 때는 그럴 거야." 로즈가 대답했다.

"저번에 어떤 아줌마를 봤는데, 그 아줌마가 의족을 했는지도 몰랐어." 카르마가 말했다.

이것이 로즈의 비밀스러운 꿈이기도 했다. 그녀는 인터넷에서 다리 이식이나 다른 미래의 해결책을 찾으며 며칠 밤을 보냈다. "이게 저를 위한 방법이란 걸 아직 받아들이지 못했어요. 이식할 수 있는 의족이 나올 날을 기다려요. 일체형으로 피부처럼 생겨 벗을 수도 없는 그런 의족 말이에요. 〈스타워즈〉에 나오는 것처럼요. 그게 제가 기다리는 거예요."

로즈의 그런 기다림 때문에 하버뷰 재활팀은 걱정했다. 그들은 아기가 태어날 때쯤 그녀가 자기 발로 서도록 도와줄 시간을 낭비하고 싶지 않았다. 그러나 로즈는 밀어붙이기 힘든 환자였다. 초기에는 입덧을 핑계로 물리치료 예약을 어겼다. 입덧이 사라지자 이번에는 갖은 핑계를 대며 치료 예약을 이리저리 회피했다. 의족을 끼고 싶지 않다는 둥, 몸을 일으켜 휠체어를 타고 시애틀까지 이동하는 것이 엄청난 시련이라는 둥 변명했고, 자신에게도 그렇게 합리화했다. 하지만 버니스는 요령을 피우도록 허락하지 않았다.

4월이 되자 로즈는 보행 보조기를 사용해 집 앞 인도까지 가는 길의 절반을 이동하는 데 성공했다. 한 걸음 한 걸음에 엄청난 노력이 필요했다. 모든 움직임에 의지력을 발휘해야 했고 걷기 위해 다양한 근육을 사용해야 했다. 이전까지는 발을 들어올리거나 균형을 바로잡는 데 익숙지 않은 근육을 써야 했다. 그녀는 샐리 장군이 그랬던 것처럼 자기 무게중심이 어디에 있는지 다시 배워야만 했다. 버니스와 나는 로즈가 넘어지지 않도록 옆에서 함께 걸었다. 그녀가 숨을 고를 수 있게 길가에 멈춰 섰다.

"이건 등산하는 것과 같아요." 로즈가 헐떡거리면서 말했다. 땅이 조금이라도 평평하지 않으면 앞으로 나아가는 데 엄청난 노력이 필요했다. "결국 이 길을 걸을 거예요. 그런 다음 '완전 식은 죽 먹기네!' 라고 하겠죠"라고 말하며 그녀는 웃었다. 그녀를 방문한 몇 달간 무 엇보다도 웃음거리를 포착하는 능력과 유머감각 때문에 로즈에게 고마웠다. 물리치료가 끝나자 그녀는 휠체어에 털썩 주저앉았다. 자 신의 맥박을 확인하려고 목 옆에 손을 대고는 "마라톤을 막 끝낸 것 같아요"라고 말했다.

5월쯤 되자 자연의 섭리가 그녀를 바짝 따라붙었다. 배가 너무 커 져서 새로운 발을 내려다볼 수 없었다. 넘어져서 아기가 다칠까봐 겁 을 냈다. 잘린 다리가 너무 부풀어올라서 약간의 압력만 가해도 그녀 는 몸을 움찔거렸다. 걸으려고 하면 구역질이 났다. 그래서 버니스에 게 그만 오라고 말했다.

좋은 소식도 있었다. 초음파 검사 결과, 아기 뇌에서 분명히 보이 던 낭종이 사라졌다. 커다란 추 하나를 내려놨지만, 다른 큰 걱정이 여전히 무겁게 매달려 있었다. 아기 앞에서 어떻게 걷느냐는 여전히 걱정거리였다.

출산 예정일 몇 주 전, 로즈는 검사를 받으러 산부인과 전문의에 게 갔다. 알렉스는 휠체어를 밀고 간호사실로 갔다. 간호사가 체중계 쪽으로 턱을 들어 가리켰다.

"이번에는 건너뛰면 안 될까요?" 알렉스가 물었고, 간호사는 안 된 다고 대답했다. 알렉스는 그녀를 들어 체중계에 올리고 균형을 잡게 도왔다. 그러다 잠시 로즈를 놓쳐버렸다. 로즈의 얼굴이 새하얘졌다. 거의 넘어질 뻔하면서 고통이 다리에서부터 배까지 솟구쳐올랐다.

좋은 고통도 있고 나쁜 고통도 있다. 몇 달간 그 말을 주문처럼 외웠다. 가끔은 나쁜 고통만 있는 것 같기도 했다.

나는 그 말을 자신에게 되뇌었다. 좋은 고통과 나쁜 고통. 크리스토퍼의 죽음은 나쁜 고통의 끝없는 구덩이처럼 보였다. 보이지 않는 저 너머로 좋은 것을 품은 장소를 쳐다보기란 어렵다. 사람들은 내게 어떻게 지내느냐고 물었다. 나는 그냥 "괜찮아"라고 답했고 심지어 그렇게 믿었다. 하지만 몸은 정신이 표현할 수 없는 것을 표현한다.

통증은 가끔 '다섯번째 생체 신호'라고 불린다. 나는 병원에서 크리스토퍼의 통증을 측정하는 일에 몰두했다. 의사들은 다양한 통증의 단계를 얼굴 표정 그림으로 나타낸 통증지수표를 가져와서 아들에게 지금 느끼는 통증이 어떤 단계인지 손으로 짚어달라고 요구했다. 아니면 지수를 1에서 10으로 놓을 때 내 생각에 아들의 통증이 몇 점인 것 같으냐고 묻기도 했다. 그 지수는 절대로 도움되지 않았다. 통증 지수가 10이라면 1보다 열 배 견디기 어려운 게 아니었다. 그건 천 배나 그 이상으로까지 힘들어 보였다. 게다가 사랑하는 사람이 어떤 종류든 간에 통증 때문에 고통받는 모습을 보는 일 자체가 통증 지수 10이다. 게다가 어떤 지수도 아들의 부재로 인한 고통을 측정할 수는 없었다.

하지만 로즈와 몇 달간 지내면서 고통을 새로운 방식으로 여기게 됐다. 고통은 자신의 가장자리와 경계를 느끼는 방식이었다. 고통은 살아 있음을 아는 방식이고, 내가 살아 있음은 크리스토퍼의 기억을 살아 있게 만드는 일이었다.

하짓날 아침 일찍 로즈의 진통이 시작됐다. 산통이 조금씩 쌓여가면서 수축이 5분에 한 번씩 찾아왔다. 통증이 밀려올 때 로즈는 숨을 들이마셨다.

그주 초, 그녀는 한바탕 대청소를 하느라 팔과 무릎으로 기어다니면서 카르마의 방을 깨끗이 정리했다. 강아지 장난감까지 전부 끌어모아 빨래도 여러 차례 진행했다. 몸이 퉁퉁 부어 손가락이 시가만큼 굵어졌다. 몇 주간 걷기는 고사하고, 새로운 의족을 낄 수도 없었다. 사람들은 그녀에게 이번 여정이 어떠냐고 물었다.

"완전히 다른 삶으로 다시 태어난 것 같아요. 하지만 전 여전히 같은 사람이죠. 나쁜 일은 일어나기 마련이니, 그저 버텨낼 수밖에요."

통증이 다시 그녀를 흔들어놓았다. 알렉스는 그녀를 차에 태우고 30분 정도 걸리는 시애틀의 워싱턴대학병원으로 향하면서 침착하게 운전하려고 노력했다. 칠흑같이 어두운 밤이 1년 중 가장 긴 날의 첫 햇살을 받아 희미한 회색빛으로 바뀌어갔다.

그녀를 만나러 병원으로 달려갔다. 이번 분만은 다를 것이다. 로즈는 진통을 견디려고 분만과정의 일부를 카르마에게 자세히 설명해줬다. 그녀는 쪼그려앉거나 무릎을 꿇어 중력의 도움을 받을 수도 없었다. 분만을 위해 침대에 누워 있어야만 했다.

내가 도착할 때쯤 진통이 극심해졌다. 그녀는 최악의 진통을 겪느라 침대 난간을 주먹으로 내려쳤다. 마취과의사가 마침내 경막외 마취제를 놓자, 방안에 있는 우리 모두(알렉스와 카르마, 같이 고깃배를 탄

친구 둘과 사진기자 댄)는 한숨 돌렸다. 진통이 서서히 사그라지는 것 같았다. 소강 상태일 때 로즈는 예전의 자신처럼 일어나서 소규모 관중을 앞에 두고 바다 이야기를 즐겁게 들려주었다.

그리고 아침 열시가 막 지났을 때 자연의 힘이 다시 주도권을 쥐었다. "밀어요!"라고 의사가 말했다.

로즈는 세게 힘을 주었고 젖 먹던 힘까지 다했다. 드디어 남자아이 에리스가 반들반들한 새끼 물개처럼 세상에 나왔다. 알렉스는 활짝 웃으며 말했다. "우리 애 작은 손과 발을 봐. 얘 발가락 좀 봐."

에리스는 언젠가 자기만의 바다 이야기를 들려줄 것이다. 그가 세상에 확실히 나올 수 있도록 위태로운 일련의 작전을 수행한 수십 명에 관한 이야기를 말이다. 응급구조원에게 위험을 알렸던 로즈의 친구 루비. 그녀를 기계에서 떼어낸 다음 패닉 상태에서 진정시킨 선원들. 구조요원을 만나러 폭풍이 휘몰아치는 바다를 뚫고 배를 조종한 선장님. 손에 땀을 쥐게 하는 곡예비행을 하면서 역대 가장 어려운 외상 환자 구조 작업에 성공해 그녀를 배에서 옮긴 조종사와 헬기 내 의료진. 매우 심하게 오염된 치명적인 상처를 깔끔하게 절단하고 그녀와 아기를 감염되지 않게 안전하게 지킨 알래스카의 수술팀. 그녀를 새로운 다리로 다시 걷게 하려고 애쓴 재활팀과 그녀를 지원한 선박회사, 그리고 그 모든 과정을 함께한 알렉스까지.

로즈는 분만 침대에 등을 기대고 갓난아기 에리스를 팔에 안고 젖을 먹였다. 에리스는 엄마 냄새와 새로운 세계의 냄새를 들이마셨다.

"세상에, 아기 좀 봐요. 정말 완벽해요." 로즈가 말했다.

정말 그러했다. 그리고 그 짧은 순간, 에리스를 바라볼 때 크리스
토퍼의 모습이 보였다. 세상에 나온 직후 아들의 검은 머리칼과 장밋
빛 얼굴이 생각났다. 아들을 내려놓기 직전에 내 손가락을 잡던 아들
의 손가락이 느껴지는 것 같았다. 모든 희망과 모든 경이로움이 떠올
랐다. 로즈를 향한 기쁨 그리고 그 순간을 다시 상기시켜준 데 대한
고마움이 한데 뒤섞였다.

'바다의 변화.' 이는 로즈의 인생에 일어난 일이었고, 이제는 이 아
기가 불러온 변화였다.

여러 해 동안 나는 '바다의 변화'를 바람이 바뀌고 선원의 운명이
달린 순간을 포착한 항해 용어라고 생각했다. 하지만 이는 문학과 더
깊이 관련된 표현으로 셰익스피어의 『템페스트』에 나오는 '아리엘의
노래'에서 빌려온 표현이다. 아리엘은 나폴리 왕자인 페르디난드에게
그의 아버지의 배가 난파되었다며 노래를 부른다.

> 저 깊은 바닷속에 당신의 아버지가 누워 있어요.
> 그의 뼈는 산호가 되고
> 그의 눈은 저기 저 진주가 되었어요.
> 그의 어느 것도 진정으로 퇴색하지 않고
> 다만 바다 속에서 변화를 온몸으로 겪으며
> 값지고 신기한 물건으로 변했어요.

'바다의 변화'는 크리스토퍼의 출생과 죽음이 내 삶에 가져다준 것이기도 했다. 임신 사실을 처음 인지했던 몬토크 포인트 등대에서 강렬한 기분을 경험했다. 아들의 죽음은 나를 좌절시켰다.

하지만 로즈를 따라다니면서 무언가를 배웠다. 온전함은 상상했던 것보다 더 귀하고 신비롭게 보일 수 있었다. 온전함으로 가는 길은 좋은 고통과 나쁜 고통을 모두 포용해야 하고, 그 차이를 구별할 줄 알아야 한다는 뜻이었다. 좋은 고통은 성장과 새로운 시작에서 오는 고통이었다. 어릴 적에 가끔 다리가 아파서 자다가 깨곤 했다. 엄마는 그걸 '성장통'이라 부르며 무릎을 감쌀 전기담요를 가져다주셨다. 그러면 새로운 몸과 새로운 삶을 살아갈 내 모습을 상상하며 스르륵 잠으로 빠져들었다.

나쁜 고통은 나 자신을 사람들과 차단하며 생긴 파멸과 고립의 고통이었다. 나쁜 고통은 내가 좋은 것을 경험하지 못하게 막는 데서 왔다. 그리고 용기는 비록 마지막 한 걸음이 고통스러울지라도 다음 한 걸음을 내딛는 것을 의미했다.

완전히 다른 삶으로 다시 태어난 것 같아요. 로즈의 말이 내내 가슴에 남았다. 나는 결코 젊었을 때 상상한 대로 살아갈 수 없을 것이다. 내 삶은 뭔가 달라야만 했다.

"용기를 내." 크리스토퍼가 내게 수어를 했다. 이제 내가 노력할 차례였다.

16장
시간상의 한 점

재입사하고 처음 몇 년간 시애틀 포스트인텔리전서 신문사는 새로운 직원을 더 뽑았다. 나는 신문사 양쪽 무리에 걸쳐 있었다. 오래된 직원 무리에 속하기도 했지만 새로운 기자 무리와 비슷한 시기에 재입사한 신참이기도 했다. 그들도 나를 같은 무리로 끼워주었다. 스스로 들어간 동굴에서 천천히 기어나와 동료들과 함께 커피를 마시거나 행복한 시간을 보내거나 부둣가를 따라 산책을 했다.

나는 캘리포니아 북부의 어느 신문사에서 일하다 시애틀 포스트인텔리전서에 합류한 마이크 루이스라는 기자와 차를 마시며 어울리곤 했다. 심술궂은 재치와 예리한 관찰력을 지닌 그 때문에 웃곤 했다. 또 뉴욕에서 막 이직한 클로디아 로나, 글쓰기에 열정과 재능을 갖춘 젊은 조앤 디디온, 약간 미묘한 프로필로 우리 모두에 대한 기대치를 올린 메리 린과도 친하게 지냈다. 우리는 기사를 향한 애정을 공유했고, 서로의 글을 비평했으며 신문 밖에서 접한 글 중 감탄스러운 글을 함께 분석했다. 일 애기로 대화의 물꼬를 텄지만, 밤이 깊어가면 각자의 인생 이야기로 화제가 전환되었다.

몇 년 후, 크리스토퍼가 죽은 후 가까워진 사람들과 내가 서로를 발견했을 때 모두 다양한 기로에 서 있었음을 알게 되었다. 그들은 처음에는 분명하게 드러나지 않았던 다른 공통점도 지녔다. 대부분 심각한 상실을 마주했는데, 거의 입 밖으로 꺼내지 않았던 그 상실이 우리 우정에 보이지 않는 발판을 구성하고 있었다. 우리는 고통을 확실하게 이해하고 다음 삶으로 나아가야 할 절박함을 공유했고, 입밖에 내지 않았던 기념일을 인정했다. 우리는 서로의 가족을 대신했다.

뉴스룸의 오래된 친구들도 나만의 작은 궤도에서 나를 끌어냈다.

어느 날, 리타와 나는 둘 다 난생처음 살사댄스를 배우기로 즉흥적으로 결심했다. 우리는 각본 수업을 같이 들으면서 상상했던 장면을 연구했다.

시애틀 캐피톨힐 오드 펠로우즈협회 건물의 2층에 자리한 센트리볼룸은 낡은 나무 댄스 플로어를 내려다보는 크리스털 샹들리에와 금박 입힌 발코니로 구성돼 화려한 복고풍이 돋보이는 장소였다. 거기 들어서는 순간 무엇인가가 내 안에서 일어났다. 활기찬 카우벨 소리와 타악기 클라베스의 리듬에, 어둠 속에서 빙빙 도는 사람들의 모습에 넋을 빼앗겼다. 나는 살사댄스에 반했다. 오랫동안 빠져나갔던 넋이 드디어 몸으로 돌아온 것 같았다. 너무 오랫동안 머릿속 기억과 생각에 파묻혀 지냈다. 무도회장에서는 생각을 멈추고 그냥 움직일 수 있었다. 비트와 다른 사람들의 열기에 나를 맡길 수 있었다. 첫 번째 밤에 집에 와서 울었다. 드디어 내가 음악을 듣게 허락했기에, 그래서 기분이 좋았기 때문에 울었다. 두려웠기에, 삶에 더 많은 다른 것을 원했기 때문에 울었다. 다시 사랑하고 싶었다. 과거가 아닌 그 순간을 살고 싶었다. "용기를 내." 내가 행복해지기를 크리스토퍼가 얼마나 바랐을지 생각했다.

그후 리타와 메리와 함께 여행을 다녔다. 처음에는 뉴욕에 갔다가 그다음엔 프랑스와 이탈리아까지 갔다. 피렌체에서 어느 날 저녁, 어스름한 보랏빛 밤하늘을 배경으로 빛나는 두오모 대성당에 경외심을 느끼는 한편 압도당해서 혼자 걸었다. 이 도시와 관련이 깊은 그 오래된 건물의 그림자를 따라 걷노라니, 갑자기 슬픔이 파도처럼 덮쳐왔다. 시애틀에 돌아가면 어두운 집에서 아무도 나를 기다리지 않는다. 연인도 없고, 아이도 없었다. 나를 과거나 미래로 묶어줄 것이 하나도 없었다. 몇 분간 자기 연민의 바다에서 허우적거릴 때, 내게 다가오는 리타와 메리가 보였다. 양손에 젤라토 아이스크림 컵을 들고 웃는 둘의 발소리가 광장에 깔린 돌 위로 울려퍼졌다. 우울한 기분은 왔던 것만큼 재빨리 걷혔다. 나는 내게 중요한 사람들과 함께였다. 우리의 우정이 뉴스룸 밖에서도 쌓여가는 동안 우리는 자매처럼 가까워졌다.

퇴근 후 가끔 리타의 집에 저녁을 먹으러 갔다. 그녀는 아들들에게 친구를 데려갈 테니 집을 치우라고 전화를 해두었지만, 정반대의 결과가 기다렸다. 한번은 우리가 도착할 때쯤 그녀의 열네 살짜리 아들이 욕실에 흩어진 더러운 수건을 모두 깔끔히 접어서 린넨 캐비닛에 넣어두었다. 아이들이 저지른 미친 짓을 보며 누군가와 함께 마침내 웃을 수 있어서 기분이 좋았다.

나중에 리타네 아들은 우리와 함께 이탈리아 여행을 떠났다. 그후 우리는 녀석의 친구들 무리에서 '숙녀분들'로 통했다. 들을 때마다 미소가 지어지는 별명이었다. 리타네 아이들은 내게 최근에 한 모험을 털어놓고, 팝 문화 소식을 계속 알려주는 등 나를 이모처럼 대해줬다.

시애틀 포스트인텔리전서의 옛 동료와도 여행을 갔다.

우리가 둘 다 경제부 젊은 기자였을 때, 짐 에릭슨을 만났다. 크리스토퍼가 어렸을 때, 신문사를 그만두고 로스앤젤레스로 이사하기 전 우리는 옆자리에 앉았다. 그가 마이크로소프트사를 취재하는 동안 나는 보잉사를 취재했다. 그가 금연하려고 노력했던 해에 정작 체중이 5킬로그램 찐 건 나였다고 농담하곤 했다. 우리가 공유했던 컴퓨터 위에 그가 막대사탕이 담긴 큰 통을 올려놓았는데, 마감 시간이 다가오면 내가 그 사탕을 걸신들린 듯 먹어치웠기 때문이다. 우리는 각자 이혼을 겪으며 친해졌고, 신문사 계단에 앉아서 그가 담배를 피우는 동안 나는 수다를 떨며 우리 삶의 문제를 해결해나갔다. 그는 대체로 내 다양한 방어기제와 핑계를 꿰뚫어보았다. 크리스토퍼와 함께 캘리포니아로 이사한 후에도 우리는 연락을 주고받았다. 내가 충격으로 아무 단어도 떠오르지 않을 때, 부탁하지도 않았는데 앞장서서 크리스토퍼의 부고를 써준 것도 그였다.

그후 그는 홍콩으로 자리를 옮겨 『아시아위크』에 기사를 썼다. 그때부터 우리는 여행 협정을 맺어 시간 날 때마다 전 세계 다양한 곳에서 만났다. 파타고니아를 등반했고, 오스트레일리아 그레이트배리어리프를 항해했으며, 중국 후통 마을이 허물어지기 전에 베이징 중심지인 그곳을 탐험했다.

베이징에서 어느 비 오는 날, 우리는 택시를 타고 만리장성으로 향했다. 택시운전사는 뜻밖에도 라디오에서 흘러나오는 〈나비 부인〉속 테너의 노래를 따라 불렀고, 삼륜 택시와 삼륜 자전거를 만나면 갑자기 멈춰 서며 위태롭게 운전했다. 보행자들은 우리 앞에서 당구공처럼 흩어졌다. 그가 쏜살같이 달릴 때 자전거에 묶인 과일 좌판이 방향을 확 틀었다. 만리장성에 도착할 때쯤에는 신경쇠약에 걸릴 것 같았다. 운전사가 우리를 내려주자 나는 속이 울렁거려 택시에서 기어나오듯 내렸다. 흔한 관광객 인파는 사라지고 없었다. 엽서 행상만이 혼자서 우리에게 엽서 몇 장을 흔들었고 그사이 근처에 있는 티셔츠 행상은 자기 가판대 아래서 담요를 깔고 낮잠을 잤다. 짐과 나는 벽을 이루고 있는 돌을 따라 걸어올라갔다. 안개가 막처럼 깔려 시야를 가렸지만 계속 걸었다. 비가 우리 발소리조차 덮어, 베이징 도시를 감싼 거리의 소음과 요란한 소리를 뒤로하고 위안과도 같은 침묵이 내렸다. 1.6킬로미터쯤 간 후 안개가 걷히자 갑자기 만리장성이 우리 시야가 닿는 곳까지 멀리 펼쳐져 모습을 드러냈다. 만리장성은 과거로, 미래로 저멀리 이어져 있었다. 벽 양쪽으로는 가파른 초록 비탈이 까마득하게 보였다. 만리장성의 거대함과 오르락내리락하는 아름다움에 숨이 멎었다. 우리는 시간상 한 점으로 거기 나란히 서 있었다.

그 얼마나 신비로운 귀한 순간이었는지.

여섯번째 만남

사계
다비

17장
슬픔의 뿌리를 찾아

"선물하실 건가요?" 마트 내 꽃집 판매대 직원이 내게 물었다. 크리스토퍼가 스물여섯 살이 되는 날, 작은 수선화 화분을 사서 티슈 페이퍼로 단단히 포장했다. 나는 화분을 조수석에 놓고 묘지로 운전해 갔다. 몇 년 만에 가는 길이었다.

시애틀에서 어느 비 오는 겨울날 아침, 세상의 모든 색을 회색으로 칠한 것 같은 그런 날, 크리스토퍼의 추도식을 열었다. 가족들은 추도식에 앞서 소박한 관에 놓인 크리스토퍼의 시신을 직접 보라고 나를 재촉했다. 시신을 대면하지 않으면, 내가 아들의 죽음을 현실로 받아들이지 않을까봐 가족들은 걱정했다. 슬픔에는 간단한 것이 하나도 없었지만 잘 알려진 합병증은 여럿 있었는데, 그런 반응도 그중 하나였다. 아마 가족들은 타당한 이유로 걱정했을 것이다.

나는 아이 곁에 없어서 작별인사도 건네지 못했다.

그 말을 자신에게 계속해서 반복했다. 들어주는 사람이 있다면 누구에게나 그 말을 했다. 몇 년에 걸쳐 아들의 죽음을 다시 이야기할 때 그 말은 하나의 레퍼토리처럼 고정되었다. 이성적으로는 거기 내가 있었어도 달라질 것은 없었으리라 했지만, 착각은 강력한 방어기제다. 우리는 믿고자 하는 대로 믿는다. 내면 깊은 곳에서 아들의 죽음에 관해 현실을 거부하는 집착을 키웠다. 내가 거기 있었더라면, 아마 그런 일은 일어나지 않았으리라고 믿었다.

추도식 날 작은 예배당으로 발을 내딛을 때 심장이 쿵 내려앉았다. 아들의 것처럼 보이는 몸이, 빨간 맨투맨과 흰 폴로셔츠, 파란 바지로 구성된 학교 교복을 입고서 놓여 있었다. 아들이 1학년이 됐을 때 너무 자랑스러워했던 일이 기억나 마지막 옷으로 직접 고른 옷이었다. 아들의 머리카락은 깔끔하게 빗질이 되어 있었고, 밀랍 같은 창백한 피부에 대비되어 속눈썹은 검은 술 장식처럼 보였다. 아들의 뺨을 만져보았다. 차가웠다. 인파 속에서 손을 놓쳐 아이를 잃어버린 엄마처럼 나는 흔한 패닉 상태에 빠져 그 방에서 뛰쳐나갔다. 거기에 놓인 아이는 크리스토퍼가 아니었다. 크리스토퍼는 다른 곳에 있었다.

나는 추도식의 많은 부분을 기억에서 떨쳐버렸다. 방명록을 보고 (가족, 내 동료, 의사와 간호사, 학교 선생님, 아들 친구 등) 아들 인생의 다양한 부분에서 연을 맺은 사람이 찾아왔다는 것은 알았다. 아이들은 〈라이온 킹〉에 나오는 노래 〈서클 오브 라이프Circle of Life〉를 수어로 불렀다. 불안에 시달리는 숱한 밤이면 크리스토퍼보다 일주일 늦게 태어난 딸을 둔 내 친구 바버라와 이야기 나누곤 했다. 바버라는 크리스토퍼가 얼마나 회전목마를 좋아했는지 이야기해주었다.

"자기 삶에서 크리스토퍼는 매일 앞으로 나아갔고, 항상 열심히 놀고 배우면서 삶의 성공을 거머쥐려고 노력했어."

프랭크는 연단에 올라 월트 휘트먼의 시 「오 캡틴! 마이 캡틴!」을 읽었다. 그는 모인 사람들에게 자기 아내가 크리스토퍼의 배다른 형제를 임신중이라고 말했다.

나는 추도식에서 말을 할 수 없었다. 자리에 앉아 입을 다문 채 몸을 떨었다. 끝나고 밖으로 나가자 풀밭에서 보라색 점이 내 눈을 사로잡았다. 때 이르게 핀 작은 팬지꽃이 마치 크리스토퍼가 내게 그것을 가리킨 듯이 한눈에 들어왔다. 그 꽃을 꺾어 『어린 왕자』의 책장 사이에 눌러놓았다.

크리스토퍼가 죽은 해 가을, 부모님과 함께 가족의 뿌리를 찾아 캐나다 노바스코샤로 향했다. 내키지 않았지만 그 휴가는 어쨌든 좋은 생각인 것 같았다. 당시에 나는 하루를 어떻게 보냈는지 거의 기억을 못할 만큼 몽유병 환자처럼 제구실을 못하고 있었다. 밤에는 끊임없이 악몽을 꿔서 잠자리에 들기가 무서웠다. 마치 악몽을 기록하면 악령을 쫓을 수 있다는 듯 일기에는 꿈의 단편이 어지럽게 적혔다.

'바다 위에서 페리를 타다가 물속을 바라보며 무엇인가를 찾는 꿈을 꾸었다.'

'크리스토퍼의 스카프가 엘리베이터에 낀 채 아래로 내려가는 꿈을 꾸었다. 아무도 내 비명을 듣지 못했다.'

'응급 코드가 내려져 환자를 소생시키려 애쓰는 꿈을 꾸었다. 하지만 나는 의사가 아니라 어찌할 바를 몰랐다.'

자다가 땀에 흠뻑 젖어 깼다. 심장이 두근거렸다. 호흡이 가빠졌다. 생각해보니 응급 코드는 나에게 내려진 것이었다.

우리 아버지의 가족은 여러 세대 전에 스코틀랜드에서 캐나다 노바스코샤에 이주했다. 우리는 가계도를 따라 역사적인 지형지물을 찾아다니며 족보의 세부 사항을 연구하느라 바빴다. 발굴한 사실마다 그것이 가장 섬세한 유물이라도 되는 양 떠받들었다. 정신을 딴 데로 돌릴 수 있어 그저 고마웠다.

여행 일주일째, 우리는 노바스코샤 북동쪽 해안에 있는 픽투에서 프린스에드워드섬으로 가는 페리를 탔다. 할머니의 부모님께서 한때 그 섬에 사셨는데, 그곳에 어린 아들을 묻었다고 하셨다. 크리스토퍼에 대한 기억이 그토록 생생한데 아기 무덤을 마주할 수 있을지 자신이 없었지만, 선택의 여지가 없었다. 그냥 같이 가야만 했다.

우리는 불그레한 모래 언덕이 있는 우드아일랜드에 도착했다. 개척자 묘지로 가는 길을 알려줄 표지판을 찾아 섬의 시골길을 따라 운전해갈 때, 오후의 낮은 태양이 밀밭을 비추었다. 처음부터 길을 잘못 들어 막다른 골목에 여러 번 들어간 끝에, 마침내 흰 자작나무로 둘러싸인 공터에서 작은 묘지를 찾았다. 부모님께서 묘지 사이를 비집고 다니며 그 무덤을 찾을 때까지 뒤에서 기다렸다. 어떤 비석에 '15개월 18일 살다 간 윌리를 기리며'라고 새겨져 있었다.

처음에는 망설였지만, 무엇인가에 이끌려 그쪽으로 갔다. 하얗게 표백된 묘지 표석은 풀의 바다에 서 있는 미니 등대 같았다. 그 표석에 새겨진 작은 양 모양 때문에 곧바로 그것을 알아보았다. 자신이 태어나기도 전에 머나먼 곳에서 부모님이 사내아기를 잃었다고 얘기하실 때마다 할머니께 그 양 얘기를 들었다. 할머니는 한 번도 노바스코샤에 가보지 못했고, 이 무덤을 보신 적도 없지만, 할머니의 상상 속에서 이 무덤은 그날 묘지에서 내가 직접 본 것만큼이나 생생했을 터다. 표석 옆에 무릎을 꿇고 앉아 아랫부분에 놓인 쓰레기를 치웠다. 묘비에 쓰인 표현이 인상 깊었다. 아기가 살다 간 날짜가 가슴 아플 정도로 정확하게 기록되어 있었다. 해가 비치는 묘지에서 그 작은 무덤이 주는 이미지, 그리고 그 근처에서 놀고 있는 귀뚜라미의 자장가, 멀리서 들리는 뱃고동 소리가 그곳을 떠난 후에도 마음속에 오랫동안 남아 있었다. 아기가 살다 간 얼마 되지 않는 날을 정확하게 기록한 모습에 대한 놀라움은 그후 여러 해가 지나도 다시 없을 울림을 남겼다.

기억에서 잊혀도 시간은 잊지 않는다는 사실에도 안심이 됐다. 크리스토퍼가 죽자 무엇보다도 아들이 잊히리라는 사실이 두려웠다. 아들의 웃음을 기억하고 아들이 기차와 카우보이를 얼마나 좋아했는지 같이 이야기할 사람이 언젠가는 아무도 남지 않으리라고 생각했다. 어릴 적에 크리스토퍼는 요청을 받아 영화 〈홀랜드 오퍼스〉에 엑스트라로 출연했다. 사람들은 영화에서 아들을 언뜻 보았다고 말했다. 그러나 나는 그 영화를 보지 않았다. 내 눈으로 보지 않으면, 내가 찾을 수 있는 아들의 조각이 어떻게든 세상에 아직 살아 있다고,

보드판에 핀을 꽂지 않은 마지막 기억이 아직 남아 있다고 미신처럼 믿었기 때문이었다.

그러나 여기, 윌리의 죽음은 백 년도 더 넘었지만 나를 감동시키는 힘이 있었다. 그 죽음은 자기 부모에게 흔적을 남겨 우리 할머니가 느낄 수 있었고, 그 슬픔이 여러 세대를 거쳐 전해졌다. 하나로 연결된 채.

증조부모님과 다른 방식으로 연결된다고도 느꼈다. 그들이 여기 처음 섰을 때는 자신의 슬픔을 여미느라 미래가 그들에게 어떤 기쁨을 가져다줄지 알지 못했다. 그들은 언젠가, 미래에서 온 누군가가 잠시 그들의 슬픔을 나누고 아들의 삶을 기릴 거라고 상상도 못했을 것이다. 그들이 없었다면 여기 나도 존재할 수 없다는 사실을 알지 못했을 것이다. 언뜻 보였던 내 미래에 대한 희망이 묘지에 부는 산들바람처럼 순식간에 지나갔지만, 그 희망을 향해 손을 뻗었다.

노바스코샤에 머문 2주 동안, 자작나무는 단풍이 들어갔다. 나무들은 하늘을 배경으로 밝게 칠을 하며 꺼져가는 불의 마지막 색깔로 풍경을 물들였고, 삶과 놓아버린 죽음 사이의 순간을 나무만의 색소로 알렸다. 자연에서조차 예고 없는 죽음은 없었다.

가계도의 줄기를 따라 여행을 하면서, 개인의 흔적이 실제로 얼마나 하찮은지 깨달았다. 크리스토퍼의 죽음은 내게 너무나도 커다랗게 다가왔고, 아들의 짧은 삶에 너무나 황망했지만 아들은 흔적을 남겼다. 가계도에서 아들의 흔적은 여느 삶보다 더하지도 덜하지도 않았다.

주차를 하고 수선화 화분을 들고서 크리스토퍼의 묘비를 향해 언덕을 올랐다. 발아래, 낮은 쪽 잔디의 평평한 초록색이 작은 관 위에서 자란 잔디의 완만한 굴곡으로 바뀌었다. 묘지 내 아이들 무덤 구역에서만 발견되는 뚜렷한 잔디 물결이었다. 몸의 기억이 나를 아들의 표석으로 이끌었다. 아들의 유골 일부는 거기 묻혀 있었고, 나머지 일부는 아직도 나와 함께였다. 우리는 아들의 비석을 나무 옆에 세워서 근처에 늘 새가 머물도록 나무에 모이통을 걸어놓았다.

'크리스-7세'라고 묘비에는 쓰여 있었다. 아들이 처음 본 사람에게 자신을 소개할 때마다 이름 뒤에 나이를 붙여서 말하는 습관에 우리는 인사를 건넸다.

에밀리 디킨슨의 「시 372」에는 이런 구절이 있다. "엄청난 고통이 지나가면, 허울뿐인 감정이 찾아온다." 여기 아이들의 묘지에 오면 그렇지 않았다. 풍선이 산들바람에 깐닥거리고 바람개비가 돌아간다. 초록색 플라스틱 도마뱀이 1958년 6월 14일이라고 적힌 묘지 위에 놓여 있었다. 내가 태어나기도 전이다. 이름과 날짜 하나만 적힌 이 아이들은, 심지어 단 하루도 살지 못한 이 아이들은 누구였을까? 몇 년 만에 처음으로 노바스코샤에서 윌리의 무덤을 찾은 오래전 그 날이 떠올랐다.

수선화 화분을 무릎에 올린 채 나무 옆 벤치에 앉아 워싱턴호를 빤히 바라보았다. 레이크시티웨이 도로 위에서 차들이 강물 소리처럼 둔탁한 소음을 내며 묘지 정문 바로 앞을 지나갔다. 저멀리 캐스

케이드산맥의 봉우리가 마치 크리스토퍼가 공작용 판지로 만든 디오라마처럼 여러 겹으로 모습을 드러내더니 멀수록 더 어두워 보였다. 내 기억도 다른 기억 너머로 접히면서 멀리 보이는 산맥의 옆면처럼 손에 닿지 않았다. 산비탈에 올라 다시 색깔을 찾을 방법이 있기를 바랐다.

손으로 크리스토퍼의 머리를 빗겼던 것처럼 바람이 불어와 머리 위의 나뭇가지를 헝클었다. 잠시 눈을 감자 아들의 목소리가 들리는 것 같았다. 하지만 그것은 나무를 떠나며 갑자기 한목소리로 지저귀는 쇠박새 울음소리였다. 그 감정을 떨쳐내고 꽃을 크리스토퍼의 무덤에 올려놓았다. 차로 돌아와서는 운전대에 머리를 대고 잠시 앉아 있었다. 고개를 들어보니 젊은이로 가득찬 자동차 두 대가 아들의 비석 가까이 멈춰 섰다. 그중 다섯 명이 아들의 비석 옆 나무 아래에 서 있었다. 젊은이 둘이 다른 이들에게 활발하게 수어를 했다.

한 여자가 아기를 자기 엉덩이까지 들어올렸다. 다른 이는 풍선을 들고 있었다. 그제야 이들이 크리스토퍼의 다른 삶에서, 그러니까 다른 가족에서 생긴 의붓남매일지도 모르겠다는 생각이 들었다. 크리스토퍼의 장례식 때 곧 태어난다고 들었던 크리스토퍼의 배다른 형제일 수도 있었다. 그들은 크리스토퍼의 생일을 축하하면서, 아마 아기에게 그에 관한 얘기를 들려주는 듯 보였다. 그들이 크리스토퍼를 기억하는 모습을 보니 행복했다.

그런 모습을 보며 어떤 즐거움도 느끼지 못하던 때가 있었다. 프랭크와 내가 거의 10년간의 결혼생활 끝에 헤어졌을 때, 우리를 알던 모든 사람이 충격을 받았다. 하지만 크리스토퍼는 우리에게 자신이 모두를 사랑할 수 있음을 보여주었다. 아들이 막대 모양으로 가족을 그려 가져왔을 때, 나뿐 아니라 그의 아빠와 의붓남매, 새엄마와 집까지도 함께 있었다. 얼굴을 그린 원 주위에 노란 두 줄로 긴 머리카락을 그린 걸 보고 나구나 하고 알아차렸다. 아들이 '가족'을 수어로 표현한 방식이 내게 되살아났다. 두 손의 엄지와 검지로 가슴 앞에 작은 원을 만들고 손바닥은 밖을 향했다. 그런 다음 아들의 손은 한 무리의 사람을 품안에 껴안듯 큰 원을 수평으로 그리며 앞으로 움직였다. 아들에게 우리는 하나의 큰 가족이었다.

프랭크와 나는 서로에게 좋은 짝이 되는 데는 실패했지만, 크리스토퍼를 향한 사랑은 늘 공유했다. 그 당시에 이혼은 쓰라린 일이었지만, 이후 우리는 어렸던 서로를 용서했다.

그 의붓남매들과는 연락이 끊겼지만, 크리스토퍼 무덤에 있던 젊은이들을 보자 애도와 동시에 축하하는 일이 가능함을 깨달았다. 희망과 상실은 공존할 수 있다. 감사와 비통함, 기쁨과 슬픔도 공존할 수 있다. 그리고 그러해야만 한다.

나는 쌍둥이를 임신한 어떤 젊은 엄마를 만나 그 사실을 배웠다.

18장
희망의 선택

신문사의 전산지원부 소속 청년이 불안해하며 나를 찾아왔다. 뉴스룸에서 폴이 돌아다니는 모습은 거의 보지 못했다. 그를 비롯해 기술부 직원들은 주로 눈에 보이지 않는 곳에서 신문사 서버가 제대로 돌아가도록 일했다. 하지만 그날, 그는 내게 뭔가를 부탁하고 싶어했다. 여동생 다비 존슨과 그녀의 남편 마이크 부부에게 쌍둥이가 생겼는데, 임신에 문제가 생겼다고 했다. 다비는 매우 특이한 태아 수술을 받아야 했지만, 수술은 효과가 없었다. 폴은 다비를 걱정하면서 그녀의 이야기를 공유하면 여동생뿐만 아니라 비슷한 상황에 처한 다른 이도 도울 수 있을 것 같다고 말했다.

"기자님이 기사를 써주시겠어요?" 그가 부탁했다. 동료 직원들이 기삿거리를 들고 내게 접근할 때, 특히 개인적인 문제일 때 나는 그걸 신뢰의 표시로 받아들이곤 했다. 하지만 이번에는 망설였다. 그로서는 그 이유를 알 리 없었다. 여전히 동생이 걱정되었던 그는 집요하게 내게 부탁했다.

마침내 나는 취재를 약속했다.

7월의 어느 더운 날, 다비가 초음파 검사를 받던 병원에서 우리는 처음 만났다. 우리는 대기실에서 수다를 떨었는데 그녀는 목소리가 소녀 같았고, 스물여섯이라는 나이에도 십대를 갓 벗어난 듯 어려 보였다. 그녀는 무엇보다도 엄마가 되고 싶었다.

몇 분 후 간호사가 이름을 부르자 우리는 어두운 초음파실로 함께 들어갔다. 그녀는 배를 잡고 검진 의자에 몸을 기대고 누웠다. 간호사가 혈압을 쟀다. 약간 높았다.

아마도 불안해서 그럴 것이라며 간호사가 그녀를 안심시켰다. "다들 그래요."

이미 빨리 고동치는 내 심박수를 느끼며 내 혈압은 어떨지 궁금했다. 보통은 여러 해에 걸쳐 짓눌려온 두려움의 작은 거품이 패닉으로 부풀어올랐다. 차가운 젤과 초음파 막대가 배 위에서 미끄러지는 약간 어두운 이 방은 오래전 초음파 전문가가 내 자궁 안에서 크리스토퍼의 폐색을 발견했던 곳과 두번째 아기의 운명을 알게 된 곳과 똑같았다. 그림자처럼 움직이는 이미지가 해저의 지도처럼 보였다.

나는 다비에게 집중하려고 노력했다.

초음파 전문가의 막대가 그녀의 배 위를 지나갔다. 어떤 형체가 헤엄치듯 모습을 드러냈다. 머리와 작은 손, 꼭 움켜쥔 손가락. 그 방은 질주하는 듯한 아기의 심장박동 소리로 가득찼다. '와우, 와우, 와우.' 마치 누군가가 은박지를 마이크에 대고 흔드는 것 같았다.

"전 이 소리가 너무 좋아요. 항상 이 소리를 듣고 있으면 좋겠어요." 다비가 말했다.

소방관인 그녀의 남편 마이크는 밤샘 교대 근무를 막 마치고 검사실로 들어왔다. 그는 청바지와 플리스 차림이었고, 바짝 자른 짧은 머리칼은 '9번 소방 구역'이라고 쓰인 야구 모자 아래 감춰져 있었다. 그는 어려 보였고 약간 불안한 모습이었다.

"머리가 크네! 좋아!" 화면을 응시하며 그가 말했다.

그는 아기의 심장박동에 맞춰 손가락을 두드렸다.

그들 부부는 초음파 기계에서 차트에 아기 맥박이 천천히 표시되는 선을 빤히 바라보았다. 둘 사이에 어떤 눈길이 오갔다. 전에는 거기에 두 개의 심장이 뛰었지만, 이제는 하나뿐이었다.

다비와 마이크는 오리건주 포틀랜드의 한 대학에서 1학년 때 만났다. 그들은 보자마자 서로에게 끌렸다. 다비는 쾌활했고 따뜻했다. 마이크는 유머감각이 없고 솔직한 편이었다. 그들은 결혼할 때 자녀 계획을 세웠고 셋을 낳기로 했다.

다비가 처음 임신을 알아차렸을 때, 그녀는 친척들과 크리스피크림 가게에 있었다. 크리스마스 때였다. 그녀는 우유 두 잔을 주문했다.

"전 원래 우유를 싫어해요." 그녀의 웃음은 듣기 좋은 고음이었다. "하지만 그래야 한다고 생각했어요."

차에서 그녀는 마이크에게 기대며 속삭였다. "나 늦었어."

그가 고개를 끄덕였다.

"아니, 그게 늦었다고." 그녀가 말했다.

함박웃음이 그의 얼굴에 번졌다. 그는 그녀의 손을 꼭 쥐었다.

그들은 1월 1일까지 기다렸다가 임신테스트를 했다. 둘은 거실에 나란히 앉아서, 임신테스트가 진행되는 동안 눈을 감았다. 그러고는 셋까지 세고 함께 그것을 보았다.

"분홍색 선이 나타나 있었어요." 그녀가 말했다. "저희는 울고, 방방 뛰고, 껴안았죠." 둘은 그날 밤 너무 신이 나서 잠들지 못했다. 그들은 부모가 될 준비를 했다.

마이크는 점점 커져가는 다비의 배에 대고 동화를 읽어주고 기도를 했다. 어느 날, 아기가 조용해진 것을 알아차렸다. 부부는 심장박동을 확인하러 갔다. 10분 동안, 초음파 전문가 두 명이 침묵하며 화면을 바라보았다. 그들은 아무 말도 없이 방을 떠났다. 의사가 소식을 전하러 돌아왔다. 아기의 심장은 밤중에 멈췄다. 그는 옆방에 가서 죽은 아기를 낳으라고 했다.

그녀가 어떤 기분이었을지를 상상하자 날카로운 통증이 내 배를 파고들었다. 그 통증은 크리스토퍼를 낳던 병실을 떠올리게 했다. 한 친구가 내게 흰 튤립이 꽂힌 꽃병을 주었다. 그걸 내 눈에 잘 보이는 좁은 선반에 놓았다. 그 옆에는 엄마가 주신 칼 라르손 그림엽서를 놓아두었다. 아기방에 있는 소녀의 몸이 그려진 엽서였는데, 엄마는 그 소녀를 보면 내가 생각난다고 하셨다. 진통이 오는 사이사이에 나는 축 늘어진 채 숨을 헐떡이면서도 그 카드를 보며, 모성의 힘을 몸에 불어넣으려 애썼다. 간호사들이 정맥주사로 옥시토신을 천천히 떨어뜨리는 동안 프랭크는 내게 얼음조각을 갖다주었다. 우리는 공포와 흥분이 뒤섞인 감정이 빠르게 순환하는 것을 느끼며 진통을 기록하는 장치가 언덕 모양에서 절벽 모양으로 변하는 걸 지켜봤고 내 몸은 반복해서 진통을 겪었다. 가끔 갓난아기의 희미한 울음소리가 고통으로 몽롱해진 의식을 뚫고 들려왔다. 우리 아기가 살아서 태어나기를 기도했다. 나는 운이 좋았지만, 다비는 운이 좋지 않았다.

다비는 충격에 휩싸인 채 산부인과 병동의 끝 방에 누워 있었다. 밤새 그녀는 새로 부모가 된 이들이 카메라 플래시를 터트리는 모습을 지켜보았다. "정말 끔찍했어요. 그러다가 이런 생각이 들었어요. 우리는 무슨 일이 생기든 희망을 갖는 쪽을 선택해야 하잖아요. 저한테는 그걸 상기해줄 무언가가 필요했어요. 그래서 마이크에게 그 아이가 딸이라면 '희망이Hope'라고 이름 짓고 싶다고 말했죠."

숱 많은 검은 곱슬머리를 한 희망이는 사산된 채 1.85킬로그램으로 세상에 나왔다. "그 아이는 정말 완벽했어요." 다비가 말했다. 목사님이 오셔서 부부와 함께 기도한 다음, 마이크는 아기를 데리고 다른 방으로 갔다. 가족들이 조의를 표할 때 마이크는 아기를 살살 달래주었다.

"마이크가 아기를 안고 있었어요. 저이는 아기를 보자마자 아빠가 됐어요. 아기를 흔들고 토닥여주더라고요. 부모가 된 지 30분밖에 되지 않았지만, 엄마가 되었다는 놀라운 경험을 해서 자랑스러웠고, 마이크와 제가 너무나도 아름다운 완벽한 존재를 만들었다는 사실이 뿌듯했어요."

　다비가 두번째로 임신을 했을 때, 그들은 8주 차에 검진을 받으러 갔다. 다시, 초음파 기술자가 조용해졌다. "저흰 정말 초조했어요. 그러더니 그녀가 '심장박동이 두 개네요'라고 하더군요. 믿을 수가 없었죠. 너무 황홀했어요." 아기들은 일란성쌍둥이였다. 너무 운이 좋아서 사실 같지 않았다. 더없이 행복한 8주가 또 지나는 동안, 부부는 이미 카터와 블레이크라고 이름 지은 두 남자아이의 미래를 상상했다. 그러다 16주째, 의사가 뭔가를 발견했다. 남자아기들은 태반과 주요 혈관을 공유하는 '쌍생아간수혈증후군'이라는 병을 가지고 있었다.

　배아가 수정 4일 이내에 분열하면, 보통 태반 두 개를 지닌 일란성 쌍둥이가 된다. 배아가 4~8일 사이에 분열하면, 태반을 공유하지만 얇은 막으로 분리된 두 개의 배아가 만들어진다. 이런 경우 두 아기의 순환계를 이루는 혈관이 섞일 수 있다.

　다비의 경우 더 작은 '기증자' 쌍둥이 쪽에서 더 큰 '수혜자' 쌍둥이 형제 쪽으로 혈액이 흘러들어갔다. 혈류는 고르지 않았다. 형제 중 절반 크기인 카터는 혈액순환이 너무 적게 됐고, 블레이크는 너무 많이 됐다. 의사들은 부부에게 이런 경우의 80퍼센트 이상에서, 기증자 쌍둥이는 극심한 빈혈로, 수혜자 쌍둥이는 심부전으로 죽는다고 말했다. 1년에 약 사천오백 쌍의 임신에만 영향을 미치는 질병이기는 하나 태아사망률에 있어서는 매우 큰 비중이라고 했다. 의사들은 임신중단을 제안했다.

마이크와 다비는 망연자실했다. 그런 일은 상상조차 할 수 없었다. 다비는 첫째 아기의 이름을 '희망이'라고 지었는데, 이제 그들은 희망에 매달려야 했다.

과거에는 이 경우 주기적으로 자궁에서 많은 양의 양수를 뽑아내는 반복적 양수감압술을 시도했는데, 의사들도 이유는 모르겠지만 증상이 더 가벼운 경우 생존율을 높여주는 것 같다고 했다.

의사들은 사이막절개술이라 불리는 방법도 시도했다. 아기들에게 각각 동일하게 양수가 공급되도록 아기를 분리하는 막에 구멍을 뚫는 수술이었다. 그 메커니즘도 미스터리이긴 하나 어쨌든 생존율을 높여주는 듯했다. 두 가지 방법 모두 아기들에게 산소가 불충분하게 공급돼 뇌 손상이 생길 위험이 있었다. 게다가 두 가지 방법 모두 다비처럼 가장 심각한 사례에는 도움이 되지 않았다.

하지만 그들이 시도해볼 만한 다른 방법이 하나 있었다. 만약 의사들이 '혈관문합'을 분리할 방법을 찾아서 아기들이 서로에게서가 아니라 태반에서 산소가 공급된 혈액을 각자 받는다면, 쌍둥이를 둘 다 살릴 수 있었다. 그러나 태아를 수술하는 태아 치료는 당시에는 새로운 일이었고, 윤리적인 딜레마도 존재했다.

이게 내가 알던 내용이었다. 최초의 태아 수술은 크리스토퍼가 태어나기 불과 몇 년 전에 샌프란시스코 캘리포니아대학교에서 진행되었다. 역설적이게도 그 수술은 우리 아들과 똑같은 선천적 결함을 가진 아이를 고치기 위해 이뤄졌다. 의사들은 자궁 내 아기에게 카테터를 삽입해 소변을 빼내고, 소변이 역류해 신장을 손상시키지 않게 막았다. 그 수술을 받은 아이는 신장과 폐가 정상적으로 성장했다. 폐색 자체는 태어난 이후에 바로잡았다. 우리가 그런 수술을 받았다면 크리스토퍼가 가진 다양하고 복잡한 의학적 문제를 막았을지도 몰랐다.

하지만 크리스토퍼를 임신했을 당시만 해도 그런 수술은 매우 실험적인 방식으로 여겨졌다. 게다가 초음파 검사 자체가 흔하지 않았기 때문에, 아들의 신체에 손상이 갈 때까지 그의 선천적 결함을 발견하지 못했다. 태아 수술은 우리에게는 선택지가 아니었다.

그러나 다비에게는 선택의 여지가 있었다. 하지만 쌍생아간수혈증후군은 태아 수술 중에서도 가장 까다로운 복잡한 사례였다. 의사들은 실 두께만한 혈관을 잘라야 하는데, 자궁에 조금이라도 구멍이 생기면 출혈이 일어나거나 산모가 미숙아를 낳을 위험이 있었다. 그런 일이 생기면, 두 아기뿐 아니라 다비의 목숨까지도 위태로웠다.

다비와 마이크는 시애틀 워싱턴호수 건너편 교외 지역인 커클랜드에 위치한 에버그린병원의 마틴 워커 박사에게 다른 의견을 들었다. 영국 억양이 묻어나는 말투로 나긋나긋하게 말하는 워커 박사는 적당하게 유머러스하면서도 솔직한 태도로 고위험군 산모를 대했다. 출산 이전 고위험군 사례의 경우 결정을 내리기가 종종 어렵다. 그는 어느 정도 그런 상황의 복잡함 때문에 산부인과에 끌렸다고 한다. 그 복잡함과 탄생에 이르는 놀라운 여정 때문에. "저는 상황이 복잡한 게 좋아요. 무에서 유가 생겨나는 걸 보는 게 좋거든요."

워커 박사는 레이저를 사용해 자궁 안에서 쌍둥이의 혈관을 분리하는 태아내시경 레이저 광응고술을 훈련받은 미국 내 몇 안 되는 임상의였다. 그로부터 10년 전에 개척된 분야였지만 그 수술은 여전히 비교적 드물었다. 그는 영국에서 그 기술을 배웠고 에버그린병원으로 오기 전에 플로리다에서 그 기술을 만든 사람 밑에서 실습도 했다. 전국에서 그 수술을 할 장비를 갖춘 병원도 거의 없었다. 워커 박사는 아직 수술을 집도해본 적은 없었다. 다비의 초음파 검사를 보자마자, 그는 그녀가 그 수술을 받을 후보임을 알았다.

워커 박사의 말에 따르면 다비의 경우는 심각했다. 한 아기의 심장이 이미 스트레스를 받고 있었다. 다른 아이 그러니까 쌍둥이 중 더 작은 쪽은 살아남으려 몸부림치고 있었다. 두 쌍둥이의 혈관이 여전히 연결되어 있는 동안 더 작은 아기가 죽으면, 살아남은 아기의 혈압이 급격하게 떨어질 터였다. 첫번째 아기가 죽으면 한 시간 이내에 다른 아기가 혈압이 떨어져 뇌 손상을 입거나 죽을 수도 있었다. 최소한 둘을 분리해 한 아기가 죽더라도 다른 아기를 보호하고자 했다. 하지만 그들에게는 시간이 별로 없었다. 수술은 임신 26주 전에 이루어져야 했다. 만약 성공한다면, 임신 주기 중 삼분의 이 정도를 유지해 쌍둥이를 산 채로 출산할 수 있었다. 이런 사례 중 사분의 삼에서, 적어도 쌍둥이 중 하나는 살아남았다.

수술 당일 워커 박사는 다비의 배를 3밀리미터 정도 절개해 스파게티 면발 두께의 유연한 관을 밀어넣었다. 40분간 그는 머리 위에 보이는 화면으로 레이저가 지나는 길을 보면서 태반 위로 레이저를 유도했다. 그 수술을 하려면 떨리지 않는 손, 그리고 지도를 읽는 뛰어난 능력이 필요했다.

"주요 구조물을 인식하고 삼차원적으로 생각할 수 있어야 해요." 그가 말했다. 마침내 그는 쌍둥이가 연결된 십여 개의 정맥과 동맥을 분리해냈다.

그리고 기다림이 시작됐다.

이어지는 몇 주간 다비는 초음파 검사실을 정기적으로 방문했다. 초음파 이미지만이 아기들의 세계를 들여다볼 유일한 창이었다. 처음에 쌍둥이는 둘 다 체중이 늘었다. 블레이크는 450그램이 나갔다. 그의 형제는 그 절반밖에 되지 않았고 도저히 따라잡지 못하는 것 같았다. 카터에게 영양분을 제공하는 태반의 비율이 블레이크보다 훨씬 적다는 것도 걱정스러웠다.

3주 후, 워커 박사가 초음파를 스캔했을 때, 그는 더 작은 아기의 심장박동이 있던 그림자에서 고요함만 남은 것을 발견했다. 이런 소식을 전하기란 어려운 법이다.

조심스럽게 그는 다비와 마이크에게 말했다. "작은 아기가 죽었습니다."

다비의 이야기가 이 부분에 도달했을 때, 방사선 전문의가 내게 했던 말이 떠올라 고개를 숙였다. "생명이라 할 수 있는 것이 하나도 없습니다." 내 심장도 그녀와 함께 철렁 내려앉았다.

다비는 친구와 가족에게 알릴 준비를 했다. 그녀는 이 일을 두고 "우리는 비통했고 또한 크게 기뻤다. 이제 그 둘을 동시에 할 수밖에 없다"라고 썼다.

다비를 처음 만나고 몇 주 후, 그녀의 집으로 찾아갔다. 시애틀에서 남쪽으로 차로 한 시간 반 떨어진 올림피아에 위치한 소박한 베이지색 집 뒤뜰에 섰을 때, 여름비가 세차게 내려 우리를 흠뻑 적셨다. 그녀는 자기가 가꾸는 정원을 보여주고 싶어했다. 사슴을 쫓으려 붙여둔 반사 테이프 조각이 풀밭을 가로질러 티베트의 기도 깃발처럼 펄럭였다. 옆집 정원은 우뚝 솟은 달리아와 장미로 이미 무성했다. 다비의 정원은 황량했다. 고집 센 대황 한 무리만 구석에 뿌리를 내리고 있었다. 그래도 그게 시작이었다.

블레이크는 더 튼튼하게 활동적으로 자랐다. 다비는 매일 아기가 '배를 차는 횟수'를 세면서 두 시간에 적어도 열 번을 차는지 확인했다. "아기가 4분마다 한 번씩은 배를 차요"라고 활짝 웃으며 말했다. 그녀는 일주일에 두 번씩 스트레스 검사를 진행했다. 예정된 분만일까지는, 계획된 제왕절개 수술 날짜까지는 2주밖에 남지 않았다.

그러는 동안 그녀는 새엄마와 함께 아기방을 준비하느라 바빴다. 최근 세 번의 베이비샤워를 진행하면서 받은 선물 가방과 상자로 이미 무릎 높이까지 가득찬 방안을 헤치면서 턱받이와 모빌, 동물 인형과 우주복을 자세히 살펴봤다.

"선물을 모두 집으로 가져와 아기방에 놓으면서 마이크가 '여기 어떻게 블레이크가 들어가지?'라고 하더라고요." 그녀는 웃었다. 동화책이 방에 흩어져 있었다. 그녀는 닥터 수스의 책을 한 권 집으며, "저희 생각엔 『초록 달걀과 햄』을 블레이크가 제일 좋아하는 것 같아요. 마이크가 여우에 관해 얘기하는 대목에서 블레이크가 발을 차더라고요. 또 '여우'라고 하자 마이크가 또 찼어요."

예비 아빠를 위해 물수제비뜨는 법부터 북극성을 찾는 법까지 설명해주는 비밀 책이 거실 탁자에 놓여 있었다. 목 근처를 더듬어 별을 찾은 다음, 그것을 손안에 꼭 쥐었다. 한 아이를 잃으면서 다른 한 아이를 축하하는 법을 다룬 책은 없었다. 그 부분은 두 사람이 헤쳐가면서 만들어갔다.

다비가 손뜨개질한 자그마한 빨간 모자 두 개를 집어들었다.

"사람들은 대부분 제 기분이 상할까봐 두 개를 만들지 않아요." 그녀는 부드러운 실을 만졌다. "하지만 전 이것들이 좋아요." 블레이크는 2.2킬로그램까지 자랐다. 카터의 작은 몸은 그녀의 심장 아래, 쌍둥이 형제 옆에 높게 포개져 있었다.

다비는 쌍둥이를 위한 담요를 바느질했다. 카터가 작은 모자를 쓰고 묻힐 수 있도록 초음파 전문가에게 카터의 머리 크기를 측정해달라고 부탁했다. 아기방 정리를 마치고 다비가 새엄마에게 몸을 기대자, 눈물이 양수 터지듯 갑자기 쏟아졌다.

현관 옆에다 그녀는 두번째 정원을 만들었다. 버베나와 로건베리 덤불 사이에 자리한 의자에 노란색 찻주전자가 놓여 있었다. 그들은 거기에 희망이를 위해 데이지를 심었다. 카터를 위해서도 새로운 식물을 심을 예정이었다.

2주 후 출산을 위해 병원으로 운전해 갔다. 산부인과 병동에서 다비의 병실은 찾기 쉬웠다. 그녀는 쌍둥이의 초음파 사진으로 방을 도

배해놓았고, 사진 밑에는 조심스럽게 설명을 써두었다. 마지막 사진에서 카터가 블레이크를 굽어보는 것처럼 보였다. 거기에는 '형제는 영원하다'라고 쓰여 있었다.

더 많은 가족이 도착해서 방안은 방문객으로 웅성거렸다. 워커 박사가 보라색 물방울무늬 넥타이를 매고 그의 트레이드마크인 카우보이부츠를 신고 성큼성큼 걸어들어왔다. 분만을 위해 수술복으로 갈아입기 전에 환자를 확인하러 온 것이었다. 다비는 부츠를 보고 웃었다. 그녀는 블레이크를 살려준 의사를 기리기 위해 블레이크와 워커 박사의 미니 커플 부츠를 이미 사두었다. 방문객들은 손을 맞잡고 다비 주위에 빙 둘러섰다. 그들은 블레이크와 카터를 위해 기도했다. 마이크는 그녀의 배를 쓰다듬었고, 병원 직원이 침대를 밀고 가기 전 마지막 순간까지 그들은 모두 함께 있었다.

수술실에서는 투명 유리로 된 따뜻한 침대 두 개가 이제 수술복으로 갈아입은 워커 박사 옆에 나란히 놓여 있었다. 그는 다비의 자궁에서 블레이크를 꺼내고자 재빨리 움직였다. 오전 9시 58분에 우렁차고 끈질긴 울음소리가 방을 가득 채웠다. 블레이크가 그렇게 태어났다.

마이크와 다비는 손을 꼭 잡고서 막 부모가 됐다는 게 믿기지 않는다는 얼굴로 담요 안에서 악을 쓰며 우는 블레이크를 바라보았다. 워커 박사는 그들의 기쁨과 자신을 분리한 커튼 뒤에서 종이 인형만큼이나 연약한 카터가 조용히 자기 손에 미끄러질 때까지 계속 애를 썼다. 간호사가 재빨리 카터를 감싸서 잠시 그를 침대 안 쌍둥이 형제 옆에 누였다.

슬픔은 진통처럼 파도를 타고 밀려온다.

출산 며칠 후 다비와 마이크는 첫째 희망이 옆에 카터를 묻으려고 친구와 가족과 함께 모였다. 흰 미니장미 꽃다발 두 개가, 하나는 분홍색으로 하나는 파란색으로 포장되어 무덤 위에 놓였다. 다비는 태어난 지 일주일도 안 된 블레이크를 가슴에 안고 있었다. 그녀는 졸린 아기의 어두운 금발머리에 입을 맞추고는 울었다. 말이 없고 기진맥진한 모습의 마이크가 그녀의 손을 잡았다.

가족의 목사는 오래된 미송 두 그루 아래 가족을 모았다. 그는 그 대가족이 삶의 많은 변화를 겪는 과정을 지켜보았다. "이것은 뒤섞인 현실입니다. 하지만 우리는 죽음과 삶을 축하해야 합니다. 왜냐하면 신이 그 둘을 모두 만드셨기 때문입니다." 목사는 기도로 짧은 의식을 마쳤고, 그다음엔 그 자리에 모인 많은 사람이 파란 풍선 위에 작별인사를 썼다. 그들은 조용히 노래하면서 태양을 향해 풍선을 올려보냈다.

다비는 마지막 풍선이 베이비블루색 하늘로 희미해져가는 모습을 지켜보다가 블레이크에게 눈을 돌렸다. 친구, 가족, 마이크의 소방서에서 온 팀원 등 방문객들은 갓난아기가 내뿜는 자석 같은 힘에 이끌려 그 주위를 에워쌌다. 그들은 소방관 테마로 디자인된 담요를 살짝 들춰 보았다. 그들은 달콤하게 속삭이며 아기의 손을 만졌다. 마이크와 다비는 미소 지으며 첫아기에 관해 이야기했다.

몇 킬로미터 떨어진 희망이네 정원에 데이지가 활짝 피었다.

그날 슬픈 마음으로 장례식장을 떠났지만, 한편으로는 이상하게 마음이 가벼웠다. 가슴에 올려진 돌덩이가 풍선과 함께 날아가버린 것 같았다. 우리는 슬픔을 선택할 수는 없지만, 기쁨을 선택할 수는 있다. 다비의 말을 떠올렸다.

"무슨 일이 생기든 희망을 갖는 쪽을 선택해야 하잖아요."

사람들은 희망을 긍정적인 사고나 낙관주의와 혼동하기도 하지만, 희망은 이와 근본적으로 다르다. 정신과의사들은 희망이 태도라기보다는 삶에서 앞으로 나아가기 위한 일종의 틀이라고 말한다. 희망이란 당신에게 선택권이 있고, 앞에 길이 있다고 믿는 것이다. 그 길이 예상했던 길이 아닐지라도 말이다.

엄청난 상실을 겪은 후 웃고, 사랑하고, 다시 삶을 즐겨도 된다고 내게 허락하는 일이 무엇보다 어려웠다. 삶의 다음 단계로 나아가지 못한다고, 삶의 흐름에 다시 합류하기를 거부한다고 남에게 동정받고 싶지는 않았다. 동시에 웃거나 즐거워할 때면, 크리스토퍼가 남긴 엄청난 상실감을 부인이라도 하는 듯 죄책감이 들었다. 게다가 내가 웃으면 사람들은 내가 '그 일을 극복한' 것이 틀림없다고 생각했다. 나는 어떤 종류의 축하 모임이든 간에 핑계를 둘러대며 피했다. 생일 파티, 직원 야유회, 명절 모임, 그리고 특히 베이비샤워는 참석하지 않았다. 그런 곳에 간다면 너무 고통스러울 것 같았다.

하지만 다비의 이야기를 통해, 기쁨을 느끼고 남을 축하한다 해서 내 상실감과 슬픔이 최소화되거나 대체되지는 않음을 깨달았다. 하나를 얻으려면 반드시 다른 하나를 희생해야 하는 것은 아니었다. 크리스토퍼에 대한 기억을 배신하지 않으면서 둘 다 간직할 수 있었다.

다비의 기사를 끝내고 몇 달 후, 신문사에서 여직원 한 무리가 동료의 베이비샤워에 오라고 나를 초대했다. 이번에는 가겠다고 대답했다. 약속 전날 아기 선물을 사러 갔다. 유아용품 코너를 돌아다니며 자그마한 우주복을 만져보고 작은 장난감을 흔들어보았다. 길고 보드라운 플러시로 만든 기린을 집어들고 부드러운 갈기를 쓰다듬었다. 결국 목욕 후에 쓰는 목욕 타월을 골랐다.

"남자아이인가요, 여자아이인가요?" 계산대에 선 여자가 노란색 곰 인형이 인쇄된 종이로 포장을 하며 물었다.

"여자아이요." 그러자 그녀가 분홍색 리본을 펼쳤다.

세상 밖으로 새로운 생명이 나온다는 게 예상외로 행복하구나 하며, 선물 상자를 가슴에 꼭 끌어안고 걸어나왔다. 그 목욕 타월이, 크리스토퍼의 삶이 내게 가져다주었던 만큼의 사랑과 기쁨으로 그 아이를 감싸주기를 희망하면서.

일곱번째 만남

흉터에 관하여

로라

19장
잊히지 않는 목소리

크리스토퍼가 죽던 해에, 엄청난 산불이 시애틀에서 동쪽으로 두 시간 거리에 있는 캐스케이드산맥의 산골 마을 레번워스 일대를 쑥대밭으로 만들었다. 어릴 적 겨울 동안에는 거기서 크로스컨트리 스키를 배웠고, 가을에는 사시나무가 노랗게 물들 때 계곡 위 산책로를 따라 하이킹을 했다. 크리스토퍼가 어릴 때 아들을 거기 즐겨 데려갔다. 우리는 위내치강가에 놓인 바위에서 피크닉을 했고, 튜브를 탄 사람들이 급류를 타고 회전하며 떠내려가는 모습을 지켜봤다. "물고기." 아들은 물고기를 가리키며 공중에서 수영하는 식으로 양손으로 수어를 했다. 그 수어를 처음 봤을 때, 아들이 처음으로 비유를 해냈다는 사실에 신이 나서 아들을 덮치듯 세게 끌어안았다.

우리가 자주 머물던 모텔에는 사람이 들어갈 만한 큰 벽장이 놓여 있었다. 아들은 안에 놓인 베개와 담요를 다 꺼내고서 벽장이 자기 것이라고 주장했다. "작은 집"이라고 수어를 하면서 말이다. 아들은 근처 공원에서 비탈길을 구르는 방법을 터득했는데, 그럴 때마다 머리가 어지러울 정도로 자지러지게 웃었다. 어느 날에는 아들이 땅바닥에서 민들레 한 송이를 꺾었다. "봐"라고 수어를 하고 나는 손가락으로 V자를 만들어 내 눈을 가리키고 꽃을 가리킨 다음 민들레를 후 불었다. 작고 하얀 홀씨가 한줄기 연기처럼 날아올랐다. 아들은 깜짝 놀라며 소리를 질렀다.

산불이 난 해에 24개 주에서 이천사백 명 이상의 소방관이 그 마을과 주변 숲을 구하러 달려왔다. 7억 3천 제곱미터 이상의 면적이 불에 탔다. 희뿌연 연기가 멀리 시애틀까지 흘러와서 해가 질 때 하늘을 핏빛으로 물들였다. 산불이 진화되기까지 5개월이 걸렸다.

나는 그후에 거기로 차를 몰고 갔다. 유령이 나올 듯 깃털 같은 나무둥치만 남은 숲은 숯이 된 산허리를 따라 산불의 진로를 흉터처럼 보여주었다. 마을 자체는 산불을 면했다. 크리스토퍼와 내가 머물던 작은 모텔의 주차장에 차를 세웠다. 어두운 기둥과 흰 회반죽으로 이루어진 모조 바이에른 양식의 건물 정면은 온전하게 남아 있었지만, 더는 크리스토퍼의 상상의 성처럼 보이지 않았다. 그저 쓸 만하고 약간 허름한 휴게소 모텔 같았다. 공기를 쐬러 밖으로 나오자 무릎이 후들거렸다. 2번 고속도로에서 자동차들이 속도를 내며 내 앞을 지나쳤다. 그들에게 비명을 지르고 싶었다. 그들을 멈춰 세우고 싶었다. 크리스토퍼의 죽음과 함께 시간은 나를 멈춰 세웠지만, 나머지 세상은 아무 일도 없었던 듯 계속 나아갔다. 모두 빠져나가 다음 단계로 넘어간 것 같았다. 산이 흉터를 입은 것처럼 내게 사람들의 주의를 끌 흔적이 있었으면 했다. 흉터는 고통을 눈에 보이게 만든다. 흉터와 같은 점자가 있어서 누를 수 있기를, 만질 곳이 있어 기억할 수 있기를 바랐다. 누군가에게 내 이야기를, 크리스토퍼의 이야기를 하고 싶었지만, 멈춰서 들어주는 사람은 아무도 없었다.

몇 년 후, 빌리의 화상 치료사가 그날의 내 감정을 말로 표현해주었다. 흉터는 이야기를 말한다. 이야기가 곧 우리의 흉터다. 우리는 흉터의 궤적을 추적할 수 있다. 우리가 어디를 다쳤고 어디를 치유했는지를 흉터가 남들에게 보여준다.

자신만의 아픔과 깊은 상실을 겪은 사람은 이를 다양한 방식으로 보여준다. 내 친구 마이크를 만나고 몇 년 후 그는 끔찍한 사고로 어린 조카딸을 잃었다. 마이크는 늘 문신을 싫어했다. 그러나 조카가 죽은 후 거의 팔뚝 가득 문신을 새겼다. 그 이미지는 팔과 다리까지 감고 내려가 조카의 삶과 죽음을 표현했다. 사람들이 그 문신에 관해 물으면 그는 조카 이야기를 들려줬다.

연구원들은 정식으로 말이나 수어를 접하지 못한 청각장애 아이가 자신의 경험을 공유하고 자신의 생각을 전달하고자 몸짓 언어를 발달시킨다는 사실을 알아냈다. 언어학자이자 작가 스티븐 핑커는 이를 '언어 본능'이라고 불렀다. 나는 우리에게 일어난 일을 말로 표현하고 싶은 근본적인 욕구도, 즉 이야기를 향한 본능도 있다고 주장한다. 이야기는 우리를 구성하는 문화적 DNA다. 이는 우리가 서로 의사소통하는 방식이자, 우리의 지혜와 경험을 전하는 방식이다.

친구들과 동료들은 가끔 내가 끌리는 종류의 이야기에 당황하는 듯했다. 내가 트라우마와 죽음에 집착한다고 짐작했을 것이다. 하지만 그런 이야기에 나는 우울해지지 않았다. 그런 이야기를 통해 상실이 어마어마한 변화의 힘을 갖는다는 걸 절감했다. 자기 삶을 공유한 사람들은 내게 그것을 보여줬다. 그들의 경험은 그들 자신을 바꿨고, 결국 나를 바꿨다. 그들은 내게 공감을 가르쳤다. 그들은 내게 용기를 가르쳤다. 겸손을 가르쳤다. 그들이 나를 살렸다.

우리에게 행복한 이야기도 필요하기에 일을 하면서 그런 기사도 썼다. 기네스북 세계기록을 위해 스카이다이빙에 도전하는 96세 할아버지에 관한 기사를 썼다. 아기 코끼리와 뻔뻔한 까마귀에 관한 재미난 동물 기사도 썼다. 하지만 가슴에 늘 남는 것은 더 힘든 쪽이었다.

어느 해 참석했던 콘퍼런스에서 『거짓말쟁이 클럽The Liars' Club』의 저자 메리 카가 기조연설자로 나왔다. 그녀가 연설을 끝낸 후, 한 중년 여성이 마이크를 잡고 질문을 했다. 말을 꺼내기도 전에 그녀는 눈물을 흘렸다. 그녀는 마침내 카의 이야기가 꼭 자기 이야기 같았다고 목멘 소리로 간신히 말했다. 카는 연단에서 내려와 그녀를 껴안았다. 우리에게는 자신을 알아봐주고 삶을 증언할 이야기가 필요하다. 그걸 말하는 데 시간이 얼마나 걸리든 말이다.

우리 할머니 로라에게 그것을 배웠다.

할머니가 105살이 되시던 해, 문득 할머니가 제1차세계대전에서 살아남은 최고령 여성 참전용사일지도 모른다는 생각이 들었다. 그때쯤엔 그 전쟁에 참전한 거의 모든 여성이 세상을 떠났다. 그들이 집에 돌아왔을 때는 다음 세대에 무시당하고 잊혀서 대부분의 참전용사가 자기 이야기를 할 기회조차 없었다.

우리 할머니는 1917년, 미국이 제1차세계대전에 참전한 그해 간호학교를 졸업하셨다. 많은 동기처럼 할머니도 징집 대상이었다. 하지만 할머니는 돌아오신 후 그 전쟁을 거의 언급하지 않았다. 간호병으로서 그들은 남편, 남자친구와 남자 형제보다 더 치열한 일을 겪었기에, 남자들이 당황해할까봐 입을 다물었다. '남자들의 일'을 하는 여성에 대한 사회적 압박도 그들에게 침묵을 강요했다. 할머니는 그 시절 얘기를 거의 꺼내지 않으셨고, 심지어 해군으로 적의 잠수함을 공격하는 구잠정에서 복무한 할아버지에게도 털어놓지 않으셨다. 두 분은 징집되기 몇 년 전, 할머니가 간호학교에 다닐 때 만나셨고, 전쟁에서 귀환하고 6년 뒤 결혼하셨다.

어릴 적에는 할머니의 다른 업적이 더 현실적이었다. 손수 만드신 레몬 케이크와 전문가 손길이 느껴지는 수채화, 상을 받을 만큼 예쁜 정원과 농장에서 자란 어린 시절 이야기 같은 게 더 할머니다웠다. 할머니의 군복무는 할머니 인생에서 아주 작은 조각일 뿐이었다. 어릴 때는 그 일을 그리 중요하게 여기지 않았다. 역사 시간에 묘사된 그 전쟁의 윤곽조차 기억나지 않았기에, 프랑스에서 가장 유혈이 낭자했던 전선 다섯 곳에서 복무한 할머니 모습을 상상하는 일은 더 말할 것도 없었다. 그것은 할머니네 벽에 걸린 유리 상자 안에 든 전

승 기념 훈장에 걸쇠처럼 들어간 얇은 청동 막대에 새겨진 이름일 뿐이었다. '엔-마른, 우아즈-엔, 이프르-리스, 뫼즈-아르곤, 방공 구역.'

할머니가 해외에서 자기 부모님께 보낸 편지를 숨겨둔 걸 한 번 본 적이 있었다. 할머니네 찬장 맨 아래 마분지 상자 안에 편지가 담겨 있었다. 적십자에서 제공한 편지지에 할머니가 가늘고 긴 글씨체로 쓴 편지들은 오래되어 잘 바스러졌고, 입구를 조심스럽게 뜯은 봉투에 가지런히 접혀 담겨 있었다. 편지 더미는 깔끔하게 고무줄로 묶여 있었는데, 앞면에 '검열 통과'라는 도장이 미국 원정군의 독수리 인장과 함께 찍혀 있었다. 그걸 열어보는 건 허락되지 않았다.

세대가 이어지면서 그 이야기는 점점 희미해졌다.

"너무 슬펐단다." 할머니는 침묵을 설명하기 위해 말씀하셨다. "다친 젊은이가 너무 많았지. 그 잘린 부위와 뼈를 보는 일은……" 할머니는 말을 잇지 못하셨다. 이모 메리 루의 권유로 구십대가 되어서야 할머니가 마침내 프랑스에서의 경험담을 꺼내셨고, 결국 가족들을 위해 짧은 회고록을 쓰셨다.

만약 할머니가 정말로 그 전쟁에서 생존한 최고령 여성 참전용사라면 우리 신문에 실릴 가능성이 있음을 기자로서 본능적으로 깨달았다. 그래서 그 아이디어를 당시 특집부장이었던 존 잉스트롬에게 역설했다. 그러려면 확실한 증거가 약간 필요했다. 일반적으로 기자들은 본인 이야기나 가족에 대해서 기사를 쓰지 않지만, 특집부장에게 한때 읽는 것이 금지되었던 편지를 언급했기에, 그는 할머니의 표현으로 그 이야기를 들을 기회가 있다는 사실에 펄쩍 뛰며 좋아했다.

할머니가 30년째 살고 계신 시니어타운을 찾아가 인터뷰하려고 캘리포니아행 비행 편을 예약했다.

로스가토스 마을을 내려다보는 가파른 언덕 꼭대기에 자리잡은 초원은 사실상 내게 두번째 집이었다. 조용한 빅토리아풍 마을이 붐비는 실리콘밸리 교외 지역으로 변모하기 전에, 어린 시절부터 나는 거기에 갔다. 우리 가족은 언덕 아래쪽에 위치한 지중해식 타일로 만든 수영장이 딸려 있는, 어도비 벽돌로 만든 작은 호텔에 머물렀다. 길 건너 드러그스토어에는 여전히 뒤에 거울이 달린 낡은 탄산음료 디스펜서가 있었다. 나는 잡지 판매대나 수영장 근처에서 미래를 꿈꾸며 시간을 보냈다. 로스가토스에서 보낸 시절의 기억은 벽에 내 키를 기록한 연필 자국과 같았다. 할머니 댁을 방문해 수영장에서 몇 바퀴를 돌며 수영하는 사이사이 첫번째 짝사랑, 첫 남자친구, 대학 시절, 첫 직장, 결혼, 그 모든 일이 예상대로 흘러갔다.

할머니를 뵈러 올라갔을 때, 창문가 벽감에 놓인 의자 옆에 앉아 할머니가 뜨개질하시는 소리가 딸깍딸깍 들렸다. 망치질과 톱질을 하고 설거지와 요리를 하던 할머니의 커다란 손은 시간의 흔적으로 쭈글쭈글했다. 그 손을 보며 뭐든 고칠 수 있으리라고 믿었다. 할머니의 손은 모자이크 탁자를 만들거나 직접 만든 램프에 전선을 연결하느라 늘 바빴다. 보통 할머니는 해가 진 후에야 책을 읽었는데, 어릴 적 농장에서 자라 그런 습관이 남았다고 하셨다. "낮에 책을 읽으면 집안일을 할 수 있는 햇볕을 낭비하는 셈이지."

할머니의 페미니스트 성향은 어린 나이에도 유일한 손녀인 나에게 또렷이 전해졌다. 할머니는 어느 날 덩케르크 근처 해변에서 기병대 말을 탄 프랑스 장교 일행을 마주친 일을 들려주셨다. 할머니가 말을 태워달라 부탁하자 그들이 허락했지만 할머니가 탄 말고삐를 놓지 않아서 자존심이 상했다고 하셨다. 그들 중 하나가 나중에 말을 타고서 가파른 모래 언덕을 올랐다가 반대편으로 내려가며 뽐내자 할머니는 말을 당겨 고삐를 쥔 다음 똑같은 언덕을 올랐다가 내려갔다.

"그 장교는 아주 화가 났지"라고 말씀하시며 웃었다. 그게 할머니가 들려준 유일한 전쟁 이야기였다.

1970년대에 그 초원으로 처음 이사하셨을 때, 할머니는 자신만의 작은 아파트 원룸을 구하셨다. 할머니는 입주민을 대상으로 도예 수업을 운영하셨고, 안내데스크에서 아르바이트도 하셨다. 식사는 시설 안 식당에서 하셨다. 이제는 전문 요양 병동으로 옮겨 다른 주민과 방을 함께 쓰셨다. 매일 직원들이 할머니를 일으켜 휠체어에 태우고 바깥바람을 쐬러 테라스로 나갔다. 여러 해 동안 할머니는 매일 야외에서 어느 정도 시간을 보내는 게 장수 비결이라 말씀하셨고, 그 습관을 지키려 노력하셨다. 지난번 방문했을 때 할머니는 휠체어에 앉아 체크무늬 무릎담요를 덮고, 얼굴은 햇빛 쪽으로 기울인 채 졸고 계셨다.

"왔니?" 내가 할머니 뺨에 입을 맞추자 깜짝 놀라 깨시면서 말씀하셨다. 할머니 목소리는 반쯤은 저음의 노랫소리 같았고 어린 시절을 보냈던 고향 매사추세츠 억양이 여전히 희미하게 남아 있었다. 할머니에게 전쟁에 관해 말씀하고 싶으신지 재차 확인했다. 할머니의 대답은 단호했다. "내가 안 하면, 누가 하겠니?"

그후 사흘간 우리는 레몬나무 옆 테라스에 나란히 앉아서 할머니의 기억 속에서 할머니를 젊은 시절의 자신과 갈라놓은 교전 지역인 1918년 프랑스의 서부 전선으로 나를 데려다줄 길을 찾았다. 할머니는 여전히 아름다웠고, 올리브빛 피부는 연세에 비해 매우 부드러웠다. 할머니는 최근에야 평생 쪽을 지며 유지해온 긴 머리칼을 포기하고 은빛 단발머리로 변신하셨다. 비록 시력과 청력은 나빠졌지만, 열정적인 마음과 장난기 넘치는 유머감각은 여전히 반짝였다. 할머니에게 할머니의 회고록을 읽어드리면 할머니가 기억나는 전쟁 이야기를 들려주셨다. 이야기는 할머니가 떨칠 수 없던 장면부터 시작했다.

"나 보기 흉해요?" 그 병사가 간절히 물었다. 그의 얼굴 절반이 사라졌다. 그녀는 남은 얼굴에 서둘러 붕대를 감았다. 수술 텐트 밖에는 빗속에서 들것에 실려와 신음하는 병사가 많았다. 캔버스 천으로 된 벽을 뚫고 스며든 으스스한 습기 때문에 손이 떨렸다. 간호병 제복 곳곳이 피로 얼룩졌고, 얇은 가죽 부츠는 진흙 범벅이었다. 그녀는 군의관이 으스러진 살과 뼈를 톱질해 병사들의 팔다리가 에나멜 양동이에 떨어지는 소리를 듣지 않으려 애쓰면서 재빨리 움직였다.

"아직도 그 소리가 들려." 할머니의 목소리가 떨렸다. 할머니는 손등으로 잠깐 눈을 누르셨다. 수술 텐트에서 환자에게 몸을 구부린 채 어느 누구도 흘릴 여유가 없던 눈물을 멈추려고 지금과 똑같이 행동하셨을 할머니를 상상했다.

할머니가 그 기억에 오래 머물지 못하셨기에 우리의 대화 주제는 삶의 다양한 면모로 바뀌었다. 저녁이 되면, 할머니가 전쟁터에서 집으로 보낸 편지에서 내가 찾던 이야기가 없는지 탐색했다.

20장
진흙, 그리고 피

로라는 전쟁터에 나가기 전에도 인습에 얽매이지 않는 여성이었다. 1893년에 태어난 그녀는 보스턴에서 남쪽으로 60여 킬로미터 떨어진 곳에 위치한 이스트톤턴의 작은 농장에서 자랐다. 아버지 조지가 기른 야채로 엄마가 피클을 만들어서 마을에 내다팔았다. (그중한 명은 어려서 죽었지만) 세 딸 중 막내로 태어난 그녀는 아들을 낳지 못한 부모님에게 '조지나'라는 미들네임을 받았다. 비록 남자아이와 여자아이가 별개의 출입구를 쓰는 단일학급 학교에 다녔지만, 집에서는 성별에 따라 노동이 나뉘지 않았다. 그녀는 농지를 적절히 경작하는 법을 배웠다. 그녀의 아버지는 "가능하면 언제든 딸들을 나한테 보내"라고 즐겨 말하셨다.

"언니와 나는 농사일에서 우리 몫을 충분히 한다는 것을 아빠에게 증명했지." 할머니는 빙그레 웃으셨다. 1914년 이후 유럽 전역에서 맹위를 떨치던 전쟁에 자원입대하라는 부름을 받았을 때도 자기 몫을 하는 것이 당연해 보였다.

그녀가 수련하던 병원은 적십자와 협력해서, 44기지 병원에 인력을 파견했다. "반 친구들이 대부분 자원입대했단다." 그녀는 1918년 2월 15일, 나이팅게일 선서를 하고 훈련을 위해 조지아주 포트오글소프로 보내졌다.

할머니가 자원입대했을 때, 여성에게 투표권이 없었고 남자들은 교육받은 여자를 매우 못마땅해했다. 불과 5년 전, 타이태닉호의 침몰과 "여성과 아이들 먼저"라는 외침 때문에 사회에서 여성의 역할에 관한 논쟁이 불거졌다. 전통주의자들에게 타이태닉호 사건은 여성이 남성과 평등한 존재가 아니라 남성에게 보호받아야 하는 특별한 계층에 속한다는 것을 입증했다. 할머니는 그렇게 생각하지 않으셨다.

나라의 다른 사람들처럼 그녀도 숭고한 정신과 온전히 순수한 마음에서 전쟁에 참여했다. 1918년 3월 4일, 그녀는 훈련 캠프에서 부모님께 편지를 썼다.

지난 2주만큼 즐거운 시간을 보낸 적이 없었던 것 같아요. 제가 이미 배운 것 한 가지는, 어쨌든 살아 있다면 해야 하는 일은 바로 춤추기예요. 소령들이나 대위들과 함께 폭스트롯이나 왈츠를 추는 제 모습이 상상이 되세요?

오래지 않아 그녀는 어떤 중위와 사랑에 빠졌다. 로라도 키가 컸지만 그 중위는 더 커서 180센티미터가 넘었고, 그녀처럼 갈색 머리칼과 갈색 눈을 가진, 기분좋아지는 미소를 짓는 사람이었다. 그의 이름은 피트였다. "난 스물네 살이었고, 전에는 그런 일이 일어난 적이 없었지." 고향에서는 사회생활이라고 해야 주로 교회에서 1년에 한 번 떠들썩한 파티를 벌이거나 가끔 말이 끄는 썰매를 타는 일뿐이었다. 그녀는 시인 로버트 프로스트와 먼 친척이었는데, 이를 자랑스러워했다. 그의 시 「눈 내리는 저녁 숲가에 서서」를 읽을 때마다 나는 '마구에 달린 종을 흔들며' 썰매 끄는 말이 오는 소리를 듣는 젊은 시절 할머니의 모습을 상상했다.

훈련 캠프는 다른 세상이었다. 비번인 날이면 그녀는 피트와 다른 간호병, 장교와 함께 룩아웃산으로 소풍을 갔다. 그들은 저 아래 시골 사이로 굽이치는 테네시강을 응시하며 바위를 배경으로 사진을 찍었다. 가끔 로라는 사병에게 바지를 빌려 입고 피트와 함께 말을 탔다. 첫 퍼레이드에서 행진하는 법과 차렷 자세 취하는 법을 그에게 배웠다.

어느 날 피트는 택시를 불러 그녀를 데리고 드라이브를 갔다. 하필이면 그들이 뒷좌석에서 키스할 때 택시가 철로에 부딪혔다. 그 여파로 키스는 중단되었지만, 그전에 피트의 앞니가 부러져버렸다. "그동안 농장에서 마신 우유 덕을 톡톡히 봤지 뭐니." 그러시며 할머니는 낄낄거렸다. "피트는 동료 장교들한테 전봇대에 부딪혔다고 했단다."

물론 그 사건은 그들의 사랑을 방해하지 못했다. 그녀가 야간 근무를 하던 밤에 피트가 그녀를 보러 병동에 몰래 들어가, 병동을 담당하는 장교가 대경실색했다. "그날 당번인 장교가 내가 안 보이자 무슨 예감이 들었는지 손전등으로 비품 창고 유리창 안을 비췄다. 이 낭만적이지 못한 인간이 나를 수간호사에게 보고했다"라고 그녀는 회고록에 썼다.

그다음날, 그녀는 정신과 병동으로 근무지를 배정받았다. 거기서 곧 마주할 현실을 처음으로 살짝 엿보았다.

"점심을 먹고 병동으로 간 첫날, 모두가 구석이나 침대 밑에 움츠리고 있었어. 어떤 젊은 친구가 면도날을 휘두르고 있었지. 무슨 일이 벌어지는지는 몰랐지만 그에게 곧바로 다가가 소리쳤어. '그거 이리 내요!' 그랬더니 그가 웃으면서 면도날을 넘겨주더구나."

군대에서의 환상적인 삶이 곧 끝나리라는 다른 징조도 있었다. 어느 날 오후, 한 친구가 그녀에게 함께 승마하러 가자고 제안했다. 수락을 했다가 막판에 계획을 바꿔 동료 간호병을 대신 보냈다. 나중에 그녀는 부모님께 이렇게 썼다.

그 친구는 승마를 한다며 너무 기뻐했는데, 5분 후에 걔가 말에서 내동댕이쳐져 세 시간 후에 죽었어요. 전에는 영결 나팔이 무슨 뜻인지도 몰랐는데, 기지에서 그녀를 위해 나팔을 불자 그때 깨달았어요. 그 사건 후 누구도 예전 같은 활기를 되찾지 못했어요.

"우리가 무엇에 빠져들고 있는지도 몰랐단다." 할머니는 80년이 지나서야 내게 말씀하셨다. 그 또래일 때 내 모습과 별반 다르지 않았다. 순진할 뿐 아니라 희망과 기대에 부푼 할머니는 앞으로 무슨 일이 벌어질지 전혀 알지 못했다.

1918년 6월 17일, 기지 병원이 프랑스 출정을 준비하러 조지아에서 뉴욕으로 기차를 타고 이동했다. 뉴욕시에서 독립기념일 퍼레이드가 진행될 때라 간호병들이 60블록을 행진해야 했다. 미군 여성들이 남자들과 함께 행진한 최초의 사례였다. 뉴욕타임스에 따르면 칠만 명 넘는 행진자가 이른 아침인 8시 43분부터 5번가를 가득 메우는 장관을 이루었고, 늦은 오후까지 행렬이 이어졌다. 그 신문에 따르면, "퍼레이드는 운이 따랐는지 날씨도 완벽했다". 수천 명의 구경꾼이 길을 따라 늘어섰다. 군인들이 전선의 노동자에게 커피와 도넛을 얻는 모습이 그려진 수레에서 구세군 직원이 군중에 도넛을 나눠주었다. 미 육군 사단뿐 아니라 연합군과 여타 사람들도 행진 무리를 이뤘다. 타임스에 따르면 행진은 이렇게 이어졌다. "거리 청소부 밴드 뒤에 적십자 사단이 나왔다. 간호병 이백 명이 진푸른색 유니폼을 입었고, 흰색 유니폼을 입은 사람도 많았다. 모두 빨갛고 파란 망토를 둘렀다. 흰색 유니폼을 입은 연합군 수술 간호병도 있었다. 그들은 육군과 해군에 필요한 이만 오천 명의 간호병 정원을 채우기 위해 여성에게 입대를 요청하는 표어를 들고 있었다."

로라는 행진을 해서 신이 났지만, 행진을 하면서 국민이 여군을 어떻게 인식하는지 현실을 직시하게 됐다. 여성이기에 그들은 거의 예외 없이 높은 계급에 오르지도 못했고, 남성만큼 보수를 받지도 못했다. 1918년 7월 6일, 그녀는 집에 편지를 썼다.

정말 굉장한 퍼레이드였어요. (…) 사람들은 행진에 참여한 간호병 얘기는 별로 안 했어요. 저희는 행진이 저희 독무대였다고 생각했는데 말이죠.

피트의 사단도 뉴욕으로 이동해와서 그는 춤과 공연으로 계속 로라에게 구애했다. 그들은 그리니치빌리지에 위치한 브레보트 호텔에서 저녁을 먹었고, '백만 달러짜리 다리'로 유명한 프랑스 여배우 미스탱게트도 보러 갔다. "적어도 그 정도 금액으로는 보험을 들었을 거야"라고 말씀하시며 할머니는 싱긋 웃었다. 하지만 피트가 먼저 소집되면서 재미는 끝이 났다. 그녀는 그랜드센트럴터미널에서 그를 배웅했다. 그는 사랑의 징표로 다이아몬드가 박힌 군인 배지를 주었다. 그녀는 전쟁이 끝날 때까지 계속 편지를 쓰겠다고 약속했다.

"정말 슬픈 이별이었지." 그러고는 할머니는 입을 다무셨다.

하지만 이별을 곱씹을 시간이 거의 없었다. 곧 명령이 내려왔다. 1918년 7월 14일, 로라는 군인 수송선 노스랜드호를 타고 리버풀과 르아브르까지 18일간의 항해를 떠났다.

선상에서도 그녀는 부모님께 편지를 썼다.

한동안은 삼등석 선실에서 잤지만, 둥근 창이 밤낮으로 닫혀 있어 악취가 났어요. 그래서 매일 밤 이등병 몇 명이 와서 담요를 산책 갑판으로 옮겨주었어요. 갑판에 양쪽으로 줄지어 누워 있었지만, 공기와 바다는 확실히 멋졌고 저는 매일 밤 푹 잤어요.

어느 날 밤에는 비가 와서 선내 도서관으로 이동해야 했기에 많은 간호병이 실망했다.

모드 콜드웰과 저는 동료들을 격려해주기로 했어요. 그래서 저는 담요와 베개를 들고 피아노 위로 올라가서 잠을 계속 잤고, 그러는 동안 모드는 구석에 쌓여 있던 의자 한두 개에 기어올라갔죠. 들어오는 사람들은 누구나 웃음을 터트렸고 곧 장내가 소란해졌어요. 수간호사가 작은 침상에서 내려와 우리를 입다물게 했어요. (…) 저희는 대부분 남자 장교들과 친해지고 싶은데, 몇몇은 장교들의 전용실에 있다가 수간호사에게 들켰대요. 여전히 수간호사를 두려워한다는 게 안타깝지만, 간호병들이 장군보다 그녀에게 더 빨리 복종하리라고 확신해요.

그들은 연극을 하거나 춤을 추며 즐겁게 지냈다.

자, 어머니, 저희는 너무나 즐겁게 지내고 있는데 집에 계신 모두가 저희를 몹시 걱정한다고 상상해보세요. 아시다시피 미국 정부는 꽤 영리해요. 저는 살면서 이렇게 안전하게 지내본 적이 없다고 확신해요.

그달, 약 삼십만 명의 병력이 파병되었다. 장교들은 바다 아래 숨어 있을지도 모르는 잠수함에 경로를 노출할지 모르니 간호병들에게 배 밖으로 아무것도 던지지 말라고 지시했다. 로라는 사진을 찍으면 안 된다는 경고를 들었지만, 작은 군용 가방에 상자형 사진기와 필름 현상액을 넣어뒀다.

8월 4일쯤 그녀는 파리를 떠나 첫 주둔지이자 야전 병원인 7번 후송 병원에 도착했다. 근무 첫날 그녀는 거의 쓰러질 뻔했다.

"그곳이 절단 병동이 아니었다면 아마 그렇게 엄청나게 충격받지는 않았을 것이다. 하지만 병사들이 그 떨리는 절단면에 붕대를 감고 자신의 불운에도 불구하고 농담을 던지고 웃는 모습을 내가 감당하기엔 너무 엄청나서 첫날은 하루종일 울었다. 육군이 우리를 그런 실전에 너무 빨리 투입하는 실수를 저질렀다고 생각했지만, 그게 약이 된 건지 그 끔찍한 첫 주 후에는 어떤 일이든 참아낼 수 있었다"라고 할머니는 쓰셨다.

7번 후송 병원은 최종 목적지가 아니었다. "어느 날 아침, 우리는 일렬로 줄을 서라는 명령을 받았단다. 매리언과 나를 경계로 우리 중 열두 명이 뽑혔지. 그때부터 우리를 '더럽게 재수없는 열두 명'이라고 불렀단다. 매리언은 파리에서 남쪽으로 약 220킬로미터 떨어진 푸그레조로 갔고, 44기지 병원으로 발령받아 그 기간 동안 호텔에서 살았지." 할머니와 그녀의 친구 마거릿 쿠퍼 그리고 나머지 '더럽게 재수없는 열두 명'은 헬멧과 방독면, 휴대용 식기 세트와 물병을 배급받아 전방에서 더 가까운 마른강변 마을에 있는 5번 후송 병원으로 파견되었다. 거기서부터 그들은 최초의 '현대식' 전쟁이 보여주는 공포 속으로 곧장 들어갔다.

로라의 부대에는 약 천 개의 침대가 있어 참호에서 실려온 부상자를 곧장 받았다. 수술 텐트에 수술대가 열 개씩 놓였는데 24시간 내내 사용중이었다. 인력을 최대치로 가동하면 병원은 약 마흔여덟 명의 간호병이 스무 명씩 환자를 다룰 수 있었다.

그들은 훈련과정에서 그들이 다뤄야 하는 종류의 간호를 배우지 못했다. 머스터드가스, 염소가스, 포스겐 외 기타 유독가스의 사용이 전쟁 후반을 향해갈수록 증가되었다. 들것에 실려 도착한 군인들의 피부는 끔찍하게 물집이 잡혀 썩어 문드러졌고, 그들의 몸에서는 여전히 가스 냄새가 진동했다. "가끔 그 고약한 냄새가 훅 끼칠 때도 있었어"라고 할머니가 말씀하셨다.

의료진은 남자들의 몸에서 남은 부분을 살리려고 미친듯이 노력했지만, 손상 부위가 너무 심한 환자들이 많았다. 이중 절단은 흔한 일이었다. 많은 군인이 수술대 위에서 죽었다. 가끔은 얼굴이 훼손되지 않은 군인들이 두렵지만 희망에 차서 도착했다. 간호병들이 군복을 가위로 잘라낸 후에야 거의 두 동강이 날 정도로 총에 맞았음을 발견했다. 군인들이 죽을 때 손을 잡아주는 것 외에는 간호병들이 해줄 일이 거의 없었다.

크리스토퍼가 태어났을 때는 이런 일을 전혀 몰랐다. 당시 할머니에게 첫번째 증손주가 살아서 태어나지 못할 수도 있다는 사실은 고사하고, 아들의 의학적 상태에 관해 말씀드리기가 두려웠다. 그 전화한 통을 걸 용기가 도저히 나지 않았다. 아들의 출생이 할머니에게 자랑스럽고 즐거운 순간이기를 바랐다. 아들이 태어난 후, 그 소식이 몰고 올 스트레스 때문에 할머니가 심근경색이나 더한 후유증을 겪을까봐 두려웠다.

마침내 전화를 했을 때, 할머니는 차분하게 들으시더니 곧 아들에게 줄 스웨터 뜨개질을 재개하셨다. 전화기 너머로 뜨개바늘이 딸깍거리는 소리가 들렸다. 나중에 크리스토퍼가 청각장애라는 걸 아신 할머니는 구십대의 연세에도 투지 있게 수어를 배우셨다. 비록 관절염 때문에 손으로 거의 모양을 만들지 못하셨지만, 그럼에도 그 손은 할머니의 사랑을 온전히 전해주었다. 종종 의연한 할머니의 태도에 당황했다. 이제는 그런 태도가 어디에서 나왔는지 이해한다.

1918년의 지독히도 추운 가을, 서부 전선에는 포격처럼 비가 끊임없이 내렸다. 간호사들의 근무 환경은 아무리 봐도 원시적이었다. 그들은 끈적거려 신발이 빠지지 않는 진흙투성이 들판에 진을 쳤다.

"부상자가 들어오면 들것이 땅바닥에 놓이고, 위생병들은 진흙 묻은 군복을 벗겨내고 이를 잡았다. 보통 그러고서야 수술 텐트에 군인들을 받았다. 한번은 나한테 이가 옮기도 했다"라고 할머니는 쓰셨다. 간호병들은 계속되는 한기와 습기 속에서 일했기에, 보온을 위해 제복 안에 남자들의 양말과 속옷을 껴입었다. 간호병들은 땅바닥 위에서나 텐트 안에 있는 간이침대 위에서 거의 담요만 덮고 잤다. 기지 병원에서 싸둔 침낭은 휴전 직전까지 그들에게 전달되지 못했다.

그녀는 집으로 보내는 편지에 그 상황을 묘사했다.

여기서 잠을 자려고 애쓰는 건 끔찍해요. (…) 날벌레도 지독하고요. 프랑스 날벌레가 어떤지 모르실 거예요. 그것들이 묻지 않게 하려고 얼굴에 거즈를 덮고 있어야만 해요. (…) 진흙은 저희가 싸워야 하는 최악의 것이에요. 간이침대 위의 담요가 바닥까지 늘어져 진흙이 묻으면 온통 젖고 더러워져서 그걸 환자에게 덮어주기가 무서울 정도예요. 그러고 나면 텐트 곳곳에서 베개와 간이침대가 죄다 젖어버려요. 정말이지, 난장판이 따로 없어요.

그녀는 환자들을 위해 상황을 가볍게 여기려고 애썼다.

제가 프랑스 군인한테 왜 다른 군인들이 그들을 개구리라고 부르냐고 물었어요. 그가 이렇게 답하더라고요. "왜 안 그러겠어요? 여기는 온통 진흙투성이고 항상 비가 오는데요." 여기서는 더러운 것에 신경쓸 필요가 없어요. 흔한 일이니까요. 게다가 너무 많이 씻으면 이상한 사람 취급을 당할 거예요.

그들은 매일 여덟 시간 근무하고 여덟 시간 쉬었다. 가끔은 콩과 건빵만으로 연명했다. 쉬는 시간은 순식간에 지나갔다.

오늘 처음으로 오후 비번이었어요. 너무 많은 시간이 주어지자 뭘 해야 할지 몰라서 저녁식사 시간까지 계속 잤어요. 그러다 오늘 밤에는 물통에 물을 뜨고 산책도 좀 하러 나갔어요. (…) 오늘 밤엔 폐허 위로 비치는 달빛이 너무 예뻐 보였어요.

그녀는 몇몇 환자에 관해서도 편지에 썼다.

마거릿과 저는 한 환자가 너무 마음에 들어 그에게 말을 걸면서 며칠간 돌봤어요. 열여덟 살밖에 안 됐는데 이마 한가운데 총알 구멍이 났어요. '유리잔'이라는 말만 할 수 있지만 몸이 마비되지는 않았어요. 그가 뭔가를 원하면 저희는 정답을 맞혀서 그가 고개를 끄덕일 때까지 계속 질문을 던졌어요. 어느 날, 마거릿이 군가 〈오버 데어Over There〉를 부르자 그가 모든 가사를 따라 불렀어요. 저희한테는 굉장한 날이었죠. 그가 후송될 때, 기차까지 함께 가서 기차가 떠날 때까지 들것 옆에 앉아 있었어요.

포탄과 독가스만 전선에서 목숨을 앗아간 게 아니었다. 또다른 은밀한 살인범이 숨어 있었다. 독감은 군인과 간호병을 똑같이 쓰러뜨렸다. 간호병 사백 명 이상이 근무중 사망했는데, 대부분 스페인독감으로 죽었다. 스페인독감은 1918년과 1919년에 세계를 휩쓴 치명적인 변종으로, 전 세계에서 적어도 오천만 명 이상을 죽음으로 몰아넣었다.

우리 할머니도 전쟁에서 결정적 전투로 꼽히는 뫼즈-아르곤 공세 직후 독감으로 쓰러졌다. 할머니는 며칠간 혼수 상태에 빠졌다. "어느 날 깨어나보니 나 혼자 작은 텐트 안에 있는 일반 병원 침대에 누워 있었다. 전에는 침대를 본 적이 없었다. 실려오는 환자들은 모두 군용 간이침대에 눕히고, 우리도 거기서 잤기 때문이다. 수간호사가 나를 돌봐준 것을 보니 그녀가 내 목숨을 살린 게 분명하다"라고 할머니는 회고록에 쓰셨다.

간호병들은 다른 전선에서도 일전을 벌였다. 간호병들은 집에서나 전장에서나 거의 인정받지 못했다. 마을에 간호병을 위한 깃발도 걸어두었다는 부모님의 편지를 받고 할머니는 이렇게 답장했다.

누군가가 간호병에게 감사한다니 저도 기뻐요. 여기서 저희한테 고마워하는 건 환자들뿐이에요. 여기서 저희는 저희 존재 자체를 위해서도 싸워야 해요.

육군이 미국에서 기부받은 크리스마스 선물을 주기 위한 티켓을 군인들에게 나눠줄 때, 간호병들은 빠뜨렸다.

저희의 크리스마스는 걱정하지 마세요. 여기선 아무도 걱정해주지 않으니, 부모님도 걱정하실 필요 없어요. 저희는 카드나 티켓이나 아무것도 받지 못했는데, '그냥 운이 없어서' 그렇대요. 그·운·없. 여기 부대에서는 다들 그렇게 말해요. 제가 돌아가면, 부모님도 제 말을 이해 못하실 거예요. 프랑스어나 독일어도 아닌데 말이에요.

유머는 간호병들의 생존에 도움이 되었다. 병원은 전선을 따라서 기차로 주둔지를 옮겼다. 기차로 이송되는 동안 할머니는 편지를 썼다.

저희는 운좋게도 기차 내에 화장실이 있지만, 남자들은 기차 양옆에 서서 볼일을 봐요. 우리의 멋진 군의관 선생님이 바지를 내리고 볼일을 보는데, 갑자기 기차가 출발해버렸지 뭐예요. 그분은 관중에게 박수갈채를 받으면서 바지를 움켜쥐고 허둥지둥 기차에 올라탔답니다. 저희는 사소한 일에서도 웃을 거리를 찾고 가끔은 배꼽이 빠지게 웃기도 해요.

편지도 도움이 되었다. 특히 그녀의 중위 남자친구에게서 온 편지가 그러했다.

피트한테 편지가 왔어요. 제가 알기로는 옆 마을에 있는 것 같아요. 그는 자기 편지를 검열하지만 워낙 좋은 군인이라서 옳지 않은 말은 애초에 쓰지 않았을 거예요. 집에 계신 분들은 여기로 오는 편지가 검열된다고 생각하시지만 절대 그렇지 않아요. (…) 마거릿 쿠퍼는 오늘 기지에 있는 간호병에게 편지를 받았어요. 거기는 틀림없이 멋진 곳일 테지만, 저희는 이 거칠고 야성적인 삶에 만족해요. 적어도 눈이 내리기 전까지는요. (…) 저희 텐트가 일종의 언덕 위에 세워지는 바람에 간이침대를 괴어놓았지만, 보통 제 머리가 발보다 아래에 있어요. 가끔은 깨어나보면 침대가 밤사이 미끄러져서 제 머리가 바깥에 있고, 텐트 덮개가 턱받이처럼 가슴 위에 있더라고요. 아, 힘이 빠지지만 않는다면 멋진 삶이죠.

편지에서 부린 허세는 부모님을 위한 것이었다. 간호병들은 전선에서 수 킬로미터 떨어져 있긴 했지만, 그들도 여전히 위험했다. 그들은 독일 포커 비행기 소리와 연합군의 무인기 소리를 구분하는 법을 배워서, 공습경보가 울리기도 전에 숨을 곳을 향해 뛰었다.

그들은 용기를 내고자 노래를 불렀다. 이프르 근처에 텐트를 친 후에 할머니는 편지를 썼다.

병사들이 방공호를 수색하다가 피아노 석 대를 발견했어요. 그들 말로는 독일군의 어떤 방공호에는 카펫까지 깔려 있대요. 지난밤 그들이 피아노 한 대를 주둔지로 가져와서 적십자 막사에 놓았어요. 피아노를 조율할 줄 아는 똑똑한 사람이 있어서 많은 병사가 피아노를 쳤고, 꽤 즐거운 콘서트를 열었어요.

텐트 병원은 자주 이동을 했는데, 어떨 때는 24시간 안에 부상병이 가장 많은 지역으로 옮기라는 명령이 떨어졌다. 그들은 간호병 열두 명을 구급차에 태운 후, 그들의 차량이 하늘에서 비행기에 탐지되지 않게 수 킬로미터 떨어진 곳에 세웠다.

저희가 가는 길을 따라서 이뤄진 대대적인 파괴는 믿을 수 없을 정도였어요. 집은 그냥 돌무더기가 되었고, 죽은 소가 들판에 널려 있고, 부풀어오른 말의 사체가 진흙길을 따라 놓였는데 거기서 쥐들이 종종걸음을 치며 빠져나갔어요. 여기서 사람들이 어떻게 죽임을 당하는지 전혀 모르실 거예요. 어린 군인들의 고통을 아무도 모를 거라고 확신해요. 제가 깊은 연민을 느낀 것은 그들의 영혼이에요. 다리 하나를 절단하고 엉덩이 아래쪽으로 드러난 부상 부위에 붕대를 감는 그들의 모습을 봤어요. 하지만 그 소년이 다리를 잃어서 안타깝다고 말하면 되돌릴 수 없다는 사실에 미칠 듯 화가 나요. 그럼 저는 자리를 뜰 수밖에 없어요.

매일 의료진이 군인들을 치료하면 그들은 결국 다시 전쟁터로 나가 너덜너덜하게 총을 맞을 뿐이었다. 같은 텐트 안에서 적군 포로를 살리기 위해서도 애를 썼다. 연합군이 죽이려 했던 바로 그 사람들을 말이다.

"우리 병동 끝에는 부상당한 독일군 포로가 몇 명 있었다. 밝은 금발머리를 한 푸른 눈의 소년들이었다. 감시병 하나가 45구경 총을 들고 그 옆에 서 있었다. 미국인 환자와 독일인 환자를 동시에 치료하면서 전쟁이 얼마나 어리석은 짓인지를 다시금 깨달았다"라고 할머니는 회고록에 쓰셨다.

어리석은 짓은 또 있었다.

"1918년에는 흑인과 백인이 아파 누워 있을 때에도 병원에서 분리되어야만 했다. 백인 잡역부가 남자 환자를 개인적으로 돌보았는데, 그중 한 명이 흑인에게 관장하기를 거부하는 통에 너무 화가 나서 커튼을 치고 내가 직접 그 환자를 돌봤다. 그는 매우 고마워했다. 관장을 해주고 감사 인사를 받은 일은 그때가 유일했다."

80년 후, 할머니의 베란다에 평화롭고 고요하게 함께 앉아서 입대했을 때 뭐가 예상과 가장 달랐느냐고 물었다. "진흙. 그리고 피였지"라고 대답하셨다.

초반에 집으로 보내는 편지에 '부모님의 여군으로부터'라고 서명했고, 명랑하게 '지금 복무중'이라고 말했던 할머니는 실용적인 현실주의자이자 열정적인 평화주의자로 확고하게 변했다. 할머니는 동등한 권리를 평생 믿는 분이 되셨다.

전쟁 때문에 할머니의 남은 삶을 규정하는 개인적인 변화가 시작됐다면, 집으로 돌아간 여성들도 변화했다. 여성 참정권을 요구하는 이들에게 50년 이상 압박을 받아온 정부가 마침내 여성 투표권을 취하도록 움직인 데는 제1차세계대전에서 복무한 여군들의 역할도 컸다. 1919년 6월, 전쟁이 끝난 지 1년도 되지 않아 미국 상원은 헌법 수정 19조를 통과시켰다. 여성들은 1920년에 처음으로 합법적으로 투표용지에 기표하게 되었다. 하지만 흑인 여성들은 투표권을 행사하기 위해 그후 몇십 년간 더 투쟁해야 했다.

제1차세계대전에서 복무한 삼만 삼천 명의 여성들은 군대에서 성별의 장벽을 허물면서 다른 사회 변화도 자극했다. 제2차세계대전이 발발했을 때, 그 열 배 이상의 여성이 입대했다. 전쟁이 끝났을 때는 그중 수천 명이 이전에는 남자들이 주름잡던 분야에서 일자리를 차지했다.

하지만 전쟁이 막 끝났을 때, 그 일이 자신의 삶이나 나라에 어떤 영향을 미칠지 할머니가 알 리 없었다. 할머니는 그저 집에 무사히 돌아가는 것만으로도 흥분했다.

"11월 7일쯤, 휴전이 논의된다는 소문이 들렸다. 우린 그 소문을 믿지 않았다. 여전히 총소리가 들리고 부상자가 속출했기 때문이다. 마침내 11월 11일, 오전 11시쯤 모든 것이 조용해지자 뭐가 달라진 건지 의아했다. 아무 소리도 들리지 않았다. 노래하는 새도, 음매 하고 우는 소도 없었다. 프랑스 트럼펫 연주자 한 무리가 오후에 찾아와 우리를 위해 연주를 했다. 그게 우리가 받은 유일한 축하였다"라고 할머니는 쓰셨다.

휴전될 때까지, 그녀의 부대는 만 오천 명의 사상자를 치료했다.

1918년 11월 14일, 할머니는 전방에서 부모님께 마지막 편지를 썼다.

생각해보세요. 더는 밤에 위장 조명도, 밤새 귀기울여 들어야 할 포격 소리도 없어요. 무엇보다도 더는 부상당한 군인이 없어요. 여기가 마지막 주둔지라는 게 아직도 실감나지 않아요. 여기는 1914년에 사람들이 대피한 장소인 게 분명해요. 제가 본 최악의 장면은 낡은 마구간의 폐허였어요. 슬레이트로 된 마구간은 칸이 나뉘고 전체 건물은 벽돌로 지어졌어요. 사방의 벽만 남아 있고 각각의 마구간에는 불쌍한 늙은 말의 해골만 남아 있었어요. 세어보니까 전부 열 마리였어요. 마을 사람들이 꽤 빠르게 피난 갔더라고요. 이프르에서 지나온 시골길은 제가 여태 본 것 중 최악이었어요. 새로 난 길이 옛길 옆에 놓였지만, 모든 잔해가 여전히 그대로였어요. 철로는 나무로 만든 것처럼 구부러지고 부러졌어요. 자동차가 폭발 당시 세워졌던 곳에서 뒤집혀 있고, 땅에 난 포탄 구멍에는 초록 물이 차 있었어요. 기차가 멈춘 곳에서 병사들이 죽은 독일인을 발견했어요. 벽돌 더미와 화물 열차 칸 아니면 그것의 남은 부분 밖으로 튀어나온 발만 보였어요. 고개를 들어 시야에 들어오는 가장 먼 곳을 보니, 나무가 있던 자리에는 헐벗은 나뭇가지만 남아 있었어요. 그곳은 피폐한 시골이었어요. 연합군이 무엇을 요구하든, 절대 사람들이 잃어버린 것을 보상할 수는 없을 거예요.

그녀가 집으로 돌아가라는 명령을 받을 때까지는 반년이 더 걸렸다. 전쟁이 끝나자, 그녀는 모나코와 프랑스의 알프스산맥, 파리에서 시간을 보내며 유럽을 돌아다녔다. 그 당시 할머니가 찍은 사진 중 제일 좋아하는 사진을 갖고 있다. 허리가 잘록하게 들어간 롱코트와 챙이 넓은 모자와 검은색 레이스업 부츠 차림의 제복을 입은 채 지팡이를 짚고 오페라광장에서 의기양양한 포즈를 취하고 계셨다. 할머니와 그녀의 친구 마거릿은 생애 첫 오페라 〈아이다〉의 표를 사느라 거의 한 달치 월급을 썼고, 오페라를 보느라 휴가에서 늦게 복귀했다. "늦게 복귀하는 바람에 상관에게 불호령을 들었지만 그럴 만한 가치가 있었지"라고 말씀하셨다. 사진에서 그녀는 조금도 위축되지 않은 채 정면으로 카메라를 바라보았다. 그것이 할머니가 세상을 보도록 배운 방식이었다.

포격이 멈췄지만, 전쟁은 예상치 못한 방식으로 계속해서 상처를 입혔다. 니스에서 휴가를 보내는 동안, 그녀는 훈련소에서 자신과 사랑에 빠졌던, 비번일 때면 편지를 거듭 꺼내 읽었던 중위 피트와 친한 사람을 우연히 만났다. 그 친구 말로는 피트가 다음날 니스에 도착한다고 했다.

그를 만나러 기차로 향하며 그녀는 흥분을 억누를 수가 없었다. 먼 거리에서도 그를 바로 알아보았지만, 뭔가 이상한 구석을 감지했다. 그는 살이 빠졌고, 창백하고 피곤해 보였다. 그의 품에 안겨 키스하기를 기대하며 그에게 달려갔지만, 그는 대신 고개만 끄덕였다.

"함께 택시를 탔는데, 그는 호텔에 우리를 내려주고는 장교들이 머무는 곳으로 가버렸다"라고 할머니는 회고록에 쓰셨다. 그의 마음이 변했다고 생각해 상심한 나머지 다음날 인편을 통해 전에 받은 작은 군인 배지를 돌려주었다.

"그를 다시는 볼 수 없었지." 할머니의 목소리에는 80년이 지난 지금까지도 애석함이 묻어났다. "하지만 그는 틀림없이 날 절대 못 잊을 거야. 거울을 볼 때마다, 깨진 앞니가 보일 테니까."

전쟁에서 그에게 무슨 일이 생겼는지 아시느냐고 여쭸더니, 나중에야 그와 절친한 친구가 휴전하기 이틀 전 바로 옆에서 폭탄을 맞았다는 사실을 알게 됐다고 하셨다. 할머니가 거절로 받아들였던 것은 사실 아직 가시지 않은 포탄의 충격이었다.

5월 31일, 할머니는 마침내 미국행 증기선 캡 피니스테레 전함을 타고 미국으로 향했다.

"뉴욕항에 들어서는 장면이 잊히지 않아." 이별의 상심도 들뜬 기분을 꺾을 수는 없었다. 부대는 유람선에 걸린 색 테이프처럼 배 곳곳에 화장지를 길게 늘어뜨렸다. 밴드가 음악을 연주했다. 예인선과 소방선이 병사들을 마중나왔다. 미칠 듯 흥분한 그녀는 파란 밀짚모자를 자유의여신상에 던졌다.

그 축하 행사가 짧게 끝나리라는 걸, 자신의 이야기와 군인으로 복무한 다른 여자들의 이야기를 들을 준비가 안 된 나라로 돌아간다는 걸 그녀는 알지 못했다. 제복을 완전히 갖춰 입고, 고개를 높이 쳐든 채 이스트톤턴행 기차를 탔다. 그러나 아무도 그녀에게 말 한마디 건네지 않았다.

전쟁은 할머니의 여생 동안 견해와 행동에 영향을 미쳤다. "남자들과 더는 같이 일하지 않겠다고 결심했단다"라고 할머니는 말씀하셨다. 그녀는 산부인과 간호사라는 더 행복한 일로 돌아섰다. 간호사로서 기술을 갖춘 덕에 당시 여자들 사이에서는 드물게 어느 정도 경제적 독립을 이루었다. 더 많은 모험을 열망한 그녀는 금문교의 건설 기술자로 일한 삼촌을 만나러 샌프란시스코에 갔다가 그곳에 정착했다. 거기 아동병원에서 일자리를 구했다. 군대에서 집에 돌아갈 시간이 됐을 때, 멀리 뉴욕까지 가는 달러라인 유람선에 취직하려고 했다. "그들은 내게 세계 여행을 하라고 했어. 가끔은 그 유람선을 탔으면 좋았을 텐데 싶어."

1925년 그녀는 고향 이웃 마을에서 자란 젊은 신발 판매원과 약혼을 했다. 그들은 그해 결혼했다. 그녀는 서른두 살이었는데 그 시대를 고려하면 비교적 늦은 나이에 한 결혼이었다. 결국 부부는 슬하에 두 아이를 뒀는데, 둘째가 우리 아버지로 당시 할머니는 마흔 살이었다. 그들은 처음에 미니애폴리스에서 살다가 1939년 시애틀로 이주했다. 시애틀에서 출장 판매원으로 일한 할아버지는 자기 구역 안 가게에 신발을 파셨다. 그중에는 1901년에 시애틀에서 신발 가게로 시작한 노드스트롬 백화점도 포함되어 있었다. 할아버지는 자주 출장을 떠나셨다. 할머니는 현대 싱글맘과 다르지 않은, 내가 거쳐온 삶과 다르지 않은 삶을 사셨다. 다양한 역할을 도맡아 스스로를 부양하는 일은 전쟁을 통해 무엇보다 잘 배운 교훈이었다.

전쟁은 그녀의 삶에도 다른 흔적을 남겼다.

그녀는 여성이 투표권을 얻기 2년 전 전장에 나갔다. 돌아오신 후할머니는 103세가 되실 때까지 모든 선거에서 투표하셨다. 할머니의 애국심은 현란하지 않았어도 뿌리가 깊었다. 할머니는 부대를 떠나 집으로 돌아오는 마지막 기차에서 사람들이 알아봐주지 않고 그들에게 인정받지 못한 일이 "인생에서 가장 쓸쓸하고 우울한" 경험이었노라고 말씀하셨다. 그래서 수십 년 후 적대적인 분위기의 미국으로 돌아온 베트남 참전용사에게 감정이입을 하셨다. 할머니는 명절이면 군인들을 저녁식사에 초대하셨고, 늘 성조기를 밖에 걸어두셨다.

하지만 할머니의 제1차세계대전 경험 중 가장 오래 남은 흔적은 평생 전쟁에 관해 언급하실 때마다 흠칫 놀란다는 것이었다. 어쩌다 저녁식사 자리에서 전쟁터에서 세우신 공훈 얘기가 나오면 재빨리 말을 막으셨다.

"난 그걸 봤어. 그래서 평화주의자가 된 거란다. 거기 있어봤으니까." 전쟁 이야기가 나올 때마다 할머니는 그렇게 말씀하셨다.

할머니는 1998년 11월 18일, 제1차세계대전이 끝난 지 80년하고 일주일이 지난 후, 그녀의 기사가 시애틀 포스트인텔리전서에 실린 지 두 달 후 돌아가셨다. 기사가 나가고 신문사로 들어온 수백 통의 편지와 메시지를 충분히 읽을 정도로 오래 사셨다. 할머니의 복무에 관한 감사 편지, 그 전쟁을 겪은 자기 가족의 경험을 공유하는 편지가 도착했다. 간호병과 참전용사, 선생님과 역사광이 편지를 보내왔고, 매우 어린 독자부터 매우 나이든 독자까지 다양한 사람이 전화를 걸어왔다. "〈타이타닉〉과 〈라이언 일병 구하기〉를 섞어놓은 이야기 같아요"라고 말하는 사람도 있었다.

할머니가 돌아가신 지 몇 달 후 그 소식을 몰랐던 영부인 힐러리 클린턴이 할머니에게 친서를 보냈다. 편지에는 "귀하의 용기와 헌신,

관대함과 의연함에 경의를 표합니다. 귀하는 우리 모두에게 감동을 주셨는데, 특히 오늘날 여성들에게 깊은 감동을 주셨습니다. 강인한 여성이 우리나라에 기여해왔고, 계속 기여하고 있다는 본보기로 귀하의 노고를 기억할 것입니다"라고 쓰여 있었다.

할머니는 평생 공화당원이셨지만, 그 편지를 보셨다면 틀림없이 기뻐하셨을 것이다.

1999년 4월, 프랑스 정부는 할머니의 공로를 인정해 프랑스 최고 훈장인 레지옹 도뇌르 훈장을 추서했다. 부모님과 고모와 삼촌과 함께 할머니를 대신해 훈장을 받으러 샌프란시스코에 위치한 프랑스 총영사관으로 갔다. 영사가 뭐라고 했는지는 기억나지 않지만, 그가 내 손에 놓아준 그 메달의 촉감은 생생히 기억난다. 빨간 리본이 달린 차갑고 무거운 메달은 녹색과 흰색으로 에나멜을 칠한 프랑스식 십자가였다. 할머니의 훈장을 들어보기는 그때가 처음이었다. 어린 시절 할머니 방 벽에 걸려 있던 유리 상자 안의 훈장이 떠올랐다. 마침내 그게 어떤 의미인지를 진정으로 이해하게 되었다.

석 달 후, 할머니의 106번째 생신날 우리 가족은 묘지에서 크리스토퍼 무덤 반대편에 위치한 할머니 무덤에 모였다. 할머니는 크리스토퍼보다 거의 한 세기를 더 사셔서 생전에 핼리혜성을 두 번이나 보셨지만, 그곳에서 아들과 함께 쉰다는 사실이 내게 위안이 됐다. 할머니는 크리스토퍼가 가장 좋아하는 사람 중 하나였다. 할머니는 아들에게 자신의 전동 휠체어를 타게 허락하셨다. 본인 무릎에 아들을 앉히고는 조종 장치에 그 큰 손으로 아들 손을 올리고서, 주방을 향해 붕 하고 가셨다. 어느 날 우리가 할머니네 방문했을 때, 아들은 복도에 할머니가 주차해둔 휠체어를 바로 알아보았다. 아파트에 들어가자마자, 크리스토퍼는 허겁지겁 할머니 쪽에서 문 쪽으로 손가락질을 하며 수어를 했다. "얼른, 얼른, 열어줘요. 자전거 의자."

항공기관사였던 에밀 삼촌은 "그것을 보러" 가자면서 아들을 데리고 나갔고, 곧 복도가 소란해졌다. 살짝 훔쳐보니 크리스토퍼가 혼자서 휠체어를 '운전하고' 에밀 삼촌이 옆에서 뛰고 있었다. 둘은 너무 신나게 웃었고 그 바람에 크리스토퍼가 휠체어를 타고 벽으로 돌진했다.

묘지에서 할머니의 살아 있는 증손주 둘이 할머니 묘비에 작은 성조기를 올려놓았다. 우리가 나무 그늘 아래 모여서 반원을 그리고 서서 이야기를 나누는 동안 아이들은 공놀이를 했다. 할머니가 얼마나 동물과 교회를 사랑하셨는지, 우리가 모두 함께 모인 모습을 보시면 얼마나 기뻐하실지 아버지가 말씀하셨다.

사촌 스티브는 할머니의 낡은 차고 작업장에 들어갈 때마다 얼마나 경이로웠는지, 그리고 그가 가장 소중히 여긴 가보에 관해 이야기했다. "어떤 사람들은 은식기나 도자기를 가보로 여길 거야. 나라면 할머니의 망치를 가보로 치겠어." 망치의 나무 부분은 수십 년간 손길이 닿아 낡고 까맸다. 그 망치는 여러 용도로 쓰였지만 점토를 부숴서 페인트와 테라코타 조각이 군데군데 박혀 있었다.

나도 그 차고가 기억났다. 온갖 쓰레기와 예술작품이 모인 멋지고 신비한 공간이었다. 하지만 할머니가 돌아가실 때까지 지니고 있던 도자기 장식장이 가장 기억에 남았다. 내 또래 아이들이 대부분 장식장을 들여다보지 못할 정도로 어릴 때, 할머니는 그 깨지기 쉬운 내용물을 가지고 놀게 허락하셨다. 가압 성형 유리로 만들어져 햇빛을 받으면 보라색으로 변하는 와인잔, 웨딩드레스를 입은 고모의 모습을 판 도자기 신부 인형, 할머니의 소중한 험멜 조각상 등을 내주셨다.

나중에 대학생일 때, 장식장에서 보았던 복잡한 번개무늬 세공이 들어간 중국 접시를 할머니에게 받았다. 거기에는 내가 몰랐던 사연이 담겨 있었다. 한 번 산산조각이 났던 접시인데 할머니가 모든 번개무늬를 맞춰서 풀로 붙이셨다고 한다. 노란색 풀 때문에 레이스 같은 무늬가 남아 있었다. 그 접시가 삶을 바라보는 할머니의 방식을 말해줬다. 삶의 기술은 깨진 꿈과 깨진 약속, 깨진 몸을 고치는 데 있었다. 할 수 있는 만큼 고치면 된다. 그렇게 앞으로 나아가면 우리의 접시는 여전히 가득찰 수 있다.

할머니가 돌아가시고 2년 후, 아버지와 함께 할머니가 복무하셨던 지역을 따라 프랑스를 여행했다. 할머니의 이동식 병동이 지나간 길을 되짚으며 자동차로 목축지를 가로지르고, 돌로 만든 교회와 작은 마을을 지나쳤다. 풍경에 점점이 찍힌 묘지를 제외하면, 그곳에서 엄청나게 유혈이 낭자한 폭력이 벌어졌음을 보여주는 증거는 거의 없었다. 우리는 초봄에 갔는데 이따금 농부들의 밭에서 오래된 참호의 희미한 흔적이 눈에 띄었다. 겉으로 보기에는 분필로 그은 선 같았는데, 한때 땅을 깎아 만든 참호가 있던 깊은 석회암 층 위에서 경작을 해서 그랬다. 마찬가지로 할머니의 군복무는 우리에게도 흔적을 남겼다.

할머니는 전쟁 이야기를 거의 꺼내지 않으셨지만, 그 가르침은 할머니를 통해 전해졌다. 할머니는 자녀들과 손주들에게 우리 심장을 따르고, 우리 손을 사용하고, 우리 생각을 말하라고 격려하셨다. 나는 손을 사용하라는 말을, 무엇을 하든, 그러니까 정원을 가꾸든, 스웨터를 뜨든, 아이를 가르치든 간에 유능한 사람이 되라는 말로 해석했다. 심장을 따르고 생각을 말하라는 말씀은 나를 저널리즘으로 이끌었고, 저널리즘은 내게 목적의식을 주었다. 나 자신은 물론이고 다른 사람에게도 할머니는 목소리를 주셨다. 할머니가 시대의 증인이었던 것처럼 나도 시대의 증인이 되었다.

할머니는 내게 두려움이 삶을 지배하게 내버려두지 말라고 하시며, 우리가 두려워하는 대로 살게 된다고 말씀하셨다. 그 말을 두고 오랫동안 고민하다가, 두려움이 나를 규정하게 내버려두면 내가 두려워하는 일이 발생한다는 말씀이구나 하고 마침내 깨달았다. 다시는 사랑하지 못할까봐 두려워하면서도 그 두려움에 맞서기 위해 아무것도 하지 않으면, 삶에 사랑이 찾아오지 않을 것이다. 크리스토퍼의 죽음 이후 삶의 의미를 찾지 못하리라 두려워하면서 그것을 찾으려 아무런 노력도 하지 않으면, 평생 소명 없이 살아갈 것이다.

크리스토퍼가 죽은 후 아들에 대한 기억을 잃을까봐 너무나 두려웠다. 고통을 느끼지 않으려 갖은 애를 쓰면서도 아들에 관한 기억을 너무 밀어넣는 바람에 아들과 함께 그 기억이 영원히 사라질까봐 걱정했다. 할머니 덕에 우리가 절대 잊지 않는다는 사실을 깨달았다. 할머니는 80년 동안 전쟁 이야기를 입도 뻥긋하지 않으셨지만, 여전히 세부 사항까지 생생하게 기억하셨다. 기억은 필요할 때까지 어딘가에 박혀 있다. 그 이야기를 꺼낼 시간이 올 때까지.

그리고 크리스토퍼 이야기를 할 시간이 찾아왔을 때, 나는 아들을 다시 발견했다.

할머니는 내게 한 가지 사실을 더 보여주셨다. 할머니가 사랑한 중위를 추적하려고 노력했다. 그가 우리 할머니에 관해 무엇을 기억할지 궁금했지만, 결국 찾을 수 없었다. 몇 년이 지나고 고모에게 들으니 할머니가 백 살이 되셨을 때, 한 장뿐인 그의 사진을 태워버리셨단다.

놓아주는 데는 그렇게 오랜 시간이 걸리나보다.

여덟번째 만남

옐로우 위스퍼링 벨스

크리스토퍼

21장
희망의 발아

20년 넘게 크리스토퍼의 유골은 갈색 판지 상자에 담겨 우리 부모님 댁 옷장 서랍 깊숙한 곳에 놓여 있었다. 크리스토퍼의 추도식 이후 내가 캘리포니아로 돌아가자 우리 엄마가 유골함을 보관하셨다. 유골함이 엄마와 함께 있다는 사실이 내게는 위안이 되었다. 하지만 시애틀로 다시 이사한 후에도 나는 아들의 유물을 처분할 수도, 아들의 신체 일부인 탄소와 뼈를 놓아줄 수도 없었다. 아들이 거기 없다는 사실은 알았다. 그는 어디에도 없었지만, 한편으로 어디에나 있었다. 아들을 찾는 일을 멈출 수가 없었다.

공원에서 소년들과 텅 빈 그네를 볼 때면 아들이 보였다. 비행기에서 내 옆자리에 앉은 아들이 보였다. 눈을 깜빡이면 아들은 사라지고 없었다. 더 나이든 소년에게서, 그다음엔 아들이 지금쯤 되었을 나이 또래의 젊은이에게서, 그들이 웃는 방식에서, 그들의 눈이 반짝이는 방식에서, 특정한 반항적인 태도에서 아들의 흔적을 찾았다.

아들의 물건도 여전히 상자 안에 있었다. 하나라도 버리면 나중에 후회할까봐 거기에 매달렸다. 삶의 규모를 줄여갈 때, 그 상자들은 개봉되지 않은 채 이리저리 나와 함께 이사 다녔다. 결국 내가 대여한 창고까지도 사업을 접는다고 했다.

상자를 정리하려고 집으로 끌고 왔다. 곧 우리집 바닥에는 구겨진 종이, 책, 장난감과 우리가 함께 발굴한 것이 흩어졌다. 썩어가는 마분지의 곰팡내가 거실에 진동했고 새까만 신문 인쇄용지 때문에 손에 잉크가 번져 손이 건조해졌다. 신문사에서 아침마다 겪는 친숙한 분위기였다. 오후였지만, 거실 블라인드를 쳤다. 조용히 혼자서 기부할 물건과 간직할 물건을 분류했다. 지금 못 하면 그 모든 것을 창고로 다시 끌고 가서 삶의 기록을 다시 시간의 층 아래 켜켜이 묵혀둘까봐 빨리 작업에 착수했다. 어떤 상자는 기억의 감동이 휘발돼 처분하기 더 쉬웠다. 마지막으로 긴 하얀 상자만 방 한가운데에 남았다.

더는 그 상자를 피할 수 없자 이를 집어들고 희미한 불빛 속에서 무릎 위에 부드럽게 안았다. 손가락으로 노란 테이프를 따라 짚어갔다. '크리스토퍼의 아기 때 상자'라고 검은색 마커로 상자 위에 써두었다. 내 필체였지만 내 것 같지 않았다. 수십 년간 타이핑을 하면서 필체가 지렁이처럼 변하기 전에 쓴, 당시 내 동그란 필체는 희망에 차 보였다. 가위를 가져와 날을 벌려 외과의사들이 절개하는 모습대로 빠르게 갈랐다. 상자가 열리자 숨이 멎었다. 아들이 처음으로 눈 천사를 만들었을 때 쓴 순록이 그려진 니트 모자, 아들의 작고 빨간 카우보이 모자, 할머니가 떠주신 아이보리색 스웨터가 들어 있었다. 아들이 한 살 때 함께 병원을 들락거렸던 부드러운 사각형 코끼리 인형도 있었다. 요트가 그려진 아들의 양말 한 켤레를 집어 코에 대고는 아기 때 냄새를 찾았다. 자리에 서서 주먹 안에 양말을 말아 꼭 쥐면서 아들의 발 모양을 느끼려고 애썼다. 양말은 너무 가벼웠지만, 그 분명한 무게를 느끼며 거의 휘청거릴 뻔했다. '부재의 무게를 뜻하는 단어는 무엇일까?'

오후 내내 아니 어쩌면 수십 년간 참았던 눈물이 처음에는 부드럽게 흐르다가 나중에는 바위틈을 뚫고 쏟아지는 강물처럼 주체할 수 없이 터져나왔다. 가슴의 고동 소리가 약해지게끔 각각의 물건을 가슴에 끌어안았다가 다른 물건과 함께 방 한가운데에 놓았다.

할머니는 종종 말씀하셨다. "이사를 세 번 하면 화재만큼 좋단다." 또다시 이사를 앞두고 짐을 싸느라 불평하자 할머니는 그렇게 말씀하셨다. 이사를 다니면 삶에 들러붙는 잔해를 없애는 데 유용하다는 뜻으로만 그 말씀을 받아들였다. 나중에야 그 이상의 의미가 있다는 걸 깨달았다. 나는 허브인 세이지 연기에 든 화합물이 어떻게 옐로우 위스퍼링 벨스*라고 불리는 관목 허브를 발아시키는지 설명한 기사를 우연히 읽었다.

옐로우 위스퍼링 벨스. 불처럼 난폭한 것에서 그토록 연약한 꽃이

---

* 옐로우 위스퍼링 벨스(Yellow whispering bells)는 캘리포니아의 야생화로 노란색이나 분홍색 종 모양의 꽃송이가 매달려 있으며, 바람이 불면 종이처럼 얇은 꽃잎이 바스락거리는 소리를 낸다. 최근 불에 탄 지역에서 흔하게 볼 수 있다.

생겨난다는 사실이 왠지 모순 같았다. 마치 희망처럼. 그게 할머니가 내게 말씀하시려 했던 것이리라. 이사를 세 번 하면, 사물을 파괴하는 것이 아니라 사물을 자라나게 하는 불처럼 좋다고 말이다. 그 생각에 집중하자 호흡이 차분해지고, 평소의 리듬을 되찾았다. 크리스토퍼의 미키마우스 알람시계, 비행기를 타고 서해안을 여러 번 왕복한 덕에 모은 플라스틱 파일럿 배지는 기부단체에 보낼 상자에 넣었다. 아들이 해변에 갈 때 신은 파란 샌들과 태엽 감는 장난감도 거기에 함께 담았다.

사진이 담긴 상자와 파일 상자도 있었는데 창고에 보관한 후로 손도 대지 않았다. 그중 하나에 '크리스토퍼, 마지막 상자'라고 쓰여 있었다.

안에는 뭔지 모를 서류 봉투가 들어 있었다. 그것을 꺼내봤다.

발신인 주소에는 '캘리포니아주 건강정보관리서비스, 파우에이시 포머라도병원'이라고 쓰여 있었다. 아들이 죽고 2년 반이 지난 후의 소인이 봉투에 찍혀 있었다.

떨리는 손으로 봉투를 열어 스테이플러로 고정된 보고서를 꺼냈다. '샌디에이고카운티, 검시관.' 속이 뒤틀리는 것 같았다. 나는 부검 보고서를 요청했지만, 아들이 살아 있을 때 의학적인 세부 사항을 직면했던 방식으로는 아들의 죽음을 직면할 수가 없어 그것을 읽지 않았다. 아들을 마지막으로 진료한 의사와도 이야기도 나누지 않았다. 최종 부검 보고서의 구체적인 내용과 혈액 검사 결과를 알고 싶지 않았다. 이를 부인하면 조금이라도 아들이 살아 있다는 희망을 지킬 수 있는 것처럼.

우리는 아무런 경고도 받지 못했다. 그 전해까지 장시간 아들을 괴롭히던 병마가 마침내 수그러들었다. 아들의 건강에 관한 걱정을 지워갔다. '아들의 몸이 기증받은 신장과 안 맞으면 어쩌지? 아들의 당뇨가 나빠지면 어쩌지? 발작을 통제할 수 없으면 어쩌지?' 등등 이런 걱정을 더 일상적인 걱정으로 바꾸어갔다. '아들의 독서 진도가 적당할까? 아들이 친구들과 충분히 노는 걸까?' 그 오랜 시간 동안 희망의 거품 속에 살았다.

섣달그믐날 아침은 여느 나른한 토요일과 똑같이 시작되었다. 가운을 걸치고, 시애틀에서 로스앤젤레스까지 끌고 온 낡은 파란 소파에 앉아 느긋하게 쉬었다. 이혼 후 내게 안정감을 준 그 소파는 내가 처음으로 산 '어른다운' 가구였다. 그것은 신혼 때 내가 이루고자 한 마사 스튜어트 같은 삶의 잔재였고, 크리스토퍼가 아주 위험한 상태로 삶을 시작하긴 했지만 우리가 서로 연결되어 있음을 거기서 처음으로 깨닫기도 했다. 그날따라 집은 유난히 조용해서, 평화로움을 틈타 뒤늦은 크리스마스카드를 쓰고 있었다. 짐은 다른 방에서 미식축구를 보고 있었다. 크리스토퍼는 전날 프랭크와 함께 남쪽으로 두 시간 정도 떨어진 자기 조부모님 댁에 갔다. 원래는 예정에 없던 일이었지만, 예상치 못하게 수술이 연기되면서 거기서 시간을 보내게 됐다. 그 전해에 크리스토퍼는 자기 아버지 집에 갔다가 휠체어에서 굴러 떨어져 다리가 부러졌다. 아들의 다리는 곧바로 낫지 않았다. 다리

골절은 당시 우리의 우선순위에서 밀려 있었다. 이식 수술을 받은 후 건강이 차차 좋아지자, 다리를 고치기로 했다. 의사들은 뼈를 다시 맞추는 수술 일정을 미리 잡아뒀다. 프랭크는 수술 날 병원에도 함께 가고, 샌디에이고 근처에 사시는 부모님 댁에도 갈 겸 수술 며칠 전에 시애틀에서 비행기를 타고 와 있었다. 하지만 막판에 의사들이 수술을 취소했다. 크리스토퍼가 감기에 걸렸는데, 응급상황이 아니라 수술을 미루는 편이 현명하다고 했다. 병원 관계자들은 우리를 집으로 돌려보냈다.

예상치 못하게 생긴 한가한 시간은 우리에겐 선물과 같았다. 함께 집에 돌아가는 길에, 크리스토퍼는 아이스크림을 사달라고 했다. 패서디나에서 아들이 제일 좋아하는 배스킨라빈스에 가서 각자 콘을 하나씩 사서 나눠 먹었다. 아들은 바닐라맛을, 나는 로키로드를 샀다. 우리 아버지는 특별한 날이면 가족을 아이스크림 가게로 데려갔는데 어린 시절부터 그 의식이 좋았다. 우리는 풀밭에 앉아 아이스크림을 바꿔 먹고서 비디오 가게 쪽으로 향했다. 아들은 질리지도 않는지 똑같은 디즈니 영화를 계속 빌렸는데, 〈101 달마시안〉과 〈라이온 킹〉을 가장 좋아했다. 계산하라고 아들을 카운터에 올려주면 아들은 가게 회원 카드를 흔들어댔다. 아들을 잘 아는 점원들은 웃음을 터트렸다. 우리는 차를 몰고 가다가 차고세일 하는 데를 발견하면 차를 세우고는 나는 골동품 부스에 채울 물건을, 아들은 보물을 찾았다. 그날은 낡은 고리버들 책상을 차 뒷좌석에 실었다. 아들은 빈티지 코카콜라 냉장고를 가져가겠다고 고집을 부렸다.

"빨간 상자, 장난감 넣어, 예뻐"라고 수어를 하며 찬성의 뜻으로 자기 얼굴 앞에 손을 흔들었다.

수술이 연기되자, 프랭크는 크리스토퍼를 데리고 친척들을 방문하겠다며 자녀 방문권을 추가로 요구했다. 그러는 게 우리 모두를 위해 좋겠다 싶었다. 크리스토퍼는 자기 아빠와 조부모님과 함께하는 것을 좋아했고, 사실은 나도 휴식이 필요했다. 프랭크 요구대로 하면 아들을 돌보는 정신없는 상황에서는 절대 불가능할 듯한 용무도 처리하고 밀린 고지서도 해결할 수 있을 터였다.

오전 아홉시가 되기 직전에 전화기가 울렸다. 프랭크의 엄마 메리였다. 뭐라고 하는지 잘 알아들을 수 없었고 목이 멘 것 같았다. 좀 천천히 말씀하시라고 부탁해야만 했다. 크리스토퍼가 배가 아프다며 누웠다고 했다. 집 근처, 샌디에이고의 외곽 파우에이시에 위치한 포머라도병원으로 가는 길이라고 했다. 아들은 구급차를 타고 있었다.

나는 침착해지려고 애썼다. 크리스토퍼는 살면서 이미 여러 번 구급차를 탔다. 아들의 할머니는 처음 겪는 일이겠지만, 아마 아무 일도 아닐 것이다. 전화를 끊고 즉시 크리스토퍼의 담당의에게 전화를 걸어, 아들의 복잡한 병력을 알고 있는 UCLA병원으로 아들을 이송해달라고 요청하려 했다. 짐은 무슨 일인지 보려고 방에서 나왔다. 나는 UCLA에 근무중인 신장내과 의사에게 연락해 상황을 아는 대로 설명했지만, 사실 정보가 많지 않았다. 그녀는 그리 걱정하지 않는 듯했다. 전날 프랭크와 통화했는데, 독감 기운 정도만 있었다고 했다. 전화를 끊은 후 포머라도병원 응급실로 전화를 걸었다. 그들이 프랭크를 바꿔주었다.

"대체 무슨 일이야?" 내가 물었다.

"모르겠어. 나를 안 들여보내줘." 당혹스러워하는 목소리가 멀게 느껴졌다.

"어디를 안 들여보내준단 말이야?" 내 목소리가 떨렸다. 병원으로 달려간 것은 그저 예방책일 뿐이라고, 그가 나를 안심시켜줄 줄 알았다. 크리스토퍼는 그저 배가 아팠던 것이고 이미 일어나 앉아서, 그를 데려간 응급구조원들을 즐겁게 해주고 있다고 말할 줄 알았다.

"응급실 안으로. 의사들이 지금 아들을 치료하고 있어."

그는 더이상은 말하지 못했다. 전화를 끊자 처음으로 진짜 경보음이 들리는 것 같았다. 우리 중 하나는 보통 무슨 일이 있든 크리스토퍼 옆에 있었다. 응급실 밖이라는 것은 다른 신호였다.

우리가 임대한 방갈로의 거실을 서성거렸다. 크리스마스트리는 여전히 세워져 있고, 크리스토퍼의 선물이 그 아래 놓여 있었다. 기차 칸을 찾느라 아들과 함께 벼룩시장을 샅샅이 뒤져가며 모은 빈티지 전기 기차, 아들이 갖고 싶어한 자동 연필깎이였다. 몽당연필이 될 때까지 이미 열심히 깎아놓은 연필 몇 자루를 포함한 연필 한 통도 옆에 있었다. 묵주처럼 연필 한 자루를 손가락 사이로 돌리며 기다렸다.

UCLA에서 아들을 담당하는 소아 신장전문의 로버트 에딘저 박사가 몇 분 후 전화를 걸어왔다. 아들의 이송 문제를 다시 꺼냈다. 이번에는 내가 목이 멘 듯 알아들을 수 없게 말했다. 잠시 침묵이 흘렀다. 그는 내가 아는 정보를 확인했다.

"더 아는 건 없어요." 그는 자기 집 전화번호를 주고 빨리 전화를 끊었다. 패닉 상태에 빠지기 시작했다. 전에는 의사가 자기 집 전화번호를 알려준 적이 없었다. 나중에야 그가 틀림없이 이미 무언가를 알았지만, 그 소식을 내게 전하고 싶지는 않았음을 깨달았다. 몇 시간처럼 느껴지는 몇 분이 흐른 후, 프랭크에게서 다시 전화가 왔다.

전화를 받았다. 인사를 했는지는 기억나지 않는다.

"크리스토퍼가 죽었어." 너무 사무적이고, 너무 믿을 수 없는 말이었다. 그후에 몰려온 충격의 여파는 말로 다 설명할 수가 없다.

알지 못했던 때와 알았던 때 사이에서 온 세상이 사라져버렸다. 나는 절벽에서 떨어지는 사람처럼 비명을 질렀다. 기차에서 뛰어내리는 사람처럼 비명을 질렀다. 온몸이 찢기는 동물처럼 비명을 질렀다.

그다음의 시간들은 폭발한 내 삶이라는 블랙홀의 쩍 벌어진 입으로 빨려들어가 기억에서 사라져버렸다. 일기를 보니 사람들이 도착했다고 쓰여 있다. 그들은 음식을 가져왔고, 사람들에게 부고를 알리는 수순을 떠맡았다. 우리 부모님은 시애틀에서 비행기를 타고 오셨다. 보통은 부모님이 도착하시면 크리스토퍼가 '와' 하고 함성을 지르며 두 분을 만나러 뛰쳐나갔다. 이제 우리는 망연자실한 채 조용히 앉아 다음에 뭘 해야 할지 생각하려 애썼다. 나는 크리스토퍼에게 입힐 옷을 골랐다. 프랭크가 아들의 시신을 시애틀로 옮길 때 동반해주었다.

그다음으로 이어지는 악몽 같은 나날에 아들이 보청기 건전지를 삼켜서, 그게 어떻게든 아들의 죽음을 유발했을 것이라 확신했다. 엠앤드엠 초콜릿 크기의 그 건전지를 입에 넣지 말라고 줄곧 아들과 싸웠기 때문이다. 아들은 늘 금속 물체에 이상하게 이끌렸다. 몇 년 전에는 1센트짜리 동전을 삼켰는데, 나중에 다른 문제로 엑스레이를 찍다가 그 사실을 발견한 적도 있었다. 틀림없이 건전지 때문에 문제가 생긴 거라고 확신했다. 그렇다면 내 잘못이었다. 내가 아들을 죽였다. 밤이 되면 심장이 거칠게 날뛰었다. 마치 늑대의 그림자를 보고 이리 뛰고 저리 뛰는 토끼처럼 마구 빠르게 그리고 무작위로 벌렁거렸다.

아무것도 현실로 다가오지 않았다. 여러 날 동안, 작은 방갈로 밖에 서서 스쿨버스가 집 앞 거리로 내려오기를 기다렸다. 아들의 스쿨버스가 온다면, 아들의 죽음은 사실이 아닐 것이다. 크리스토퍼는 내게 입을 맞추고 배트맨 도시락 가방을 흔들면서 '큰 학교'로 가는 버스 쪽으로 달려갈 것이다. 아이를 따라 버스에 올라타 안전벨트를 확인한 다음, 유리창 너머로 파커 선생님이나 램버트 선생님이 보시게끔 숙제를 책상에 올려놓으라고 아들에게 상기시켰다. 버스운전사가 손을 흔들면 문이 바람 소리를 내며 닫혔다. 크리스토퍼는 버스가 움직일 때 내가 "사랑해"라고 수어로 말하는 모습을 늘 지켜봤다. 그런 다음 아들은 할일이 많은 자기만의 큰 세계로 기분좋게 돌진했다.

스쿨버스는 결코 오지 않았다.

의사들은 내가 알 방법이 없었다고, 아들을 죽음에 이르게 한 복부폐색을 막기 위해 그 누구든 손쓸 수 없었다고 말했다. 그들도 우리만큼 충격을 받은 것 같았다. 그들의 공허한 설명은 내게 아무런 위안이 되지 않았다.

'만약에 그랬더라면' 하는 생각은 수년간 나를 고문했다. 그주에 아들을 아빠에게 보낸 결정을 뒤늦게 후회했다. 의사들이 미리 알았더라면, 아들을 살렸을지도 모른다. 나는 마지막에 잘못된 결정을 내린 자신을 용서할 수가 없었다.

나는 아이 곁에 없어서 작별인사도 건네지 못했다.

무릎 위에 놓인 검시관의 부검 보고서와 이제는 거실 바닥에 흩어진 크리스토퍼의 삶이 남기고 간 흔적을 내려다보았다. 저녁을 향해 해가 기울수록 방은 점점 어두워졌다. 램프를 켜고 억지로 부검 보고서를 읽었다.

사망 원인: 교액성 소장폐색.

근본 원인: 선천성 장간막유착.

사망 유형: 자연사.

선천성. 그때까지 수년간 그 복부폐색을 아들의 타고난 결함이 불러온 또다른 결과로 생각했다. 요로가 차단되었던 선천적 결함은 아들이 태어난 이후 연달아 다른 문제를 일으켜 암울한 합병증이 계속 이어졌기 때문이다.

하지만 그 보고서는 다른 이야기를 제시했다. 크리스토퍼를 죽게

한 질병을 크리스토퍼는 타고났다. 처음의 결함과 관련 없는 또다른 발달상의 작은 결함이 오래전부터 자리를 잡았고, 이전에는 탐지되지 않다가 갑자기 발생해 자기 존재를 드러낸 것이었다. 우리가 함께 보낸 7년이라는 시간은 빌린 선물이나 마찬가지였다.

부검 보고서는 아들의 다양한 수술 자국의 정확한 위치를 기록하면서 세부 사항까지도 꼼꼼하게 설명했다. 아들의 몸에 대한 설명과 의료 기록도 담겨 있었다.

아들의 속눈썹과 눈썹은 그의 갈색 머리칼과 갈색 눈처럼 '평범하다'고 기록되었다. "그건 사실이 아니야"라고 검시관에게 소리치고 싶었다. 그게 얼마나 특별한지 어떻게 모를 수 있을까? 그 까만 눈썹이 춤을 추면서 여느 수어만큼이나 아들의 마음을 얼마나 잘 전달했는데. 그렇게 길고 진한 속눈썹이 언젠가는 여자아이들을 기절시킬 거라고 친구들과 종종 농담을 했는데. 손으로 아들의 비단 같은 머릿결을 빗질해주면서 그 아래 놓인 아들의 완벽한 두상을 느끼는 게 얼마나 많이 그리웠는데.

보고서는 임상적인 해부로 이어졌다.

심혈관계: 비어 있는 심장은 무게가 130그램 나가며……

너무 작고, 너무 구체적이다. 겨우 티볼 하나 정도, 동전으로 50센트 정도 무게다. 내 텅 빈 마음은 측정 불가할 만큼 무거운데.

어지러웠다. 손이 너무 심하게 떨려서 간신히 페이지를 넘겨 보고서를 덮었다. 앞면에는 '응급실 메모'라고 적힌 복사본이 스테이플러로 고정되어 있었다.

주요 호소 증상: 심박 정지.
도착하자마자 환자는 반응이 없었고 (…) 심장 모니터에 심장 무수축으로 표시됨.

깜짝 놀라 그 줄을 다시 읽었다. 그 말인즉 응급구조요원이 아들을 구급차에 태웠을 때 아들의 심장은 멈춰 있었다. 아들이 응급실로 실려들어가고 극도로 흥분한 의료진이 심폐소생술을 시작할 때도 아들의 심장은 이미 멈춰 있었다. 아들을 집으로 이송할 방법을 찾으려고 UCLA 의사들과 통화하는 내내 아들의 심장은 이미 멈춰 있었다. 그 자리에 있던 의사가 자기 서명 위에 이렇게 메모했다.

오전 9시 26분, 20분 이상 지났지만 환자는 여전히 심장 무수축 상태라서 더 진행하는 것이 소용없다고 생각해 상기 시간에 심정지를 선고했습니다.

그 문장을 읽을 때, 이상한 일이 일어났다. 갑자기 예기치 못한 안도감이 밀려들었다. 크리스토퍼는 병원에 도착하기도 전에 이미 몸에서 빠져나갔다. 내가 옆에서 아들의 손을 잡고 얼굴을 쓰다듬고 아들의 두려움과 내 두려움을 진정시키려 아들의 손을 내 가슴에 대고 눌러도 그는 몰랐을 것이다. 아들은 내 존재로 위로받을 수 없었을 것이다.

나는 작별인사를 할 수 없었을 것이다.

마침내 이해하는 데 20년 이상 걸린 무언가를 깨달았다. 옆에 없어서 작별인사를 못했다는 사실은 내가 해결해야 할 문제가 아니었다. 작별인사를 하고 싶지 않았다는 게 문제였다. 작별인사를 하면 아들이 영원히 사라질 테고, 나는 그 두려움을 안고 살아남을 수 없을까 걱정했다.

보고서를 덮어 다시 파일 안에 넣었다. 분류한 나머지 물건도 자루 안에 넣었다.

몇 가지는 남겨두었다. 아들의 반 친구들이 내게 써준 편지, 아들이 제일 좋아하던 빨간 스웨터, 아들이 거리를 걸을 때 뒤에 끌고 다니던 버지비 장난감. 벌의 더듬이가 흔들리고 노란 날개가 너무나 맹렬히 날갯짓해서 그 장난감을 가지고 다니면 지나가는 사람이 멈춰서서 미소 짓곤 했다. 나머지는 모두 자선단체에 가져다주었다. 또다른 아이가 아들의 물건을 좋아하는 모습을 상상했다.

그날 밤, 수년 만에 처음으로 크리스토퍼 꿈을 꾸었다. 그 순간 잠에서 깬 비몽사몽으로 내 가슴에 닿은 아들의 작은 몸의 체중을, 아들에게 노래해줄 때 가끔 아들이 그랬던 것처럼 내 성대에 닿은 그의 뺨을 느꼈다. 아들은 벌새의 날갯짓 같은 진동을 느끼며 거기 따뜻이 안겨 있었다. 따뜻하고 무거워서 너무 진짜처럼 느껴졌다. 과학자들 말로는 엄마 몸에 수년간 자기 아기의 세포가 남아 있다고 한다.

아들의 세포가 내 꿈의 씨앗이었나보다. 그 꿈 때문에 행복해졌다. 잠에서 깨지 않으려고 몸부림쳤다. 날이 밝고 꿈은 사라졌지만, 그 느낌은 여전했다. 아들이 나와 함께 있음을 느꼈다.

22장
인생의 강독

　사별로 인한 지속적이고 복합적인 부적응 현상을 임상용어로 복합 비애라고 일컫는다. 이는 죽음을 받아들일 수 없을 때 일어난다. 슬픔의 '정상적인' 기간이 지난 후에도 삶을 다시 시작할 수 없을 때 일어난다. 임상전문의가 내게도 그 용어를 적용할지는 모르겠다. 하지만 이건 안다. 크리스토퍼가 죽은 후, 나는 두려움 속에 살았다. 크리스토퍼가 누구인지 잊을까봐 두려웠고, 아들을 놓아주는 것이 겁났다. 아들의 삶과 죽음의 과정에서 내가 돕지 못했다는 사실이, 옆에서 작별인사를 못했다는 사실이 두려웠다. 조심스럽게 온갖 종류의 복잡한 관계를, 특히 연인관계나 아이들과의 관계를 피하며 살았다. 내 삶에서 분리되어 하루하루를 마찰 없이 미끄러지는 궤도 속에서만 살았고, 친한 친구로 이루어진 작은 무리하고만 교류했다. 그들은 말할 필요도 없이 나를 엄청나게 배려해줬다.

만난 지 얼마 되지 않았을 때, 동굴 다이버인 내 친구 마이크가 스노퀄미강 남쪽 지류에 위치한 '폴인더월Fall in the wall'이라는 구간을 정찰하자며 나를 데리고 갔다. 시애틀에서 동쪽으로 한 시간 거리인 그곳은 캐스케이드산맥을 통과해 흐르는 물줄기가 쭉 연결되어 쏟아지는 폭포 계단이었다. 그때쯤 그는 새로운 취미생활로 카약으로 급류 타기를 즐겼는데 봄에 그 구간을 탈 계획이었다. 하지만 그때는 겨울이라 옷을 따뜻이 껴입고 바깥바람을 쐰다는 데 신이 나서 그의 차에 올라탔다. 거기까지 절반쯤 갔을 때, 그에게 물었다. "등산로가 눈으로 덮이면 어떻게 해?"

"어떤 등산로?" 그가 웃었다.

우리는 엉덩이 높이 정도로 쌓인 눈더미를 뚫고 강둑으로 돌진했다. 가지 위에 내려앉은 눈을 흔들어 털면서 나무 밑으로 머리를 숙였다. 공기가 생기 넘치고 반짝였다. 얼어붙은 폭포 위로 졸졸 흐르는 물소리에 이끌려 강을 발견했다. 새로운 장소에 도달하는 데 등산로는 필요 없음을 그때 알아차렸다.

마이크는 외진 지역을 탐험하기를 즐겼는데 지도에 나오지 않을수록 더 좋아했다. 거기 갈 때 가능할 때마다 나를 데리고 다녔다. 나는 그 탐험을 '마이크와 함께하는 하이킹'이라 불렀다. 가끔 여행은 내 눈물로 끝나기도 했다. 특히 손에 땀을 쥐게 만드는 가파른 협곡을 운전해 올라간다든가 숲속으로 너무 멀리 들어가면 그러했다. 내가 방향감각에 더 자신감을 가질 때까지 그는 나를 안전지대의 가장자리로 반복해서 끌고 갔다.

어느 날, 그는 강에서 나를 카약에 태웠다. 초보자에게 인기 있는 장소인 스노퀄미강 하류의 발전소 구간을 내려갈 때, 그는 나를 마주 보며 뒤로 자기 보트의 노를 저었다.

"노를 저어, 노를 저으라고." 그가 소리쳤다. 하지만 물을 헤치는 대신 내 노는 공중에서 마구 흔들렸다. 보트 가장자리가 일련의 작은 파도로 빨려들어갔다. 카약 밑으로 파도가 질주했다. 내 앞에 커다란 바위가 물 밖으로 어렴풋이 보였다. 내 몸을 보호하려고 손을 들어올렸다. 마이크가 내 쪽으로 열심히 물살을 거슬러 노를 저었지만, 너무 늦었다. 배는 뒤집혔고, 물이 들어오지 않게 조종석을 덮은 네오프렌 스커트 때문에 나는 배 안에 갇혔다. 순식간에 급류가 나를 하류로 끌고 가면서, 마구 휘도는 녹색 불빛과 강바닥에 놓인 바위를 폭격하듯 때리는 물살의 낮은 우르릉 소리만이 남았다. 시간이 느려졌다. 강 전체의 물을 전부 삼킨 것 같았다. 어떻게 물밑에서 탈출하는지 기억나지 않았다. 노는 사라져버렸다.

그때, 갑자기 누군가가 내 잠수복의 목덜미를 홱 잡아당겼다. 나는 큰 숨을 들이마셨다. 이미 뒤집혀 있는 내 배가 자기 배 쪽에 닿을 때까지 마이크가 끌어당겨 내 배의 옆부분이 그의 뱃머리에 닿자, 우리의 두 카약이 옆면끼리 부딪쳤다.

"이제 엉덩이를 써봐." 그가 매우 침착하게 말했다. 격한 물살과 두근대는 심장 소리 때문에 그의 말이 간신히 들렸다. 육지에서 그가 보여준 대로 엉덩이를 세게 움직여 카약을 바로잡았다. 기슭 근처로 소용돌이치며 나올 때까지 남은 구간 내내 그의 배에 매달렸다. 늘은 오후의 햇살이 강에 고였다. 하늘은 무지개송어의 옆면처럼 분홍빛으로 물들었다. 나는 강에 끌렸다. 다시 가고 싶었다.

그해 봄, 빙하가 녹자 마이크에게 물살을 읽는 법과 강을 타는 법을 배웠다. 급류의 혼란 속에서도 길을 보여주는 부드러운 물살인 '그린 브이'를 찾는 법도 배웠다. 숨겨진 바위 위로 물이 쏟아지면서 생기는 '구멍'의 소용돌이를 피하는 법도 배웠다. 구멍을 피하려면 수면을 향해 물살을 헤치는 것이 아니라, 강바닥까지 가라앉아서 거기 흐르는 더 느린 물살이 나를 안전한 곳으로 데리고 가게 해야 한다고 했다.

화창한 날이면 카약을 타고 강둑으로 뛰어내렸고, 소용돌이 속으로 들어가 급류가 나를 잡게 했다. 저항을 멈추고 놓아버린 순간, 비행기가 비스듬히 날아 선회하는 기분을 느꼈다. 물에 빠지지 않도록 몸을 돌리는 법도 배웠다.

그후, 나는 춤을 배웠다. 살사댄스의 라틴 리듬에 먼저 몸을 맡겼고 이내 아르헨티나 탱고에 빠져들었다. 탱고를 추며 다른 사람에게 기대는 법을, 다른 사람이 내게 기대게 하는 법을 배웠다. 춤을 추면서 나와 내 몸이 다시 연결됐고, 다음에는 연인에게, 마침내 새로운 친구 무리와 가까워졌다.

워싱턴주 샌환제도에서, 호주 그레이트배리어리프 근처에 있는 휘트선데이제도에서, 그리스 해안에서 떨어진 이오니아해에서 바람을 찾아 항해하는 법을 배웠다. 시선이 향하는 방향대로 항해를 했는데, 그게 내 새로운 삶과 맞아떨어졌다. 나를 즐거운 쪽으로 몰고 가는 바람에 몸을 맡겼다.

어느 날 밤, 휘트선데이제도에서 범선 갑판에 누워서 하늘 위 남십자성을 바라보았다. 내 친구 짐 에릭슨과 함께 정박중이었고, 밤의 산들바람을 따라 배는 천천히 원을 그리며 표류했다.

"별은 얼마나 많아?" 크리스토퍼가 오래전에 내게 했던 질문이 떠올랐다. 아들이 내 품으로 뛰어드는 게 느껴졌다.

천문학자들은 별을 똑바로 쳐다보는 식으로는 하늘에서 별을 찾지 못한다고 말한다. 대신 주변시를 사용해야 한다. 눈의 구조는 망막 가장자리에 있는 별빛에 더 민감하다. 우리는 무엇인가를 똑바로 볼 수 있고 눈길을 돌리면 그것을 볼 수는 없지만 찾을 수는 있다. 어쨌든 나는 크리스토퍼를 발견했다. 그는 여전히 내 가슴속에 있었다. 아들은 한 번도 떠난 적이 없었다. 그에게 작별인사를 건넬 필요가 없었다.

상담사는 주기적으로 내게 이런 질문을 던졌다. "일어날 수 있는 최악의 일은 무엇인가요? 그걸 상상할 수 있다면, 어떻게 거기서 살아남을지도 상상하실 거예요." 그녀는 슬픔을 강물에 휩쓸리는 일에 비유했다. "가끔은 강둑으로 휩쓸려갈 테고, 거기서 숨을 고를 거예요. 전에 강둑까지 도달했음을 안다는 건 다시 그럴 수 있다는 뜻이고요."

취재과정에서 만난 사람들은 나를 강둑까지 이르게 도와주었다.

이야기를 통해 이 여정을 가야만 했고, 자기만의 힘든 일을 겪는 사람들을 인터뷰함으로써 내 삶을 보도해야 했다. 그들의 이야기 덕에 내 경험을 단어로, 처음에는 찾을 수도 없던 단어로 옮기게 됐다.

심리학자들은 트라우마에 관한 이론을 가지고 있다. 사람들은 무의식적으로 트라우마를 극복하려고 삶에서 다양한 방식으로 이를 재현한다고 말한다. 가끔 그 재현은 불안한 꿈의 형태를 취한다. 가끔은 행동 패턴으로 나타난다. 사람들은 트라우마를 떠올리게 하는 상황이나 관계를 반복하려고 한다. 자기가 무엇을 하는지 알 때도 있지만 종종 모르기도 한다. 그러한 재현은 뇌가 억압된 트라우마를 처리하는 방식이다. 그 일이 일어나고 많은 해가 지난 후에야 신문사를 위해서 이 사람들의 이야기를 쓴 것이 트라우마를 재현하는 나만의 방식이었음을 깨달았다. 본질적으로 나는 다른 결말을 찾고자 같은 이야기를 반복하고 있었다.

패서디나의 우리집 건너편에 조지라는 나이든 이웃이 산 적이 있다. 그분은 매일 아침 보자기에 샌드위치를 넣고 막대기에 묶어서 그걸 어깨에 걸치고 산책을 나가셨다. 산책 전에 마주칠 때면 수다를 떨곤 했다. 캘리포니아공과대학에서 일하다가 오래전에 은퇴했다던 조지는 우리집 안팎에서 도울 만한 일이 없느냐고 종종 나를 보채셨다. 조지가 지붕 위에서 무릎을 꿇고 느슨해진 지붕널에 못질을 하길래 내려오시라고 손짓을 한 적도 있었다. 혹시나 떨어지실지도 모르니 올라가지 않으셨으면 한다고 말씀드렸는데도 말이다. 그분은 당시 팔십대셨다.

어느 날 조지가 내게 "가끔 사람들이 안개 속에서 나온 것처럼 우리 삶에 들어와요. 그들은 잠시 안개 밖으로 한 걸음 나왔다가 이내 다시 사라지지요"라고 말씀하셨다. 그 말은 그의 경우에는 사실이었다. 신문 기사를 쓰며 내 인생 여정과 교차한 많은 사람의 경우도 마찬가지였다.

우리는 모두 살면서 다른 누군가의 이정표가 된다. 그 옛날 아들의 사망 소식을 전하러 크리스토퍼네 반에 가준 간호사인 내 친구 캐시 루초네와 최근 이런 이야기를 나누었다. 나는 그날의 세부 사항을 재확인하고 있었다. 그녀가 아들 대니얼에게 그의 단짝 친구 크리스토퍼가 죽었다고 말한 날, 대니얼은 그날의 날씨가 어땠는지, 자신이 어디에 앉아 있었는지를 아직도 정확히 기억한다고 했다. 크리스토퍼는 대니얼의 이야기 중 일부였다.

세스와 빌리, 존과 로즈, 샐리와 제리, 다비와 우리 할머니. 이들은 각각 내 이야기의 일부가 되었다. 그들은 내게 용감해지는 법을 보여주었고, 용감해지지 않아도 괜찮다는 것을 가르쳐주었다. 그들에게 균형을 찾는 법을, 앞으로 나아가는 법을, 우리가 통제할 수 없는 것과 평화롭게 지내는 법을, 슬픔이 즐거움의 끝을 의미하지는 않는다는 것을 배웠다.

세상에는 많은 종류의 힘이 있다. 화재에서 생존하는 법은 홍수에서 생존하는 법과 다르다. 크리스토퍼는 어렸을 때, 가위바위보를 좋아했다. 자기 손이 내 손을 이기면 소리를 지르며 좋아했다. 아들에게 가위바위보는 그저 게임이었다. 나에게는 물질이 저마다 다양한 방식으로 강인하다는 걸 보여주는 것 같았다. 보자기는 엄청난 하중을 견딜 수 있지만 그것의 자르는 힘은 가위를 당할 수가 없다. 화강암의 압축 강도는 강철의 인장 강도를 이길 수 있다. 내 보도를 통해 사람들도 각자 처한 상황에 따라 다양한 힘을 불러온다는 사실을 알게 됐다. 세스는 자기 미래를 받아들였고, 샐리는 훈련을, 제리는 고마움을 불러왔다. 그들은 내가 나만의 힘을 찾게 해주었다.

나는 그들 각각에게서 크리스토퍼의 일면을 발견했다. 세스에게서는 삶에 대한 열정을, 로즈에게서는 완강함을, 샐리에게서는 유머 감각을, 빌리와 존에게서는 자신에 대한 수용을 발견했다. 이 사람들의 이야기를 전하면서, 그것이 내 이야기이기도 하다는 사실을 깨달았다. 그들 덕분에 나만 특수하게 이런 슬픔을 겪는다는 논리에서 벗어날 수 있었다. 재창조하고 방향을 돌려야 하는, 존중하고 살아남아야 하는 필요성을 가진 상실은 보편적인 이야기다. 그들의 이야기는 우리 모두의 이야기다.

그들 덕분에 우리 앞에 던져진 일에 얼마나 잘 대처하든 간에 우리 모두 결국 죽는다는 사실도 상기했다. 죽음을 속이거나 상실을 피하는 것은 소중한 일이 아니다. 우리 중 누구도 그럴 수 없기 때문이다. 삶에서 분리된다고 해서 안전이 보장되지 않는다. 두려움에 대한 해독제는 우리가 가장 잘 아는 방식대로 현재를 사는 것이다. 크리스토퍼는 내게 그것을 가르쳤다.

어느 날, 패서디나의 오래된 지역을 산책했다. 떡갈나무가 늘어선 거리와 19세기 말 유행하던 양식으로 지은 주택이 모여 있어 '방갈로 천국'이라고 불리는 동네였다. 아들이 피곤해지면 탈 수 있도록 빨간 왜건을 끌고 가면서 수어로 이름을 짓는 게임을 했다.

"고양이." 그가 박공지붕이 깊은 어느 집 현관에서 고양이를 발견하고는 수염을 만들면서 수어를 했다.

"자전거." 그 옆집 잔디에 놓인 자전거를 가리키면서 주먹을 페달처럼 돌리며 수어로 받아쳤다.

"고양이 자전거, 운동장 간다." 그가 수어로 말했다.

"고양이 그네, 고양이 미끄럼틀, 고양이 개 쫓아간다." 나는 아들을 웃게 하려고 수어로 답했다.

아들은 울퉁불퉁한 인도를 따라 길게 늘어진 우리의 그림자를 가리켰다.

"단어?" 그가 왼손 엄지와 검지를 오른손 검지의 옆면에 대고 밀면서 나를 올려다보며 수어로 물었다. 머릿속에서 가능성을 조금씩 생각해보았지만, 아무것도 떠오르지 않았다. 쩔쩔매는 내 모습에 아들은 낄낄거리고는 '해'와 '그림'이라는 수어를 만들었다.

해 그림. 그게 아들이 세상을 보는 방식이었다. 다른 사람이 어둠을 보는 곳에서 아들은 빛을 보았다.

크리스토퍼가 죽은 후 많은 기념일이 있었다. 아들의 출생일과 사망일처럼 분명한 날이 있었다. 덜 분명한 날이 오히려 더 힘들었다. 솜털이 보송한 소년들이 차량관리국에서 임시 운전면허증을 들고 나오는 모습을 보면서 아들도 그중 하나일 수 있었다고 생각한 날이 있었다. 친구네 아이들이 대학으로 떠난 해가, 크리스토퍼보다 일주일 늦게 태어난 바버라의 딸이 아기를 낳은 해가 있었다.

상상 속에서도 아이들은 우리와 함께 나이를 먹는다. 내가 알던 아이가 성숙해가는 모습을 보았다. 여자아이들은 몸에 곡선이 생기면서 우아해지고, 남자아이들은 건장해지고 목소리가 굵어졌다. 아이들은 집을 빌렸다. 첫사랑을 만났다. 첫 이별을 견뎌냈다. 아이들은 점점 부모의 손길을 덜 필요로 했다.

나도 엄마로서 해야 할 일이 남아 있음을 깨달았다. 소년이었던 크리스토퍼와, 내가 그렇게 바랐던 젊은 청년 크리스토퍼를 놓아주는 일이었다.

아들의 생일인 2월 10일, 크리스토퍼의 유골을 부모님 집에서 가져올 것이다. 캐스케이드산맥을 따라 난 스티븐슨고속도로를 따라 어릴 적 자주 갔던 아이시클크리크 근처의 장소로 갈 것이다. 거기서 우리는 밝은 햇빛을 받으며 강둑 위에 앉아 흰 물살이 바위에 부딪혀 동그랗게 말리고 펴지는 급류를 지켜보았다.

근처에는 물이 그 아래로 천천히 빠지는 다리가 하나 있었다. 아들을 가슴에 안은 채 거기로 데려갔다. 우리는 서로에게 기대 바람이 그물 같은 잔물결을 물위에 던지는 모습을 바라보았다.

그 다리로 돌아가서 강 한가운데 설 것이다. 크리스토퍼의 이야기를 가슴속에 품고서 아들의 유골을 바람에 날릴 것이다.

남겨진 이야기

2009년 1월 초 어느 날 아침, 최대한 빨리 출근하라는 전화를 받았다. 내가 도착했을 즈음에, 사람들은 사고 현장 주변에 몰려든 구경꾼처럼 사회부장의 책상 주위를 서성거렸다. 허스트사 임원이 마이크를 잡고 원 한가운데로 나왔다. 뒤에서 경찰 무전기 소리가 조용히 들렸다. 우리는 팔짱을 끼고 잿빛이 된 얼굴로 그가 준비한 연설을 들었다. 우리 신문사는 경매에 부쳐질 예정이었다. 우리에게는 60일밖에 남지 않았다.

언론인은 현실주의자다. 우리는 방금 사형 선고를 받았음을 알았다. 그런데도 사랑하는 사람에 관한 황망한 전화를 받아 망연자실하고 그 사실을 못 믿는 사람처럼 행동했다. 사람들은 작게 무리 지어 껴안고 옹기종기 모여들었다. 우리는 친척들에게 알리려고 조용히 발을 끌며 물러났다. 종이컵으로 버번위스키를 마셨다.

우리 중 많은 이가 신문사 직원을, 항상 제구실을 못하는 대가족처럼 여겼다. 서로의 뒷이야기와 유별난 성격에 대해 알았고, 누가 라스베이거스에서 연봉 인상 전화를 받았는지, 누가 아기를 가지려고 애쓰는지, 누가 바람이 났는지 알았다. 사회부에서의 삶은 우리가 그 바깥에서 문서로 기록하는 삶처럼 일상적인 드라마로 가득했다. 우리는 암과 죽음, 이혼을 겪으며 서로의 손을 잡아주었다. 누군가 취재에 시간을 더 많이 할애받거나 기사 지면을 몇 센티미터 더 받는 등 편애받는다고 생각되면 형제자매가 그러하듯 심하게 다투기도 했다. 하지만 우리는 함께 맞서 싸웠다.

나는 앞좌석에 앉아 눈앞에 삶이 펼쳐지는 모습을 볼 수 있어서 영광이라 생각하며 신문사에서 성장했다. 25년 동안, 개인적인 몫의 좋은 뉴스와 나쁜 뉴스, 죽음과 이혼, 심신이 쇠약해지는 질병을 겪었다. 동료들은 그 과정을 끝까지 지켜봐주었다.

그후 두 달간, 우리는 카운트다운을 무시하려고 애쓰면서 일상적인 업무를 해나갔다. 뉴스룸은 주인이 사망하고 처분된 부동산 같은 분위기를 풍겼다. 우리는 장비와 헤어졌다. 낡은 서류 상자, 파일 캐비닛, 홈이 파인 파이카 측정 자 등이었다. 거대한 파쇄기가 뉴스룸 한가운데에 쪼그리고 앉아 수십 년간의 자료를 색종이 조각으로 만들었다. 우리는 1930년대부터 밤하늘을 밝혀온, 회전하는 유명한 지구본 아래에서 기념사진을 찍었다.

어느 날, 편집국장인 데이비드 매컴버가 불펜 테이블에서 낮 뉴스 회의를 하다가 힐끗 위쪽을 올려다보더니 안경을 벗고 눈을 비비며 말했다.

"『정글』은 어떻게 된 거야?"

다른 편집장들은 혼란스러워 보였다. 잠시 후 그가 업턴 싱클레어가 쓴 부정부패를 다룬 유명한 소설 얘기를 한다는 걸 깨달았다. 수년간 내 책상 위 유리 보관함에는 그 책 복사본이 들어 있었는데 그게 그의 시야에 들어온 것이다.

우리의 운명을 알게 되고 66일 만에, 나는 신문사의 부고를 썼다. 그것은 이런 문장으로 시작했다.

지역 내 선구적인 신문이자 시애틀에서 가장 오랜 시간 지속적으로 운영되어온, 시애틀 지역사회를 형성하기도 하고, 지역사회에 의해 형성되기도 했던 시애틀 포스트인텔리전서가 화요일에 마지막 호를 발행합니다. '온갖 유용한 정보를 가장 뛰어나고 가장 저렴하게 보급하는 신문'이 되겠다고 약속하며 선배들이 수동식 크랭크로 작동하는 레미지인쇄기를 처음 굴린 지 거의 한 세기 반이 지났습니다.

이 신문사는 1889년 시애틀 대화재 때 인쇄기가 잿더미가 된 후에도 살아남았고, 열한 번의 이사와 적어도 열일곱 명의 사주를 견뎌냈다. 한 출판업자가 "신문이 살기는 어렵고 죽기는 쉬웠던" 때라고 묘사했던 19세기 신문사 간 전쟁에서도 살아남았다.

우리는 애정을 담아 시애틀 포스트인텔리전서를 '매일의 기적'이라고 불렀다. 이제 우리는 그곳을 나왔다.

오빠의 신문 배달을 도왔던 어린 시절부터 신문은 내 삶의 중심이었다. 우리 엄마와 외할머니도 매일 아침 친구와 친척에게 보내려고 신문에서 쿠폰이나 기사를 부지런히 오렸다. 아빠는 퇴근 후에 의자에 앉아 신문을 들고 읽으셨는데, 우리가 방해하면 안 되는 의식 같은 일이었다.

저널리즘은 소명이었다. 신문에 실린 이야기는 우리를 서로에게, 그리고 우리 지역사회에 연결시켜주었다. 기사 덕분에 최악의 시간을 끝까지 견뎌낼 수 있었다. 이제 내 삶을 구해준 신문사가 자기 삶을 서서히 멈춰갔다. 하지만 신문이 접힌 후에도 그 이야기는 계속되었다. 그들은 자신이 변화시킨 삶을 살아갔다. 내 이야기처럼.

우리를 존재하게 하고, 지탱하는 것은 우리의 이야기다.

극도로 어려운 상황 속에서도 나에게 자기 삶을 공유해준 이 책에 나온 분들에게 감사를 전한다. 물론 그들의 이야기는 우리의 길이 교차된 후에도 계속되었다. 최근에 힘닿는 대로 그들의 근황을 따라잡았다.

내가 기사를 쓴 후 존 샐리캐슈빌리 장군은 돌아가셨다. 그의 아들 브랜트 말에 따르면, 첫번째 뇌졸중에서 회복하는 과정은 엄청나게 힘들었지만, 아버지는 결국 더 강해져서 약속된 연설을 계속하고 몇몇 기업 이사회에서 일하셨단다. "저는 아버지에게 항상 매혹됐어요. 겉으로 보이는 모습 아래 강철 같은 결의를 가지셨으니까요. 하지만 전 그 결의를 무기처럼 느껴본 적이 없어요. 본인이 믿는 것을 성취하기 위해서 뭐든 하겠다는 결단력이라고 생각했죠"라고 브랜트는 이메일에 썼다. "아버지는 돌아가시던 주까지 마음을 쓰시던 분야에 관해 일하셨어요. 무엇보다 재향군인병원 근처 숙소인 피셔 하우스와 전국아시아연구국 일에 헌신하셨어요. 간병인들의 도움을 받아 아버지는 마지막 순간 병원에 들어가실 때까지 외출도 계속하시고 친구분들도 만나셨어요."

두번째 뇌졸중이 2011년 찾아와 75세로 그의 삶을 앗아갔다. 샐리의 장례식은 완전한 군장으로 치러져 시신은 알링턴국립묘지에 묻혔다. 뉴욕타임스를 인용하면 오바마 대통령은 "샐리의 삶은 '미국에서만 가능한' 이야기였다. 그는 틀림없이 미국을 더 안전하고 더 나은 곳으로 만들었다"라고 말했다.

하지만 브랜트에게 샐리는 군인이기 이전에 아버지였다. "아버지는 아들이 필요로 할 때 언제나 곁에 계셨던 재미있고, 친절하고 사랑스러운 분이셨어요. 매일 아버지가 그리워요."

존 스완슨은 여전히 전세 보트 사업을 운영했지만, 몇 가지 다른 사업도 추가로 진행했다. 그는 15년간 크리스마스트리를 팔았고 여전히 운영중인 또다른 부업을 위해 덤프트럭도 샀다. 그와 제이미는 가족 구성원에 셋째 아들이 생겼다. 그들은 캠핑을 하고 스노모빌을 타며 야외에서 많은 시간을 보낸다.

"사업을 세 개나 운영하고 세 아들도 키우다보니 바빴는데, 최근에야 일이 잘 풀려서 휴가를 떠나 여행을 즐기고 있어요. 그 시점에 도달하기까지 긴 여정 내내 고군분투했지만, 마르가리타를 들고 이렇게 해변에 앉아 있으니 그럴 만한 가치가 있었네요." 존이 메일로 소식을 전했다.

그는 이제야 책 읽을 시간도 좀 생겼다고 한다. 몇 년 전까지만 해도 너무 바빠서 엄두도 못 내던 일이었단다. "제가 실제로 책을 읽을 기회는 여름 휴가철뿐이라, 그때부터 책 수십 권을 읽었어요. 제가 고른 거의 모든 책이 실화를 바탕으로 했는데, 얄궂게도 대부분이 어떻게든 역경을 극복하는 내용이더라고요. 일부러 의도한 건 아니었지만, 그런 게 정말 좋은 이야기인 것 같아요."

기이한 운명의 장난인지 존은 다른 끔찍한 사건을 겪고도 살아남았다. 스노모빌을 타다가 산사태를 만나 매몰됐다. 그의 구조 비디오가 빠르게 퍼지기도 했다.

다비와 마이크도 가족을 늘렸다.

"저희 이야기는 파란만장하게 계속되었어요. 블레이크는 고등학생인데 글쓰기와 음악 만드는 데 열정적이에요. 저는 블레이크라는 기적을 당연하게 여기지 않아요." 그녀는 내게 편지를 썼다. 그들은 타일러라는 친아들을 하나 더 낳았고, 이어 위탁 부모로서 두 딸을 입양했다. 딸들은 나이가 두 달 차이라고 했다. 거의 쌍둥이나 다름없다. 다비는 문제 행동을 보이는 아이를 돕는 행동지원자로 아이들의 학교에서 일한다.

"아이들이 어떻게 저희에게 왔는지 그 이야기를 기자님께 들려드리고 싶어요. 가슴이 미어지는 정말 아름다운 사연이거든요."

몇 주 후 그녀의 아이들을 만나러 포틀랜드로 향했다.

"오랜만이네요." 블레이크가 나와 악수하며 말했다. 출산과정을 지켜봤던 그 아이는 깊은 목소리와 모랫빛 머리칼을 지닌 청년으로 성장해 있었다. 어렸을 때 그는 가끔 거울을 들여다보면서 동생 카터를 보고 있다고 상상했단다. 그의 여동생 중 하나가 나를 위해 만든 '환영해요'라는 팻말을 들고 왔다. 그런 다음 온 가족이 내가 어떻게 지냈는지 들으려고 벽난로 주변에 둘러앉았다.

내 기억처럼 여전히 따뜻한 다비는 타일러를 임신했을 때 부부가 얼마나 두려웠는지 이야기했지만, 그를 무탈히 출산하고 정말 기뻤다고 회상했다. 이제 타일러는 거의 형만큼 키가 컸다.

"하지만 그후에 아기는 그만 낳기로 했어요." 여전히 소방서에서 근무하는 마이크가 말했다. 그래서 그들은 위탁 아동을 입양하기로 결정했다. 그들은 처음에 소개받은 여자아기를 맞이하여 신이 났지만 아기의 먼 친척이 끼어들어 몇 달 후 데려가버렸다. 다비는 마음이 찢어지듯 아팠지만 서둘러 두번째 여자아기를 맞이했다,

"그러던 어느 날 사회복지사한테 직접 전해야 할 소식이 있다고 연락이 왔어요." 다비가 말했다. 더 나쁜 소식이리라 확신하며 마음의 준비를 했다. 기관에서 나온 여자는 그들의 첫번째 위탁 아기를 다시 입양할 수 있다고 알려줬다. 두 사람은 너무 흥분했다. 그들은 이제 충만하고 바쁘게 지내고 있다.

그 집에서 나오는 길에, 현관 앞길을 따라 놓인 작은 정원에서 빙글빙글 도는 바람개비 두 개가 눈길을 끌었다. 하나는 희망이의 것이고, 다른 하나는 카터의 것이었다.

빌리는 "저 결혼해요!"라는 말로 이메일의 서두를 열었다. 그는 이십대의 많은 시간을 여행하며 보냈는데, 그의 표현대로라면 "거의 떠돌아다녔다"고 한다. 여름에는 카약 가이드로, 겨울에는 스키장에서 일하며 "생각 없이 살았다"고 한다. 뉴질랜드와 호주에서 과일 따는 일을 하면서 각각 1년씩 돌아다니기도 했다.

"삼십대에 접어들면서 전환점을 맞이했어요. 인생에서 하고 싶은 일을 정말로 찾아 나섰고, 지난해는 그 목표를 향해 노력했어요." 그는 약물중독과 알코올중독 치료센터에 취직했고 주노 소방서에서 소방관과 응급구조사로 자원봉사를 한다. "제 궁극적인 목표는 십대 옹호자로서 어느 정도 역할을 갖는 거예요. 청소년들이 힘든 시기를 겪을 때 삶의 목적과 자기 목소리를 찾도록 돕는 거죠." 그와 그의 약혼녀는 첫아기를 임신중이다.

로즈는 친구들에게 자기 기사를 공유하려고 복사본을 찾다가 몇 년 전 직접 연락해왔다.

"전 잘 지내고 있어요." 아리엘이 태어나고 2년 후 핼러윈에 앨커미라는 작은 여자아이가 태어났다. "아리엘은 컴퓨터에 빠져 있고, 앨커미는 에너지가 넘치고 뛰어난 예술감각을 지녔어요."

그녀와 알렉스는 이혼했지만, 그는 그녀 근처에 살며 그녀는 현재 다른 사람을 만난다고 했다. 그녀는 사고 보상금의 일부로 시애틀 북쪽에 약간의 땅과 집 한 채를 샀다. "방을 임대해주고 있는데, 지금은 방이 다 찼어요. 하지만 상관없어요. 얘기할 사람이 많아서 좋더라고요."

그녀는 내 아들이 죽었다고 터놓았던 일을 기억했다. "그해에 제 삶에 관해 기사를 쓰는 게 기자님이 겪는 상황을 극복하는 데 도움이 된다면 기쁘다고 말씀드리고 싶었어요. 그 취재 덕에 저도 상황을 극복할 수 있었고요. 기자님이 취재하실 때, 기자님께서도 틀림없이 상상할 만한 많은 감정적 문제를 겪었거든요. 하지만 취재진이 주변에서 제게 말을 걸어와 어두운 곳에서 나오고, 침대에서 나와 무엇이든 하게 됐어요. 지금도 그 기사를 읽을 때면 눈물이 나요."

세스는 시애틀 포스트인텔리전서에 기사가 실린 지 3년 후 심근경색으로 인한 합병증으로 죽었다. 열네번째 생일을 한 달 앞둔 때였다.

그날이 올 거라고 마음의 준비를 했지만, 그 소식에 크게 충격을 받았다. 소문은 뉴스룸에 빨리 퍼졌다. 언론인들은 대체로 냉정한 부류다. 나쁜 소식은 직업상 위험 요소이기 때문이다. 하지만 동료들에게 세스는 지면에 인쇄된 글 이상의 존재였다. 그날 내 책상에 들러 세스가 세상을 떠나 유감이라고 말하며 많은 이가 눈물을 보였다.

충격을 받아들이며 잠시 책상에 조용히 앉아 있다가 밖으로 나가서 엘리엇만이 내려다보이는 회사 테라스에 앉았다. 산들바람이 부는 화창한 날이었다. 요트가 물위를 십자로 갈랐다. 몸을 뒤로 젖히고 하늘을 배경으로 지구본이 천천히 도는 모습을 보았다. 세스의 세상은 너무나 커졌다.

시애틀 포스트인텔리전서에 기사가 실렸던 해, 세스에게 경험을 쌓아주고 싶다는 제안이 쏟아졌다. 세스는 스턴트 비행기를, 심지어 조종간을 잡고 조종했고, 일생의 목표였던 명예 보안관보도 되었다. 부모님과 함께 멕시코의 고대 유적지를 방문했고 뉴욕을 여행했다. 그는 개인적으로 뉴스룸에 견학을 와서, 기사가 실리게 도와준 사람들과 정중하게 악수를 나눴다. 세스는 근처에 위치한 우리 오빠네 작업실에 가서 유리공예품을 만드는 법을 배웠다.

그가 그런 기회를 가져서 행복했고 그를 알게 되어서 감사했다. 세스 덕에 내 세계도 넓어졌다. 앉아서 마음을 가라앉히고 자리로 돌아가 패티에게 전화를 걸었다. 패티 말로는 세스가 죽기 몇 주 전에, 너무 쇠약해져서 계획한 캠핑도 떠날 수 없었다고 했다. 캠핑 대신 그들은 함께 만든 꽃밭에서 시간을 보냈다. 그는 작은 장미 덤불을 심었는데, 그때 장미가 활짝 피었다고 말했다. 거기에서 함께 흙을 손에 묻힌 그들의 모습을 상상했고, 가시가 달린 장미를 돌보는 그 어린 왕자를 생각했다. 그는 우리가 필연적으로 잃게 될 것을 어떻게 사랑할지 가르쳐준 작은 밀사였다.

패티는 다른 이야기도 들려주었다. "정말 많은 사람이 세스라는 사람의 인생에 함께했어요. 아들은 그 모두를 좋아했어요. 모두가 작은 지문을 세스에게 남겼고, 세스도 자기 지문을 그들에게 남겼죠."

그 이미지가 마음에 들었다. 크리스토퍼에게도 마찬가지였다고 생각하니 위로가 되었다.

작별인사를 하러 세스의 장례식에 갔다. 온 마을 사람이 자기네가 사랑한 어린 소년의 삶을 기렸다. 장례식이 끝나고 고등학교 체육관이 음식을 놓은 탁자로 가득 채워졌다. 온갖 종류의 캐서롤과 온갖 종류의 바비큐가 준비됐다. 디저트가 산처럼 쌓였다. 세스가 좋아했을 것이다. 파티 한가운데 자리잡고서, 접시를 맛있는 음식으로 가득 채운 채 어린 꼬맹이들을 위해 게임을 주도하는 세스의 모습이 그려졌다. '저 대박났어요.'

그날 집으로 돌아오는 길에 세스와 함께 강에서 보낸 시간을 떠올렸다. 결과를 알지 못하는 기대감, 보이지 않는 것들의 약속, 가능성의 영역에 자신을 두고 낚싯줄 던지기. 이런 심리가 어린 시절에는 삶을 길어 보이게 만든다. 우리가 낚시를 하러 가고 몇 주 후 세스는 8킬로그램짜리 무지개송어를 낚았는데, 개인 최고 기록이었다. 그다음 세스는 물고기를 놓아주었다.

어느 상쾌한 가을날, 세스가 죽은 지 12년이 지나 여전히 달링턴의 같은 집에 사는 세스의 부모를 방문했다. 숲을 통과해서 집까지 이어진 구불구불한 길에 접어들었을 때, 왼편에 세워진 작은 표지판이 내 눈을 끌었다. 거기에는 '세스의 개울'이라고 쓰여 있었다. 어떻게 그의 영혼이 이 장소에 스며들었는지를 생각하며 미소 지었다. 집에 도착하자 패티가 나와서 나를 꼭 껴안아주었다. 카일은 밖에서 일하느라 진흙이 묻은 채로 와서 나중에 합류했다. 주방 식탁에 둘러 앉아 울고 웃으며 이야기를 나누었다. 부부는 막 스물한 살이 된 세스의 사촌 트리스탄과 몬태나로 첫 사냥 여행을 떠났다가 이제 돌아왔다고 했다.

매년 세스의 생일날이면 대가족이 모여 연례 가족 캠핑 여행을 떠난다고 했다. 세스가 좋아한 모든 게임을 하고 세스를 기리며 낚시 대회를 열었다. 여전히 매주 성경 공부도 했다. "세스는 항상 저희와 함께해요"라고 패티가 말했다. 카일은 일어나서 패티를 위해 세스가 제일 좋아하는 티셔츠로 만든 퀼트를 가져왔다. 한 친구가 거기에 세스의 인생 이야기를 수놓아주었다. 퀼트 한가운데에는 세스가 천국에서 엄마를 위해 짓는다고 말한 집의 윤곽이 바느질로 표현되어 있었다. 패티와 카일은 손목 안쪽에 세스의 글씨체로 세스의 애칭인 '버디'를 작은 문신으로 새겼다.

세스가 죽고 2년 후, 세스의 작은 개 불릿이 사라졌다. 불릿은 어느 날 밖으로 나가서는 돌아오지 않았다. 코요테에게 당한 것 같았다. "그 일로 그렇게 심하게 상처받을 줄 몰랐어요"라고 카일이 말했다. "그 강아지가 세스와의 연결고리처럼 느껴지더라고요." 오랜 시간이 지나 그들은 이제 자신들을 선택한 귀여운 검은 래브라도 리트리버를 키운다. 우연의 일치로 부부가 그 강아지를 입양했을 때 그 강아지 이름도 불릿이었다. 그들은 세스가 자신들을 지켜준다고 생각했다.

패티는 여전히 몇몇 선천성 조로증 환자 가족과 연락하며 지내지만, 모임은 더이상 진행되지 않는다고 했다. 하지만 치료법이 발전한 덕분에 아이들은 더 오래 살아 종종 이십대 초반까지도 산다고 했다.

세스의 유골은 우리가 그날 산책한 숲에 뿌려졌다.

제리는 유방암에서 살아남았다. 그녀와 밥은 '사회적 책임을 위한 의사회'에 적극적으로 참여중이다. 지금까지 여러 해 동안, 그들은 팔레스타인 가자 지구 주민들을 도우러 그곳에 갔다. 제리는 격주로 화요일에 거실에서 엄마들의 모임을 아직도 운영한다. 최근 그 모임에 참석했다가 오래전에 만난 몇몇 엄마를 알아보았다. 하지만 대부분이 처음 보는 사람들이었다. 지난해 10월, 엄마들과 다시 해변으로 갔다. 붉은 단풍으로 온통 물든 올림픽산맥을 따라 운전하다가 황금빛 석양이 물든 늦은 오후에야 산맥의 해변 쪽 습지에 도착했다. 찌르레기 떼가 크리스토퍼의 유치원 시절 그림처럼 활기 넘치게 하늘에 붓질을 하면서 내 앞을 빙빙 돌았다. 빈터에 자리잡은 미나리아재비 빛깔의 노란 집을 지나쳤다. 숲의 그늘진 초록 배경과 대비되는 놀랍도록 선명한 색이었다. 마치 그 집이 쓸 수 있는 모든 햇빛을 집중시켰다가 한 줌의 밝은 금화를 공중에 던지듯 한꺼번에 풀어둔 것 같았다. "햇빛 집." 혼자 수어를 하며 미소 지었다.

해변가 집에 도착할 때쯤에는 땅거미가 내렸다. 제리는 이미 버섯 리소토를 한 냄비 가득 끓여뒀다. 이번 주말 동안, 우리가 배고픈 어린아이라도 되는 듯(어떤 면에서는 그랬지만) 우리를 위로의 음식으로 채워주었다. 우리는 집밖에서 들려오는 파도의 음악소리에 맞춰 식사를 했다.

저녁을 먹은 후, 그녀는 노트를 나눠주며 두 가지를 써보라고 했다. 우리 아이들에게 어떤 점에서 고마움을 느끼는지, 그리고 어떻게 살아남았는지. 크리스토퍼에게 그의 눈으로 세상을 보는 방식을 배웠노라고 썼다. 걸을 때, 어떻게 모든 곳에서 작은 아름다움을 발견하는지를 썼다. 어느 버려진 크리스마스트리에 붙은 장식용 반짝이에서, 누군가 작은 모자이크로 채워놓은 벽에 난 금에서, 아들이 알아본 온갖 것에서 나는 아름다움을 발견했다.

크리스토퍼가 집안에서 하루하루의 임무를 얼마나 좋아했는지 썼다. 그는 블렌더 버튼 누르기를, 모이통에 새 모이 놓기를 좋아했다. 화분에 물 주기를, 진공청소기로 청소하기를 좋아했다. 내가 전구를 갈 때, 아들은 놀라서 손가락으로 가리키며 함성을 질렀다. 크리스토퍼는 평범한 기적으로 가득찬 세상을 보았다.

이제 나도 마찬가지다.

감사의 말

패티 쿡의 표현을 빌려 말하자면, 너무 많은 분이 이 책에 작은 지문을 남겨줬다. 먼저, 처음부터 이 프로젝트를 믿어준 데이비드 블랙 에이전시의 제니퍼 에레라에게 감사를 전한다. 제니, 나만의 표현을 찾아내는 걸, 그리고 이 책에 딱 들어맞는 출판사를 찾는 걸 도와줘서 가슴 깊이 감사해요.

이 책을 세상에 나오게 해준 에이브럼스출판사의 제이미슨 스톨츠에게 감사를 전한다. 당신의 통찰력과 매우 사려 깊은 편집 덕분에 지금 같은 책이 되었다. 우리 주변의 세상이 계속 무너지는 순간에도 당신의 전염성 있는 책에 대한 사랑과 유머감각 덕분에 이 여정이 훨씬 수월해졌다. 이 책의 제안서가 그날 집으로 가는 지하철에서 당신을 울렸다니 너무 기쁘다.

작가 호텔의 샤나 맥네어와 스콧 울븐에게도 무한한 감사를 전한다. 그들은 이 책이 빛을 보게 이끌어주었고, 덕분에 작가 호텔 워크숍에서 놀라운 작가들을 만날 수 있었다. 나도 그 일원이라 너무 자랑스럽다. 내 아이디어와 기고를 다듬어준 집중 워크숍의 리더 사이드 사이라파이자데, 엘리사 이스트, 메건 다움에게 힘입은 바가 크다. 나를 잡아주고 계속 나아가게 해준 워크숍 동료들에게도 감사를 전한다.

히포캠퍼스의 설립자 도나 탈라리코 비어먼에게도 감사를 전한다. 매년 히포캠프를 위해 회고록 작가들을 모아주셨는데, 그곳은 진정 마법이 일어나는 장소였다. 랭커스터는 늘 이 책의 고향처럼 느껴질 것이다.

클로디아 로, 마이크 루이스, 메리 린 라이크는 내 용감한 독자이자 글쓰기 동지다. 지난 세월 여러분의 우정과 솔직함에 감사한다. 새 글쓰기 친구 제니 쇼트리지와 제니퍼 하우프, 만날 때마다 여러분에게 새로운 것을 배운다. 애나 퀸, 이 책을 믿어줘서 고맙다. 고등학생 시절 부둣가에서 꿈꾸던 일이 우리를 여기까지 이끌 줄 누가 생각이나 했겠니?

시애틀 포스트인텔리전서 편집장 리타 히바드, 스콧 선드, 로라 코피, 빌 밀러, 더스턴 하비, 존 레베스크와 고 존 잉스트롬이 없었다면, 지금 같은 작가가 되지 못했을 것이다. 일할 때 여러분이 내게 준 가르침을 매일 사용한다. 자신만의 표현으로 영감을 주고, 이야기에 대한 사랑을 알려준 편집국장 데이비드 매컴버에게 특히 감사드린다. 그리고 시애틀 포스트인텔리전서의 다른 직원분들과 KUOW 라디오 식구들, 웃음과 격려를 보내줘서 고맙다. 여러분 덕분에 지금까지 계속 나아갈 수 있었다.

크리스토퍼의 삶을 가능하게 해주고 풍부하게 채워준 많은 분과 그 모든 시간 저를 붙들어준 분들에게, 여러분의 사랑과 우정에 말로 표현할 수 없을 만큼 감사드린다. 마지막으로, 특히 사랑의 힘으로 나를 살아가게 해준 우리 가족에게 감사한다.

데이비드 블랙과 에이브럼스출판사를 비롯해 보이지 않는 곳에 있는 많은 분의 손을 거쳐 이 책이 나왔다. 그 모든 분에게 진심으로 감사드린다.

옮긴이 **허선영**

전남대를 졸업하고 학원 강사로 일하고 있다. 글밥아카데미를 수료한 후 바른번역 소속 번역가로 활동중이다. 저자의 진심을 오롯이 담아내는 번역가가 되겠다는 포부로 글을 옮기며 배우고 있다. 옮긴 책으로 『시리, 나는 누구지?』 『남편이 떠나면 고맙다고 말하세요』 『카인드』 『겟 스마트』 『나는 시크릿으로 인생을 바꿨다』 『난센스 노벨』 『수선화 살인사건』 『오틀린과 보랏빛 여우』 등과 전자책 『미들 템플 살인사건』이 있다.

내 삶을 구한 일곱 번의 만남

초판 인쇄 2023년 4월 17일
초판 발행 2023년 4월 28일

지은이 캐럴 스미스 | 옮긴이 허선영
책임편집 임혜지 | 편집 유지연 이희연
디자인 이보람 유현아 | 저작권 박지영 형소진 최은진 오서영
마케팅 정민호 김도윤 한민아 이민경 안남영 김수현 왕지경 황승현 김혜원
브랜딩 함유지 함근아 박민재 김희숙 고보미 정승민
제작 강신은 김동욱 임현식 | 제작처 천광인쇄사

펴낸곳 (주)문학동네 | 펴낸이 김소영
출판등록 1993년 10월 22일 제2003-000045호
주소 10881 경기도 파주시 회동길 210
전자우편 editor@munhak.com
대표전화 031) 955-8888 | 팩스 031) 955-8855
문의전화 031) 955-2696(마케팅) 031) 955-2672(편집)
문학동네카페 http://cafe.naver.com/mhdn
인스타그램 @munhakdongne | 트위터 @munhakdongne
북클럽문학동네 http://bookclubmunhak.com

ISBN 978-89-546-9201-4 03840

www.munhak.com